KB043554

청동

두 번째 이야기

은태경 장편소설

libration

황태자의 달 두 번째 이야기

가하

청동 두 번째 이야기

지은이 은태경
펴낸이 이형기
펴낸곳 도서출판 가하

초판인쇄 2011년 10월 31일
1판 6쇄 2014년 7월 10일
출판등록 2008년 10월 15일 제 318-2008-00100호

주소 서울 영등포구 양평로 67, 1209 (당산동5가, 한강포스빌)
전화 02-2631-2846 **팩스** 02-2631-1846

www.ixbook.co.kr

ISBN 978-89-6647-094-5 04810
      978-89-6647-092-1 04810(set)

값 9,000원

copyright ⓒ 은태경, 2011

10
소유욕

두 명의 사내가 한 사람에게 예를 취하고 탁자에 둘러앉았다. 유성의 명으로 다시 부용각 지하에 모인 염홍과 이태기가 그들이었다.

가볍게 서로의 안부를 전하다 최근 황궁을 뒤집었던 사건을 염홍이 먼저 물었다.

"현 사는 그게 독인 걸 알고 마셨사옵니까?"

다시 생각하고 싶지 않은 당시의 상황이 떠올라 유성의 미간에 옅은 골이 파인다.

"그렇다."

"현 사도 참 무모하군요. 독을 알렸어야지, 쯧."

아현이 쓰러지고 유성이 그녀를 살리기 위해 얼마나 애써왔는지 이태기를 통해 소식을 들어온 염홍이었다.

"미련한 성격을 어쩌겠는가. 은으로도 검출되지 않는 독이라 본인도 긴가민가했나 보더군."

유성의 말을 들으며 천천히 고개를 끄덕이던 염홍은 눈을 설핏 가늘게 떠 미심쩍게 상대를 보았다.

"하온데 전하. 소신이 궁금한 것이 있사옵니다."

"무엇이냐?"

"현 사를 치료할 때 전하만 계셨다 들었습니다. 근데 어찌 독을 제거할 수 있었습니까?"

그걸 물을 줄 알았다는 듯 유성의 입가가 자신만만하게 올라간다.

"우호군, 이걸 보아라."

유성이 술잔을 쥔 손을 들어 내용물이 잘 보이도록 앞으로 내밀었다.

그것을 지켜보던 염홍의 눈이 서서히 커지기 시작한다. 이게 어찌 된 일인가. 황태자의 손이 흔들리는 것도 아니고 땅이 흔들리는 것도 아니었다. 한데 잔에 들어 있는 내용물이 부글부글 끓으며 넘쳐흐르고 있었다.

"이, 이게!"

"지금까지 숨겨온 실력이다."

"분명 제가 전해주었던 비급은 난해하여 습득하기 어렵다고……. 설마!"

"그 설마지."

쨍그랑!

부글거리는 정도가 심해진다 싶더니 급기야 잔이 깨져버리고 말았다.

"무공성취가 어느 정도시길래……."

말을 잇지 못하는 염홍을 향해 이태기가 정중한 자세로 알렸다.

"오래 전부터 저를 능가하셨던 전하십니다. 월제국에서는 아마 맞수가 없다고 봐야겠습니다."

염홍은 충격을 받았다. 이태기가 누구던가. 사신위의 대장이면서 실력 하나만 본다면 황룡대 대장과 견주어도 모자람이 없는 인물이었다. 늘 목숨이 위태로운 황태자에게 이태기가 그의 측근이라는 것은 크나큰 홍복이라고 생각해왔었다. 근데 이제 보니 그런 걱정은 할 필요도 없었다는 말이다.

지금까지 숨겨 온 황태자에게 화를 내야 할지, 대단하다 감탄해야 할지 갈피를 잡지 못했다.

"왜 말씀하시지 않으셨습니까?"

"누군가를 속이려거든 아군부터 속이라지 않던가?"

"이거, 참."

염홍은 더 이상 왈가왈부하는 것도 의미가 없어 실질적인 대책을 물었다.

"현 사가 살아난 것에 대해 소신이 의문을 품은 것처럼 다른 사람들도 그럴 것이옵니다."

"그 며칠 동안은 록수정 아래까지 사신위를 제외한 다른 이들의 출입을 막았으니 큰 낌새를 알아차리진 못하였을 것이다. 아현의 독소는 사신위의 내력으로 제거했다 둘러대도 될 일. 설사 의심을 품더라도 직접 본 게 아니라 본인들의 생각에 힘이 실리진 않을 터. 잔걱정은 접어라."

단순명료하며 깔끔한 현답이었다.

"예, 알겠사옵니다."

유성이 술을 입속으로 털어 넣자 두 사람도 고개를 외로 돌려 백주를 마셨다. 벌써 술 두 병이 동이 나기 시작하는데도 황태자의 자세와 눈빛은 한 치 흐트러짐이 없었다.

"군대는 어찌 되어가고 있는가?"

황태자의 질문에 이태기는 술잔을 내린 뒤, 품속에서 서신 몇 장을 꺼내어 두 손으로 공손히 올렸다. 유성이 그것을 받아 펼치자 암호를 해독하는 속도를 얼추 맞춰 이태기가 부연설명을 하였다.

"도성과 가까운 대성, 중서, 거림, 내평, 신각에서 올라온 서신입니다. 석 달 안에 훈련의 대부분을 마무리할 수 있다고 전해왔습니다. 확실한 무인의 수는 만 명이며 많게는 만 오천도 가능하다 합니다. 필요한 물자나 그에 들어가는 금전은 소국과 거래를 트면서 이문이 붙어 부족함은 없다고 하였습니다."

외교는 국법에 따라 황궁을 통해 이루어져야 하지만 유성은 그것을 철저히 무시해가며 독자적으로 거래를 열어나갔다.

부정부패가 만연한 월제국이라 제아무리 거드름을 피우는 관리라 하더라도 금전으로 안 되는 건 없었다. 어떤 관리는 아예 대놓고 금전을 요구하기도 하였다.

황태자가 황제가 되면 도려내어야 할 부분이지만 지금은 그 빈틈을 노려 이문을 취하고 있으니 현재로선 필요악이었다.

그 관리들은 죽었다 깨어나도 알지 못하리라. 그들 각각의 단체가 하나의 목적으로 키워진 집단이며 그 뒤에 황태자가 버티고 있다는 것을. 물론 겉보기엔 무사집단이 아닌 일개상인으로 보일 터라 관리들도 가벼이 여긴 것일 테지만.

"멀리로는 소계, 홍상, 가락, 충교, 서안, 퉁재, 원창 중 네 곳은 준비가 끝난 상태이며 나머지도 곧 가능할 것으로 보입니다. 어차피 이곳은 거리가 있어 이동시간을 고려한다면 도성 근교에서의 준비와 얼추 맞아떨어질 듯합니다."

유성의 부친이신 인덕제가 유명을 달리하기 한 달 전, 염홍에게 유언을 남기셨다. 본인의 앞날을 알았는지, 아님 어떤 불안감 때문인지, 옥새의 위치와 많은 금은보화를 염홍에게 위임하였다.

염홍은 전대 황제, 황후가 의문사로 유명을 달리했을 당시 눈과 귀를 닫고서 흉수를 찾지 아니하였다. 밤에 홀로 있을 때 피눈물을 쏟아내며 주군의 억울한 죽음을 슬퍼하여도 낮에는 한결같은 승상의 모습으로 긴 세월을 숨죽여 지내왔다.

황태자가 장성할 날을 오래도록 기다리면서.

황태자가 이 모든 걸 받아들일 나이가 되었다 판단하고 사실을 고했을 때, 염홍의 염려와 달리 유성은 담담 그 자체였다. 오히려 깊은 혜안으로 진실을 꿰뚫고 있었다.

"황제 유백 그자 짓이겠지."

그때부터 황태자는 미복잠행을 빌미로 여러 지방을 오가며 인재들을 모았다. 인덕제의 충신이며 무술에 조예가 깊은 자들에게는 각 지방으로 파견시켜 집단을 만들라 시켰다.

시작은 오합지졸에 불과한 그들이었지만 시간이 흘러 유백의 독재정치가 길어질수록 이에 불만을 품은 백성들 중 지각 있는 인물들이 점차 합류하였고, 규모는 날로 커졌다.

유백의 의심을 피하기 위해 대부분 상인집단으로서 그 명맥을 유지한 그들은 오늘에 이르러서 각 지방의 큰손이라 부를 수 있을 만큼 성장하였다.

이 모든 게 순탄하게만 이루어진 것은 아니었다.

계능에서 세력을 키우던 수하 하나가 감찰대에 꼬리가 잡혀 대대적인 숙청을 당했던 뼈아픈 과거도 있었다. 그 일로 수천 명에 달하는 이들이 억울하게 죽어갔고 그것이 두려워 백성들은 소모임조차 갖지 아니하였는데, 세 명만 모여 있어도 역모로 의심받을 시기라 모두들 몸 사리기에 바빴다. 하지만 이것은 그들이 더욱 똘똘 뭉치게 만들어준 계기가 되었다.

당시 황태자는 모든 지방의 수하들과 연락을 끊는 강경책을 택하였다. 오 년 뒤에 만날 것을 기약하며 각자 생활에 전념해 때를 기다리라는 마지막 명령을 전달하였다.

그로부터 십 년이 흐른 지금, 황태자는 본인의 실력뿐만 아니라 월제국 전체 상권을 장악할 힘도 지니게 되었다.

군대를 총동원하여 황궁을 친다면 피해는 속출하겠으나 황위를 못 찾을 건 아니었다. 긴 접전 끝에 결국엔 유성이 승리의 깃발을 세울 것이 자명했다. 비록 월제국의 국력쇠락을 촉진하겠지만 말이다.

이 방법을 선호하지 않는 이유는 무의미한 희생을 줄이려 함도 있지만 명분 없는 반정을 꺼려하는 황태자의 결백함에도 기인했다. 모든 사정을 알고 있는 황태자야 분명한 명분이 있지만 그것을 증명해줄 자료는 턱없이 부족했다.

유성은 최근 몇 년간 유백의 죄를 낱낱이 밝힐 수 있는 증거를 찾고자 애써왔다. 소담주의 악행으로는 부족했다. 좀 더 확실한 증거가 필요했다.

예를 들어 전대 황제, 황후를 시해했다는 그런 증거가.

지금 당장 손을 쓰지 않는 또 다른 이유는 황태자의 사사로운 감정이 더해진 것으로, 악행을 행한 유백에게 결코 편한 죽음을 선사하고픈 생각이 전혀 없다는 것이다. 살수를 시키지 않더라도 황태자가 직접 황제 처소에 잠입해 멱을 따버리면 가장 쉽고 간단한 결과를 가져올 터였다.

그것은 유성 입장에서 본다면 너무나 편안한 죽음이었다. 그리고 이건 유백이 황위를 찬탈한 방법과 크게 다르지 않기에 애초 배제한 수였다.

황태자가 원하는 것은 완벽한 승리였다. 강력한 군대를 총동원해 상대방으로 하여금 싸우고자 하는 의지를 완전히 말살시키는 것과 황제의 일당들을 백성 앞에 무릎 꿇게 해 온갖 죄상을 밝히는 것.

쉽게 죽이지 않으리라, 죽여달라 애원하게끔 끔찍한 고통을 주리라 다짐했다.

"석 달이면 개금 수리도 끝날 시기인가?"

"예, 충분하다 하옵니다."

"좋다. 거사는 황제탄생기념축제가 지나고 행하겠다. 그때라면 군대도 출전준비가 완료될 터. 정확한 날짜는 다시 따로 공지하겠다."

"전하, 그럼 증거확보는 어찌하오리까? 물증 찾기가 쉽지 않사옵니다."

염홍의 근심에 유성의 입이 차갑게 비틀어진다.

"윤곽이 잡히는 게 있으니 크게 걱정하지 않아도 된다."

황태자에게 확실한 수가 있구나, 납득하며 염홍은 피어오르는 궁금증을 고이 접어 넣었다.

"그건 그렇고."

분위기를 반전시키듯 지나가는 투로 유성이 가볍게 운을 뗀다.

"우호군."

"예, 전하."

"아현에 관한 얘기 이 사로부터 들었을 테지?"

"무슨……. 아."

'아현을 비로 앉히시겠다는 그 얘기?'

이제야 기억이 난다는 듯 염홍이 긍정을 하자 유성이 만족감을 나타내며 미소를 보였다.

비록 작은 미소였지만 그 모습을 본 염홍이나 이태기는 실로 깜짝 놀라고 말았다. 무면자란 별칭이 괜히 붙었던가? 얼굴이 없다시피 표정도 없다 하여 붙은 게 아니었던가. 그들 앞에서야 낯을 찌푸리거나 골몰하는 모습 혹은 웃어봤자 삐뚠 표정이 전부였던 황태자였다.

한데, 분명 그는 웃었다. 서늘한 웃음도 아니요, 사악한 웃음도 아니다. 막힌 혈이 풀리듯 딱딱한 근육이 느슨해지며 부드러운 낯을 만들었다. 이태기는 황태자 앞이 아니었다면 직접 눈을 비볐을 정도로 '헉' 하고 말았다.

"아주 푹 빠지신 것 같습니다?"

연로한 염홍의 얼굴이 자글자글한 주름을 만들며 흐뭇하게 웃는다. 마치 손자의 행복을 바라보는 조부의 인자함과도 닮았다.

"소문을 듣자하니, 한 사흘 침전 밖으로 아예 발걸음 하지 않으셨다 들었습니다만."

말끝을 은근히 늘이며 염홍이 놀리는 투로 묻자 황태자는 아주 뻔뻔히 이 같은 말로 맞받아친다.

"사흘이 아니라 닷새다. 닷새 동안 함께 있었지. 중간중간 자리 비운 걸 제외한다면 보름은 될 것이다."

콜록콜록.

사레들린 이태기가 괴롭게 기침을 해댔다.

튀어나오는 그의 분비물을 염홍이 다소 언짢게 바라보다 다시 황태자에게로 관심을 돌렸다.

"황후마마로, 생각하시는 것이지요?"

"그렇다."

"외람되오나 후에 제위에 오르시면 황후마마의 출신에 대해 조정이 시끄러울 것입니다. 현 황제야 황후의 일이라면 폭군이 되길 주저하지 않으니 사람들 모두가 불만을 숨긴 상태지만, 전하께서는 다르옵니다. 월제국의 정통성을 잇는 전하시기에 더욱 국법을 중히 여길 것이옵니다. 황후 자리도 마찬가지겠지요."

"출신?"

"그렇습니다. 지금은 비록 사신위라는 고위직을 차지하고 있으나 실제 태생이 어떠한지 모르옵니다. 평민출신이라 해도 말들이 많을 터인데……."

"고아라서 더 큰 문제라 이 말이냐?"

염홍이 그렇다 인정하듯 고개를 살짝 끄덕인다.

그의 진심 어린 걱정을 알기에 무례가 될 수 있는 행동을 그냥 보아 넘긴 유성은 숨겨왔던 하나의 패를 내보였다.

"김태문을 아는가?"

"김태문이라면 혹시 청도에 가서서 만났다던 옥새장인 말씀입니까? 옛 소담주의 태수였던."

"그래, 그 김태문."

김태문이라면 덕망 있는 집안의 귀족출신으로, 높은 신분치고 드물게 옥새장인으로도 유명한 자였다. 인덕제가 살아계실 적에, 기존 옥새가 오래되어 새 옥새의 필요성이 대두되자 전국의 옥새장인들을 두루두루 수소문하였는데, 안타깝게도 아주 특별한 옥새를 원한 인덕제의 까다로운 안목에 부합하는 자가 단 한 명도 없었다.

그러던 어느 날 김태문이 알현을 해와 도안을 보였고 이를 본 인덕제는 크게 감탄하여 직접 옥새를 제작하라 명하게 된 것이다. 귀족신분이 최초로 기술을 선보인 다시없을 대사건이었다.

"한데 왜 그자를……"

"아현은 김태문의 손녀이니라."

"예엣?"

두 사람이 놀라거나 말거나 유성은 김태문을 알게 된 계기와 아현과의 연결고리, 미복잠행 때 사건, 비극이 되었던 소담주의 진실을 모두 밝혔다.

염홍과 이태기는 놀라거나 혹은 안타까워하며 유성의 설명에 집중했다.

"그렇게 된 일이었군요. 허허, 아현 님이 전하와 보통 인연이 아니옵니다."

호칭을 '현 사'에서 '아현 님'으로 단번에 바꾼 걸 보아하니 벌써부터 황후로 대접한다는 뜻이리라.

이태기는 평소 아현을 어찌 대해야 할지 살짝 머리 아프게 고민을 하다 마침 다른 게 생각이 나 황태자에게 급히 아뢰었다

"전하."

"말하라."

"며칠 전에 밤나들이를 하신 적이 있사옵니까?"

"묻는 연유가 무엇이냐?"

"예전에 한 번 말씀드린 적이 있던 자입니다. 향소운이라고."

"그자가 왜?"

너무나 태연한 황태자의 모습에 '이번에는 잘못 짚었나?' 고개를 조금 갸웃하다 저가 본 용건을 말한다.

"향소운이 며칠 전 한적한 오솔길에서 산적을 만났다 합니다. 산적의 수는 모른다고 들었습니다."

살짝 운을 떼는 주제에 염홍도 무슨 얘기인지 알겠다며 맞장구친다.

"아, 한쪽 팔이 잘렸다고 들었네만."

"예, 팔이 잘리고 엄청난 매질을 당했다 합니다. 사경을 헤맬 정도였는데 오늘에야 겨우 정신을 차려 요양한다고 들었습니다."

요새 낯빛이 좋지 않은 향도식을 떠올린 염홍은 소문의 내용을 확인하듯 물었다.

"정신까지 이상타지?"

"제가 들은 정보로는 그렇습니다."

"쯧쯧, 무서운 세상이야. 분명 최근 말썽이 많은 산적 떼 짓이

17

겠지.”

'과연 산적 떼일까?'

이태기가 어서 밝히라며 황태자를 향해 살짝 가자미눈을 뜬
다.

“전하가 아니십니까?”

“뭣? 전하께서?”

유성은 의심의 눈초리를 받으면서도 태연자약하게 술잔을 들
어 보였다.

“흠, 모르겠군.”

거짓말!

“전하, 솔직하게 말씀해주십시오.”

이태기의 반응이 흥미롭다는 듯 피식 웃다 백주를 한 모금 삼
킨다. 그리고 바로 이어지는 말.

“나야말로 산적을 만났다. 운 좋게 귀족을 약탈하였는지 명
주옷에다 보석을 주렁주렁 매단 놈이었지. 의협심이 끓어올라
혼 좀 내주었을 뿐이다.”

“뭐, 뭐라고요?”

“이거 어쩌나? 애석하게도 이 사가 말하는 향소운인가 무엇인
가는 본 적이 없는데 말이야.”

'허참, 의협심이 끓어올라? 대체 어느 산적이 혼자서 쏘다닌다
던가. 게다가 보석을 단 명주옷을 입은 산적이라니?'

한마디로 제멋대로인 그의 성격을 반영하듯 향소운을 산적으
로 둔갑시켰단 소리였다.

철저한 복수를 위해!

뒤끝 있는 사내, 그의 이름은 유성이니라.

정기만찬회에서 보름이 지난 오늘, 아현은 지하밀실에서 황제를 알현 중이었다. 조만간 황제의 호출이 있을 거라던 황태자의 예상대로였다.

그녀가 이중첩자가 된 상황을 탐탁찮게 생각하는 황태자라 출발 전에도 아현을 설득하려 했었다. 언제는 믿는다더니 내심으로는 황태자라는 위치상 참고 있었던 게 틀림없음이라.

아현이 황제를 완벽하게 속이고 무사히 돌아올 테니 걱정 붙들어 매시라고 단호한 결심을 보인 다음에야 황태자는 그녀를 보내주었다.

"헬쑥하구나. 몸에 독소가 아직 남은 게냐?"

"아니옵니다. 이제 거의 완치되었사옵니다."

"오늘 좀 늦었구나."

"황태자에게 수면제를 소량 복용하게 하고 잠이 들 때까지 기다리느라 조금 늦은 것이옵니다."

"그렇군."

황제가 미간에 깊은 주름을 만들며 그녀를 지그시 내려다본다.

이제 본격적인 질의가 시작되겠지. 아현은 태연한 척 애쓰며 날카로운 시선을 묵묵히 받아냈다.

"시식관원이 있는데 왜 네가 시음을 하였느냐? 아니, 애초에 은잔인데도 불구하고 시음한 이유가 무엇이냐?"

"황태자의 명이었습니다."

"명?"

"예, 제가 사신위가 되고부터 독이 자주 검출되었다며 소신보고 시음하라 하였습니다."

"황태자가 너를 귀히 여긴다고 들었는데 말의 앞뒤가 전혀 안 맞는구나."

"사람을 믿지 않는 황태자입니다. 설마 하니 저를 진실로 귀히 여기겠습니까?"

외려 되묻는 아현의 차분함에 황제가 눈을 가늘게 좁혔다.

"그렇다면 첩자라는 의심을 받고 있는 것이냐?"

"기본적으로 경계가 심한 황태자라 그러한 것이지 딱히 첩자로 의심하지는 않는 것 같사옵니다. 미복잠행 때 황태자를 도운 전적도 있거니와 이번 독살사건까지 더해져 이제는 저를 제법 신임하는 것 같사옵니다."

"하긴 그를 대신해 사경을 헤매었으니 그러하겠지."

의심이 조금씩 옅어지기 시작했다. 하지만 황제의 눈빛은 여전히 날카로웠다.

"한데 짐은 왜 그리 생각되지 않을까? 네가 황태자를 돕는 것처럼 보이는 이유가 무얼까?"

"설마 신의 충정을 믿지 못하시는 겁니까?"

"……."

무언은 곧 긍정이라. 등줄기가 싸늘히 식고 머릿속에서 경고음이 발생한다. 이대로는 안 된다. 좀 더 확실한 패를 보여야 한다.

"소신이 어떻게 해야 믿으시겠습니까?"

"하하하."

대단히 웃긴 말을 들었다는 듯 호탕하게 웃던 황제가 웃음을 뚝 그치며 차가운 살기로 도발한다.

"자결이라도 한다면 모를까……."

아현은 흔들리는 눈빛을 보이지 않기 위해 눈을 감아버렸다.

한 가지 선택밖에 없다. 살고자 하면 죽고 죽고자 하면 살 것이니.

자결, 싫어도 해야 한다. 그녀의 모든 행동이 진실인 것처럼 보여야 한다. 아니, 진실이어야 한다. 그래야 황제는 믿을 것이다.

'아현, 스스로 당당해져라. 넌 진짜 자결을 하는 것이다. 거짓이 있어선 아니 된다.'

결심이 서자 감았던 눈을 떴다. 단검을 꺼내 예리한 날을 심장에 겨누었다. 시선을 들어 거짓이라곤 한 점도 없는 말간 눈으로 황제를 보았다.

아현의 눈에서 죽음의 전조를 눈치 챈 황제가 흠칫 놀라고 말았다.

당당하기 이를 데 없는 눈빛, 단정한 자세에서 흘러나오는 예기, 감출 수 없는 단호한 마음. 절로 숙연해졌다.

"신, 아현. 폐하의 명을 받들겠나이다. 부디 뜻을 펼치시어 원하는 바를 이루시고, 만수무강하소서."

황제를 황태자로 대입시켜 저기 앉은 사람은 황태자다, 황태자다, 이렇게 자신에게 최면을 걸었다.

아현이 보는 사람은 황제이되 황제가 아니었다. 그녀가 올리는 진실된 충언도 황제가 아닌 황태자를 향한 것이다. 그를 생각하자 자연스럽게 흘러나온 진심이었다. 그녀는 황제 유백의 당황스러움도 눈에 들어오지 않을 만큼 스스로가 건 최면에 집중하고 있었다.

팔을 쭉 뻗어 단검을 치켜들었다. 시선은 여전히 황제에게 고정한 채였다. 결심을 다진 손이 힘을 가하기 위해 억세게 쥐어 잡는 순간이었다.

슈우웅. 챙강!

칼끝이 심장에 닿기도 전에 황제 뒤 휘장 안에서 표창이 날아왔다. 정확히 날을 맞추어 손에 쥔 단검을 떨어뜨렸다.

질끈. 눈을 재빠르게 감았다. 안도감을 들키지 않기 위해서다.

'역시 예상대로였어.'

오랫동안 아현을 키워온 황제도 그녀가 소담주의 태수이면서 옥새장인 김태문의 손녀라는 사실을 모르진 않을 터였다. 이용 가치가 충분한 그녀를 죽게 내버려두지 않으리라 어느 정도 예상은 했다. 일촉즉발의 위험한 순간이었지만 도박을 걸 만한 가치가 있었다.

'근데 의외야.'

숨어 있는 자는 향도식일 텐데 그가 무인이었던가. 그럼 여태까지 일부러 인기척을 낸 무인이 아닌 척 꾸몄던 건가. 실로 무서운 자로군. 하긴 그 정도 실력을 갖추었으니 전대 황제, 황후를 시해하는 데 동참했겠지.

"진짜 죽으려고 했느냐?"

"믿음을 보이려면 그 수밖에 없었습니다."

억세게 꺾였던 눈썹이 완만한 곡선을 그리며 제자리로 돌아오는 황제 유백. 그 주위를 둘러쌌던 날카로운 기운은 아현이 단검을 들었을 때부터 걷힌 상태였다.

"내 너를 믿을 터이니 목숨만은 중히 여겨라."

"깊이 새겨듣겠습니다. 하온데 폐하."

"왜 그러느냐?"

흡족한 듯 그녀를 내려다보는 황제에게 아현은 슬그머니 미끼를 던졌다.

"소신이 요양하는 동안 환보궁에 머물러 있었던 걸 아실 겁니다."

"그래, 내 그걸 듣고 황태자가 너를 꽤 귀히 여기는구나 확신했느니라."

"중요한 정보를 하나 들었사옵니다."

황제가 상체를 내밀어 관심을 나타냈다.

"말해보아라."

"음독으로 정신을 잃었다 깨어났다 여러 날을 그렇게 보냈었습니다. 한번은 제가 잠든 줄 알았는지 황태자가 이태기를 불렀사옵니다. 그리고 들었습니다."

"무엇을?"

"태주갑에 관한 얘기였습니다."

"뭐라고 하더냐?"

큰 미끼를 쪼갠 작은 미끼를 하나씩 받아먹는 물고기처럼 아현이 던져주는 말에 황제는 목마름을 내보였다.

"태주갑 개금에 문제가 있어 먼 지방에 수리를 보냈다는 말이었습니다. 수리가 완료되려면 시간이 꽤 걸린다는 말도 하였습니다."

"한마디로 태주갑을 갖고 있었다는 말이군. 괘씸한 놈."

황태자의 지시가 있어 이것만은 사실대로 고했다. 황제를 완벽하게 속이려면 어느 정도의 진실을 보여줘야 한다는 게 그의 지론이었는데, 이는 아현에게 향하는 의심의 눈초리를 분산시키는 역할도 될 것이라 하였다.

"일부러 정보를 흘린 거라면?"

"그럴 가능성도 배제할 수 없으나 일부러 정보를 흘릴 작정이었다면 태주갑을 가지고 있다는 사실만 알려도 됐을 겁니다."

"흠, 그렇겠군."

일리 있는 말이었다. 포만감을 보이듯 황제가 긴 등받이에 몸을 기대었다.

"우선은 개금 수리가 끝날 때까지 상황을 지켜보는 게 좋겠군. 신임을 얻었다 하여 긴장의 끈은 절대 늦추지 말거라."

"명심하겠사옵니다."

"몸도 성치 않은 듯하고, 수면제를 복용했다 하나 황태자가 언제 깨어날지 모르니 너는 이만 물러가거라."

"알겠사옵니다. 폐하."

아현이 물러가고도 자리를 벗어나지 않던 황제가 턱을 쓰다듬었다. 휘장 안에 숨어 있던 향도식도 무얼 생각하는지 조용히 입을 다물고 있었다.

"거짓은 없어 보이니 믿어도 되겠지. 한데⋯⋯."

아현을 보는 황태자의 눈빛이 조금 걸렸다. 근신전에서 아현이 독을 마시고 쓰러질 때 황태자의 눈빛이란, 금세 사라지긴 했으나 충격과 공포를 담은 진심이 엿보였다. 다른 사람은 몰라도 유백은 알 수 있었다.

그 자신이 황후를 보는 눈빛과 같았으니까.

아현은 어둠 속에 스며들듯 이동하며 환보궁에 무사히 도착했다. 환보궁 주위 불침번을 서는 월훈무사 몰래 이 층 난관으로 도약해 그것을 발판 삼아 삼 층으로 단숨에 올라섰다. 누가 보는 이가 있나 없나 주위를 살핀 후 나올 때 열어놨던 문을 조심스럽게 밀었다.

삐걱.

소리가 거슬렸다. 잠이 들었을 황태자가 염려되어 발을 더욱 낮게 움직였다.

정기만찬회 이후, 아현의 짐은 환보궁으로 옮겨졌다. 황태자의 고집으로 결정된 사안이라 선택의 여지가 없었다.

"전하의 평판에 누가 될 것입니다."

"여기서 더 떨어질 평판이 있다더냐?"

거처를 옮기고부터 연인이라기보다 그의 첩이라는 딱지가 꼬리표처럼 붙어 다녔다. 예전이라면 모를까, 이미 서로의 마음을 확인했으니 그딴 추문은 전혀 타격이 되지 않았다. 환보궁에서 계속 생활하게 되면 그보다 더 난잡한 말들이 오갈 거란 것은 예상한 바였다.

덥석.

삼 층 침전 안에 들어서자마자 갑작스레 튀어나온 손에 손목이 잡히고 말았다.

"저, 전하?"

반대쪽 손이 뒤에서 쑥 나와 허리를 감는다.

아현의 등에 단단한 근육이 맞닿았다. 곧이어 뜨거운 무언가가 아현의 목덜미에 내려앉았다.

황태자의 입술이었다.

"도둑고양이로군."

따뜻한 입김이 솜털을 바짝 세웠다. 몸을 부르르 떨자 '쿡' 하며 짓궂게 웃는다.

"이 도둑고양이를 어찌한다……."

어둠 속에서도 푸르게 빛나는 아현의 목덜미에 이를 세워 깨문다. '앗' 하는 소리에 또다시 낮게 웃는 유성. 병 주고 약 주듯 깨문 자리에 혀로 살살 보듬는다.

"왜 이리 늦었느냐."

"기다……리셨습니까?"

"당연한 소릴."

둔한 아현의 대답에 심술기가 솟아오른 유성이 허리를 잡고 있는 손을 올려 가슴을 우악스럽게 쥐었다.

"헉!"

떡 주무르듯 가슴을 탐하다 가로막고 있는 옷감이 싫은지 매듭을 풀어헤쳐 급하게 살결을 더듬는다.

"지금 그걸 말이라고 하느냐?"

평이한 어조와 다급한 손길은 마치 각기 다른 두 사람을 보는 착각을 만들었다. 목소리는 흠잡을 데 없이 지극히 단정한데, 움직이는 손마디마디는 참을 수 없다는 듯, 한 치의 틈 없이 움직였다.

매듭이란 매듭은 다 풀어지고 상의와 하의가 모조리 벗겨졌다. 막을 새도 없이 얇은 속곳도 발밑으로 떨어졌다.

"전하……. 침상으로 가서……."

"그럴 정신이 있을 것 같으냐?"

아현의 몸이 휙 돌려졌다.

붉어지는 그녀의 얼굴. 거의 알몸 상태로 황태자와 마주하게 되자 아무리 밤이라 한들 부끄러움은 쉬이 가라앉지 않았다.

그건 당연했다. 황태자 정도의 실력이라면 암전이 깔린 어둠일지라도 사물구분이 쉬울 테니까.

"보고 싶었다."

그건 그녀도 마찬가지였다. 황제와 독대하는 내내 황태자가 보고팠고 그가 그리웠다. 단검으로 심장을 겨누었을 땐 슬프기까지 하였다. 물론 이 위험천만한 행동은 황태자에겐 비밀이다.

몸이 밀려 넓은 벽에 가둬졌다. 급히 입술을 찾는 황태자를 기쁘게 맞이하며 두텁고 매끈한 그의 목을 감았다. 혀가 만나 만들어내는 오묘한 음들이 침전 안을 가득 채웠다.

황태자의 얇은 침의 안으로 아현의 손이 들어가자 자극을 당한 그가 찢어발길 듯 옷을 벗어던졌다. 과즙의 달콤함을 담은 젖무덤에 혀와 이로 활개를 치면서 욕심 많은 손은 아래로 내려가 샘물을 확인했다.

"으흑."

아랫배를 들쑤시는 확연하게 느껴지는 사내의 본심.

아현은 진저리치듯 떨어댔다.

"감히 날, 이렇게 만들었겠다."

이 이상 평정심을 가장하기 힘들었는지 말 한 마디 한 마디가 흥분과 기대감을 감추지 못했다.

숨 가쁜 호흡들이 한데 뒤섞인다. 가슴에서 목덜미로 바꿔 탄 입술이 귓불까지 길을 만들어 핥아 올렸다.

"꽉, 잡아라."

유성의 강한 팔이 그녀의 다리를 벌려 허리에 감게 하고 둔부를 양손에 한가득 쥐었다. 그녀의 몸을 가볍게 들어 올려 돌진하듯 커다란 욕망을 깊게 묻었다. 너 나 할 것 없이 두 사람의 입에서 신음이 동시에 터져 나왔다.

터져버릴 것처럼 팽팽하게 부푼 그의 흥분이 자제력을 잃고 거칠게 날뛰기 시작했다. 아래서 위로 쳐올릴 때마다 아현의 야릇한 교성이 흘렀다.

이에 유성이 자극받은 것은 당연한 일.

사무적인 대화를 하거나 다른 사람과 한 공간에 있을 때는 더없이 단정한 그녀가 둘만 있는 침전에서는 이성을 버리고 스스로 요부가 되길 두려워하지 않는다. 그 상반된 모습에 누가 미치지 않고 버틸까. 게다가 그를 옥죄어오는 부드러운 내부라니. 수시로 눈앞에 번쩍하는 번개가 꽂혀 유성의 이성을 까맣게 태워댔다. 이런 상승작용이 더해지면서 그를 더욱 짐승으로 내모는 것이다.

욕망을 토해도 유성은 멈추지 않았다. 몸을 그대로 묻은 채 금방 일어서는 욕구에 항복하며 또다시 움직였다. 몸의 대화가 쉼없이 이어졌다. 아현의 다리가 견디지 못하고 부들부들 떨릴 때까지 그의 행동은 계속 이어졌다.

가랑이 사이로 흘러내린 애욕이 미끈한 다리를 타고 내려와 바닥을 적신다.

광란의 쾌락을 불러일으키는 달의 정기 사이로 밤꽃 향이 피어오르며 두 사람을 에워쌌다.

평소 황태자와 사신위만이 드나드는 공간 시아전. 이곳에 일찍 도착한 이태기, 곽남휘, 풍한도 셋은 환보궁에서 황태자와 아현이 오기만을 기다리는 중이었다.

"그때 전하께서 하신 말씀이 거짓이 아니고 참말이었단 겁니까?"

"그래."

아현의 치료를 끝내고 록수정에서 내려온 황태자가 던졌던 청천벽력과도 같은 언령.

"나의 비가 될 여인이다."

그녀를 비로 생각한다는 건 훗날 그녀를 황후로 앉히겠다는 잠정적인 결정과 다르지 않았다. 허언을 하지 않는 황태자의 평소 언행을 돌아보자면 믿어야 할 테지만 단순히 믿고 따르기엔 그것이 담은 영향력이 실로 대단하여 재차 삼차 확인하지 않을 수 없었다.

"제대로 꽂히셨네, 꽂히셨어. 내 이럴 줄 알았지. 아현을 처음 볼 때부터 눈빛이 심상치 않더라니. 언젠간 잡아먹을 줄 알았지. 암, 그렇고말고!"

풍한도의 뒤통수를 후려친 이태기가 입 좀 다물라고 눈알을 부라린다.

"시끄럽다, 좀."

"형님은 제가 나이가 몇 개인데 아직까지 뒤통수를 마구 갈깁니까?"

"뒤통수 맞을 나이가 지난 걸 안다면 언제 입 다물어야 할지도 좀 알아라."

헝클어진 머리를 솥뚜껑 같은 손을 들어 대충 빗어 내린 풍한도가 툴툴거리다 말고 뭐가 생각났는지 허겁지겁 다시 물었다.

"그건 그렇고 이제 아현을 보고 뭐라고 부른답니까? 현 사라고 해도 거시기하고, 아현 님은 더 거시기하고, 마마님은 완전 웃기지 않습니까?"

탁, 탁. 이제는 한 대도 아니고 두 대를 연달아 친다.

"이 화상아. 아예 대놓고 전하의 배필이라고 떠들지 그러냐?"

"아 참, 비밀이겠군요. 흐흐."

'이런 무식한 놈을 사신위라고 앉혀놨으니. 이게 다 내 죄다, 내 죄야.'

이태기는 답답함에 가슴을 두드리다 말고 넋 놓고 있는 곽남휘에게 시선을 가져갔다. 이미 포기한 마음이라도 황태자의 일방적인 통보는 그야말로 완전 쐐기를 박는 격이라 곽남휘에게는 또 다른 충격이었을 것이다.

"한도, 넌 저기 가서 서책 좀 정리하고 있어라."

"시녀한테나 시키시지 왜 저한테 시킵니까?"

"대장의 명이다. 어서 하라면 해!"

"와, 형님 완전 치사합니다."

"이제 알았더냐? 안 가냐?"

"가요, 가!"

풍한도가 책장 쪽으로 터덜터덜 걸으며 거리를 벌리자 이태기는 눈치를 살피듯 곽남휘에게 조심스레 다가갔다.

"남휘 자네."

"예, 대장님."

"괜찮은가?"

이태기의 진심 어린 걱정에 곽남휘가 보기 드문 미소를 만든다. 예전부터 곽남휘 자신의 마음을 헤아려주던 그의 다정한 마음을 어찌 모를까. 완벽히 아문 상처는 아니지만 덤덤한 척 못할 건 없었다.

"아셨습니까?"

"그렇게 눈에 빤히 보이는데 모른 척하는 게 더 웃기지 않나?"

"이제 많이 괜찮아졌습니다. 염려하지 않으셔도 됩니다."

"그렇다면 다행이네만, 그건 자신 있는가?"

"그거라니요?"

"황후마마로 모실 마음의 준비가 되어 있느냐 말일세."

다소 경직된 곽남휘의 낯을 보며 이태기는 안타까운 한숨을 흘렸다. 아무리 같은 사신위에, 평소 아끼는 아우라 하더라도 응원하지 못하는 일도 있기 마련이다. 아현이 바로 그것이었다. 냉정하다 원망을 들을지라도 헛된 꿈을 꾸게 할 수는 없었다.

무엇보다 아현의 마음은 진즉에 황태자에게 흐르고 있었다. 그것을 모를 곽남휘가 아닐 터. 아마 쉽게 접어지지 않는 마음이라 여기까지 왔을 것이다.

"이제 그만 접게."

"예?"

"위험한 그 마음 접어버리라고."

"……접었습니다."

"말로만 접었다 하지 말고 마음에서부터 닫아버리게."

"……노력 중입니다."

"어차피 아현과 자넨 안 될 인연이었다고 생각하게나."

"참……. 냉정하십니다."

"냉정해 보이는가? 이렇게 끝맺음할 수 있다면 더 냉정해질 수도 있어. 차라리 내 선에서 끝난다면 다행일 테지. 만약 전하께서 직접 나선다고 생각해보게나. 어떻게 될 것 같은가?"

"전하의 독점욕은……, 저도 알고 있습니다."

"그러니 접으라는 말일세. 애초에 전하께선 남휘 자네의 마음을 알고 계신다네. 가만히 지켜보시는 이유가 무엇이라 보는가? 전하의 침묵은 선택을 하라는 게 아니라 포기를 종용하는 것이네."

"압니다. 대장님의 말씀도 알겠습니다. 크게 걱정하지 않으셔도 됩니다. 시간이 다 해결해주리라 믿고 있습니다."

코로 안도의 숨을 내쉰 이태기가 위안을 담아 곽남휘의 어깨를 툭툭 쳤다.

"힘내라고."

때마침 밖에서 전하가 납시었다는 외침이 들렸다.

이태기와 곽남휘는 나란히 서서 문이 열리길 기다렸고 책장정리를 얼추 마친 풍한도도 쪼르르 다가와 바른 자세를 취했다.

문이 활짝 열렸다. 용포를 휘날리며 당당하게 걷는 황태자 뒤로 아현이 고개를 반쯤 숙인 채 들어왔다.

사신위 셋은 거의 한 달 만에 아현을 보아서인지 반가움을 감추지 못했다. 특히 풍한도는 몰래 아현에게 손을 흔들다 황태자에게 걸려 한 차례 째림을 당해야 했다. 그 즉시 손을 내려 목숨을 보전하긴 했으나, 쯧쯧, 떨어져버린 간은 어쩔 것인가.

사신위 셋을 스윽 훑어보던 유성이 슬쩍 뒤로 돌아 아현에게 턱짓을 한다. 인사해도 좋다는 허락이었다.

아현은 긴장된 표정을 숨기지 못했다. 눈과 귀가 있으니 그녀가 황태자와 함께 머무른다는 걸 다들 알고 있을 터였다. 연인 사이로 소문이 나는 것과는 차원이 다른 문제라 사실 여기 오기 전까지 걱정이 이만저만이 아니었다.

다행히 그녀의 지나친 기우였는지 사신위들의 표정은 예전과 그리 달라지지 않았다.

"그간 무탈하셨습니까?"

"그건 우리가 묻고 싶은 말이다. 몸은 이제 괜찮은 거냐?"

이태기가 예전처럼 편하게 하대하자 황태자 눈치를 슬슬 보던 풍한도도 평소처럼 말해도 되겠구나 싶어 안부를 묻는다.

"이제 괜찮아? 어디 아픈 덴 없고?"

"예, 괜찮습니다. 염려해주신 덕분입니다."

아현의 인사치레에 무엇이 뿔따구를 만들었는지 뾰족한 전음이 전해져왔다.

[염려?]

그녀에게만 들리는 음이라 아현의 어깨가 흠칫 굳었다.

[누가 널 낫게 해주었다 생각하느냐?]

[전하……입니다.]

[이 녀석들에게 잘 보일 것 없다. 나에게만 잘하면 돼.]

　최근 들어 자각하게 된 거지만 성정이 냉정한 황태자치고 그는 소유욕과 독점욕이 상당히 강한 인물이었다. 오죽하였으면 완쾌하는 동안 극소수의 시녀를 제외하고 다른 이들을 한 명도 못 보았겠는가. 사실 그동안 많은 날들을 황태자의 침전에서만 지내야 해서 오히려 사신위 중 누군가가 면회를 왔다면 더 곤란했겠지만 말이다.

　황태자의 독선과 아집은 끝이 없었다. 이제 아픈 곳 없으니 일하겠다는 그녀의 주장을 냅다 던지듯 무시하기 일쑤였고, 침전 밖으로 한 발짝만 나와도 가만두지 않겠다는 협박은 기본, 조금이라도 성에 안 차는 게 있을 시 만족할 때까지 그녀를 몰아붙이며 괴롭혔다.

　그럴 때마다 은애한다며 달콤하게 고백했던 황태자의 모습은 꿈이 아니었을까 볼까지 꼬집을 정도였다. 그럼에도 황태자가 좋은 걸 보면 코가 꿰여도 단단히 꿰인 게 틀림없으렷다.

　실제로 한번은 너무 갑갑한 나머지 황태자의 협박을 귓등으로 흘리고 침전을 나오다 그에게 딱 걸리고 말았다. 정말 뒤로 넘어져도 코가 깨질 상이었다.

　그날 아현은 그대로 침전으로 끌려가 몸을 혹사당하며 기절까지 경험하였고 그 후로 다시는 황태자의 명을 거역하지 않았다.

　굳이 유성의 속내를 따지자면 그의 이러한 행동의 발로는 아현이 생각하는 것과는 다른 양상을 띠었다. 그녀는 모를 테지만 아현의 의식이 없는 동안 유성은 수없이 많은 지옥을 오가며 괴로운 날들을 보냈었다. 머리로는 그녀가 완쾌되었고 안전하다 이해해도 가슴에는 여전히 불안이 산재해 있어 끊임없이 그녀의 존재를 확인해야 했다.

아현에게 필요한 게 휴식이란 걸 알지만 본인 좋을 대로 그녀를 심하게 안아버린 것도 사라지지 않는 불안의 한 표현이었다.

"근데 얼굴이 창백한 것이 많이 피곤해 보이는구나."

"어라, 그러게."

아현은 관자놀이 사이로 가늘게 흐르는 식은땀을 아무렇지 않은 척 손등으로 쓸었다. 아닌 게 아니라 솔직히 정상상태라고 볼 수 없었다. 독의 후유증이라기보다 누구한테 며칠 밤을 시달린 '덕분'에 다리는 후들거리고 식은땀은 나고 입에 담지 못할 그곳은 아려오고 그야말로 삼중고였다.

황태자는 뻔뻔하게 환보궁에서 쉬고 있으라 하였지만 간만의 외출과 더불어 사신위들을 만날 욕심에 편치 않은 몸을 겨우 일으켜 따라나섰다.

아현이 무인이었기에 망정이지 보통 여인이었다면 바로 복상사하지 않았겠는가.

"그때 이후로…… 기력이 다소 쇠한 듯합니다."

"쯧쯧, 보제 좀 지어먹지 그러냐?"

"먹고 있으니 걱정 마십시오."

먹다뿐인가. 보제만으로 부족하다며 사람을 홀랑 벗겨내 내력을 주입하질 않나. 그러다 음심이 동해서 곧바로 손목이 잡혀 침상 위로 던져지기 일쑤.

기력을 보충하자마자 다른 곳에 다 써먹으니 체력이 어디 남아나겠는가 말이다.

"그나저나 전하, 곧 담정전으로 가셔야 하지 않습니까?"

"이제 출발하여야지."

"호위는 현 사가 따르옵니까?"

이태기가 묻자 황태자는 고민할 것도 없다는 듯 대번에 고개를 저었다.

"곽 사가 따르고 아현은 여기에 남아라."

황태자가 아현을 아끼는 마음은 행동뿐만 아니라 호칭에서도 차이를 보였다. 대개 공석에서는 '현 사'라 불렸는데, 공석이든 사석이든 이제는 '아현'으로 통일시킨 것이다.

둔하기 짝이 없는 풍한도는 몰랐지만 이태기나 곽남휘는 그 차이를 눈치 챘다.

"가지."

"예."

뒤를 따르며 걷던 곽남휘는 발을 멈추어야 했다. 황태자 때문이었다. 그는 문으로 향하다 말고 잠시 걸음을 멈추더니만 방향을 획 틀어 아현을 향해 다가가는 돌발행동을 보였다.

이태기, 곽남휘, 풍한도 세 사람의 시선이 따라가는 건 지극히 당연했다.

사람들의 시선을 받고 있는 아현은 현재 당황을 감추지 못하고 있었다. 왠지 나쁜 예감이 들어서다. 아니나 다를까 아현에게로 바짝 다가오더니 스스럼없이 손을 올려 볼 한쪽을 감싸는 황태자였다.

풍한도의 입이 쩍 벌어졌다.

이태기는 작게 한숨을 쉬며 천장을 보았다. 곽남휘는 시선을 비켜 몸을 외로 돌렸다.

"헉."

자신의 소리에 더 놀랐는지 풍한도가 헛숨을 뱉다 말고 입을 틀어막았다.

그들 모두 똑똑히 보았다. 거리낌이라곤 한 점 티끌도 없이 아현의 입술을 훔치는 뻔뻔한 황태자의 대담성을.

황태자와 눈이 마주칠세라 얼른 뒤돌아서서 방금 보았던 장면을 지우려 애쓰는 풍한도였다.

실내의 공기가 딱딱하게 굳어져 있건 말건 유성은 본인 좋을 대로 행동하고 나서 아현에게 명령 같지도 않은 다정한 옥음을 전했다.

"내가 돌아올 때까지 여기서 기다려라."

"……예."

"몸도 좋지 않으니 무리한 일은 하지 말고."

그건 다 전하 때문이잖습니까? 라는 말이 목구멍에 걸렸지만 주위를 의식해서 어색하게 대답하는 아현이었다.

황태자와 곽남휘가 사라지고 수십 초가 지나서야 겨우 몸을 움직이게 된 풍한도가 정신이 어질어질한지 머리를 세차게 흔들어댔다.

"아우, 밤새 잠자리가 불편했나. 왜 헛것이 보이고 난리여."

황태자의 애정행각을 헛것으로 취급하는 풍한도의 무엄함에 이태기가 잊지 않고 뒤통수를 날렸다.

퍽!

얼마나 온 힘을 다해 쳤으면 거구의 몸이 휘청거릴까.

순간 뇌를 마구잡이로 뒤흔드는 통증에 풍한도가 발칵 성을 냈다.

"형님! 안 그래도 머리 나쁜데 너무하잖습니까!"

"머리 나쁜 걸 알면 노력이나 좀 하든가. 내가 말 한 마디라도 조심히 하라고 누누이 말하지 않던?"

"하지만 진짜 믿을 수 없는 광경이라……."

풍한도가 아현을 보며 힐끔거리다 웅얼거렸다.

그 믿기 힘든 기막힌 심정을 누가 모를까. 풍한도보다 더한 세월 동안 황태자를 모셔온 이태기야말로 눈을 비비고 싶을 정도로 크나큰 충격을 받았다. 그래도 한편으로는 안도감이 마음 한쪽에 안착했다. 살얼음을 걷는 궁에서 처음으로 진심을 다해 마음이 이어진 상대를 만나신 것이니 주군을 모시는 수하로서 기쁘기 그지없었다.

"아현, 거기 서서 뭐 하고 있느냐? 여기 와서 앉아라."

풍한도가 호들갑스럽게 아현의 옷자락을 끌어당겨 푹신한 의자에 앉혔다.

자리에 앉아서야 넋이 빠졌던 아현의 혼이 돌아왔다. 이태기와 풍한도와 차례대로 눈이 마주쳐 화들짝 놀라다 말고 좀 전에 있었던 낯부끄러운 일이 떠올라 얼굴이 삽시간에 분홍빛을 띠었다.

"쯧쯧, 네가 참 고생이 많구나."

범에게 물려가는 노루 한 마리를 보듯 풍한도의 눈에 안쓰러움이 가득했다.

무슨 말을 할지 몰라 고개를 푹 숙이고 있자니 무엇을 보았는지 풍한도의 헛바람 소리가 대뜸 들렸다.

"헙!"

"한도, 가만히 못 있겠냐? 일 시작해야 하는데 너 때문에 정신이 하나도 없다."

"아니 그게 아니라 아현이 목덜미 쪽에……."

그 소리에 아현은 빠르게 목 뒤를 손으로 감싸며 고개를 번쩍 들었다. 황태자가 집요하게 새겼던 흔적들 중 하나. 그것을 가리기 위해 머리를 풀고 왔는데, 고개를 너무 푹 숙이는 바람에 머리카락이 흘러내리면서 하얀 목덜미를 고스란히 내보인 것이다. 낭패였다. 도망칠 수도 없고, 숨을 수도 없고, 실토하자니 창피해서 죽을 것 같고, 자리에 있으나 없으나 여러모로 그녀를 궁지로 모는 황태자였다.

"그, 뭐냐……. 죄 지은 것도 아닌데 뭘 그렇게 깜짝 깜짝 놀라?"

풍한도 그가 어찌 여인의 부끄러움을 알리오.

"근데, 아현."

은근히 물어오는 풍한도의 기척에 아현이 경계를 하며 대답한다.

"……예?"

"전하 말이다."

다시금 침을 꿀꺽. 옆에서 서찰을 정리하고 있는 이태기의 눈치를 슬금슬금 보다 넌지시 물었다.

"힘 좋으시지?"

하? 사람이 어이가 없으면 말문이 막힌다는 게 맞는 말인 듯했다. 현재 아현이 그랬다. 사심 없는 그의 말에 대답을 해줘야 할지, 아니면 어디서 희롱하느냐며 비무를 신청해야 할지, 갈피를 못 잡았다.

풍한도가 옆에서 뭘 하든 간에 본인 할 일만 하자고 마음먹었던 이태기마저 얼이 빠질 정도였으니 당사자인 아현은 오죽하겠는가. '힘 좋으시지?'라는 말에 삐끗하여 붓이 미끄러지며 공문에 사선이 그어졌다. 도저히 참지 못한 이태기가 붓을 놓고 몸을 붕 날려 풍한도 등짝에 발을 꽂는다.

"으악!"

"풍한도, 당장 황부에 잡아 처넣을까?"

"우리끼린데 그런 것도 못 물어봅니까?"

"물을 걸 물어야지, 이 녀석아!"

"그래도 궁금한 걸 어쩐대요?"

"그게 왜 궁금한 거냐?"

"무술이 고강하면 밤일도 다른가 싶어서……. 으헉!"

다시 한 번 등짝을 더 내려찍힌 풍한도가 '아이고, 아이고, 풍한도 죽네.'라며 난리법석을 떨어댔다.

분명 기분 나빠해야 할 상황인데도 거리를 두지 않는 두 사람의 솔직함에 아현의 거북했던 속이 서서히 가라앉았고 심지어 웃음까지 나왔다. 풋, 터지는 상큼한 미소에 이태기가 머쓱한 듯 머리를 긁적이며 제자리로 돌아갔다.

풍한도는 처음 보는 아현의 미소에 순간 멍해져 침을 뚝뚝 흘릴 것처럼 바라보다 양 손바닥으로 얼굴을 찰싹 때렸다.

'홀리면 안 돼. 홀리면 죽어. 홀리면 전하한테 살해당할 거야.'

귀신 쫓는 염불을 외듯 무언가를 지속적으로 중얼거린 풍한도는 어느 정도 돌아온 평정심에 심호흡을 크게 한 번 내쉬었다. 이제 됐거니 싶어 아현에게 다시 고개를 돌렸는데, 마침 그의 눈에 반짝 하며 무언가가 눈에 들어왔다.

"어라? 너 그게 무엇이냐?"

"예?"

"목에 걸린 거 말이다."

"아……."

언제였더라. 황태자가 어느 날은 그녀를 심각하게 보더니 혹시 갖고 싶은 것이 없냐고 물어왔다. 가장 갖고 싶었던 그의 마음을 이미 얻었는데 무에가 욕심날 것인가. 아무것도 필요치 않다는 아현의 말에도 고집스럽게 여러 번 질문하던 황태자. 끝끝내 그녀가 사양하고서야 그는 권하는 것을 그만두었다.

며칠 전 자고 일어났더니 목에 이것이 채워져 있었다. 갖가지 보석이 촘촘히 들어선 값비싸 보이는 목걸이였다. 이것이 무엇이냐며, 너무 과분하다고, 풀려는 그녀의 손을 황태자가 황급히 막았다.

목을 잡을 듯 놓을 듯 감싸 쥐며 눈을 맞춰오는 남색의 옥안玉眼.

"후환이 두렵지 않거든, 어디 한번 풀어보아라."

아현은 목을 감싼 줄이 그날 황태자의 손길과 흡사하다 느끼며 기분 좋은 오싹함에 전신을 가늘게 떨었다.

"춥냐?"

"아닙니다."

"그거······. 전하가 준 것이냐?"

아현이 가진 금전으로는 사기 힘든 턱없이 비싼 물건이기도 하거니와 굳이 거짓말할 것도 아니라 순순히 긍정했다.

"예, 얼마 전에 받았습니다."

"이야. 제법 값나가겠는데? 태기 형님 이것 보십쇼. 이 정도 귀금속이면 대체 값을 얼마나 치러야 합니까?"

풍한도가 가리키는 방향으로 눈을 돌린 이태기는 아현이 차고 있는 목걸이를 심각하게 보다 한마디 툭 내뱉는다.

"네놈은 평생 모아도 못 사."

"아, 진짜."

툴툴거리다 말고 덩치에 안 어울리게 고심하는 척 고개를 갸웃하는 풍한도. 그러면서 하는 말이란.

"형님, 저도 여인으로 태어날 걸 그랬습니다."

"뭣?"

이게 무슨 자다가 남의 다리털 뽑는 소리더냐.

아현도 이태기 못지않게 황당해져 멍한 낯으로 풍한도를 보았다.

"생각해보십쇼. 여인이었으면 저런 값진 거 받았을 줄 누가 안답니까?"

으득. 이태기가 이를 갈며 똥 씹은 표정을 만들었다.

"여인이라고 다 같은 여인인 줄 아냐?"

저 덩치에, 저 얼굴에, 그 위로 여인복장을 한 풍한도를 상상하다 올라오는 메스꺼움에 이태기가 이맛살을 찌푸렸다. 더 상상하다간 뒷간 가서 토하고 와야 할지도.

"이 녀석아, 넌 사내로 태어난 걸 부모님께 백 번 감사드려."

"형님!"

"아니다, 백 번도 모자란다. 천 번, 아니지 만 번?"

"형님!"

대외적으로는 좌중을 압도하는 사신위의 두 사람. 실상은 이렇게 골 때리는 성격이었다.

황제가 머무르는 위천궁의 어느 한 내실. 이곳은 기밀유지를 위해 두터운 방음벽이 설치된 특별한 공간으로 대신들이 독대를 청할 때 황제와 접견이 이루어지는 장소였다.

"황태자의 낌새는?"

두 달 앞으로 다가온 황제탄신일에 대한 준비로 벌써부터 분주한 황궁 안이었다.

황제탄신일만큼은 좌, 우호군이 공동 총괄을 맡기 때문에 향도식은 집의集議에 참석하다 어둠이 깔리고서야 황제를 알현하였다.

집의가 이루어지는 동안에는 큰 발언권은 없으나 황태자도 참관자격이 주어졌다. 이 기회를 통해 그의 속내를 알고자 향도식은 집의 내내 황태자를 예의 주시하였는데.

"낌새랄 게 뭐가 있사옵니까? 워낙에 표정이 없어, 별다른 점을 모르겠사옵니다."

"흠, 그런가? 내 보기엔 아현을 깊이 은애한다 여겼거늘. 동요가 전혀 없었단 말이냐?"

"그 인간 같지 않은 황태자가 말입니까? 말도 마십시오. 집의 내내 석상이 앉아 있는 줄 알았습니다."

황제가 턱수염을 쓸며 곰곰이 생각에 잠겼다. 분명 아현이 쓰러질 때 봤던 그 표정은 거짓이 아니었다. 잘못 보지 않았다.

"찜찜함이 남는단 말이야."

"무엇이 말입니까?"

"독이 들어 있다는 것도 몰랐을 테고, 알았다면 더더욱 마시지도 않았을 테지만, 이상하게 아현의 태도가 수상쩍어."

기억을 더듬듯 미심쩍은 부분을 찾으려 노력하지만 딱 잡아 이것이다 할 만한 것은 없었다.

"아군인지 적군인지 모를 인간은 애초에 없애버리는 게 속 편합니다, 폐하."

"좌호군도 보았지 않나? 자결하라는 말에 단검까지 뽑아들고 심장을 찌르려던 것을 말이다. 진심이 아니고선 절대 그리할 순 없지."

"괜한 눈속임이 분명합니다."

유백은 아니라고 고개를 저었다. 그날 본 고결함이 담긴 아현의 눈은 한 치도 부끄러움이 없는 떳떳함으로 심장에 단검을 겨누었었다.

"거짓은 아니었다. 그냥 두고 보았다면 저세상 갔을 목숨이었어. 그걸 알았으니 표창으로 직접 단검을 쳐내지 않았는가? 목숨까지 버리려던 아현인데 좌호군에게는 어지간히 신임을 못 받는군그래."

굵고 화려한 환을 낀 손가락이 팔걸이 부분을 띄엄띄엄 두드렸다.

"무엇보다 아현은 배신하지 못한다. 부모라는 인질이 있으니."

"혹, 부모의 죽음을 이미 알고 있다면 어쩌실 겁니까?"

"뒤처리는 깔끔했다. 알기는 힘들지."

"그러시다면 무엇이 걸리시는 겁니까?"

자신의 질문에 주저함 없이 앞뒤 딱딱 맞게 답하던 아현을 떠올리다 황제는 피식 비열한 웃음을 머금는다.

"고민할 필요가 없는 문제군. 아현이 내 수하이나 어디에 적을 두든 어차피 상관없는 일이지."

"역시 이용할 생각이십니까?"

"언젠가는 그러하겠지."

유백이 만족한 듯 몸을 느긋하게 만들다 대뜸 꺼림칙한 사건이 떠오르는지 말문을 열었다.

"그나저나 향소운을 그리 만든 흉수는 찾았는가?"

자신만만하던 향도식의 얼굴이 처참하게 구겨졌다.

사흘 전의 일이었다. 별채에서 첩과 다과를 즐기려 하는데 밖에서 시종이 그를 찾아왔다. 큰일 났다며 다급하게 호들갑을 떨기에 곧장 따라나섰더니 아니 글쎄 대문 밖에서 금쪽같은 자식 놈이 사경을 헤매고 있는 게 아닌가. 한쪽 팔은 잘린 채였고 그 잘린 팔은 저 멀리 던져지듯 놓여 있었다.

하늘이 노래지는 것 같은 충격이었다. 꿈이 아닐까 볼을 꼬집어볼 정도였다. 당장 시종을 닦달해 소운을 방으로 옮기고 의원을 불렀지만 현재까지 차도는 미미하였다. 자식을 볼 때마다 끓어오르는 화로 담이 생길 정도였다.

첫날, 흥수를 찾아내라 사람들을 풀었으나 귀신이 곡하게도 머리카락 하나 알아오지 못하였다. 한마디로 재수 없었다는 소리다.

향소운이 깨어나면 흥수가 누구냐고 물을 참이었는데 향도식은 끝내 들을 수 없었다. 몸 상태도 심각하였으나 정신도 그에 못지않았다.

"찾지 못하였습니다."

"짐작 가는 인물은 없는가?"

없긴 왜 없을까, 너무 많아서 탈이지. 사실 향도식 그에게 앙심 품은 사람이 어디 한둘이겠는가. 그 사람들 일일이 다 의심하자니 한도 끝도 없어 반쯤 포기한 것이었다.

"모르겠사옵니다."

"소운이 몸 상태는 어떠한가?"

"죽을 때까지…… 불구로 살아야 하는 몸이 되었습니다."

황제 앞이라는 것도 망각한 채 향도식의 입에서 긴 한숨이 터져 나왔다.

얕은 사고와 수습이 힘든 돌발행동으로 늘 속을 썩였던 아들놈이었다. 어리석다, 멍청하다, 부족하다, 애써라, 그것밖에 못하겠느냐, 향소운에게 늘 잔소리를 달고 살았다. 그래도 어쩌랴. 미우나 고우나 자신의 피를 이은 자식인 것을. 고슴도치가 제 자식을 귀여워하듯 그런 아들이라도 그에게는 소중한 존재였다.

"잃어버린 팔도 팔이지만 머리 쪽 이상이 제일 크옵니다."

"머리라니?"

"며칠 사경을 헤매다 이제 좀 정신 차리나 싶었는데…… 사람을 알아보지 못하옵니다."

"어허!"

"제 어미 얼굴도 모르옵니다. 눈을 뜨면 헛소리만 해대니 대화도 힘듭니다. 그래서 흉수가 누구냐 묻지도 못했습니다."

"이런!"

황제조차도 기가 차서 해줄 말이 없었다.

"의원 말로는 너무나 큰 공포에 사로잡혀 그렇다는데, 무엇을 보았기에 그러는지…… '괴물이 쫓아와, 괴물이다. 괴물이 날 죽이려고 해.' 이 말만 반복해대니 그저 답답할 노릇입니다."

"지금 당장 어의를 보내줄 터이니 진맥을 다시 한 번 받아보아라."

"감읍하옵니다."

법도에 따라 향도식이 유백에게 납작 엎드려 절을 했다. 꿇었던 무릎을 하나씩 세우려던 그때, 향도식의 눈이 날카롭게 빛나며 출입문을 향한다.

이상한 낌새를 느낀 황제도 마침 문을 주시하던 차였다.

"밖에 누구냐!"

호위든 누구든 이 주위에 얼씬도 하지 말라 일렀거늘, 누가 감히 짐의 말을 거역하는가. 면상을 확인하자마자 바로 심장에 검을 꽂아주리라.

"폐하, 신첩이옵니다."

물 흐르는 듯 고운 황후의 옥음이었다.

언짢은 심기를 지우고 환해진 황제의 표정과는 반대로 향도식의 낯은 찜찜함으로 일그러졌다. 황후가 항상 꺼림칙하였던 향도식이다. 출신도 그렇거니와 기억을 잃었다는 것 자체도 도무지 믿기 힘들었다. 무슨 생각을 하는지 모를 흐릿한 눈동자는 어떻고. 그녀가 소름끼칠 때가 한두 번이 아니다.

그래서 일찍이 황제에게 황후를 멀리하라 주청 드렸다가 하마터면 목이 날아갈 뻔하였다. 그 뒤로 황후에 대한 것은 매사 조심에 조심을 더했다.

"대화내용이 혹 들렸으면……."

"출입문을 제외하고 사방이 방음이 되어 있는 곳이다. 대화소리도 작았으니 크게 걱정할 것은 없느니라."

이 이상 더 말해봤자 황제 눈 밖에만 날 뿐이라 향도식은 입을 꾹 다물었다.

"황후, 들어오시오."

황제의 허락을 알리는 큰 울림에 출입문이 열렸고 곧 황후가 화려한 옷을 입고 들어왔다.

순간 눈이 마주쳤다. 먼저 고개를 숙인 것은 향도식이었다.

황제가 푹 빠져 있을 만큼 황후는 여전히 고왔다. 서른 후반의 나이가 무색할 정도로 앳된 모습이었고 특유의 미색은 여전하였다. 그러니 공식석상에 참석시키지 않는 거겠지. 그녀가 황후의 의무를 다하지 못하는 이유는 정신상태가 이상하기도 하지만, 그녀를 많은 사람들 앞에 노출시키기를 꺼려하는 황제의 독점욕이 한몫했기 때문이다.

대신들의 반발이 들끓어 올라도 절대 뜻을 굽히지 않았다. 폐비라는 말은 더더욱 금기시되었다. 그렇다고 불만이 없어진 건 아니었다.

유백도 그것을 잘 알았다. 그렇게 골머리를 썩이고 있을 때 염홍이 독대를 청하여 이런 주청을 드렸었다.

"황후께서는 그에 맞는 책무를 이행하지 못하고 계십니다. 폐하께서도 인정하실 것이옵니다."

"염 우호군, 짐 앞에서 무엄한 말을 잘도 꺼내는군."

"황공하오나 폐하, 아무리 대신들의 입을 막는다 하여도 이 사안은 쉬이 가라앉지 않을 것입니다. 발 없는 말이 천 리 가듯 온 나라가 황후마마의 일을 알 날도 얼마 남지 않았습니다."

"그래서 하고 싶은 말이 무엇이냐? 본론을 말하라."

"유성 황자전하를 황태자로 책봉해주시옵소서."

"뭐시라?"

"어차피 미룰 수 없는 일임을 폐하께서 더 잘 알고 계실 것이옵니다. 책봉만 해주신다면 황후마마에 대한 불경한 언사가 나오지 않도록 소신이 직접 책임지겠습니다."

서로가 적이었으나 하나의 이해관계 아래 그들의 거래는 성사되었다.

향도식이 말도 안 된다고 길길이 날뛰듯 거품을 물었지만 황후에 대한 애정으로 단단히 봉사가 된 유백에게는 닿지 않는 외침이었다.

역사에서는 황태자 책봉을 서두르라는 상소가 넘쳐 유백이 미루다 마지못해 허락하였다 나오지만, 실상은 이리된 것이었다.

염홍의 약조대로 유성이 황태자로 책봉되자 황후에게로 향하던 화살은 감쪽같이 사라졌다.

"황후, 어쩐 일이오?"

"폐하가 아니 계시니 잠이 오지 않사옵니다."

기쁜 마음을 감추지 못한 황제가 의자에서 일어나 한달음으로 황후에게 다가갔다.

민망함에 향도식이 고개를 반대쪽으로 돌리든 말든 황후의 옥수를 꼭 잡으며 황홀해한다.

"내 지금 막 가려던 참이었소."

황후 앞이라면 날카로운 발톱마저 잘라내는 황제라, 그것을 지켜보는 신하의 입장으로선 참으로 한심하기 짝이 없었다.

'쯧쯧, 언제쯤 황후의 치마폭에서 벗어날 것인가.'

정말 황후는 눈엣가시 같은 존재였다. 그러한 본심 탓일까. 감추지 못한 못마땅함이 얼굴에 나타났고 순간 황후와 눈을 마주치고 말았다. 다시 찔끔하며 급히 고개를 숙이긴 했으나 이미 황후가 알아버린 뒤였다.

"이만 갑시다."

"폐하."

황제가 팔을 잡고 이끄는데도 황후가 따르지 않자 왜 그러느냐고 물었다.

한데 황후 입에서 나온 말이란.

"저자가 신첩을 계속 쳐다보았사옵니다."

"내 나중에 혼을 낼 터이니 화를 낮추시오."

황제가 한 손을 황후 몰래 등 뒤로 돌려 향도식에서 어서 물러가라 손짓했다. 트집잡힐까 봐 저자세로 슬금슬금 출입문으로 향하는 향도식.

"게 섰거라!"

청동 두 번째 이야기

"예, 옛?"

"감히 불경한 눈으로 나를 보았겠다?"

"아이고, 그게 무슨 얼토당토않으신 말씀이십니까?"

속으로는 온갖 욕을 씹어대되 겉으로는 나 죽여줍쇼 빌빌거린다. 액땜 굿을 해야 하나, 근래 들어 특히나 재수 없는 요즘이었다.

'아들놈도 그 꼴이라 속이 말이 아닌데 이젠 황후까지 나를 들들 볶는다. 그냥 아주 못살겠다.'

똥이 무서워서 피하나 더러워서 피하지. 어서 빨리 이 자리를 벗어나 단잠에나 빠지자 마음먹는데, 황후의 잔혹한 세 치 혀가 기어이 향도식을 기함하게 만들었다.

"폐하, 저자의 눈이 불쾌하기 짝이 없습니다. 혀를 자르고 눈을 파주시옵소서."

"황, 황후?"

향도식의 등에서 오싹한 한기를 동반한 소름이 짜르륵 생성되었다. 황제가 황후의 청에 동조하지 않으리란 걸 알지만 그럼에도 원인 모를 공포가 그를 덮쳐왔다.

"향 좌호군, 어서 나가라."

"예, 예, 폐하."

발을 빠르게 놀려 밀실을 벗어나는 향도식 뒤로 황후의 투정이 들려왔다.

향도식으로선 역시 황후와 관련해서는 되는 일이 없다고 백번 느끼는 하루였다.

장마가 지나고 작열하는 태양이 대지를 달구는 계절을 지나

초가을 문턱에 접어들었다. 늦여름의 마지막 발악인 듯 요 며칠 더위가 기승을 부려 한여름보다 한층 더 덥게 느껴지는 오후의 어느 날이었다.

갑갑해하는 아현을 위해 황태자가 통풍이 좋은 후원에 가보자 하여 함께 나왔다.

언제 지시를 내렸는지 시원해 보이는 나무그늘 아래 석자席子가 깔려 있었고 능시와 화채를 곁들인 소담한 주안상이 준비되었다.

"시원하구나."

"예, 바람이 좋사옵니다."

"옷이 답답하지 않느냐?"

"괜찮사옵니다."

환보궁 내에서는 침전에 틀어박혀 있으니 하늘거리는 자리옷만으로도 생활이 가능하였으나 ―사실 아현은 얇게 비치는 자리옷이 민망하여 입기를 거부하였는데, 유성에게 한차례 곤욕을 치르고 난 뒤로는 얌전하게 입게 되었다― 침전을 벗어나면 정복을 착용해야 한다는 것은 제아무리 황태자라도 고집피울 수 없는 부분이었다.

아현 자신은 불편함이 없는데 보는 황태자는 그렇지 않은지 정복 매듭을 슬그머니 잡아 빼고 있었다.

"전하, 제발 여기선 이러지 마시옵소서."

입맛을 다시며 매듭을 태울 듯 노려보길 몇 초, 끈질긴 그답지 않게 주안상으로 금세 시선을 돌린다.

"술이나 따르려무나."

"예, 전하."

곱게 대답한 아현이 잔에 술을 따르자 살짝 맛을 본 황태자가 안전하다며 새 잔에 술을 따라 그녀에게 하사한다.

"전 괜찮습니다."

술의 독한 맛에 길들여지지 않은 아현을 배려해 두 번은 권하지 않고 대신 화채를 가까이에 두어 먹으라고 재촉했다.

황태자의 고집을 알기에 화채를 한입 넣고 시원함을 맛본다.

"이 몸은?"

"예?"

"너만 입이더냐?"

아현은 입술을 꼭 깨물었다. 웃음이 튀어나올까 봐서다. 은숟가락으로 고이 떠서 그의 입에 넣어주었다.

그제야 삐뚤게 사선을 그리던 눈썹이 제 모양을 찾아간다.

"마음의 준비를 하고 있어라."

술잔을 몇 번 들이켜고 화채를 주거니 받거니 하길 일다경 후, 유성의 입에서 나온 의미심장한 말이었다.

"예?"

"탄신일축제가 끝나면 모든 것이 바로잡힐 것이다."

"……드디어 움직이시는 것이옵니까?"

서늘한 눈이 가늘게 웃으며 고개를 끄덕였다. 곧 씁쓸함을 담은 눈동자로 창공을 보았고 이내 걱정스러움이 가득한 아현의 얼굴로 시선을 돌렸다.

"주저하는 마음이 생기시는 겁니까?"

"지금 날 웃기려고 농을 거는 것이냐?"

"아닙니다만……."

"내가 무에 주저하는 마음이 생길까."

"하오나 낯빛이 좋지 않으셔서."

"긴 세월을 잠시 돌아본 것뿐이다. 용케도 여기까지 왔다 느끼니 조금 감상적이 되었겠지."

푸른 하늘을 그대로 내비치는 맑은 연못과 선명한 초록빛 식물들, 여름을 보내기 아쉬워하는 풀벌레소리. 이따금씩 불어오는 선선한 바람과 뜨겁고 파릇한 향취가 먼 과거를 회상하듯 아련하게 다가왔다.

묵직한 유성의 손이 아현의 턱을 잡아 자신에게로 돌린다.

"이 미소는 무슨 뜻이더냐?"

"행복해서, 믿기 힘들 만큼 지금 이 순간이 너무나 행복해서요."

나무그늘 사이로 능시에 반사된 한 줄기 빛이 아현의 화목花目에 덧그려졌다. 잔잔한 수면 같은 깊은 눈매가 상큼한 별빛을 품듯 반짝반짝 행복을 말한다.

"나 또한 그렇느니라."

명주 끈으로 묶지 않은 비단실 같은 머리채를 유성이 한 올 한 올 매만졌다.

"가끔 그때가 생각난다."

"그때라면……?"

"미복잠행을 나가 둘이서 노숙을 하지 않았느냐?"

'아, 그때!'라며 아현이 고개를 작게 끄덕였다.

"결국 토끼고기도 못 먹고……."

은근하게 끝을 늘어뜨리는 황태자의 어조에 아현이 작게 웃음을 터뜨렸다.

"수면에 비친 달이 참 아름다웠던 계곡이었습니다."

"그 수면에 있던 달이 네 눈에도 있었느니라. 모든 것이 보석처럼 빛났었다. 선녀가 강림한 줄 알았다지."

"과찬……이십니다."

가슴이 간질간질하며 떨려왔다. 황태자를 보면 볼수록 새로운 모습을 알아가는 그녀였다. 고집과 심술기는 여전해도 감정을 표현하는 데 있어서 주저함이 없는 그가 놀랍고도 신기했다. 새로이 자각한 본인의 감정을 주체하지 못하겠다는 듯, 끊임없이 은애한다, 원한다, 너뿐이다, 하였다.

"참 네가 미웠다."

"예?"

"날 항상 이상한 사내로 만드는 네가 미웠었다."

촉촉한 살결을 음미하듯 손끝 하나하나를 여린 볼살에 얹으며 음률을 이어간다. 얼굴을 만지던 손이 목 뒤로 슬그머니 넘어가더니 서서히 아현을 끌어당겼다.

입술이 만났다. 파르르 떨던 속눈썹이 곧 다소곳이 내려앉는다. 강하진 않지만 농염함이 묻어나는 애정이었다.

유성이 주안상을 가볍게 옆으로 치우며 아현을 석자席子 위로 천천히 눕힌다.

"전하……. 여긴 밖이옵니다. 누가 올지도 모르는데……."

"내 후원에 누가 온단 말이더냐?"

"그래도……."

"끝까지 하지 않을 생각이니 걱정은 거두어라."

자신의 의지가 이렇게 약하였던가. 왜 황태자가 하자는 대로만 끌려가는 것일까.

그러한 사소한 불만은 황태자와 점점 가까워지는 거리와 반비례하여 희석되어갔다. 나비가 꽃에 내려앉듯 황태자의 옥체가 가장 귀하고 아름다운 꽃을 보듬는다.

"참……. 좋구나."

한편, 이태기와 풍한도가 황태자를 직접 찾아나섰다.

늘 일정한 시간에 매일 보았던 황태자가 아현이 쾌차하고부터는 많게는 닷새에 한 번, 적게는 이틀에 한 번, 귀한 옥면을 내보이니 답답한 그들이 찾을 수밖에 없지 않은가. 정인이 죽다 살아난 그 애틋한 마음은 백번 이해하고도 남지만 황태자는 좀 과한 면이 없지 않았다.

평판을 걱정하는 게 아니다. 어차피 황태자의 평판이야 궁내에선 눈 밖에 난 지 오래라 그러려니 넘기면 되는 일이다.

문제는 매일 일정하게 들어오는 공문에 있었다. 황태자의 승인이 없어도 되는 게 있지만 아닌 것도 존재했다.

예전 같으면 이태기가 문서를 정리하고 그것을 황태자에게 찾아가 확인받는 절차를 거쳤었으나 이젠 그럴 수가 없었다. 걸핏하면 환보궁에 발걸음 하지 말라고 하질 않나, 어떤 시간은 피하라고 경고의 기(氣)를 보내질 않나. 이태기는 중간에서 아주 죽을 맛이었다.

"괜히 갔다가 눈총받는 거 아닙니까?"

청
동   두 번째 이야기

"그러니 널 데려가는 것 아니겠냐?"

"우아, 형님 치사하십니다. 저 그냥 가렵니다."

"이대로 가면 가만 안 둔다. 대장으로서 하는 말이다."

반 협박을 할 정도면 이태기가 급하긴 급했나 보다, 라고 풍한도는 생각했다. 속으로는 전혀 불만이 없으면서 습관처럼 입을 이죽거렸다.

"그러는 법이 어디 있습니까?"

"억울하면 나보다 더 출세하든가."

그들이 후원으로 막 접어들었을 때, 이태기가 민첩한 동작으로 걸음을 멈추었다.

이상히 여긴 풍한도가 왜 그러냐고 말하려는데 이태기의 딱딱한 손바닥이 거칠게 그의 입을 막았다.

"쉿."

풍한도의 눈에 의문이 담겼다.

"앞을 봐라."

평범한 사람들은 보기 힘든 거리였으나 풍한도는 쉽게 포착하였다.

"전하와 아현이군요."

"그렇지."

"찾았으니 어서 가서 문서 확인받고 갑시다."

"휴우."

"왜 한숨입니까?"

손에 쥔 문서더미를 우울하게 내려다본 이태기가 어깨를 축 늘어뜨렸다.

"오늘도 글렀다."

"왜 그러시는 겁니까?"

"눈 좀 똑바로 뜨고 다시 보아라."

풍한도가 안력을 더 자세히 돋우며 보았다. 곧 터져 나올 것 같은 외침을 두 손으로 꼭 틀어막는다. 심장이 벌렁벌렁하는지 가슴을 작게 두드리다 침도 꿀꺽 삼켜보는 풍한도였다. 본인도 민망했던지 볼을 슬쩍 긁으며 이태기를 돌아본다.

"한마디로 전하는……"

잠시 끝맺음을 멈추고 이 상황을 아주 잘 나타내는 간결한 말을 하며 이태기를 돌아보았다.

"시식 중?"

퍽!

머리가 앞으로 무너지며 눈앞이 번쩍한다.

이태기의 매운 손맛을 보고 발끈하려던 풍한도는 황태자가 알아챌까 싶어 화를 급히 낮추었다.

"형님! 아프지 않습니까?"

세게 맞은 게 억울했던지 기어코 볼멘소리가 나왔다.

"불경한 언사였다."

"그게 뭐가 불경합니까? 사실 고대로 말한 것밖에 없는데."

"내가 불경하다면 불경한 거다."

"쳇, 잘났수."

이태기가 아쉬운 듯 다시 한 번 문서와 황태자를 번갈아보았다. 그러다 갑자기 눈빛이 심각해지며 풍한도의 옆구리를 찌르기 시작한다.

"왜 찌릅니까?"

"가자."

"안 그래도 갈 참이었잖습니까? 그만 찌르라니까요. 근육이 놀랍니다!"

"이게 근육이었냐? 난 또 돼지비계 붙여놓은 줄 알았지."

"형님!"

"저길 보라고. 빨리 안 가면 진짜 불통 튀겠다."

이태기의 재촉에 풍한도가 다시 두 사람이 있는 장소로 눈을 돌렸다. 서서히 크기를 더해가는 풍한도의 눈과 입.

유성의 한 손이 뒷짐 진 자세로 아현 몰래 사신위 둘에게 경고를 보내고 있었다. 손목을 여러 번 꺾으며 물러가라는 듯 반대편을 가리키는 황태자의 손가락.

게다가 손동작의 숨은 뜻은 어떠한가.

'방해하면 죽는다.'

이태기와 풍한도는 정말 죽기 싫었다.

월제국의 가장 큰 연례행사인 황제탄신일축제의 서막이 올랐
다.

탄신일을 기준으로 열흘 전과 열흘 후, 약 한 달 가까이 거행
되는 이 축제는 대륙에서도 손꼽힐 만큼 성대한 행사였다. 많은
이들의 입소문을 타 멀리 서장에까지 전해질 정도라 그 화려함
은 말할 필요도 없었다.

그중 하나의 볼거리는 수많은 나라에서 보내오는 축하사절단
의 행렬이었다.

대국의 위신에 걸맞게 사절단의 규모는 어마어마하였는데, 첫
사절단 도착을 시작으로 열흘이 지나도 행렬이 이어진다 하니
이것은 대륙에서 월제국이 차지하는 비중을 보여주는 한 단면
이라고 할 수 있었다.

커다란 도성을 둘러싼 높다란 성벽 위로 황제탄신일을 축하하
는 대형 깃발 수천 개가 바람이 이끄는 대로 펄럭였다.

거리에는 백성들이 사절단을 구경하기 위해 삼삼오오 모였고,
선물을 실은 화려한 수레가 지나갈 때마다 이들은 저마다 환호
하기 바빴다.

도성 내의 여러 광장에서는 이 기회를 놓치지 않고 재주꾼들이 군중의 시선 끌기에 몰두해 있었다.

폭죽이 파바바팍 터졌다.

쉬이 보기 힘든 진귀한 풍경에 남녀노소 할 것 없이 고개를 한껏 젖혀 감탄한다. 소량의 화약이 터지며 박을 깨뜨리자 종이가루가 흩날리며 둘둘 말려진 종이가 긴 혀처럼 늘어졌다.

탄신을 경하 드린다는 문구가 초가을의 바람을 타고 나부꼈다.

축제가 시작되고 사흘째 되는 정오의 한때, 여타 다른 사절단보다 확실히 눈에 띄는 큰 규모의 수레행렬이 도성을 막 지나 한적한 공터에서 잠시 쉬는 중이었다.

별을 상징하는 독특한 문양의 수레와 수십 개의 역삼각형의 기다란 깃발이 주변국을 압도하였다. 이는 월제국에서 동쪽으로 멀리 떨어진 우방국 중 하나인, 독립국을 표방하는 금락국이었다. 월제국을 섬겨온 소국에서 출발한 금락국은 오늘날 거대상권의 발달로 동대륙의 교량 역할을 하는 중요국가로 성장했다.

대륙의 대표 나라라 하면 월제국, 금락국, 기선국이 있는데, 그중 월제국과 금락국은 오래도록 친분이 두텁기로 유명했다. 그렇게 된 데에는 크게 두 가지 이유를 들 수 있다. 하나는 영원한 동맹국임을 자처하는 금락국이 원인이며, 다른 하나는 수시로 인접국을 침략하여 영토 확장을 꾀하는 기선국의 영향에 기인한 것이었다.

기선국이 호전적인 민족답게 도가 지나치게 침략과 약탈을 자행하자 평화를 원하는 월제국과 금락국은 철저한 견제로 평화를 수호했다. 이러한 노력으로 최근 스무 해 넘게 별 탈 없는 태평성대를 이룰 수 있었다.

물론 월제국에선 황권교체, 뒤숭숭한 국내정세와 같은 잡음이 있었지만 겉으로 보기에 대국의 굳건한 면모는 그대로였다.

"저긴 금락국 아녀?"

"깃발 보니 맞구먼."

"싸게싸게 달려서 황궁에서 짐을 풀지 왜 저러코롬 앉아 있는가 몰러."

"그러게 말이여. 우린 빨리 달리드라고."

도성을 통과한 소국의 사절단들이 금락국의 수레를 보고 저마다 한마디씩 하면서 지나갔다. 그들로선 전혀 이상할 게 없는 의문이었다.

보통 대부분의 사절단은 도성을 넘기 전, 체력비축을 위해 작은 마을여관에서 하루를 쉬곤 하는데, 금락국은 희한하게도 도성검문을 통과하자마자 쉬고 앉았으니 보는 사람들마다 기이하게 여기는 건 당연한 일이었다.

사실 금락국 사절단도 사정이 있어 그런 것이지 결코 의도적으로 행렬을 멈춘 게 아니었다.

"대체 담 왕자께선 어딜 가셨단 말입니까?"

금락국 사절단 부책임자가 담원표 제3왕자의 호위인 노영호에게 따져 물었다.

노영호는 정말 해줄 말이 없었다. 분명 도성을 넘기 전까진 함께였는데, 정신없는 검문을 끝내고 도성을 넘으니 담원표는 홀연히 사라진 뒤였다. '이 말썽쟁이 왕자'라고 속으로 씹어 삼킨 노영호는 자신이 지을 수 있는 가장 불쌍한 낯을 만들었다.

"저도 힘이 듭니다. 부책임자 나리께서도 담 왕자저하의 성격을 아시지 않습니까?"

제3왕자 담원표라고 하면 '바람의 왕자'라는 별칭을 가진 금락국에서도 꽤 유명한 풍객으로, 미끈한 얼굴과 유들거리는 말투, 날렵한 체격, 흘러넘치는 재력을 지녀 금락국 내에서도 소문이 끊이지 않는 인물이었다.

여기서 '바람'이라는 것은 다양한 여인편력을 뜻하지만 동에 번쩍, 서에 번쩍, 잘도 사라졌다 나타난다 하여 붙은 별칭이기도 했다. 호위조차 그를 놓칠 때가 다반사라 담원표가 가진 경공실력이 얼마나 특출한지 안 봐도 훤하다 하겠다.

"묶어서라도 잡아놓고 계셨어야지요!"

"묶다가 왕족신체훼손죄를 물으시면 어쩝니까?"

부책임자도 그건 곤란한지 헛기침으로 무마하려한다.

"아니 될 말이긴 하지만……. 에효, 내 팔자야."

에효, 노영호도 같은 마음이었다.

그들이 그렇게 오매불망 찾고 있는 담원표는 축제가 한창인 도성 내 번화가를 돌아다니고 있었다. 월제국 특산품 구경도 했다가, 끊이지 않는 사절단행렬도 보았다가, 묘기를 부리는 재주꾼에게도 눈길을 돌렸다가 하며 오랜만에 주어진 자유를 만끽했다.

'지금쯤 날 찾느라고 난리 났겠군.'

왕족에 대한 예의라곤 눈곱만큼도 없는 어릴 때의 동무 노영호를 떠올리다가 금세 지워버리는 담원표였다. 어차피 저지른 일, 이왕 잔소리 들을 거 구경은 실컷 하고서 들으련다, 하며 이쪽저쪽 기웃거리기 바쁘다.

'신시에 주안문 광장에서 보자는 서찰을 남겼으니 괜찮겠지.'

노영호와 부책임자가 발 동동 구르는 것도 모르고 저 혼자만 신났다.

담원표가 사라지고 한 시진이 지나서야 서찰을 발견한 금락국 일행. 특히 노영호의 분노가 극에 달하였는데, 그것도 모른 채 얼굴에 한껏 미소를 지으며 유유자적 나다니는 담원표를 보자면 차라리 모르는 게 약이지 싶다.

'월제국은 미인도 많아 눈이 호강하는구나.'

담원표는 여인을 구경하는 동시에 그들에게 구경당하는 재미를 은근히 즐기며 거리를 거닐었다. 금락국에서 여인을 홀렸던 만점짜리 미소가 얼굴 한가득 들어찬다.

담원표가 사절단 행렬이 지나는 중앙길을 피해 가죽신을 파는 가판대를 돌던 때였다.

'여인무사인가?'

비록 무사복장이었지만 고급스런 재질의 옷감과 허리춤에 찬 정교한 도실刀室이 보통 신분이 아님을 나타내주었다.

'앞모습이 보고 싶은데……'

넉넉한 허리띠의 조임 정도를 보아하건대 낭창낭창한 허리가 투시될 정도였다. 비단결같이 곱게 묶은 머리카락이 꿀처럼 흘러내렸다.

'뒤태 좋고, 분위기 좋고, 키도 적당하구나.'

묘령의 여인은 문을 활짝 개방한 보석가게 안에 서 있었다. 보석을 살 생각인지 주인이 하는 말을 경청하며 고개를 작게 끄덕이기도 했다.

'참 조용한 여인이구나.'

다른 여인이었다면 이것저것 착용하면서 여러 가지 질문으로 주인의 진을 쏙 뺐을 텐데 눈으로 보고 귀로만 경청하니 더 호기심이 동하였다.

'까짓 옥환 고르는 척하면 얼굴을 볼 수 있지 않을까?'

결심이 서자 행동은 즉시였다.

여유를 가장해 일정한 보폭으로 천천히 안으로 들어갔다. 묘령의 여인 옆에 자리를 잡고 눈은 아래로 향한 채 고심하는 표정을 지었다.

이 여인은 향기도 기가 막혔다. 끈적끈적한 사향내도 아니고, 홍분에서 나는 분 냄새도 아니었다. 좀 더 달콤하고, 좀 더 깨끗한, 과하지도 덜하지도 않은 순연한 기분 좋은 향.

돈 많은 물주를 보듯 주인이 담원표에게 손을 비비며 굽실거렸다.

"무엇을 찾으십니까?"

"음, 옥환을 종류별로 보고 싶은데."

"예, 예, 잠시만 기다려주십시오."

담원표는 가게를 둘러보는 척하며 마지막으로 시선을 여인에게로 돌렸다. 순간적으로 다가온 충격과도 같은 놀람.

'무비일색이 여기 있구나.'

벌어지는 입을 다물지 못하고 멍하니 여인만 보았다. 비록 옆

모습이지만 굳이 정면을 보지 않더라도 쉬이 짐작되는 미색이었다.

아현은 아까부터 노골적인 시선을 참다 참다 안 되겠어서 고개를 좌로 돌렸다. 눈이 마주치자 사내가 화들짝 놀라며 흠흠 헛기침하고선 볼을 붉혔다.

이를 본 아현의 평가는 가차 없었는데.

'얼뜨기 같군.'

금락국 최고의 풍객이 단숨에 얼뜨기가 되는 순간이었다.

"오래 기다리셨습니다."

마침 주인이 나왔다.

담원표에게는 다양한 옥환이 담긴 시탁을 잘 보이게 앞에 놓았고, 아현에게는 고급스럽게 수가 놓인 비단주머니를 받쳤다.

그녀가 주머니를 살짝 열어 안에 있는 은은한 비색으로 된 옥팔찌를 살피는 동안, 담원표는 옥환들을 보는 둥 마는 둥하며 아현을 곁눈질했다.

'마음에 들어하실까?'

아현은 옥구슬에 새겨진 음각의 글씨를 손끝으로 더듬었다.

성현星賢.

유성과 아현의 이름이었다. 황태자에게 주고 싶어서 주문하긴 했으나 자신이 받은 것에 비하면 턱없이 초라한 선물이라 그가 좋아할까. 조금 걱정스러웠다.

아현은 품에서 금전 주머니를 꺼내어 주인에게 내밀었다.

주인은 내용물을 확인하고는 입을 함지박만 하게 벌리며 기쁨을 숨기지 못한다. 물건에 비해 과한 가격이지만 비밀유지를 위해서라면 더 써도 상관없다는 생각이었다.

'늦었다간 전하께 혼이 날 거야.'

주머니를 소중하게 품에 넣은 아현은 주인장에게 곧장 인사하고 나왔다.

더 이상 지체할 시간이 없다. 출궁도 겨우겨우 허락받고 나온 것인데 입궁이 늦으면 황태자가 무슨 심술을 부릴지 몰랐다. 그건 그렇고.

'저 얼뜨기는 왜 쫓아오는 거야.'

아현쯤 되는 고수가 누군가의 미행을 모를 리 없었다. 다만 말 섞기가 귀찮아 무시하고 있었던 것뿐이지. 더군다나 얼뜨기에게 귀한 시간을 투자하고 싶은 생각일랑 좁쌀만큼도 생기지 않았다.

'무술 좀 하나 보군.'

속도를 높였더니 제법 잘 따라붙는다.

'귀찮은데 왜 자꾸 따라오지? 싸우자는 건가.'

쯧쯧, 사내의 연정을 모르는 이 여인을 어찌하면 좋을꼬.

그렇게 얼마간 달리고 달렸다.

계속 따라붙으면 신경 쓰여서라도 말을 붙여줄 줄 알았던 담원표는 처음 계획을 수정해야 함을 깨달았다. 그를 보고도 미소 한 번 보이지 않다니, 미소뿐이랴? 눈길 한 번 주지 않는 철옹성 같은 여인이었다. 금락국에서는 있을 수 없는 일이라 담원표는 놀라움을 감추지 못했다. 이런 식의 무시는 처음이었다. 무슨 청개구리 심보인지 아현이 더욱 매력적으로 보이기까지 했다.

"이보시오, 소저!"

아현은 달리던 발의 속도를 천천히 줄였다. 말 한마디 안 했다면 모를까, 뻔히 자신을 부르는 것을 아는데 대놓고 무시하기란 쉽지 않았다.

아현이 가던 길을 멈추고 고개를 휙 돌리자 긴 머리채가 부채처럼 펼쳐지며 차분히 내려앉는다. 그 모습에 심장박동이 빨라지는 걸 느낀 담원표가 진중한 표정을 지었다.

"무례하게 따라붙어, 우선 죄송하게 생각하고 있습니다."

'당연히 죄송해야지.'

아현은 긍정하듯 고개를 끄덕였다.

묘령의 여인의 목소리가 듣고 싶었다. 보기만 해도 아랫도리가 불끈해지는 이 여인. 외모와 별개로 목소리는 어떠할까.

담원표는 입안이 바짝바짝 마르며 애가 탔다.

"통성명이 하고 싶어 불렀습니다."

눈을 살짝 접고 고른 치아를 내보이는 사내를 보며 아현은 자신의 생각을 조금 수정했다.

'얼뜨기까진 아니나 웃음이 헤픈 놈이군.'

궁에는 멋진 사내들이 넘칠 만큼 많다. 월훈무사를 비롯해 사신위, 황태자를 오래 보아온 아현에게 담원표의 잘생긴 외모는 그다지 와 닿지 않는 외양이었다.

게다가 아현은 매일을 월제국 최고의 미장부 황태자와 생활하고 있었다. 솔직한 심정으로 황태자 때문에 한껏 눈이 높아져 그를 제외한 나머지 사내들은 모두가 고만고만하게 보였다.

이러한 사실을 담원표가 알았다면 도도한 자존심에 얼마나 금이 갔을 것인가.

"싫습니다."

"에?"

아현의 단호한 대답에 순간 담원표의 평정이 무너졌다.

"이유가……."

"그냥 싫다는데 이유가 있겠습니까?"

차갑게 울리는 목소리마저 매력적이다. 분명 여인에게 처음으로 싫다는 말을 들었다. 그것도 한 여인에게 두 번이나. 관심 없다는 표정이 거짓처럼은 보이지 않는다. 화가 나야 하는데 화는 커녕 몹쓸 흥미만 높아졌다.

"싫다는 분에게 제가 결례를 범했습니다."

이 말은 순전히 예의상으로 하는 듣기 좋은 겉치레의 사과일 뿐이다. 아마 묘령의 여인도 모르지 않을 터였다.

첫눈에 반한 상대는 그런 사정쯤이야 상관없다는 태도로 날카로운 혀로 그의 기대를 무참히 잘라버렸다.

"결례 맞으니 이만 갈 길 가십시오."

인사도 없었다.

너무 어이가 없으면 말문이 막힌다 하지 않던가. 담원표가 현재 그랬다. 말문만 막히다뿐이랴. 잠시 어지러운 정신을 가다듬느라 여인이 유유히 사라지는 걸 지켜만 봐야 했던 담원표.

정신이 들었을 땐 이미 여인의 모습은 티끌만큼도 찾을 수 없었다.

얼마의 시간이 지났을까.

사람 한두 명만 지나가는 한적한 외길에서 사내의 호탕한 웃음이 터졌다.

"하하하하하하. 재밌다, 재미있어."

월제국에 머무르는 기간은 약 한 달여. 저 정도의 미모와 실력이라면 월제국 내에서도 알아주는 인물일 터. 반드시 알아내리라, 수소문해서라도 꼭 찾고 말리라.

그렇게 다짐하는 담원표였다.

무사히 입궁한 아현은 주저하듯 머뭇거리다 황태자에게 주머니를 공손히 내밀었다.

"이게 무엇이냐?"

"그냥……."

볼을 붉힌 채 고개를 외로 돌리는 아현의 고운 자태를 보고 유성의 눈에 기분 좋은 웃음기가 서렸다. 주머니를 받고 '이것이 무엇이기에 아현이 부끄러워하나' 의아해하며 매듭을 풀었다. 썩 모양 좋은 정교한 옥팔찌가 나왔다. 유성이 다소 놀라는 표정을 지으며 아현을 보았다.

절로 지어지는 진한 미소.

그의 반응이 어떨지 긴장되는지, 눈도 못 마주치는 그녀가 어여뻐 미칠 것 같았다.

"선물이더냐?"

"예, 전하."

"이유는?"

아현의 본심을 알면서도 굳이 확인하고픈 나쁜 성격은 어쩔 수 없나 보다.

"정표……이옵니다."

유성은 슬슬 벌어지려는 입술을 억지로 참으며 뻔뻔한 얼굴로 왼쪽 팔을 아현에게 뻗었다.

"직접 걸어주려무나."

이는 정표를 순순히 받아주겠다는 허락이었고, 몸에 지니겠다는 무언의 약조였다.

꽃이 활짝 피듯 아현의 얼굴이 금세 환해졌다. 긴장된 손가락이 옥팔찌의 고리를 풀어 황태자의 수수手首에 조심스럽게 걸었다.

"글도 새겼구나."

"예."

"성현星賢이라……. 이 몸이 아현 네 것이다 자랑하고 싶었던 거냐?"

짓궂은 놀림이라는 걸 알지만 불경스러운 황태자의 농에 당황함을 숨기지 못한 아현이 두 손과 얼굴을 동시에 흔들었다.

"아니옵니다."

"소심하긴. 둘만 있을 땐 욕심부려도 되느니라."

"제가 어찌……."

속눈썹이 팔랑팔랑 춤을 추는 건 어쩔 줄 몰라하는 마음 상태를 나타냈다.

이 여인이 좋아 죽을 것 같은 기분에 유성은 듬직한 두 팔을 열어 부드러운 여체를 품속으로 폭 당겨 안았다.

유성의 잔잔하고 온화한 표정이 어느 순간 진한 웃음으로 피어났다.

용기를 낸 가느다란 팔이 그의 허리를 마주 안아왔기 때문이다.

유소화는 오전부터 분주했다. 사시부터 진행되는 사절단 영접 행사에 그녀가 안주인 자격으로 황제 옆에 있어야 했다. 이는 정신이 온전치 못한 황후를 보호하려는 황제 나름의 차선책이었다.

가장 성대한 연례행사는 황제탄신일이라 유소화의 의복은 그어느 때보다 화려했다. 매미의 날개처럼 쪽진 두 갈래 머리인 선빈도 화려함을 더해주는 장치였고 특별히 공을 들인 홍분은 옷차림에 걸맞게 다양한 색조로 멋을 부렸다.

"궁주마마, 참으로 아름답사옵니다."

유소화의 시중을 드는 시녀가 아부 짙은 발언을 하자 그녀의 붉은 입술이 만족스럽게 늘어졌다.

"정말 그러하느냐?"

"예, 궁주마마. 두 눈이 멀 것 같사옵니다."

유소화는 면경을 보고 마지막 점검을 끝내며 근신전으로 갈 준비를 서둘렀다.

"금희야, 금락국 사절단은 도착하였니?"

시녀장 금희가 소화의 마음을 안다는 듯 신나게 대답한다.

"예, 궁주마마. 어제 짐을 풀고 오늘 있을 연회에 참석한다는 소식을 들었사옵니다."

기쁨을 감추지 못한 유소화가 활짝 웃었다. 생기가 넘치는 눈이 기대감을 담아 한껏 빛을 발했다.

"금락국 제3왕자인 담원표 왕자저하가 그리 좋으십니까?"

"아이 참, 그게 아니래도."

아니긴. 몸을 배배 꼬는 자세가 기라고 말하는데.

"궁주마마의 참한 이 모습을 보시면 왕자저하께서도 감탄하실 것이옵니다."

"정말 그리 생각하느냐?"

"당연하옵죠."

축하사절단이 황제를 직접 알현할 수 있는 방법은 두 가지뿐이다. 황궁에 도착하는 즉시 수레 가득 담은 선물을 황제에게 직접 바칠 때가 첫 번째, 그리고 지금처럼 사절단을 위한 연회에 참석할 때가 그 두 번째이다.

너른 근신전 내부, 각양각색의 옷차림으로 한껏 멋부린 수많은 사람들이 삼삼오오 모여 있었다. 아직 축제의 주인공이 나타나지 않아 이 얘기 저 얘기로 시간을 때우는 사람들이 대부분이었다.

"황태자전하 납시오."

예를 갖추기 위해 일어서는 사람들.

사절단 자격으로 참가한 타국의 여인들은 그 소문의 황태자를 볼 수 있다는 기대감에 두 눈을 반짝였다.

사내들은 다른 의미로 조금 긴장하였다.

황태자는 훗날 월제국의 주인이 될 몸이다. 대륙의 정세를 위해서도 연회 동안 황태자의 성향을 파악할 필요가 있었다.

소문처럼 주색가가 아니길 빌며 사절단 모두는 황태자가 입장할 입구를 주시했다.

"아."

누구의 감탄사인지는 알 수 없었다. 그 소리가 크고 작고의 차이만 있을 뿐, 그들 모두가 한 음절을 뱉어냈기 때문이다.

사절단 자격으로 온 소국의 많은 공주들이 넋을 잃고 황태자를 보았다. 그럴 수밖에. 황태자의 빼어난 외모도 한몫하지만 무엇보다 사람을 옴짝달싹 못하게 만드는 그 특유의 분위기가 더욱 감탄을 자아내게 하였다. 불나방이 불 속에 뛰어드는 것처럼 여인들의 눈은 갈망을 담아 황태자를 주시했다.

그런 뜨겁고 노골적인 시선을 직접 받으면 참으로 거북스럽기도 하련만 황태자의 얼굴은 시종일관 하나로 고정된 상태였다. 곤란한 표정은커녕, 찡그림도 없었고 웃음은 더더욱 보기 힘들었다. 아니, 상상조차 떠올려지지 않는 벽처럼 느껴졌다.

개중에 매년 사절단으로 참석한 사람들은 한결같은 황태자의 모습에 '변한 게 없군.' 이라는 감상을 토하는 게 전부였다.

"황태자전하 뒤에 선 사람들은 호위인가요?"

어느 소국의 공주가 옆 사람에게 물었다.

"전하의 직속호위 사신위라고 합니다."

"황태자전하도 미장부신데 그 수하들도 빠지지 않는 외모로군요."

"전하의 호위는 외모를 보고 뽑는다는 우스갯말이 나올 정도라고 하더군요."

"그런 소문이 돌 만도 합니다."

무시할 수 없는 연회다 보니 황태자의 호위도 그에 걸맞게 이태기와 곽남휘가 따라나섰다.

정확히 말하자면 따르려던 아현을 황태자가 칼같이 막아버렸다. 환보궁 밖으로도 보내기 싫어하는 정인을 이렇게 사람 많은 곳에 데려올 리 없지 않은가.

"궁주마마, 납시오."

황태자를 제외한 모두가 자리에서 일어났다.

이태기는 반쯤 고개를 숙이며 언짢은 기색을 감춰야 했다. 황태자보다 품계 낮은 궁주가 더 늦게 오는 경우가 어디 있단 말인가.

원래대로라면 궁주를 시작으로 황태자, 황제 순으로 입장하게끔 되어 있었다. 그런데 언젠가부터 그런 질서를 무시하는 궁주였고, 그것을 보다 못한 대신들이 법도를 내세워 따졌었다.

그런데 궁주의 대답은 더 가관이었다.

"전 이 나라의 궁주가 아니라 황후마마를 대신해 참석하고 있는 것입니다."

똑 부러지게 말하는 유소화의 당찬 대응에 대신들 모두가 꿀 먹은 벙어리가 되었다. 그런 일이 있고부터 궁주의 안하무인 격인 행동거지에 대해 불만이 있어도 나서는 이는 거의 없었다.

설사 나서는 이가 있다손 쳐도 궁주의 언행은 고쳐지지 않았는데. 한번은 이태기가 하도 답답하여 황태자에게 이런 말도 하였더랬다.

"그냥 두고 보실 겁니까? 아무리 전하께서 훗날을 위해 많은 것을 참아야 한다지만 이것은 아닙니다. 법도에 어긋나는 일이옵니다."

"내버려둬라."

"전하!"

"어차피 그들에게 현 상황이란 일장춘몽에 지나지 않을 터, 그러니 신경 꺼라. 지금이 만족스러울수록 다가올 미래는 잔혹할 테니."

그렇게 말하던 황태자의 광기에 번들거리던 잔인한 핏빛 눈동자를 잊을 수가 없었다. 밤바다 같은 짙은 남청색 눈이 분명하건만 순간적으로 붉게 빛나는 것처럼 보였었다.

궁주가 입장하고 얼마 지나지 않아 황제의 입실이 이어졌다.

뒤통수를 내보이며 바닥을 향해 깊숙이 수그린 사람들 사이로 황제가 천천히 걸음을 옮겼다. 뒤에는 수십에 달하는 황룡대가 따랐고, 그들은 황제가 자리에 앉자 보호하듯 병풍처럼 줄을 만들어 섰다.

곧 모든 사절단을 대표하는 금락국 제3왕자 담원표가 축하의 말을 전했고, 답사로 황제는 즐거운 시간 되시라며 간단한 말로 마무리했다.

정기만찬회 때완 다르게 내부 가장자리를 빙 둘러 탁자가 마련되어 있고 정중앙에는 갖가지 음식과 음료, 술이 과장을 조금 보태 산처럼 쌓여 있었다.

"이 사."

"예, 전하."

황태자의 짧은 부름에 이태기가 간결하게 대답했다.

"연회가 무르익는다 싶을 때 나갈 것이다."

"예, 알겠습니다."

황태자는 음식에 입 한 번 대지 않고 석상처럼 자리를 지켰다. 쉽게 근접하기 어려운 황태자의 분위기 탓에 주위 여인들은 다가가지는 못하고 애타는 눈빛만 던질 뿐이었다.

호기심과 욕망이 깃든 진한 시선들이 끈적끈적하게 달라붙어도 황태자나 사신위는 일절 동요가 없었다.

늘 그래왔다는 듯, 군더더기 없는 바른 자세로 연회장을 스윽 훑는다.

"금희야, 따라오너라."

"예, 궁주마마."

유소화는 담원표라는 목표를 향해 한 발 한 발 조심스레 내딛었다. 거리가 가까워질수록 심장이 콩닥콩닥한다. 사모하는 임을 만난다는 기쁨에 발걸음마저 가벼웠다.

"아, 이런 궁주마마 아니시옵니까? 그동안 평안하셨는지요."

금락국의 부책임자가 먼저 알은체를 해왔다. 작년에도 사절단에 합류했던 그는 궁주를 대번에 알아보았고, 자연스레 그들 일행에게 소개시켰다.

"월제국의 궁주마마이십니다. 인사들 나누시지요."

"처음 뵙겠습니다. 금락국의 제3왕자 담원표라고 합니다."

유소화는 찰나 굳어지려던 표정을 수습하고서 다소곳이 미소를 지으며 통성명을 했다.

'처음이라니요. 우린 두 번 만났었다고요.'

3년 전 화친도모를 위해 좌호군 향도식을 따라 금락국을 간 적이 있었다. 금락국에 도착해 왕성에 머무는 게 지루해진 나머지 몰래 빠져나온 유소화는 장안을 돌아다니다 봉변을 당하기 직전에 담원표로부터 구원을 받은 일이 있었다. 통성명 없이 헤어졌으나 곧 금락국 왕이 월제국을 위해 베푸는 연회에서 담원표를 두 번째로 보게 되었다.

소화는 운명이라는 생각까지 들었다. 한데 그는 그녀를 알아보지 못하였다. 심지어 지금도 모르고 있었다. 고의가 아니라 정말 모르는 듯했다.

소화는 어금니를 표 나지 않게 깨물어 인내심을 발휘해야만 했다.

"유소화라고 합니다."

사실 담원표는 유소화를 알고 있었다. 솔직히, 대제국 월제국의 하나뿐인 궁주를 어떻게 모를 것인가. 다만 유소화가 건네는 눈빛이 가히 찜찜한 점이 없잖아 있어 모른 척한 것뿐이다.

금락국의 부책임자가 얘기들 나누시라며 다른 쪽으로 갔고, 유소화의 시녀장 금희도 눈치껏 자리를 피했다.

그것이 빤히 보여도 하는 수 없다는 생각에 담원표는 수박 겉 핥기식으로 대화를 이어갔다.

금락국에서는 무엇이 유행이며, 날씨가 어떻고, 가장 맛있는 음식가게는 어디쯤이라는 그러한 것들.

"저분이 황태자전하이십니까?"

멀리 떨어져 있어도 예사롭지 않은 기운에 담원표의 눈에 이채가 서렸다.

"예, 그러하옵니다."

"대단한 미장부이십니다. 두 눈이 멀 것 같은데요?"

"왕자저하도 그 못지않사옵니다."

"과찬의 말씀 감사합니다. 빈말이라도 기분은 좋군요."

담원표는 황태자를 처음 보는 것이었지만 자신의 부모, 형제들에게 귀에 못이 박히도록 들었던 인물이라 낯설지 않은 느낌을 받았다. 금락국에서 신신당부한 것도 있으니 황태자를 좀 더 파악해야 했다.

'시간은 걸리겠지만 나쁘지 않은 느낌이군.'

좋은 동맹관계가 될 듯해 흡족한 미소를 지으려는 찰나, 황태자 뒤를 지키는 두 인물에게 시선을 빼앗겼다. 아니, 정확하게는 두 인물이 입고 있는 정복에 초점이 갔다는 게 맞는 말이리라.

"황태자전하 뒤에는……. 호위무사들입니까?"

"예, 사신위라고 전하의 직속호위들입니다."

"그럼 저 호위가 입고 있는 정복은……."

묘령의 여인이 입었던 의복과 동일했다.

"사신위가 입는 정복입니다만, 왜 그러시는지요?"

"아무것도 아닙니다."

'찾았다!'

담원표는 기쁨을 겨우 감추며 속으로만 환호성을 질렀다.

첫눈에 보고 반하였고, 그 언행에 더욱 마음이 끌렸던 여인이었다. 당분간은 여러 행사 때문에 찾는 건 뒤로 미뤄야 한다고 생각했는데, 여기서 우연찮게 기회를 잡을 줄이야. 이건 하늘이 내리신 복이었다. 역시 자신은 그 묘령의 아리따운 여인과 인연이다 싶어 절로 웃음이 피어올랐다.

"무슨……, 좋은 일 있으시옵니까?"

"이렇게 화려한 연회에 고운 궁주마마와 함께하니 어찌 기분이 좋지 않겠습니까?"

마음에도 없는 말을 잘도 하는 담원표였다.

조금 과장된 말이 미심쩍으면서도 어쩔 수 없이 기분이 좋아져 유소화는 그저 웃고 말았다.

"담 왕자저하, 보기 꼴사나우십니다."

"어허, 노영호. 감히 왕자인 나에게 말버릇이 그게 무엇이냐?"

노영호는 작게 콧방귀를 끼며 입을 가볍게 비틀었다. 다른 사람들이 있었다면 그를 깍듯하게 주군으로 모셨겠지만 둘이라면 사정이 달라진다. 아주 어릴 때부터 볼 거 못 볼 거 추잡한 행동까지 다 보아온 사이라 막말로 형제보다 더 형제같이 자란 불알동무인 두 사람이었다.

그랬기에 노영호가 조금 주제 넘는 소릴 해도 담원표는 그러려니 넘어갔다.

"저하께서 갑자기 사라지신 거에 대해 소신은 아직 화가 안 풀린 상태입니다만."

"그냥 대충 넘기자니까 그러네."

"그게 대충 넘길 사안입니까? 일국의 왕자가 갑자기 사라진 것인데!"

"어쨌거나 주안문 광장에서 다시 만나지 않았냐? 결과가 좋으니 됐다, 됐어."

'그래, 나도 됐다, 됐어. 더 말해봐야 뭣하나. 쇠귀에 경 읽기지.'

"그럼 그건 넘어간다 치고, 대체 왜 우리가 여기서 이러고 있어야 합니까?"

아침 댓바람부터 노영호를 닦달해 동문 앞까지 무작정 끌고 온 담원표였다. 뭐가 그리 급하기에 조식朝食도 먹는 둥 마는 둥, 정말 눈을 세모꼴로 뜨지 않을 수 없었다.

"동문을 넘으면 황태자전하 처소가 나오는 게 맞느냐?"

"그렇다고 들었습니다만."

"들어갈 수 없겠지?"

"그걸 말씀이라고 하십니까?"

금락국의 왕자뿐만 아니라 왕이라 하더라도 엄연히 금지禁地가 존재한다. 황궁 내에서는 황족들이 기거하는 소유지가 그러했다. 이 동문은 하나의 경계였다.

동문으로부터 오 장丈 거리에 선 담원표는 심각하게 무언가를 고민하더니 금세 표정을 풀곤 산뜻하게 말했다.

"여기서 기다리지."

노영호의 눈이 또 세모꼴이 되고 말았다.

"누구를 말입니까?"

"있다. 그런 사람."

"설마, 여인은 아니겠지요?"

눈치 한번 더럽게 빠르긴. 담원표는 속으로 혀를 찼다.

왕자가 아무 말이 없자 노영호의 눈은 찢어질 듯 치켜 올라갔다.

"여기 와서까지 계집질입니까?"

"어허, 불경하도다."

"불경이고 나발이고 귀국하면 국왕전하께 모조리 이르는 수가 있습니다만?"

담 왕자가 노영호의 무례를 봐주는 이유는 사실 여기에 기인한다. 금락국 왕의 절대적인 신임을 받고 있다는 것.

노영호와 담원표가 각기 다른 주장을 펼치면 듣기도 전에 노영호의 손을 들어줄 정도라 그의 영향력을 무시하기란 쉽지 않았다.

왕 입장에서는 하도 담원표가 천방지축으로 돌아다니니 그의 족쇄가 될 만한 이는 노영호가 유일하여 신임하는 것이지 별다른 이유가 있는 게 아니었다.

이를 너무나 잘 아는 노영호는 그것을 철저히 이용할 줄 아는 영악함도 지녔으니 담원표에게는 참으로 애석한 일이 아닐 수 없었다.

"이 몸이 여인에게 한눈에 반했다고 한다면 믿겠느냐?"

"그건 또 무슨 뚱딴지같은 소리십니까?"

"어제 장안에서 한 여인을 만났는데, 가슴에 화살이 꽂히는 기분이었다."

"화살이 꽂혔으면 죽어야지 왜 살아 계십니까?"

"노영호!"

갑작스런 노성에 동문 앞에 보초를 서던 월훈무사들도 돌아볼 정도였다.

노영호는 '이크' 하며 저자세를 만들었다.

"방금은 실언이었습니다. 신을 죽여주시옵소서."

"마음에도 없는 말 하기는……. 심심하면 죽여달라지? 네 목숨이 수천 개는 된다더냐?"

"아무튼 심히 불경한 언사였습니다. 용서해주시옵소서."

"쳇."

진실로 밉기라도 한다면 목이라도 칠 텐데, 주먹으로 한 대 때리는 것도 꺼림칙하니. 이래서 미운 정이 더 무서운 법이라고 하나 보다며 담원표는 툴툴거렸다.

"그래서 어찌 되었습니까?"

"뭐가 어찌 돼?"

"저하 가슴에 화살 꽂은 여인 말입니다."

"도도한 여인이었다. 통성명하자 했는데 단칼에 거절당했지."

"저하께서 제대로 임자 만나신 듯합니다?"

"그렇지?"

"한데 여기 이곳과 그 여인과는 무슨 관련이 있다고 온 것입니까?"

"알고 봤더니 그 여인이 황태자의 직속호위무사라고 하더군."

"예에?"

노영호는 놀라다 말고 동공을 고정시킨 상태에서 알겠다는 듯 '아하' 한다.

"월제국 황태자의 사신위 중 여인이라 한다면 아현이라는 자일 것이옵니다. 이미 그 미모와 실력으로 널리 퍼진 이름이지요."

"그래?"

"근데 왕자저하, 그냥 포기하시는 게 어떠실지."

"내가 왜 포기를 해야 하느냐?"

"그게……."

아현이 황태자의 연인이라는 소문이 파다하다고 말하려다 노영호는 급히 입을 다물었다. 괜한 경쟁심에 불이 붙을까 봐서다.

두 사람이 실속 없는 말을 주고받는 사이 동문을 향해 두 인영이 걸어왔다. 사신위의 풍한도와 아현이었다.

황태자에게 자신을 너무 싸고돌지 말라고 부탁해 —사실 애원

이었다— 다시 정상업무로 복귀한 그녀는 풍한도와 함께 축제준
비가 잘되고 있는지 시찰하고 오는 길이었다. 황태자의 고집으
로 예전처럼 완전한 복귀는 불가능했으나, 그녀는 이 정도도 감
지덕지라며 자그마한 일에라도 먼저 나서곤 하였다.

　사신위 두 사람이 마침 동문을 지나려 할 때였다.

　"아현 소저."

　누가 감히 자신의 이름을 기름 먹은 단어로 부르나 싶어 고개
를 돌렸다.

　'뭐야, 어제 본 얼뜨기?'

　물론 전혀 얼뜨기처럼 생기지 않았으나 아현에게는 워낙 그 첫
인상이 뇌리에 강하게 남아 있었던 탓이다.

　담원표가 알았다면 억울해서 팔짝 뛰고도 남았으리라. 어쩌면
눈을 까뒤집으며 거품을 물지도.

　"다시 뵙게 되어 영광입니다."

　충분히 하대해도 되는 위치이건만 상대에게 잘 보이고 싶은
얄팍한 사내의 본심 탓으로 어느 때보다 근엄한 언사를 구사했
다.

　"아현, 너 이자를 아는 것이냐?"

　아현은 급히 고개를 저었다. 통성명을 한 것도 아니고 잠시 스
친 것뿐이다. 그나저나 이 사내는 어찌하여 자신의 이름을 아는
것일까. 조금 의문이 생기긴 했다.

　"이자라니! 당장 예를 갖추시오!"

　미우나 고우나 어쨌든 노영호 자신이 모시는 주군이었다. 어디
호위무사 따위가 금락국의 왕자를 능멸하려드는지.

청동 두 번째 이야기

당장 '이분은 금락국의 제3왕자 담원표 저하 되신다.'라고 노영호가 버럭 소리치려는데 어디서 갑자기 튀어나온 손이 그의 입을 틀어막았다. 담원표의 손이었다.

"너는 되었고. 음……. 아현 소저."

아현이 처음으로 반응을 보였다. 한 번은 봐줘도 두 번은 도저히 거북해서 못 듣겠다.

이는 풍한도도 마찬가지였는지 갑자기 굵은 본인의 팔뚝을 북북 긁어댔다.

"통성명을 안 한 걸로 압니다만, 듣기 거북하니 부르지 마십시오."

아현이 외모는 곱상해도 황태자를 제외한 뭇 사내들에게는 칼바람이 일 만큼 냉철한 여인이었다. 말을 뚝뚝 끊으며 살을 벨 듯한 차가운 어조였기에 웬만한 사내들은 다 나가떨어지고 없었다.

"단도직입적으로 말하겠습니다. 소저에게 관심이 많은 사람입니다. 너무 내치지 마시고 제 됨됨이를 봐주십사 해서 오늘 이렇게 기다린 것입니다."

제법 진지한 행동과 말투에 노영호와 풍한도가 다소 놀란 표정을 짓는다. 그렇지만 아현의 얼굴은 처음과 같았다.

"제 대답은 한 가지뿐입니다."

이것을 말할까 말까 고심을 내보이는 아현이 어렵사리 다음 말을 꺼내었다.

"전……, 정인이 있는 몸입니다. 그럼 이만."

아현은 상대방이 굳어지든 말든 상관 않고 풍한도와 함께 동문을 넘었다.

뒤에서 '얼뜨기' 옆의 호위처럼 보이는 사내가 웃음을 억지로 참고서 '그냥 칼입니다, 칼.'이라고 말하였지만 얼뜨기의 중얼거리는 말은 들리지 않았다.

"전하께서 모르시니 다행이지, 아셨으면 어쩔 뻔했냐?"

풍한도의 걱정 반 놀림 반 식의 말에 아현은 뼛속깊이 동의하는 바였다.

아현이 환보궁에 도착하였을 때 월훈무사로부터 황태자가 찾는다는 전언을 들었다.

듣자마자 바삐 황태자가 있다던 서재로 가자 왜 이리 늦었냐고 타박부터 한다.

"이상한 사내가 말을 걸어서……."

아차, 말이 헛나왔다.

"사내?"

불길한 기운을 내뿜듯 그에게서 나오는 저음이 사뭇 위험스럽다.

"아, 길을 물어봐서 가르쳐주느라고 늦었사옵니다."

"사내라……."

손끝으로 탁자를 탁탁 치며 말끝을 길게 늘인다.

"본 적은? 생김새가 어떠하더냐?"

아현은 여기서 말을 잘 해야 한다는 것을 직감적으로 알았다. 즉시 당당하게 말했다.

"낯선 사람이었는데, 생긴 건 얼뜨기 같았습니다."

고운 입에서 '얼뜨기'라는 말이 나오자 황태자가 참지 못하고

청동 두 번째 이야기

등을 돌려 어깨를 가볍게 떨어댔다. 그것도 황태자 체면이란 게 있어 겨우 참은 것이다.

'정말 귀여워 미치겠다.'

한편, 사신위 두 사람이 동문으로 사라진 뒤, 곧 축 처진 담원표를 데리고 노영호가 임시숙소 방향으로 자리를 떴을 때 그들을 지켜보던 한 인물이 모습을 드러냈다. 다름 아닌 유소화였다.

이십여 장에 달하는 제법 먼 거리에다 숨을 최대한 죽인 채 한 발자국도 움직이지 않고 있어서 고수들에게 운 좋게 들키지 않았다.

유소화의 눈이 독기를 물며 주먹 쥔 손을 바들바들 떨었다.

"담 왕자저하께서……. 그 계집을 마음에 담으신 거야?"

그러다 곧 현실을 부정하듯 고개를 좌우로 세차게 젓는다.

"아닐 거야. 아니지. 절대 그럴 리 없어."

황제탄신일 당일, 주안문 광장에 모인 수많은 군중 앞에 황제가 모습을 드러냈다. 통천관을 쓰고 황금색 용포자락을 휘날리며 높은 단상에 올라서는 모습이 위압적이었다. 황제는 좌중을 향해 황제탄신을 자축하였고 태평성대가 길이길이 지속될 것이라는 짧은 연설을 마치고 내려갔다.

날이 갈수록 살살 달구어져 열기가 더해만 가는 탄신일기념축제가 황제의 탄신일을 기점으로 절정에 타올랐다.

밤새 꺼지지 않는 연등으로 밤낮 구분은 없었고 파릇한 혈기들은 젊음을 불사르며 축제에 몸을 내던졌다.

백성들 모두가 이때만큼은 근심걱정을 털어낸 채 거리를 활보하였다.

　탄신일 다음날도 축제의 연장이었다.

　이날 행해지는 궁중행사는 후기지수後起之秀를 중심으로 단합을 위한 비무대회가 있었다. 일반대회처럼 승자진출방식이 아니기에 친목회라고도 불리는 이 시합은, 각 나라마다 한 명씩 월제국 무사를 상대로 비무를 신청하는 형식으로 진행되었다.

　신청이 들어오면 거부권이란 없으며 한번 들어온 비무는 반드시 하되 두 번째는 명단에서 자동으로 제외되었다. 비무대회는 잘만 하면 전 대륙 권력자 앞에서 실력을 뽐낼 수 있는 자리라 무인이라면 어느 나라 출신 할 것 없이 가장 기대하는 날이기도 했다.

　아현은 비무대회 참석이 올해가 처음이었다. 황족 직속호위와, 무관들 중 수장급에 해당하는 사람만이 명단에 올랐기에 월훈무사 때는 먼발치에서 잠깐 구경한 게 전부였다.

　사신위는 황태자의 직속호위이므로 이미 네 명 모두가 명단에 오른 상태였다.

　황태자와 사신위 넷은 현재 연무장에 나와 있었다.

　월제국 황태자의 사신위라면 대륙에도 명성이 널리 전해진 터라 이번에도 필히 비무신청이 들어올 것을 짐작해 무기와 초식을 점검하고자 함이었다.

　이러한 열기에도 함께 편승하지 못한 인물이 있었으니, 황태자에게 꼭 붙잡힌 아현이라.

　"전하, 소신도 정복을 입고 싶사옵니다."

황태자가 그런 아현을 지그시 보더니 고개를 획 돌린다.

"전하……."

"불가라고 하지 않았느냐?"

"하오나 이 의복은……."

새 무늬 자수가 돋보이는 살굿빛 비단의복. 발목까지 내려오는 긴 치마를 아무리 좋게 봐주려 해도 비무복장으로는 심히 난감하기 짝이 없다. 머리는 또 어떤가. 반묶음 형태로 비비 꼰 머리카락에 화려한 비녀 두 개를 교차시켜 꽂은 터라, 이러고 비무대회를 따라가야 한다니 눈앞이 아찔해져왔다.

"이런 복장으로 비무를 받아들이면 골백번은 질 것이옵니다."

"걱정 마라. 넌 사신위가 아닌 이 몸의 연인 자격으로 가는 것이니."

"예……?"

그녀가 아연실색하든 말든 유성은 그의 고집을 끝까지 관철시킬 생각이었다. 나무랄 데 없는 실력이긴 하나 초식이 오고가는 살얼음 한가운데에 그의 정인을 홀로 두기 꺼려졌던 탓이다.

"그건 아니 될 말씀이십니다. 모두가 흉을 볼 것이옵니다."

"흉보기는. 그냥 그러려니 하겠지. 별스럽구나. 늘 여인을 대동하였는데, 올해는 그러지 말라는 금지법이라도 생겼느냐?"

황태자 말대로 그는 매년 황제탄신일 비무대회 때마다 미색이 빼어난 여인을 대동하곤 했었다. 비단 황태자만 그런 것이 아니라 관직이 좀 높다 싶으면 부인이나 첩과 함께 관람이 가능했다.

"그래도 전 다른 경우이지 않사옵니까? 어느 호위무사가 이런 복장으로 참석한단 말입니까?"

"넌 무사로 가는 게 아니니 더 이상 왈가왈부하지 마라."

단칼에 반박을 자르는 황태자의 단호함에 아현은 그저 입술만 살짝 깨물어야 했다.

"은근히 고집이 있단 말이지."

'사돈 남 말하지 마시어요. 행여나 전하보다 더하겠습니까?'

"이렇게 함께 간다면 연인으로서, 호위로서, 양쪽 모두 참석하는 게 되니 걱정은 이제 그만 접거라."

끝내 포기의 한숨을 쉰 아현이 어깨를 축 늘어뜨리자 유성의 손이 머리를 토닥토닥한다.

나름 심각하게 대화를 끝마친 황태자와 아현.

곽남휘는 제 할 일만 묵묵히 했으니 열외라 치고, 그것을 내내 지켜보고 있었던 이태기와 풍한도는 아니꼬운 얼굴을 하고서 입술을 이죽거렸다. 대놓고 콧방귀를 낄 수 없는 노릇이라 속으로 배만 아파할 뿐이다.

'아주 눈꼴시어서 못 봐주겠구나.'

"황태자전하와 사신위 납시었소."

황궁 내 가장 큰, 천장이 없는 둥근 형태의 연무장으로 들어서자 그들이 왔음을 누군가가 알렸다.

오는 내내 긴장으로 낯빛이 창백했던 아현은 연무장에 들어서며 그 심저를 내보이지 않으려 표정을 조절했다. 자신의 착각일지 모르나 모두의 시선이 저를 향한 것만 같았다. 수군거리는 소리도 들리는 것 같았다. 어깨걸이 여밈을 꽉 잡고서 마음을 다독여보지만 손끝은 가늘게 떨려왔다. 분명 의복을 입었으나 왠지 모르게 발가벗겨지는 기분이 들어 더욱 어깨를 움츠렸다.

지정석으로 향하는 동안 익명의 사람들이 저희들끼리 속삭이고 있었다. 안 들으려야 듣지 않을 수 없는 소리였다. 이럴 때만큼은 신경이 예민하다는 게 참으로 불편하다.

"전하 뒤의 여인은 누굽니까?"

"어디 봅시다."

"옷차림은 수수한 편인데 미색이 아주 뛰어납니다 그려."

"이보시게. 목소리를 낮추시오."

"왜 그러오?"

"저 여인은 사신위의 아현 님이잖소."

"뭐요? 한데 왜 옷차림이……."

"그러게 말이오."

그것은 아현 자신도 한탄하고픈 마음이었다. 잠시지만 황태자의 뒤통수를 원망스레 보다 금세 고개를 숙였다.

지정석에 도착해 황태자를 시작으로 아현, 이태기, 곽남휘, 풍한도가 차례대로 자리에 앉았다. 원래라면 이태기가 황태자 옆자리를 차지하였을 테지만 아현이 여인복장이라는 이유 때문에 배열을 달리하였다.

혹여 마음이 상하지 않았을까 걱정되어 시선을 그에게로 돌리자 아무렇지 않다는 듯 편한 웃음을 보이는 이태기였다.

보통 호위들이 행사를 참석할 때 정자세로 서서 주군의 후방을 지키는 의무를 다하지만 오늘 같은 비무대회는 그 예외에 속했다. 무인들이 중심인 행사는 몇 안 되거니와 긴 시간을 소요하는 비무의 특성상 최상의 몸 상태를 위해 좌석을 모두 마련해주었다.

각국의 사람들, 구경 온 군중들, 월제국의 무사들이 속속들이 들어섰다. 마지막으로 황제와 궁주가 등장하였고, 곧 무관 하나가 비무 시작을 알렸다.

"지금부터 각 나라를 대표하는 무인께서는 일어나시어 상대방을 호명해주십시오. 비무가 한 차례 끝나면 그다음 순번으로 돌아갑니다."

첫 시작은 어디 붙어 있는지 이름 모를 작은 나라의 무사였다. 본인의 실력을 과신하지 않고 문관의 호위로 따라온 무사에게 비무를 신청했다.

나라의 순서는 소국에서 대국으로 이어지는 순번이었다. 금락국의 총책임자인 담원표도 대표로서 비무에 참가하게 되었는데, 금락국이 비록 왕국이나 사절단 중에서는 가장 높은 위치를 차지한 터라 제일 나중 순번을 받은 참이었다.

"왕자저하, 저기 보시지요."

"음?"

옆에서 노영호가 가리키는 손끝을 따라갔다.

거기에는 놀랍게도 성장盛裝한 아현이 황태자 옆에 앉아 있었다. 그것도 여인의 차림으로. 무복도 충분히 아름답거늘 더 곱디고운 모습으로 연꽃같이 앉아 있는 모습을 보자니 두 눈이 멀 것 같았다.

"저하, 침 떨어지겠습니다."

작게 헛기침하며 노영호를 한 차례 노려보는 담원표였다.

"근데 저 소저는 사신위가 아니더냐? 왜 정복을 착용치 않았을까."

"소신의 미흡한 생각으로는 사신위로서 참석한 게 아닌 것 같습니다."

"뭐?"

"황태자 옆에 앉은 걸 보십시오."

"저번에 저 여인이 말한 정인이란 황태자를 뜻하는 거였어?"

"아무래도 그런 듯합니다."

"허, 참."

'이건 뭐, 상대가 돼야 말이지.'

그래도 그냥 포기하자니 아쉬워 죽을 지경이었다. 몇 차례의 비무가 지났음에도 아현을 보느라 넋을 빼놓는 담원표의 한심함에 노영호가 눈치를 준다.

"사람들이 다 쳐다봅니다."

"뭐가?"

"눈이 제대로 풀리신 왕자저하를요."

노영호의 타박에 그제야 시선을 중앙으로 돌린다.

담원표가 비무에 집중한 지 반 시진이 지났을 무렵, 대륙에서 이름 좀 날린다는 굵직한 무인들이 나오기 시작했다.

"왕자저하, 지금부터 볼 만하겠습니다."

"그래, 지루하진 않겠구나."

비무를 보면서 훈수도 뒀다가 혀도 찼다가 하며 점점 흥미로워지는 경기에 집중하는 두 사람이었다.

"이제 몇 경기가 남았느냐?"

"왕자저하, 앞으로 세 번이옵니다."

"나도 슬슬 몸을 풀어야 할까."

"경기가 좀 남았으니 바로 앞 경기에서 몸을 푸셔도 될 겁니다."

담원표는 알겠다며 고개를 끄덕였다. 비무장 중앙으로 걸어 나가는 한 사내를 보고 담원표가 안다는 듯 노영호에게 말한다.

"저자는 명산국의 유명한 무관이 아니더냐?"

"맞사옵니다. 이번 사절단 행렬에 참가했나 봅니다."

명산국에서 나온 이는 월제국 무사들을 면밀히 살피다 시선을 아현에게로 멈추었다.

사신위 모두가 찔끔하는 중에 이태기는 몰래 황태자의 눈치를 살폈다.

황태자는 시종일관 표정 없는 그림 같은 얼굴로 비무장을 쳐다볼 뿐, 그 어떤 생각도 읽히지 않았다.

'뭔 일 일어나는 건 아니겠지?'

명산국 무관이 대뜸 황제에게 한쪽 무릎을 꿇고 지극한 예를 취하며 말하였다.

"너그러우신 월제국의 천자시여. 한 가지 청이 있사옵니다."

"무슨 청이더냐?"

"황태자전하의 사신위이신 아현 님과 겨루고 싶사옵니다."

순간 정적이 흘렀다.

여기에 나온 무인 중 열에 여덟 꼴은 명산국 무관과 같은 마음이었다. 그런데도 시도하지 못한 이유는 아현을 볼라치면 표정이 험악해지는 사신위와 그보다 더한 존재감으로 사람들의 시선을 끄는 황태자로 말미암아 입을 열 분위기가 아니었던 까닭이다.

"사신위라면 굳이 내 허락이 없더라도 비무신청이 가능할 터인데 어이해서 청을 올리는고?"

"그럼, 신청을 해도 아무 하자가 없다는 말씀이시옵니까?"

"당연하지."

"감읍하옵니다."

명산국 무관의 용감함에 좌중이 감탄사를 내뱉는다. 오직 황태자와 사신위만이 굳어 있을 뿐이다.

"사신위의 아현 님에게 비무를 신청하는 바입니다."

제아무리 황태자라도 어찌할 수 없는 부분이었다.

아현은 소리 없는 한숨을 한 차례 쉬고서 천천히 자리에서 일어났다. 이렇게 주목받고 싶지 않았는데, 본의 아니게 모두의 시선이 쏠려버리고 말았다.

풍한도가 아현의 몸을 면밀히 살피며 물었다.

"현 사, 무기는?"

"……처소에 놓고 왔습니다."

무기가 있으면 누군가의 비무를 받아들여야 하니 검을 차지 말라던 황태자의 명이 있었다. 어쩔 수 없이 지금은 빈손이었다.

"그럼 내 검을 빌려줄 테니."

"그만."

황태자가 풍한도의 말을 막았다. 자세는 정면을 향한 채였다.

"아현."

"예, 전하."

"무기에는 검만 있는 게 아니다."

황태자의 조언을 깊이 새기며 이내 고개를 끄덕인다.

"모든 것을 활용하라."

"알겠습니다."

"그리고."

잠시 몇 마디를 쉰 유성은 가장 하고픈 말을 천천히 읊었다.

"다치지 마라."

아현은 저절로 피어오르는 미소를 황급히 숨기며 비무장 앞으로 걸어 나갔다.

그런 그녀를 지켜보는 사신위의 얼굴에는 걱정이 한가득이다. 아현의 실력을 믿지 못하는 게 아니었다. 무기 없이 승부하다 혹여 다칠까 봐서다.

황태자도 그것을 염려하는 것 같은데 왜 무기를 가져가지 못하게 하는지 이해할 수 없다는 게 사신위 대부분의 생각이었다.

"전하, 지금이라도 무기를 전해주는 것이."

"아현이 네 무기를 감당할 수 있으리라 보는가?"

"아."

풍한도는 그제야 이해했다. 그가 사용하는 검은 보통 검이 아니다. 같은 사내라도 쉽게 휘두를 수 있을 만큼 가볍지 않았다. 아무리 초식이 뛰어나고 성취가 남다르더라도 손에 맞지 않는 검을 잡으면 어느 한곳이 흐트러지게 마련. 황태자는 그것을 미리 알고 애초에 아현을 맨몸으로 나가게 한 것이리라.

"생각이 짧았습니다."

아현과 상대는 서로 포권지례로 읍하였다.

명산국 무관의 무기는 패기가 넘치는 도검이었고, 맨손인 아현은 상체 삼분지 이를 가렸던 긴 어깨걸이 명주 천이 그것이었다.

아현이 양팔 벌린 것의 두 배 길이쯤 되는 명주 천을 느슨한 간격으로 잡은 채 기수식을 펼치자, 지켜보던 모두가 어이없는 표정이 된다. 그도 그럴 것이 검에 살짝 스치기만 해도 명주 천은 쉽게 잘리기 때문이었다.

명산국 무관은 아현이 자신을 무시한다 여겨 모멸감에 열이 끓어올랐다.

사신위래봤자 어차피 한낱 계집. 사신위 입부시험에서 장원을 하였다니, 절대미색에 절대무공이라느니, 이러한 것들은 월제국을 맹목적으로 추앙하는 호사가들의 입방정이라고만 여겼다.

소문은 원래 과장되기 마련이니까. 그래도 양심은 있어 딱 한 가지는 인정했다. 아현이 다시없을 절색이라는 사실.

명산국 무관의 입매가 사악하게 비틀렸다.

'잘난 몸뚱이를 굴려 시험관을 조종해 사신위 자리를 꿰찼을지 누가 알아? 이 기회에 저까짓 계집 단단히 혼을 내줘야지. 월제국 황제와 황태자 사이가 껄끄럽다는 게 사실이라면 저 계집에게 꼭 이겨서 우리 명산국을 달리 보게 해야지. 무시할 수 없게끔 만들어야지.'

사내가 선공을 펼쳤다. 묵직한 도검이 바람소리를 내며 그녀에게로 쇄도한다.

아현은 호흡을 가다듬듯 물 흐르는 자세로 흔들림 없이 서 있었다. 보는 이로 하여금 불안하게 만드는 괴이한 행동이었다. 도검이 한 장 거리로 근접해도 대응은커녕 눈조차 뜨지 않는 아현. 구경꾼들만 입안이 바짝바짝 타들어갔다.

이제 코앞까지 다가온 사내의 도검이 자신감 있게 그녀를 막

베어내려던 그때, 갑작스럽게 눈을 뜬 아현이 형형한 기운을 담아 상체를 뒤로 젖혔다. 도검이 아슬아슬하게 아현의 얼굴 위로 지나갔다.

"아아."

안도와도 같은 감탄사가 군중에서 나왔다.

공격이 무위無爲로 돌아가자 사내가 이차로 허리를 양단할 듯 매섭게 다가왔다. 거리를 벌리기도, 뛰어오르기도, 자세를 낮추기도, 어떠한 방식으로도 피하기에는 무리가 있었다.

아현은 손에 잡고 있는 긴 천으로 부드럽게 감싸듯 도검을 휘감고 공격을 늦추는 동시에 자세를 비틀어 사紗를 피한다. 사람들의 우려와는 달리 아현이 들고 있는 천은 도검에 잘리지 않았다. 오히려 그 힘을 역이용하며 각법脚法으로 상대의 복부에 일격을 가했다.

"으윽!"

주르륵 뒷걸음질한 사내가 신음을 참지 못하고 한 손으로 배를 감쌌다. 사내에겐 굴욕과도 같은 한 수였다.

'제길.'

속으로 욕설을 씹어 삼킨 사내가 눈을 무시무시하게 치켜떠 아현을 노려보았다.

고수들의 대결이라 이러한 동작은 몇 번의 호흡으로 지나간 찰나의 순간들이었다.

숨죽인 채 심각하게 지켜보는 황태자와 나머지 사신위 셋.

그중 풍한도가 걱정을 담은 미간을 한껏 찌푸리며 바로 옆 곽남휘에게 작게 말을 걸었다.

"큰일입니다."

작게 속삭이듯 말하지만 황태자도 충분히 들을 수 있는 거리였다. 큰일이라는 말에 곽남휘와 이태기가 움찔하며 풍한도를 곁눈질한다.

황태자는 직접적인 반응을 보이지 않았으나 평범한 숨 쉬기를 잊은 걸 보면 풍한도의 다음 말을 기다리고 있음이라.

"발로 공격하는 건 좀 자제해야 될 텐데 말이지요."

"왜, 무슨 문제라도?"

곽남휘가 되묻자 풍한도는 고개를 끄덕이며 설명을 덧붙였다.

"바지가 아니라 치마를 입었지 않습니까? 발차기를 더 하다 간⋯⋯. 흠흠, 그런 것이지요."

아무리 눈치 없는 그라도 자세한 설명은 수명단축으로 가는 지름길임을 모르지 않았다.

풍한도의 말에 이태기나 곽남휘나 할 것 없이 황태자의 눈치를 살핀다. 전혀 동요를 내보이지 않는 모습에 안도한 이태기는 눈을 부릅떠 풍한도에게 경고의 눈빛을 보냈다. 이 이상 황태자를 자극할 말은 한 글자도 내뱉지 말라는 듯.

사신위는 모르겠지만 유성의 속은 겉보기와 달랐다. 가능하다면 당장에라도 아현을 끄집어 데려오고 싶었다. 사람들 눈길이 닿지 않는 곳에 두고 저 혼자만 보고 싶었다. 아현을 위협하는 상대방을 그 자신이 단칼에 도륙해 그녀를 보호하고 싶었다. 거친 날이 위험하게 아현을 스칠 때마다 손마디가 불거졌다.

냉기 서린 차가운 낯빛만 본다면 가히 상상할 수 없을 거칠고 뜨거운 본래의 속내였다.

황태자의 위치와 정반대편에 앉은 담원표, 노영호는 놀람을 감추지 못하고 대결을 예의 주시하고 있었다.

　"역시 사신위로구나."

　"저하, 소신도 놀랐습니다. 여인의 몸으로 어찌 저런 빠른 몸놀림과 날카로운 공세를 피하고 있는지, 직접 보고 있는 지금도 믿기지 않습니다."

　"아니, 저런!"

　"아, 큰일입니다."

　군중에서도 안타까운 탄성이 흘렀다. 명산국의 무관이 아예 작정하고서 보기보다 까다로운 천으로 된 무기를 조각조각 잘라내버렸다. 심히 귀찮게 하는 무기 같지 않은 무기를 없애버리고자 마음먹었음이라.

　아현에게는 위기였다. 아무리 무공이 뛰어난들 권법을 익힌 자가 아니라면 맨몸으로 승세를 잡는 건 솔직히 불가능한 일이었다. 이대로 포기할 것인가. 입 밖으로 말은 꺼내지 않아도 대부분이 회의적인 반응을 보였다.

　모두들 아현이 패하리라 점쳤다.

　"계속하실 생각이시오?"

　명산국 무관의 입 끝이 자신만만하게 올라가며 거만한 투로 물었다.

　이에 아현은 놀라지도 서두르지도 않는 담담한 눈빛으로 상대의 조롱을 받아냈다.

　"승부가 나지 않았으니 계속해야겠지요."

　"설마 제 도검을 그 가느다란 팔로 막으려는 겁니까?"

"하다 보면 해법이 나오지 않겠습니까?"

"다쳐도 원망 마시오."

"사족이 기십니다."

사내의 얼굴이 모멸감에 확 하고 붉어졌다.

'건방진! 절대 가만두지 않으리라!'

기를 최대치까지 끌어올려 도검에 힘을 담는다. 더욱 험악해지는 사내의 인상. 포효하는 기합소리. 양손으로 도검을 높이 든 거구의 사내가 땅을 세차게 차며 도약한다.

중단될 줄 알았던 시합이 사내의 맹공으로 이어지자 구경하는 사람들 표정 모두가 심각하게 변했다. 친목을 위한 시합이 자칫 잘못하다간 피바람을 불고 올지 모른다는 우려가 뒤섞였다.

무기도 없는 여인에게 살초로 선공하다니. 참으로 사내답지도, 무인답지도 않다.

사내의 옹졸함과 잔인함에 대부분의 사람들이 눈살을 찌푸렸다.

쾅!

무언가가 부딪치면서 자욱한 먼지를 일으켰다. 간담이 서늘해지기에 충분한 소리였다. 좌중은 혹시 아현이 다치지 않았을까 목을 쭉 빼며 먼지가 가라앉기를 기다렸다.

"막아야 합니다!"

흥분한 풍한도가 벌떡 일어나자 이태기가 엄하게 주의를 준다.

"앉아라."

"다쳤을지도 모릅니다. 그러니 어서……!"

"다치지 않았다."

황태자가 싸늘한 어조로 단정 지었다.

"풍 사, 위엄을 지켜라."

음산한 황태자의 기운에 힘이 쭉 빠진 풍한도가 주춤거리며 앉았다.

먼지가 점점이 흩어지며 사람들이 그렇게 궁금히 여겼던 비무장이 모습을 드러냈다. 사내와 아현은 첫 비무를 시작하는 사람처럼 거리를 두고 서로를 바라보고 있었다.

아현의 말짱한 겉을 보자 어떻게 하였는지 모르겠으나 사내의 무거운 공세를 피했다는 것만은 알 수 있었다.

피를 보지 않아 다행이다 싶다가도 다음 공격들은 어찌 피할지 심히 걱정스러운 사신위들이었다. 더군다나 무기도 없어 공격하기 힘든 상황이라 언제 끝나게 될지 기약도 없었다. 실로 진퇴양난, 사면초가였다.

한두 번은 우연이라 쳐도 몇 번의 공격이 먹히지 않자 명산국 무관의 인내심은 점점 줄어들었다. 어떻게 해서든 아현을 요절내고야 말겠다고 재차 다짐했다.

사내가 이번에도 날카로운 수식을 취하고 달려들었다. 어떻게 된 일인지 도검의 공속이 좀 전보다 두 배가량 빨라진 느낌이었다. 그에 따라 위험도는 몇 곱절을 능가했다. 도검의 잔상이 눈을 어지럽게 했다. 무엇이 실초이고 무엇이 허초인지는 당사자가 아니면 모를 만큼 수십 개의 잔상이 휘몰아쳤다.

그때 아현의 빈틈을 발견하고 즉시 허점을 공격하는 사내의 도검.

"와아."

모두가 감탄할 수밖에 없는 장면이었다. 사내의 공격판단이 정확하였음에도, 아현의 팔이 잘릴 위험천만한 상황임에도, 사신의 낫은 아현을 피해갔다. 그냥 피한 게 아니었다. 그녀의 반으로 쪽진 머리에 꽂아둔 두 개의 큰 비녀를 잡아 빼고서 쌍검처럼 양손에 하나씩 쥐어 도검의 날에 대응한 것이다.

험악하기 짝이 없는 시합장만 아니라면 이 동작은 화폭에 옮기고 싶게 만드는 그림과도 같은 명장면이었다.

비녀를 뽑아들 때의 우아한 몸짓, 자연스럽게 흘러내리는 윤기 있는 검은 머리채, 움직일 때마다 다리를 휘감는 명주 천의 고운 빛깔.

그로 인해 몸매의 윤곽이 감질나게 보였다 사라졌다 하니 구경 중인 남정네들 두 눈이 시뻘겋게 변한다. 몇몇은 마른침을 꿀떡 삼키기도 하였다.

그것을 모를 리 없는 황태자 유성. 손아귀에 힘이 주어지며 가까스로 화를 눌렀다.

뭔가 싸한 기운에 풍한도는 몸을 떨었고, 곽남휘는 흠칫, 이태기는 속으로 '제발 오늘 하루 무사히 넘어가기를.' 하고 달님에게 별 효능 없는 기도를 하였다.

"흥! 무기를 숨겨뒀던 것이오?"

사내가 큰 비녀 한 쌍을 눈으로 가리키며 물었다.

"어쩌다 보니……."

정말 '어쩌다 보니'였다. 아현은 죽기도 싫지만 이대로 무사에게 당하기엔 자존심이 용납지 않았다. 무엇보다 황태자가 보고 있는 자리다. 사신위의 명성과 황태자를 위해서라도 누를 끼칠

순 없었다. 자신의 애검이 없어서 금일 시합에 졌다는 핑계를 대기는 더더욱 싫었다. 과정이 어쨌든 간에 결과에 깨끗이 승복해야 하는 것은 무인으로서 가져야 하는 기본소양이었다.

'아니, 이건?'

비녀장식 끝에 이상하게 걸리는 것이 있어 눌러보았는데, 놀랍게도 '철컥' 하며 암기처럼 칼날이 쑥 튀어나왔다.

"역시 믿고 있는 구석이 있었군요."

아현은 굳이 자신도 방금 알았다고 말하지 않았다. 다른 한쪽 비녀도 눌러보니 칼날이 길쭉하게 나왔다. 칼날이라 하기보다 훨씬 가느다란 무기였지만 그 단단함은 칼날 못지않았다.

'이래서 전하께서 모든 것을 활용하라 하셨구나.'

그냥 말해주시지. 하여간 음흉한 전하라고 생각하며 아현은 설핏 미소를 지었다.

"이제 슬슬 끝내도록 하지요."

"나도 그럴 참이었소."

방어만 하던 지금까지와 다르게 아현이 먼저 공격을 감행했다.

스르르륵.

천이 스치는 기묘한 소리만 들릴 뿐, 발소리는 일절 없었다. 눈 깜짝할 새에 지척으로 다가온 아현의 귀신같은 몸놀림에 머리끝이 쭈뼛 서는 사내였다. 본능적으로 도검을 그었지만 베이는 느낌이 없었다. 허공만 가른 것이다.

'뭐, 뭐야?'

앞으로 쭉 뻗은 사내의 팔이 부들부들 떨렸다.

이게 어찌 된 일인가. 놀랍게도 묵직한 도검 날 위로 아현이 중심을 잡고 서 있었다. 곡예와도 같은 동작이었다.

아현은 송곳니처럼 뾰족한 칼끝을 사내의 미간에 겨눈 채 실력차이를 몸소 보여주었다.

"겨, 졌소."

명백한 패배였다.

동체가 아현의 속도를 따라가지 못했을 뿐더러 언제 도약해 도검 위로 올라갔는지 그 찰나의 이동도 알아채지 못하였다. 한 치도 벗어남 없이 미간 정중앙을 향한 비녀 끝.

등골이 오싹했다. 사내의 의욕을 상실케 한 멋진 한 수였다.

"사신위의 아현 님 승!"

우레와 같은 함성과 박수소리에 비무장이 들썩였다. 누구도 예상치 못한 결과에 흥분한 군중이 아현을 치켜세우기 바빴다. 과연 사신위라느니, 허명이 아니었다느니.

아현이 조용히 원래 자리로 돌아가는 잠시 동안에도 수많은 시선들이 따라붙었다.

그럴수록 아현의 얼굴은 점점 딱딱해졌다. 그녀가 지정석에 도착해 황태자와 다른 사신위에게 차례로 인사를 건넨 후, 조심스럽게 앉았다.

"그런 비기가 있으면서 왜 말해주지 않았던 거냐? 우리가 얼마나 걱정했다고."

자리가 자리인지라 최대한 소리를 낮춰 풍한도가 툴툴거렸다.

아현은 딱히 뭐라 해줄 말이 없어 죄송하다며 적당한 말로 둘러댔다.

[내가 다치지 말라고 했지, 언제 사람들 다 홀리고 오랬더냐?]

흠칫. 황태자의 전음에 아현은 앉은 자세로 몸이 굳어버렸다.

[마치고 나서…….]

황태자가 전음으로 여러 말을 전하였다. 아현의 낯빛이 파래졌다가 허예졌다가 붉어졌다가 시시각각으로 바뀌더니 종래에는 식은땀마저 흘리는 수모를 당하고 마는데.

과연 황태자는 전음으로 무슨 말을 한 것일까?

"이제 마지막 순서입니다."

드디어 마지막이었다. 금락국의 제3왕자 담원표가 호명되었다.

사람들의 시선을 즐기는 그의 성격을 반영하듯 경공을 이용해 단번에 날아올라 비무장에 사뿐히 내려앉았다. 좌중이 '오오' 하며 감탄한다. 뒷짐 진 자세하며 비스듬히 하늘을 향한 얼굴이 상당히 거만하다.

'어쩜 저렇게 멋지실까.'

처음부터 담원표에게 홀딱 빠진 유소화의 눈에는 그 어떤 사내보다 잘생기고 늠름해 보였다. 반면 아현의 눈으로 본 담원표는…….

'얼뜨기가 금락국 왕자라니, 세상 말세로군.'

역시나 사내에게만은 점수가 후하지 못한 아현의 가차 없는 평가였다.

"어라? 저번에 아현에게 말 걸었던……. 헙!"

눈치 없는 풍한도. 입을 막으면 뭐하나, 중요한 내용은 이미 다 쏟아져 나왔는데.

그 소리에 황태자의 눈썹 한쪽이 휘릭 올라가며 아현을 서늘하게 내려다보았다.

"왕자를 본 적 있었느냐?"

"예, 잠시……."

"왜 말하지 않았느냐?"

"신분은 몰랐지만 전하께 아뢴 적은 있사옵니다."

조각 같은 황태자의 얼굴이 아주 미세하게 구겨졌다.

"누구?"

"얼……뜨기, 라고."

풋.

이태기와 풍한도 입에서 동시에 터져 나온 기가 막힌 웃음이
었다.

같은 사내가 보기에도 담원표의 외모는 평균치를 넘어 여인에
게 충분히 호감을 줄 수 있는 정도였다. 아현의 시력이 어떠하기
에 왕자보고 얼뜨기라 한 걸까. 황태자를 은애하는 걸 보면 미적
감각이 없진 않은데, 가끔 보면 생각 외로 엉뚱한 구석이 있는
동료였다.

"얼뜨기라……."

까끌까끌하게 나오는 메마른 목소리가 아현의 말을 그대로 따
라하다 곧바로 입을 닫았다. 무슨 사고를 하는지 알 수가 없었
다.

중앙에서 그 '얼뜨기'가 비무를 할 상대를 호명했다. 상대는 놀
랍게도 황룡대의 우두머리가 아닌 사신위 대장 이태기였다.

황룡대 말단부터 대장까지 모두 얼굴이 굳어졌다. 마지막을 장
식할 비무는 그 나라를 대표하는 이가 하는 경우가 대부분이라
당연히 황룡대 대장으로 낙점했던 모두의 예상이 어긋났다.

놀람도 잠시, 곰곰이 생각하자니 사신위 대장 이태기를 뽑은 게 결코 이상하지만은 않다고 군중들은 생각했다.

한때 황룡대 대장과 이태기의 실력이 거의 비등하다는 소문도 돌았었다. 두 사람의 서열은 실력의 우열보다는 각자가 모시는 주군의 신분에 따라 결정된 것이었으나, 군중의 눈에는 그 서열이 실력차를 반영하는 것이라 보일 법도 하였다.

"이 사."

"예, 전하."

나가려던 이태기를 황태자가 불렀고 그다음은 서로가 침묵을 고수했다. 이태기의 고개가 작게 끄덕여지는 것을 보아 전음으로 뭔가를 지시하는 것 같았다.

최고의 무인을 목표로 하는 많은 사내들이 이태기를 흠모의 눈으로 쳐다보았다.

사신위 대장 이태기. 그의 무위를 볼 기회는 정말 흔치 않았다. 활동을 극도로 자제하는 황태자의 직속호위를 맡은 탓도 있지만 평소에는 서류업무에 파묻혀 있기 일쑤라, 굳이 무위를 보여야 할 행사에서는 곽남휘가 그를 대신하곤 하였던 것이다.

담 왕자와 이태기는 서로 포권지례를 하고 각자의 검을 꺼내들었다. 그때부터 주위 공기가 바뀌기 시작했다. 고요히 가라앉아 있지만 마치 태풍의 눈처럼 앞으로 무엇이 다가올지 모를 긴장감이 두 사람을 에워쌌다.

파팟!

약속이라도 한 듯 동시에 땅을 박차고 날아오른다. 공중에서 부딪치는 검의 압력.

카아아앙!

누구 하나 밀리지 않고 두 합을 더 맞대고 난 뒤 착지하였다.

담원표는 저릿한 손을 내려다보며 구겨지려는 인상을 가까스로 바로잡았다. 구경하는 이들은 동등한 맞수로 보았을 테지만 실상은 그렇지 않았다. 이 세 합으로도 승부는 결정된 거나 다름없었다.

이태기, 과연 무서운 자였다. 부드러운 인상 속에 이토록 파괴적인 강함을 숨기고 있을 줄이야. 확연하게 느껴지는 실력차.

심장의 박동이 점점 거세어졌다. 두려움 혹은 기대감이 섞인 떨림이 전신을 타고 흘렀다.

"기권하겠습니다."

갑작스런 이태기의 포기의사에 담원표가 고개를 번쩍 들어 표정을 확 구겼다.

이건 또 무슨 경우인가. 이태기 자신과 맞서기엔 한참 모자란다는 뜻인가.

태어났을 때부터 고귀한 신분이라 이런 박대를 당해본 적 없는 담원표였다. 금이 간 자존심은 회생불가로 커다란 상처가 되었다.

"방금 세 합을 겨루면서 손목이 어긋난 것 같습니다. 너그러이 용서해주시옵소서, 왕자저하."

담원표가 따지기도 전에 상대가 저자세로 나오니 대놓고 화를 낼 수도 없었다. 충분히 거만해도 되는 왕자라는 신분을 가진 그이지만, 상대를 배려하지 못할 만큼 앞뒤가 꽉 막힌 사람도 아니었다.

마지막 예를 갖추기 위해 두 걸음 안으로 들어온 이태기가 정중한 자세로 허리를 굽혔다.

　[담 왕자저하, 이런 방법으로 접촉하시게 하여 송구하옵니다.]

　[그건 괜찮네. 하지만 기권만큼은 솔직히 기분이 좋지 않았어.]

　이태기가 허리를 천천히 세웠다.

　[실력을 다 내보이지 말라는 전하의 명이 있었사옵니다.]

　[흠, 그렇다면 어쩔 수 없었겠군. 그럼 다음에는 확실히 겨루어주게. 그동안 실력을 열심히 갈고닦을 터이니.]

　담원표가 먼저 비무장을 벗어나기 시작하자 이태기도 발을 황태자 쪽으로 옮겼다.

　[왕자저하시라면 언제든지…….]

　[자네 손목이 아프다는 핑계를 잘 이용하도록 하지. 조만간 전하를 찾아뵙겠다고 전해드리게나.]

　[알겠습니다.]

　비무대회가 파하여 황태자와 사신위는 처소로 돌아왔다.

　이태기는 오늘 하루 정리하지 못한 중요한 문건만 간단히 정리한 후 집으로 돌아갔다.

　곽남휘와 풍한도 월훈을 정비하고 본인들의 숙소로 일찍 발걸음 하였다.

　환보궁 침전에 둘만 남게 된 황태자와 아현.

　황태자가 먹이를 본 짐승처럼 아현이 도망가지 못하게 기민하게 움직였다. 그의 손아귀에 덥석 잡힌 그녀의 손목과 허리.

　"저, 전하?"

두 번째 이야기

"이 몸을 이렇게 만들었으니 책임을 져야 할 게 아니냐?"

"전 다만 비무를 한 것밖에 없사옵니다."

"그게 문제였다."

곧 아랫도리를 후끈하게 할 야릇한 신음이 흘렀고 그것은 끊임없이 이어졌다.

낮고 뜨거운 사내의 호흡과 높은 교성으로 음률을 익히는 여인의 앓는 소리가 깊은 밤을 수놓았다.

"어? 태기 형님 혼자 계십니까? 남휘 형님은 요새 통 안 보이시네."

"남휘는 임시축제관리관으로 차출되었다고 어제 말했을 텐데?"

"아참, 그랬지. 하하하."

어제 들어놓고 고새 까먹다니. 본인도 민망하였는지 한도가 머리를 슬쩍 긁는다.

이태기는 손목을 면포綿布로 감싼 채 오늘도 열심히 문서에 붓질 중이었다. 그렇잖아도 많았던 업무인데 황태자의 게으름에 비례해 일거리가 점점 쌓여가는 요즘이었다.

풍한도가 생각하기에 그런 황태자에게 투덜거릴 법도 하건만 이태기는 일말의 불만을 내보이지 않았다.

"일이 많은 것 같은데 이러다 형님 쓰러지겠습니다."

"아직은 할 만하다."

"전하께옵서 너무하시지 않습니까? 일을 잔뜩 내팽개치시니 형님만 죽어라 고생이잖습니까?"

"네가 보기엔 그렇겠지. 소요시간을 따져보면 전과 큰 차이가 없다."

"형님은 참 속도 좋습니다. 근데 손목은 어때요?"

"다친 것도 아닌데 단지 눈속임인 걸 빤히 알면서 왜 묻느냐?"

"저야 알지만, 밖에 금락국 왕자……저하께서 병문안 오셔서 말이지요."

담원표와 노영호와의 첫 만남에서 이놈 저놈하며 나쁜 인상을 심어줬던 풍한도는 아직도 '왕자저하'라는 말이 어색했다. 번드르르한 얼굴과 느끼한 말투를 떠올리며 몸을 부르르 떨면서도 자신의 주군처럼 위엄이 넘치는 맛은 없지만 저의 말실수를 꼬투리 잡지 않는 걸 보면 꽤 괜찮은 성격이라고 인정했다.

"뭐? 야 이 맹추야. 그걸 지금 말하면 어찌해?"

이태기가 자리에서 벌떡 일어나 바람 같은 속력으로 나가버렸다.

풍한도도 허둥지둥하며 즉시 따랐다.

"오신다고 미리 소식을 보내지 그러셨습니까? 귀한 발걸음 하셨는데."

시아전 밖에서 여유롭게 기다리는 담원표에게 공손히 예를 갖춘 이태기가 노영호와도 인사를 주고받았다.

"괜찮네. 그나저나 손목은 좀 어떤가?"

"염려해주신 덕분에 큰 이상은 없습니다. 여기서 이럴 게 아니라 우선 자리를 옮기시지요."

"그럼 여러 곳을 구경시켜주게나. 이런 기회도 흔치 않으니."

"어디 가고 싶은 곳이 계시옵니까? 말씀을 해주시면 당장 안내하겠습니다."

담원표가 엄지와 검지로 턱을 만지며 고민하더니 마침 생각났다는 듯 옳다구나 박수를 짝 쳤다.

　"록수정! 거기가 그렇게 절경이라지? 신선들의 놀이터라고 들었네."

　"왕자저하께서도 아시겠지만 록수정은 월제국 황족이 아니면 출입이 금지되는 장소입니다."

　"전하의 허락이 있다면 상관없는 걸로 아는데?"

　"그 전하께옵서 지금 록수정에 계시옵니다."

　"가지."

　"예?"

　"록수정을 보려면 전하의 허락이 있어야 하고, 허락을 받으려면 전하가 계신 록수정에 가야 하는 건 당연하지 않은가? 그러니 당장 앞장서게."

　순간 어이가 없어진 이태기와 풍한도. 이런 막무가내 식 논리는 듣도 보도 못한 사신위였다.

　시작되는 담원표의 고집에 노영호는 어색한 한숨을 쉴 뿐이다. 사신위 두 사람만 없었다면 왕자를 타박이라도 했을 텐데, 참말로 아쉬웠다.

　"그럼……. 따라오시지요."

　황태자에게 어떻게 둘러대나 좀 복잡한 기분이었지만 이태기는 '나도 이제 모르겠다.' 하고 반쯤 포기 상태로 앞장섰다.

　왕자 일행을 살짝 곁눈질한 풍한도가 이태기 옆으로 바짝 붙어 서서 걱정을 담는다.

　"형님, 어찌합니까?"

"어찌하긴. 록수정까지 모셔야지."

"그러다 전하께서 잔뜩 노하시면 큰일이잖습니까?"

"우리가 가면 대강 눈치 채실 걸?"

"하긴, 귀신같은 전하시니."

시아전을 벗어나 한참을 걸었다.

나들이를 나온 풍류객처럼 담원표는 느긋한 표정으로 주위 풍광을 구경하였다.

록수정으로 가는 마지막 관문인 선영문仙靈門이 나왔다. 그 앞을 지키던 무관이 즉시 이태기를 알아본다. 보초를 서야 하는 말단인 그들에 비하면 하늘과도 같은 사신위의 대장이라 긴장을 숨기지 못하고 뻣뻣하게 인사를 해왔다.

"조심해서 올라가십시오."

"뭐?"

풍한도가 황당한 나머지 되묻고 말았다. 당연히 막을 줄 알았는데 보자마자 올라가라니.

이런 경우가 없었기에 낯빛을 살짝 굳힌 이태기가 엄히 물었다.

"통과해도 되는 것이냐?"

"예, 황태자전하의 명이 있었습니다."

"뭐라?"

"사신위가 올 것이니 막지 말라 하셨습니다."

이건 또 무슨 꿍꿍이속일까. 왠지 모를 꺼림칙함에 이태기의 미간이 슬쩍 찌푸려졌다.

"역시 전하께서는 선견지명이 있으시군. 자, 올라가지."

담원표의 입이 긴 호선을 그리며 당당하게 선영문을 넘었다. 꼬리를 놓치지 않으려 노영호와 풍한도가 뒤따랐다.

　골치 아픈 한숨을 푹 쉰 이태기도 하는 수 없다는 듯 억지걸음을 뗐다.

　모두 깨달음이 깊은 무인들이라 경사가 높고 구불거리는 능선을 따라 올라감에도 숨차하는 사람은 없었다.

　"하나 물어볼 게 있는데."

　오는 내내 이따금씩 눈치를 보던 담원표가 결심을 한 양 이태기를 돌아보았다.

　"예, 물으십시오."

　"비무대회에서도 보았네만 사신위에 아현……이라고 있지?"

　"예, 네 번째 사신위입니다."

　"솔직히 말하자면 내가 좀 아현에게 관심이 많아. 저번에 풍한도도 봐서 알겠지만 통성명을 나누려다 퇴짜까지 맞아버렸지. 그땐 내가 왕자라는 신분을 몰랐으니 무례한 언사를 따지고픈 생각은 없다네. 다만 이름이라도 직접 나눌 기회를 가지고팠는데, 아까 아무리 둘러봐도 보이지 않더군."

　담원표는 아직까지 황태자와 아현의 관계가 긴가민가하였다. 아니, 믿고 싶지 않다는 게 옳겠다.

　갑자기 가자미눈을 뜬 풍한도가 담원표를 응시했다.

　이태기는 좀 더 심각한 얼굴로 담원표를 보았다.

　사신위 두 사람의 반응이 좀 의외라 늘 여유로운 웃음을 짓는 담원표조차 어색해졌다.

　"왜 그렇게 보는 것이냐?"

여기 오는 동안 벙어리 흉내를 낸 노영호는 자신이 알고 있는 정보를 왕자에게 알려줄까 말까 또다시 고민이 되었다.

황태자와 아현, 두 사람의 관계가 진짜 연인이 확실하다고 말해줘? 말아? 그런 그의 수고스러움을 덜어주는 고마운 이가 있었으니, 이름하야 눈치 없는 풍한도라.

"죄송한 말이지만 아현에게는 관심 끄시는 게 좋을 것입니다."

그의 기분을 담아내듯 담원표의 한쪽 눈썹이 스윽 올라간다.

그럼에도 풍한도는 주저함 없이 진실을 토해냈다.

"아현은 유성 전하의 것이니까요."

"뭐라 하였느냐?"

"풍 사가 한 말 그대로입니다."

비무대회에서 아현과 황태자 두 사람의 모습을 지우고팠던 담원표는 이제야 인정했다. 아현이 말했던 정인이 정말로 황태자구나, 하면서.

록수정으로 올라가는 중턱에서 때 아닌 사자대면처럼 네 사람이 썰렁한 바람을 맞았다.

노영호는 먼저 알고 있던 사실이었으나 담원표를 위해 담담한 위로를 전했다.

"상대가 너무 강한데요?"

이 말은 즉, 황태자와 왕자는 엄연히 차이가 존재하니 크게 낙담하지도, 억울해할 필요도 없다는 그만의 위로였다. 하지만 그런 깊은 뜻도 모르고 버럭 해대는 담원표.

"지금 누구 놀리느냐?"

"나름 위로였습니다만."

"에잇, 되었느니라."

"설마 마음 상했다고 그냥 내려가시진 않으시겠지요?"

"내가 그렇게 공과 사를 구분 못 하는 인물이더냐?"

"구분은 해도 얼마간은 꽁해 있을 거 아닙니까?"

"꽁해 있든 말든 그건 내 마음이지 않느냐?"

"어쨌건 깊은 마음으로 발전한 게 아니시니 이 기회에 훌훌 털어버리십시오."

"지금 고소하다 생각하는 거지?"

"낙심하지 마시라는……."

"나름 위로였다고?"

"역시 왕자저하십니다. 제 마음을 딱 아시는……."

"됐다, 됐어. 넌 입 좀 다물어라!"

'쳇' 하며 빠르게 올라가는 담원표를 보며 노영호가 씨익 웃고 만다. 그러다 노영호 자신을 대단한 사람인 양 바라보는 이태기와 풍한도의 시선을 뒤늦게 느끼곤 식은땀을 주륵주륵 흘렸다.

"왕자저하께 그렇게 말하여도 괜찮습니까?"

"하하. 나, 나중에 아마 크게 혼이 날 듯합니다."

"그래도 대단하십니다. 우리가 황태자전하에게 그랬다면 당장 모가지가 날아갔을 건데."

담원표가 임자 있는 여인에게 홀딱 빠진 모습이 보기 싫어 사신위가 옆에 있다는 것도 잊고 무심코 튀어나온 평소 말투였다.

노영호는 흐르는 식은땀을 어색하게 닦고서 어서 가자며 시선을 피했다.

"흠? 왜 저러시지?"

씩씩거리며 먼저 올라갔던 담원표가 바보같이 입을 쩌억 벌린 채 넋을 빼놓고 있었다.

무엇을 보았기에 저러나 싶어 셋은 열심히 다리를 놀려 상층입구에 다다랐다. 그들도 보게 된 '그것'에 할 말을 잃고 말았는데.

그들도 예상했듯이 록수정에는 황태자가 있었다. 문제는 황태자만 있는 게 아니라는 점이다.

이태기는 아현의 부재에 그녀가 황태자와 있겠거니 어느 정도 짐작은 하였지만 결코 '이런' 모습을 예상하지는 못하였다.

록수정 호수 안에서 황태자가 검은 비단모포를 두른 아현을 안은 채 천천히 한 발 한 발 내딛으며 걸어 나오고 있었다.

아현은 기진맥진 잠에 빠져든 것 같았고, 황태자는 지나치게 기분이 좋아 보였다. 분명 운우지정을 나눈 게 틀림없음이라.

모포를 꽁꽁 두른 모양새를 보아하니 그 안은 알몸이 확실했다. 불청객이 찾아왔음에도 불쾌한 기미가 보이지 않는다는 건 그들이 올 시간을 알았다는 뜻이다. 그래서 검은 비단모포까지 준비해 정인의 살결이 내비치지 않도록 신경 쓴 것일 테고.

"헙."

황태자는 나신이었다. 마치 옷을 입고 있는 양 너무도 당당한 태도에 정복차림을 한 그들이 오히려 당황하고 말았다.

황태자는 그들이 놀라든, 몸을 돌리든, 두 눈을 감든 간에 없는 사람 취급을 하며 제 할 일을 할 뿐이었다. 아현을 나무 아래 석자席子에 조심히 눕혀 또 다른 모포를 덮어주는 손길이 지극히 다정했다.

역시나 황태자. 이태기는 몰래 한숨을 쉬며 하늘을 올려다봤다.

'이건 고의다, 고의야.'

비무장에서 담원표가 아현에게 말을 건 적이 있었다는 풍한도의 증언을 황태자는 똑똑히 기억하고 있었음이라. 백문이 불여일견. 백 번의 말보다 딱 한 번 충격적인 장면을 보여줌으로써 경쟁자를 쉽게 떨쳐내려는 고도의 수법이었다. 평소 아현과 함께 있을 땐 사신위의 출입도 불허하는 황태자가 어쩐 일로 록수정을 허락한다 하였다.

약았다고 해야 할지, 수단이 좋다고 해야 할지. 뭐, 양쪽 다 맞으려나.

유성이 알몸 위로 헐렁한 긴 상의를 걸쳐 매듭을 묶으며 그들에게로 시선을 돌렸다. 아직도 정신이 반쯤 탈출한 담원표는 멍한 표정 그대로였다.

"이 사."

"예, 전하."

"록수정 구경은 다 하셨을 테니 왕자저하를 모시고 돌아가거라. 나는 조금 이따가 갈 것이다."

"명을 받들겠나이다."

투둘투둘.

담원표의 힘없는 발소리였다. 올 때는 가볍기 그지없던 발걸음이 갈 때는 온몸이 천근만근이었다. 그러다 무슨 생각을 하는지 발을 우뚝 멈추는 담원표.

노영호와 이태기의 얼굴에는 근심이 깃들었으나 풍한도만은 천진하게 담 왕자를 바라보았다.

　멍하게 있던 담원표가 대뜸 물음을 띄웠다.

　"황태자와 왕자 사이에는 엄청난 신분차가 있지 않느냐?"

　"그, 그러합니다."

　포옥, 한숨 한 숟가락.

　"대륙에서 유성 전하를 뛰어넘을 미장부는 없을 테지?"

　"……."

　"노영호, 어서 답하여라."

　"그런 줄로 아옵니다."

　포옥, 포옥, 한숨 두 숟가락.

　"무예도 뛰어나시려나?"

　뭔가 찔린 표정으로 이태기가 움찔하자 그 의미를 눈치 챈 담
원표는 다시금 낙담하였다.

　포옥, 포옥, 포옥, 한숨 세 숟가락.

　"왕자저하, 너무 비관하지 마시옵소서."

　이태기의 정중한 위로에도 담원표의 기분은 나락을 향해 갔
다.

　"뭐 하나 이기는 게 없군."

　담원표는 자신의 허리춤 아래를 불만스레 내려다보았다.

　"이것도……."

　그러고선 내뱉는 짧고도 강렬한 한마디.

　"졌다."

　이태기와 노영호는 몸 한 축이 삐끗하여 무너지려는 것을 겨
우 지탱했다.

'바람의 왕자'라는 그의 자존심이 상처 입은 순간이라 울 수도, 그렇다고 웃을 수도 없는 노릇이었다.

주안상을 사이에 두고 훤칠한 두 사내가 마주앉아 있다. 신분의 차가 있는지 유한 인상의 사내가 상대에게 공손히 술잔을 따른다.

"먼 길 오느라 수고가 많았겠소."

"수고라니요. 전혀 그렇지 않습니다. 금락국보다 드넓은 세상이 있다는 것을 알았으니 저에겐 크나큰 공부가 된 셈입니다."

두 사내 모두 간결한 동작으로 술을 입안에 털어 넣었다. 첫 만남이었지만 마치 오랜만에 보는 친우마냥 술잔을 주거니 받거니 하며 세상 돌아가는 얘기로 가볍게 말을 이었다.

분위기가 점차 무르익어가자 한 사내가 본론을 슬슬 들이밀었다.

"유성 전하. 거사를 언제 거행하실 계획이십니까?"

"축제가 끝나면."

예상한 바가 있기에 담원표는 그다지 놀란 얼굴이 아니었다.

"저희 쪽 군사는 현재 도성 밖에 뿔뿔이 흩어져 있습니다. 많은 수는 아니나 그래도 금락국에서 알아주는 실력자들만 뽑아 왔습니다. 혹시 모를 일이니 대비는 해야지요. 향도식이 눈치가 빨라 시간차는 두고 인원을 불러들였습니다."

대략 셈을 해보던 유성은 도출되는 사람 수를 입력하여 여러 가지 경우의 수를 머릿속 도표에 그려 넣었다.

몇 년 전만 하더라도 금락국과 손잡을 생각이 전혀 없었던 유성이었다. 한 나라를 되찾기 위해 남의 손을 빌리는 짓은 대단히 부끄러운 일이며 그 자신에게도 떳떳하지 못했기에 금락국에서 먼저 손을 내밀었을 때 주저 없이 거절의사를 전하였다.

그건 당연했다. 준비가 미진한 것도 아니었고, 그 자신의 힘을 믿고 있었던 까닭에, 굳이 금락국의 도움이 아니더라도 언젠가는, 어떤 방식으로든, 황위를 되찾으리라 늘 확신하고 있었다.

만약 동맹상태에서 나라를 찾게 된다면 그것은 또 다른 족쇄가 될 공산이 컸다. 국가 대 국가의 독립적 관계가 아니라 어느 한쪽이 굽혀야 하는 상하관계를 낳게 될 것이다. 그것만은 절대적으로 피해야 했다.

그러나 금락국은 다른 목적이 있었다.

"우선은 목적이 같아 손을 잡고 있지만 거슬리는 일은 벌이지 않는 게 좋을 거요."

푸르스름한 안광이 빨려 들어갈 듯 담원표를 직시하자 오싹한 소름이 전신을 훑고 지나갔다. 그는 본능적으로 느꼈다. 이 사내를 적으로 둬선 절대 안 된다고. 손가락 하나를 자르면 당장 목을 달라 할 사람이 바로 눈앞의 황태자라고.

월제국의 황태자를 만만히 보지 말라던 왕의 충고가 지금에야 가슴 깊이 박혔다.

"하하하, 무슨 그런 섭섭한 말씀이십니까? 그럴 일은 추호도 없을 테니 걱정 마십시오. 저희 금락국은 오직 향도식만 잡으면 되옵니다."

향도식의 본명은 향훈으로 본래 기선국 사람이었다. 집안이 역모로 몰려 내침을 당하고 여러 나라를 전전하며 떠돌이생활을 하다 타국에서 유백과 만나게 된 인연을 계기로 얼굴을 바꾸고 신분을 위조해 월제국 사람이 되었다.

머리가 좋은 수완가라 유백은 향도식을 상당히 중히 여겼다. 황제가 된 유백은 일등공신인 향도식을 곧바로 좌호군에 등용하여 몸소 굳건한 신임을 보여주었다.

기선국의 일을 제외하고 향도식은 크게 두 가지 큰 죄를 지었다.

첫째는 유백을 도와 월제국의 전대 황제, 황후 암살계획에 동참한 것, 둘째는 금락국 왕비의 고향을 피바다로 만드는 데 앞장선 점이었다.

금락국 왕비의 고향은 매소국으로 알려져 있으나 정확하게는 그 옆에 딸린 험악한 산세를 바탕으로 한 묵산이라는 곳이었다. 묵산은 철이 풍부해 타국과의 거래가 왕성하였는데, 황위를 찬탈할 자금을 마련하기 위해 향도식 일행이 쑥대밭으로 만든 곳이기도 하였다. 그 소식을 접한 금락국 왕비의 절망은 이루 말할 수 없었다.

흉수를 찾고자 몇 년을 은밀히 수소문한 끝에 월제국 소담주의 참사가 묵산과 비슷하다는 점을 발견, 이후 지속적인 조사를 통해 범인이 향도식임을 알게 되었다.

이러한 이유로 금락국에서 먼저 황태자와 손을 잡길 원한 것이다. 그러나 유성은 만만찮았다. 도움은 필요 없으며 앞으로도 그럴 것이라고 딱 잘라 말하자 금락국에서도 향도식을 찾고자 하는 이유를 말하지 않을 수 없었다.

사정을 다 듣고 나서야 황태자는 수긍하였는데, 그 수긍도 완전히 긍정적이라기보다 허튼수작으로 방해하면 용서치 않는다는 협박을 담은 수긍이었다. 아직 황위를 찾지 못한 혈혈단신이랄 수 있는 황태자치고는, 한 나라를 상대로 하여 참으로 자신감이 하늘을 찌르는 대담무쌍한 발언이었다.

그동안 아첨하는 이들만 보아온 금락국 왕 부부는 유성의 참신하기까지 한 언행에 노하기는커녕 더 큰 점수를 주었고 그 배짱을 높이 샀다.

"어떠한 일이 발생하더라도 이쪽 지시가 있기 전엔 절대 움직여선 아니 되오. 반드시 명심하시오. 그게 설사 향도식의 목줄을 쥐는 일일지라도."

"명심하겠습니다."

유성은 모든 계획이 완벽하기를 원했다. 금락국의 제의를 받아들인 것도 그 일환이었다. 그가 가진 능력만으로 황위를 되찾을 수 있음에도 거절하지 못한 정확한 이유는 만에 하나라는 예외의 수 때문이었다.

제아무리 유성이라 한들 앞날을 예견하지는 못한다. 본격적인 전쟁이 일어나면 월제국에서 자유로울 수 있는 사람은 오직 금락국인 뿐이며, 이들은 최악의 상황이 터질 경우 양쪽 진영에 유일하게 움직일 수 있는 아군이 될 터였다.

즉 유성이 가진 숨은 패 중 하나라고 할 수 있었다.

'가장 큰 패는 최대한 숨겨놔야 하겠지.'

유성이 몇 가지 사항을 덧붙여 말하자 담원표는 한 자라도 놓치지 않으려 애썼고 그의 지략에 감탄하며 긍정적으로 반응하였다.

또 술 한 병이 동이 났다.

담원표는 얼큰하게 취기가 올라와 눈이 가물거렸으나 사람 같지 않은 황태자는 처음과 마찬가지로 정좌에서 벗어남이 없었다.

술의 힘이었을까. 꺼낼 엄두도 나지 않았던 화제를 저가 입에 올리고 만다.

"전하의 정인이 록수정에서의 그 여인입니까?"

술잔을 가져가던 황태자의 옥수가 순간 멈칫하더니 다시 아무렇지 않은 듯 입에 갖다 댔다.

"그렇소만."

"하아……."

안타까움과 허탈함, 자포자기가 섞인 한숨이 터져 나왔다. 그런 자신의 모습이 자못 웃긴 듯 금세 씨익 웃어버린다.

"사신위가 맞습니까?"

"맞소이다."

"결례인 줄 아오나……."

"내가 먼저 말하겠소."

질질 늘어질 것 같은 담원표의 질문을 단칼에 자른 유성이 깊은 눈매를 들어 정면을 주시했다. 정확하게는 담원표의 눈이었다.

"아현은 월제국의 황후가 될 몸이오. 물론 그 옆자리는 내가 되겠지."

"아주 쐐기를 박으십니다."

"그리해주길 기다린 것 같은데……. 아니오?"

담원표는 기분 좋게 피식 웃으며 못 당하겠다는 듯 고개를 절레절레 한다.

"정확합니다. 그래야 미련이 생기지 않을 테니까요."

"한 가지 일러두겠는데."

"무엇을 말입니까?"

"내 정인에게 그런 눈빛은 곤란하오. 그동안은 담 왕자가 아군이라 봐드렸던 거외다. 앞으론 조심해주시오."

입은 호선을 그리고 있지만 눈만은 살얼음이다. 그 시선을 온전히 혼자만 받고 있자니 모골이 송연해지는 담원표였다.

담원표와 술자리를 파하고 환보궁으로 돌아온 유성은 순조롭게 돌아가는 일들을 되씹으며 기분 좋게 침전 문을 열었다. 넓은 침전 안이었지만 아현의 특별하고도 따뜻한 기운은 눈보다 본능이 먼저 알아차렸다. 그녀는 가부좌를 튼 채 심법을 운용 중이었다. 사연장에서 하는 무예연습을 당분간 금지시켰더니, 몸에 밴 무인의 부지런함은 어쩔 수 없나 보다고 생각했다. 꾀부리지 않고 모든 일에 열과 성의를 다하는 아현이 어여쁘면서도, 조금은 스스로에게 너그러워도 되련만, 하고 아쉬워하는 이율배반적인 감정.

낮에는 사신위 일에 파묻히고 밤에는 유성 저에게 시달리고. 그녀의 입장을 충분히 알면서도 아현을 보기만 하면 자제키 힘든 충동이 솟구치니 이것은 유성이 평생 짊어지고 가야 할 불치병 중 하나였다.

'쯧, 쉬고 있으래도.'

새벽부터 일어나 축제관련업무를 처리하려던 그녀를 반 협박하여 록수정에 억지로 데려갔었다. 본래는 쌓인 피곤을 풀게 할 요량이었지만 결과적으로는 그의 욕심만 가득 채우고 말았다. 육체를 취할 뿐만 아니라 담 왕자라는 경쟁자의 싹을 일치감치 잘라내는 용도로 말이다. 자신이 이 정도로 망가지고 유치해질 수 있다니, 날이 갈수록 자신의 새로운 면을 알아가는 요즘이었다.

'혈이 풀리자마자 심법을 운용한 것 같은데.'

요 며칠 피곤하였을 아현을 위해 수면혈을 짚고 나갔었다. 무인이 아니라면 하루 꼬박 잠에 빠졌을 텐데 역시 사신위의 한 축을 맡고 있는 실력자인지라 이르게 혈이 풀렸던 게 틀림없다.

유성은 그녀가 놀라는 일이 없도록 조심스럽게 다가가 한쪽 어깨에 손을 부드럽게 내렸다. 간단한 동작이지만 이것은 실로 위험천만한 행동이었다.

무예를 좀 안다 싶은 사람이 유성을 봤다면 그야말로 경악하고 말았을 것이다. 타인이 심법을 운용할 때 몸에 손을 대는 일은 원활히 움직이는 기를 흐트러뜨리는 작용을 하거나, 기혈을 역류시켜 주화입마에 빠지게 해 반신불수 또는 사망에 이를 수도 있었기 때문이다.

그것이 가능한 예외는 딱 하나다. 손을 대는 이가 심법을 운용하는 이보다 훨씬 뛰어난 실력을 갖추어야 한다는 것. 그가 그 예외에 속했다.

유성은 눈을 감고 자신의 기를 흘려보내 맹렬히 돌고 도는 아현의 기의 속력을 점점 늦추었다.

본인의 기는 아니지만 거북하지 않은 광활한 또 다른 기의 흐름을 감지한 아현이 서서히 눈을 떴다.

"언제 오셨사옵니까?"

"방금."

황태자가 아현의 손을 잡고 쉽게 일어나도록 도와주었다. 일어난 그녀의 몸을 나머지 팔로 휘감듯 두르며 침상 쪽으로 이끌었다.

"전하……. 아직 시간이……."

"우리가 언제 밤낮을 따졌더냐?"

피식 웃으며 뻔뻔한 언사를 잘도 구사하는 황태자의 당당함에 아현은 습관처럼 낯을 확 붉혔다.

아현을 곱게 눕혀 사락거리는 천을 열어 하나씩 몸으로부터 떼어냈다. 몸을 서서히 겹치는 동시에 입술도 베어 물었다. 입맞춤이 점점 깊어지는데 아현이 대뜸 입을 떼며 담원표에 대해 물어왔다.

"금락국과는 해결이 잘된 것이옵니까?"

"넌 이 분위기에 그런 물음을 던지고 싶으냐?"

멋없는 아현을 타박하면서 딱딱하게 솟은 몸을 잘 느끼도록 비볐다.

기대감을 표출하듯 아현의 몸이 한 차례 부르르 잘게 떨렸다.

"그래도 신경이 쓰여서……."

"넌 이 몸만 신경 쓰면 된다고 누누이 말했건만."

"하오나……. 으읍!"

갑작스런 침입에 아현의 등허리가 크게 휘며 넘어갔다.

그 뒤로는 기억이 희미했다.

황태자와 함께라면 항상 이렇다. 시간과 공간을 초월해 모든 것을 백지상태로 돌려놓는다.

한 차례 거센 폭풍이 지나가자, 긴 상의를 걸치다 말아 알몸이나 다름없는 황태자의 상체 위로 아현의 몸이 반쯤 겹쳐졌다.

부드러운 모발을 쓰다듬는 황태자의 옥수. 그 위로 옥팔찌가 어둠 안에서 투명한 색을 발했다.

"전하……."

"음."

"닷새 뒤에 탄신일기념 사냥대회가 있지 않사옵니까?"

"있지."

"전前 사신위였던 한결 님이 낙마사하여 한동안 사냥대회가 열리지 않은 걸로 아옵니다. 그러던 것이 이번 탄신일축제를 맞아 재개되었다는 말을 들었사온데……. 전하, 제발 저만 두고 가지 마시옵소서."

황태자의 성격이라면 무슨 빌미를 만들더라도 그녀를 두고 갈 공산이 컸기에 결정을 통보받기보다 먼저 선수를 치는 게 낫겠지 싶었다.

요즘 들어서 그녀에게 위험한 일은커녕 힘쓰는 일조차 시키지 않으려는 황태자였다. 그녀를 어여삐 여겨 소중히 대하고만 싶은 그의 마음을 모르진 않았다. 실력을 믿지 못하는 게 아니라 당장 정인의 부재로 인한 본질적인 두려움 때문에 더 싸고도는 것임을 누가 모를까.

그렇지만 아현은 황태자에게 도움이 되고 싶지, 그의 짐으로 전락하여 약점이 되고 싶은 마음은 추호도 없었다.

청동 두 번째 이야기

만약 자신이 양갓집 규수로 커왔다면 황태자가 원하는 바를 모두 들어줬을 것이다. 칼자루 한 번 쥐어본 적 없는 손이었다면 짐이 되지 않기 위해 최선을 다해 그의 뜻을 믿고 따랐을 것이다.

그러나 아현은 양갓집 규수가 아닌 데다 본인의 실력을 자만하고 맹신하는 우물 안 개구리도 아니었다. 누가 뭐래도 사신위의 떳떳한 한 일원으로 황태자를 지킬 만한 능력을 갖추었다 확신한다. 비록 황태자보다 미미한 실력일지 모르나 그 힘을 당분간 자제해야 하는 그에 비하면 도움의 활용도는 분명 높을 것이다.

"아니, 넌 남아서 궁을 지켜라."

"설마 저만 빼고 나머지 분들은 다 데리고 갈 생각이시옵니까?"

"음……."

황태자가 몸을 외로 돌려 아현의 옆구리를 가만히 쓸며 이마에 살짝 입맞춤을 해왔다. 어물쩍 넘기려는 그의 속셈이 훤히 보였다.

"무엇을 걱정하시는지 아옵니다."

"안다면서 고집을 피우는 것이냐?"

"거슬리지 않게 조용히 있겠습니다. 위험한 행동은 일절 하지 않겠사옵니다."

"그러다 사고가 나면?"

"저를 아군이라 생각하는 황제가 설마 간교를 부리겠습니까? 설령 그렇다 할지라도 전 사신위 분들과 전하를 믿고 있습니다."

"내가 실력을 숨기고 있어야 함을 잘 알 텐데도 그런 소리가 나오느냐?"

"저 또한 약한 사람은 아닙니다. 전하, 너무 티 나게 싸고도시면 황제 측에서 눈치 챌 것입니다."

갈등을 나타내듯 미간을 살짝 구긴 황태자가 갑자기 숨을 몰아쉬었다. 그의 쇄골을 쓰다듬는 아현의 관능적인 손길 때문이었다. 움푹 파인 쇄골 중심을 손끝으로 돌리다 천천히 상체를 내려오는 미려한 움직임에 유성이 살짝 당황했다. 그러다 이내 피식 웃어버렸다.

"기술이 늘었어."

도톰한 입술을 깨무는 아현의 행동에서 낭패와 낯부끄러움이 읽혔다. 어디서 들은 건 있어가지고 베갯머리송사라도 해볼 요량이었나 보다.

입맞춤 하나에도 어쩔 줄 몰라 숨을 삼키던 여인이었는데, 그를 유혹하는 단계까지 성장한 걸 보면 뿌듯하기도 하고 재미있기도 했다. 정말 어느 것 하나 어여쁘지 않은 게 없었다.

"좋다."

민망함에 낯빛이 시무룩해진 그녀가, 황태자의 긍정적인 허락에 눈을 동그랗게 뜨며 기쁨을 표출한다.

"참말이십니까?"

"그래."

"정말이지요?"

"단."

환한 빛을 뿌리던 아현의 얼굴이 황태자의 '단'이라는 조건부의 말에 순식간에 경직되었다. 상당히 불안한 전개였다. 십중팔구 자신에게 불리한 조건이 붙을 게 틀림없다.

"날 만족시켜보아라."

"예에……?"

"음심이 동하게 네 스스로 움직여보란 말이다."

"저어……."

그녀의 목소리엔 힘이 없었다. 없다뿐인가, 자신감도 결여되어 있었다.

"어서."

"하, 하오나……. 전 한 번도 그런 건……."

유성은 이 순진한 얼굴이 그를 받아들일 때 어떻게 변하는지 잘 알고 있었다. 흥분에 젖은 신음을 흘리며 자신을 극한으로 모는 그녀만의 마력.

제멋대로 활개 치는 상상에 점점 깊어지는 옥안玉眼을 숨기려는 듯 단정한 눈매가 가늘어진다.

"그건 도저히 못 하옵니다."

"그럼 사냥대회 참석은 물 건너간 거로군."

"전하, 제발."

"가고자 하는 절실함이 전혀 보이지 않는구나."

자존심을 슬슬 긁는 황태자의 말투에 아현은 손을 뻗어 강한 어깨를 끌어안고 입맞춤을 시도했다. 휑한 환보궁에 저 혼자 남아 노심초사할 바에야, 눈 딱 감고 그의 요구를 들어주는 게 백번 낫겠다는 판단에서였다.

'이번 한 번뿐이야. 이번 한 번만!'

이윽고, 뜨거운 호흡이 맞물렸고, 굴곡진 늘씬한 나신이 군신軍神과도 같은 단단함 아래에서 부끄러움을 벗어버렸다.

두 다리로 그의 허리를 옥죄고 발끝을 교차한다. 들어오라는 그녀의 애달픈 신호를 그가 즐거이 반겼다. 반쯤 떠오른 몸이 완벽한 교합으로 이어졌다.

"움직여."

매달린 상태에서 힘겹게 움직이는 몰캉한 나신. 나풀나풀 흔들리는 머리채가 그녀의 격정을 보여준다.

"옳지……. 그래."

그녀를 부추기는 크고 강한 그의 손이 둔부를 받쳐 들고 날갯짓에 호응한다.

나뭇가지 끝에 걸려 펄럭이는 천처럼, 유성은 꺾이지 않는 나뭇가지처럼 단단했고, 아현은 그 끝에 걸려 펄럭이는 비단 천처럼 가녀렸다.

유성은 세상이 끝나갈 듯 매달린 아현의 모습을 만족스럽게 지켜보며 한쪽 입 끝을 쓰윽 올려 오래도록 그녀를 흡수해갔다.

"담 왕자가 황태자와 술자리를 하였다고?"

"예, 그렇다 하옵니다. 폐하."

"이태기의 부상이 본인 탓이라 하여 병문안을 간다 하였다. 아마 이태기만 보고 올 수 없는 문제라 자리를 함께한 것이겠지."

유백은 한쪽 무릎을 꿇어 고개를 수그린 채 다소곳이 앉은 유소화를 내려다보며 미간에 주름을 만들었다.

"혹 모종의 거래가 있지 않겠사옵니까?"

"그럴 가능성도 배제할 수 없지. 허나 증거가 불충분하니 딱히 방해할 수도 없지 않느냐."

유소화는 담원표가 황태자 처소에 갔다는 소식을 전해듣고 안절부절못하는 마음으로 황제와의 독대를 기다렸다. 황태자와 왕자 사이 모종의 거래라는 그럴 듯한 핑계를 들어 황제를 찾아왔지만 사실 불안의 원인은 다른 곳에 있었다.

지극히 개인적인 이유인, 아현과 왕자의 혹시 모를 접촉이 그것이었다.

두 사람이 만나 얘기 나눌 것을 상상하자 미친 듯이 투기가 끓어올랐다.

물건을 던졌다, 소리를 질렀다, 시녀를 괴롭혔다, 제 머리카락을 쥐어뜯었다, 하며 분풀이를 해도 쉬이 가라앉지 않는 감정이었다. 황태자와 아현이 그렇고 그런 관계라 해도 안심할 수가 없었다.

담 왕자는 온전히 그녀만 보아야 한다. 그래야 한다. 반드시 그렇게 만들 것이다.

담원표가 소화 자신이 아닌 다른 여인을 눈에 담는다는 것 자체가 소름끼쳤다. 당장에라도 아현의 머리채를 잡아 뽑고 그 고운 얼굴을 끔찍하게 깔아뭉개고 싶었다.

"하오나."

"소화야."

꾸중이 깃든 엄한 목소리에 유소화의 등이 움찔 떨린다.

"솔직히 금락국이 제국에는 미치지 못하는 건 사실이다. 그렇다고 짐의 손에 좌지우지될 정도로 그렇게 만만한 나라더냐?"

"그렇지 않습니다."

"짐이 아무리 월제국의 황제라 해도 금락국의 왕자에게 이래라 저래라 할 수 없는 입장임을 너 또한 잘 알고 있을 테지?"

"예……."

"잘못 건드렸다간 금락국과 척을 질지도 모른다. 설마 그리되길 원하는 게냐?"

"절대 아니옵니다."

당당하다가 금세 시무룩해지는 유소화였다.

유백은 엄격한 말투에서 다소 풀어진 옥음으로 그녀를 다독였다.

"소화 네가 담 왕자를 마음에 두고 있다지?"

"폐, 폐하. 그, 그게……."

언제 눈에 살기를 띠었냐는 듯 재빠르게 처녀의 수줍음이 번진다.

유소화는 붉어지는 얼굴을 가눌 길 없어 정수리를 내보인 채 고개를 팍 수그렸다.

"이번 탄신일축제가 지나고 너와 담 왕자의 혼사를 추진할 계획이다."

"예?"

깜짝 놀라면서도 기쁨을 감추지 못한 유소화는 슬슬 올라가는 입 꼬리를 억지로 내렸다.

"그러니 매사 조심하고 허튼짓거리는 자제해라."

"명심하겠사옵니다. 폐하."

유소화는 날아오를 것 같았다.

이게 꿈인가 생시인가. 황제 앞만 아니라면 뺨을 수십 번 꼬집었으리라. 지성이면 감천이라고. 정말 원하고 바랐던 두루뭉술하기까지 한 꿈들이 드디어 가시권 안으로 들어왔다. 이 사실을 알면 담 왕자는 어떤 반응을 보일까.

'근데 담 왕자저하는…….'

비무대회에서 아현을 보던 담원표의 뜨거운 눈빛이 조금 걸렸다. 환영을 보듯 믿을 수 없다는 표정으로 대회 내내 아현에게 시선을 고정하였었다. 심장 부근이 따끔거렸다.

'반반한 얼굴만 믿고 황태자와 붙어먹는 창부 주제에 감히…….'

유백은 독기를 품은 소화를 보며 몰래 한숨을 쉬었다. 고약한 성질이 싫어서 나오는 한숨이 아니다. 좋은 마음이든 나쁜 마음이든 그것을 들키지 않게 잘 숨겨야 우위를 점하거늘 어찌 매번 희로애락이 잘도 드러나는지.

소화보다 한 살 어린 아현만 보더라도 진중한 면에선 석상 같은 황태자에 버금가지 않는가. 그런 아현과 소화를 같은 선상에 놓고 비교하여보면 그 차이가 더욱 극명하였다. 말단무사와 황룡대 대장 차이만큼이나.

"폐하."

"왜 그러느냐?"

"이번 사냥대회 때 특별한 계획이 있으시다 들었사옵니다."

"향도식이 말해주었느냐?"

"예, 도움이 필요하다고 하며 찾아왔습니다."

"잘할 수 있겠느냐?"

"사신위 한결도 한 방에 보낸 소녀이옵니다. 이번에도 원하는 결과를 얻으실 것이옵니다. 폐하."

과거, 아현을 간자로 황태자 측에 심어두기 위해 —당시 소화는 아현이 간자라는 것을 몰랐다— 사신위 한 명의 목숨을 빼앗았다. 황태자를 가까이서 보필할 수 있는 직책은 사신위뿐이고 그런 황태자를 감시하려면 아현이 그 자리에 필히 앉아야 했다.

실력이 월등한 사신위인 만큼 계략을 꾸미기도 쉽지 않았다. 사신위 중 큰 비중을 차지하는 이태기를 없애버린다면 가장 좋았을 테지만 그러기엔 이태기의 뛰어난 실력이 걸렸고, 황제 측에도 위험이 뒤따를 것 같아 서열 네 번째인 한결로 계획을 수정하였었다. 풍한도를 제거하려고도 했었으나 그는 눈치만 둔하다 뿐이지 육체적인 감각은 지나치게 동물적이라, 조심성이 부족한 한결을 목표로 삼았던 것이다.

예전 사냥대회 날에 유소화는 마부를 포섭해 한결이 탈 말의 안장과 고삐에 미리 마비독을 발라놓았다. 이 마비독은 접촉 후 한 식경이 지나야 서서히 효과가 나타나는 치명적인 독으로, 감각이 아주 발달한 사람이 아니고선 알아차리기 힘들었다. 아차 싶을 때는 이미 중독되고 난 뒤였다.

향도식의 신호에 따라 대기해 있던 유소화는 사냥감을 쫓느라 정신없는 대열 뒤에서 정확히 한결이 탄 말 엉덩이에 침을 쏘았다.

강력한 흥분제가 침투되면서 말이 길길이 날뛰었다. 한결이 탄 말이 미친 듯이 질주하여도 어느 누구도 도울 수 없었다. 말을 죽이자니 곧바로 말에 탄 사람이 낙마할 것 같고, 쫓아가자니 속

청동 두 번째 이야기

도를 따라잡을 수 없고, 오직 한결의 실력만을 믿고 기다렸지만 허무하게도 추풍낙엽처럼 떨어진 한결은 그 자리에서 목이 꺾여 즉사하고 말았다.

사냥대회에 참석하는 여인들은 주로 뒤에서 구경만 하므로 황태자 측과 가까이 있는 황제나 향도식에 비해 움직이기가 수월하였다.

무엇보다 유소화에게는 나름 비기라는 게 있는데, 그것은 입으로 침을 쏘는 기술이었다. 정확도는 높으나 내력이 없어 실전에선 상당히 부족하지만, 사냥대회에서만큼은 달랐다. 그녀의 실력을 꽃피울 수 있는, 그야말로 최적의 장소라고 할 수 있었다.

사람들의 음성과 말발굽 소리에 그녀의 침 쏘는 소리가 자연스레 묻혔음은 물론이거니와 감이 좋은 무인이 아닌 동물에게 쏘는 것이라 명중률도 십 할을 자랑했다.

"이번에는 그 대상이 염홍이라고 들었사옵니다."

"그렇다."

염홍은 상당히 까다로운 인물이었다. 염홍을 잘못 건드렸다간 문제를 불러일으킬 공산이 컸기에 지금까지 조심해왔지만 이제 그럴 수가 없게 되었다.

유백의 약점이나 다름없는 소담주 사건과 그와 관련된 황후의 내력을 염홍이 뒷조사한다는 소식을 그의 측근으로부터 들었다.

염홍은 잘못 건드린 것이다. 절대 침범해선 안 될 영역에 발을 들인 것이다.

"늙은이가 오래 살더니 목숨 중한 줄 모른단 말이야."

유백의 입이 사악하게 올라간다.

그것을 면전에서 본 유소화는 작게 몸을 떨었다. 그녀의 부친이지만 소름끼치는 인간이라고 생각하면서.

"소화 네가 향도식에게 사신위 아현을 처리하자 말했다지?"

"폐, 폐하. 그건 아현이 우리 쪽 끄나풀인 걸 모르고……. 송구하옵니다."

마음 같아선 염홍이 아니라 아현을 처리하고픈 유소화였다. 한데 아현이 첩자였단다. 그것도 황제의 직속수하. 상상도 못 한 일이라 하루 동안 얼을 빼놓고 있을 만큼 충격적인 사실이었다.

"몰랐던 사실이니 그랬을 테지."

"망극하옵니다. 폐하."

살짝 올라간 눈매로 황제의 심기를 열심히 재보는 유소화. 그가 아현을 얼마나 신임하고 있는지 알아보고자 살짝 운을 떼어 보았다.

"이 계획을 아현도 알고 있사옵니까?"

"아니다."

"미리 입을 맞춰놓으면 더 완벽하지 않겠사옵니까?"

그녀의 얄팍한 생각쯤이야 뻔히 보인다는 듯 유백이 가소롭게 웃는다.

"소화 네가 짐의 속내를 떠보는 것이냐?"

뜨끔한 가슴을 숨기며 과장되게 소리를 높인다.

"천부당만부당한 말씀이옵니다. 절대 그렇지 않사옵니다."

"자고로 계획이 성공하려면 비밀을 아는 자가 적어야 하는 법. 괜히 아현이 설쳐댔다가 황태자에게 꼬리를 잡혀버리면 다 된 밥에 재 뿌리기가 아니더냐?"

청동 두 번째 이야기

소화는 솔직히 말하고 싶었다. 아무리 봐도 아현은 황제파가 아닌 것 같다고. 소화 저가 록수정에 자객을 보냈을 때나 아현이 정기만찬회에서 독주를 마신 일을 보더라도, 황제의 신임을 얻기 위한 행동치고 과하다는 생각이 지배적이었다. 그러나 한마디 더 했다간 불호령이 떨어질 것 같아 곧이곧대로 말할 수도 없는 노릇이었다.

"노파심에서 하는 말인데."

"예, 폐하. 하명하소서."

"실수라도 아현을 건드리는 일은 없도록 해라."

"그럴 일이 있겠사옵니까?"

소화의 입이 마비가 온 듯 어색하게 움직였다.

"아현을 다치게 해선 아니 된다. 그런 일이 있을 시 설령 그것이 내 핏줄인 너라 하더라도 결코 용서치 않을 것이다."

부들부들 떨며 고개 숙인 소화를 내려다 본 유백의 눈은 그 어느 때보다 차가웠고 메말라 있었다.

'황후의 정신이 깨어나면 폭주를 막을 사람은 아현뿐이니. 죽으면 절대적으로 곤란하다.'

향도식에게는 이용해먹겠다는 그럴 듯한 말로 둘러대 아현의 목숨을 취하는 일을 막았지만 실상은 이러한 이유가 있어서였다.

13
사냥대회

사냥대회 날이 밝았다. 준비를 끝낸 사신위 넷은 환보궁 밖에서 황태자가 나오길 기다리고 있었다. 신분상 여러 가지 갖춰야 할 게 많은 황태자라 사신위의 두 배가 넘는 시간이 소요되는 것은 어쩔 수 없었다. 그 덕분에 평소보다 그의 손아귀에서 안전하게 빠져나올 수 있어 아현에겐 참으로 다행스러운 일이기도 하였다.

"아현, 내 말을 못 믿는 거냐? 진짜야. 작년에 이따만 한 멧돼지를 한 손으로 쳐서 죽였대도?"

"믿습니다. 믿어요."

"어? 건성으로 대답한 거 맞지? 그렇지? 이 풍한도의 말이 거짓부렁 같아?"

답답하다는 듯 가슴을 두어 번 두들기는 풍한도의 진지함이 되레 웃음을 유발했다.

아현은 벌어지는 입술을 꾹 참으며 고개를 급히 흔들었다.

"진짜 믿습니다."

"믿긴! 지금 비웃는 거지?"

탁!

아현보고 믿으라며 당장 두 손으로 목을 짤짤 흔들 것 같은 위기감에 이태기가 나서 풍한도의 뒤통수를 갈기었다.

"으핫! 뭡니까, 태기 형님?"

"믿는다는데 왜 자꾸 괴롭혀대?"

"괴롭히긴 누가 괴롭혔다고."

"눈을 응? 요로코롬 떠서 응? 보라고 봐! 이렇게 덤벼대는데, 이게 괴롭힌 게 아니라면 뭐냐?"

이태기가 눈을 과장되게 부릅떠 풍한도를 잡아먹을 듯 배치기를 하며 떠밀었다.

풍한도의 억울해 죽겠다는 황당한 표정에 아현은 결국 참지 못하고 웃음을 터뜨렸다.

그 소리에 머쓱해진 이태기가 머리를 작게 긁적였고 풍한도는 고소하다는 듯 키득키득 입술을 쪼개었다.

훈훈한 세 사람을 조용히 응시하던 곽남휘가 대뜸 풍한도를 향해 얼굴을 돌렸다. 그러면서 한다는 소리가.

"한도. 작년에 그 멧돼지, 내가 쏜 화살에 맞고 숲에서 날뛰다 나무기둥에 머리 박은 그놈을 말하는 거냐?"

하하거리며 웃던 세 사람이 삽시간에 조용해졌다.

풍한도가 한 번 봐달라는 듯 살짝 눈짓을 하지만 곽남휘는 못 본 체 기어코 진실을 밝히었다.

"나무기둥 박치기에 정신 못 차리던 멧돼지에게 네 녀석이 옳다구나 하며 주먹을 날리지 않았느냐?"

"남휘 형님!"

"아하! 그게 그렇게 된 것이군? 야, 이 녀석아, 뻔뻔한 것도 정도가 있지. 남휘가 보았는데, 그 앞에서 거짓을 고해? 에라이 양심에 구멍 뚫린 놈."

"아, 진짜. 너무합니다. 남휘 형님."

알 바 아니라는 듯 턱을 돌리는 곽남휘의 무시에 풍한도의 입이 불만스럽게 삐죽댄다. 그 모양새에 아현이 또 웃음을 머금은 건 말할 필요 없고.

그러는 사이 환보궁의 거대한 문이 열리며 황태자가 모습을 보였다. 최고급 소재로 만든 짙은 가죽신발과 가죽조끼, 그 위로 새겨진 용무늬의 붉은 자수가 역동적이었다. 손등까지 감싼 팔 보호대와 무릎 아래까지 오는 다리 보호대, 넓은 어깨를 가린 견갑이 몸의 윤곽을 뚜렷하게 해 강인한 육체를 한층 돋보이게 하였다.

그의 나신이 어떠한지 누구보다 잘 알고 있는 아현은 저절로 떠오르는 애먼 상상에 고갯짓을 작게 했다. 그러다 마주친 황태자의 눈동자. 그녀를 보면서 점점 진해지는 그의 은밀한 시선에 참을 수 없는 기분이 들어버린 아현은 결국 머리를 돌려야 했다.

[아현, 지금 그것은 안아달란 앙탈인 것이냐?]

역시 전음으로 희롱하기는 황태자의 취미생활이 틀림없으렷다.

평소 황제만 드나드는 사냥터에 수백의 인원이 한데 모였다.

황제와 수많은 대신들, 위압적인 황룡대와 각자의 주군을 호위하기 위해 따라온 무사들, 그 산하의 시종, 시녀들까지.

한쪽 나무그늘 아래에 떨어져 있는 사람들은 사냥을 구경하기 위해 따라온 품계 높은 여인들이었다. 예부터 여인은 방해만 된다 하여 본진에 서지 않는 게 관례였다.

여기도 예외가 있으니 본진에 있는 유일한 여인 아현이라. 사신위 수렵정복을 착용한 그녀는 다른 여인들처럼 화려하게 치장하지 않았음에도 단정함에서 오는 간결한 깨끗함이 그 누구보다도 눈에 띄었다.

"천자이신 황제폐하의 탄신일을 맞아 사냥대회를 거행하겠습니다."

이윽고 황제의 축사가 있었고, 황제를 필두로 모두가 수렵에 필요한 무기를 챙겨 각자 말에 올라탔다.

찰캉찰캉, 무기를 잡는 소리, 제자리걸음하는 말발굽소리와 투레질소리, 사냥대회를 알리는 긴 나팔소리로 드넓은 사냥터는 갖가지 소음에 노출되었다.

가장 먼저 황제가 출발하여 시작의 첫 점을 찍었다. 그 뒤를 엄청난 수의 황룡대가 따랐다. 말달리는 소리가 천지를 격동시켰다. 마치 전쟁터를 방불케 하는 위압감에 구경 중인 여인들이 숨을 잠시잠깐 멈췄다.

황제가 출발하고 일다경이 흘러서야 황태자가 말의 고삐를 잡아당겼다. 그 신호에 사신위의 이태기, 곽남휘, 풍한도가 바짝 따라붙었고 특별히 뽑힌 열 명 내외의 월훈무사도 고립되지 않으려 앞서거니 뒤서거니 발을 재게 놀렸다.

황태자의 측근 중에서 유일하게 남아 있는 사람은 아현뿐이었다. 그녀는 황태자에게 완전히 속았다. 참석하기 위해 낯부끄러운 짓도 서슴지 않았건만 황태자는 말 그대로 그녀를 참석만 시키고, 사냥에 따라오지는 못하게 했다.

황태자의 치사한 간계였다. 아무리 부탁하고 사정해도 사냥대회에 참석하되 전방에 나서지 말라는 황태자의 고집을 결국 꺾을 수 없었다.

아현은 자신의 손목에 감긴 면포를 보며 폭 하고 작게 한숨을 내쉬었다. 다치지도 않았는데 억지로 면포를 감던 황태자를 떠올리곤 다시 한숨을 쉬었다.

'아무리 사냥터가 불안하다 해도 꼭 이렇게까지 하셔야 했을까.'

불만은 많았지만 내색할 수는 없었다.

그때 출발신호를 기다리던 염홍이 고고한 자태로 홀로 있는 아현을 발견하고서 반색하며 다가왔다.

"염 우호군 대감마마, 그간 강녕하셨는지요."

머지않아 황후가 될 귀하신 몸이라 예를 갖추는 게 당연하나 보는 눈들이 많았기에 염홍은 말 탄 자세에서 고개를 끄덕였다.

"뒤처진 것 같은데 출발하지 않고 뭐 하는가?"

"손목이……, 이러해서."

아현은 어색하게 손목을 내보였다. 크게 다친 것도 아닌데 ─사실 너무나 멀쩡하다─ 염홍의 얼굴이 안타까이 일그러지자 괜스레 미안한 마음에 속이 거북해졌다.

"쯧쯧, 어쩌다가."

"훈련하다가 조금 삐끗한 것뿐입니다. 크게 다치지 않았으니 염려 놓으십시오."

"손목을 다쳤는데 말을 타도 되는 겐가?"

"심하게 달리지만 않으면 괜찮습니다."

"그럼 자네는 여기서 기다려야 하는가?"

"아무래도 그래야 할 듯합니다. 전하의 명이시라."

염홍은 습관적으로 고개를 끄덕였다. 아현을 위험에 노출시키지 않으려는 황태자의 심저가 짐작되어서였다.

"이만 가보겠네. 심심하더라도 꾹 참고 기다리게나."

"염려 감사합니다. 오늘 사냥, 좋은 수확이 있으실 겁니다."

"허허. 늙은이가 무슨 힘이 있어서 사냥을 하겠는가. 그냥 말 타는 재미로 가는 것이지."

염홍이 인자하게 너털웃음을 지으며 본인의 자리로 돌아갔다. 비범한 눈빛이지만 연로한 염홍을 보고 있자니 청도에 계신 그녀의 조부가 생각나버렸다.

황태자는 곧 만날 수 있다 하였으나 그녀에겐 그 말이 기약 없는 먼 훗날의 약속처럼 들렸다. 빨리 조우하면 좋으련만.

눈에 띄지 않는 곳에 가서 일행들을 기다려야겠다는 생각에 자리를 막 옮기려는 그때, 예민한 감각이 기분 나쁜 시선을 감지했다. 자연스럽게 주위를 둘러보는 척하며 고개를 돌리자 대번에 시선의 주인공을 찾을 수 있었다. 다름 아닌 유소화 궁주였다.

아현과 눈이 마주치게 되니 정작 먼저 피한 사람은 유소화여서 조금 의아했다.

'느낌이 안 좋은데……'

아닌 게 아니라 비릿하게 웃는 유소화의 입술 끝이 상당히 눈에 거슬렸다. 마치 무슨 꿍꿍이를 숨긴 채 다가올 재미를 참고 있는 사람처럼.

'잠시만……. 꿍꿍이? 숨겨?'

만약 저들이 모종의 계획을 세웠다면? 황태자가 지나는 길에 함정을 파놨다면? 유소화의 입술 끝이 이러한 것을 의미하는 거라면? 그렇다면 정말 큰일이다. 어쩌지? 지금이라도 황태자에게 달려가야 할까? 아니다. 섣불리 움직일 수도 없다. 궁주의 찜찜한 표정만 보고 결정하기엔 정보가 턱없이 부족하다.

지금이라도 궁주의 행동 하나하나를 예의 주시해야겠다고 다짐하면서 아현은 구석자리로 옮기려던 생각을 접었다. 무슨 일이 발생한다면 말을 타고 있는 게 유리할 테고 현재 서 있는 이곳이야말로 궁주를 관찰하기에는 최적의 자리였기 때문이다.

우선 이쪽에서 궁주를 지켜보고 있다는 낌새를 저쪽이 알아채지 않게 해야 한다. 그러기 위해서 시선은 다른 곳을 향하되 감각만은 궁주를 향해 활짝 열어두었다.

그러길 얼마나 지났을까. 불안한 예감이 우스울 만큼 유소화에게선 어떠한 이상행동도 일절 발견하지 못하였다. 자신이 너무 예민하게 받아들였던 것일까. 맥이 빠지며 푸시시 한숨이 나왔다.

황태자가 출발한 지 일다경이 다 되어갔다. 후발주자인 대신들이 슬슬 움직일 채비를 했다. 염홍도 마찬가지, 고삐를 가볍게 쥐고 옆 사람과 담소를 나누면서 출발선에 섰다.

"우호군 대감. 오늘 영 힘이 없어 보이십니다."

"나올 때만 해도 몸이 가뿐하였는데, 간만의 사냥대회라 그런지 긴장하였나 보오."

염홍의 듣기 좋은 너털웃음에 아현의 시선이 자연스레 머물렀다.

"이제 출발할 듯합니다. 고삐 잘 잡으시구려, 우호군 대감."

"그리해야지요. 어……. 손에 쥐가 온 것 같은데, 이것 참. 허허허. 진짜 긴장하였나 봅니다."

염홍은 본인의 손을 좀 의아하게 보다 아무렇지 않게 웃었다. 그 모습을 뜻 없이 바라보던 아현은 유소화가 있는 곳을 살짝 곁눈질했다. 좀 전까지 궁주를 경계하던 습관에서부터 나온 행동이었다.

'저건?'

유소화가 형체를 알 수 없는 소형의 물체를 쥐고 있었다. 그것도 염홍을 본 채 흡족한 웃음을 머금으면서.

위험을 알리는 경고가 찌릿 하고 등줄기를 타고 내렸다. 타인의 시선을 느낀 유소화가 사방을 휘휘 훑자 아현은 아닌 척 다른 곳으로 눈을 가져갔다.

'뭘 할 참이지?'

유소화의 경계심 어린 눈초리가 사라지고 나서야 아현은 다시 자연경관을 구경하는 시늉을 하다 스리슬쩍 궁주를 보았다. 유소화의 모습을 최대한 눈에 담고서 빠르게 시선을 분산시켰다. 유소화가 들고 있는 그것은 길쭉하면서 아주 작은 원통형의 물건이었다. 상대가 곱게 자란 궁주라는 선입견 탓인지, 아현은 유소화가 감히 암기를 발사하는 작은 통을 가지고 있으리란 생각을 전혀 하지 못했다.

"이제 출발하실 시간입니다. 줄을 서주십시오."

나팔소리가 길게 뻗었다. 흙먼지를 일으키며 수십 필의 말이 달려 나갔다. 혈기 넘치는 젊은 무관들이 먼저 가길 기다렸다가 사람이 좀 뜸해졌다 싶을 때 염홍도 발을 굴려 고삐를 잡아당겼다.

아주 천천히, 쉽사리 눈치 채기 어려운, 서서히 둔해지는 감각.

염홍은 그저 자신이 늙어서 그렇겠거니 씁쓸해하며 힘없이 고삐를 쥐었다.

"주인어른, 어디 불편한 곳이 있으십니까?"

염홍이 말을 조심스레 몰자 그의 호위가 걱정을 담아 물었다.

"아니다. 괜찮으니 염려 말아라."

같은 시각, 뒤에서 그들을 주시하던 궁주 유소화는 해시계를 꺼내 대략 시간을 확인했다. 이쯤이면 안성맞춤이라는 생각에 입을 가리는 척하며 손을 동그랗게 말아 올렸다. 조준한 상태에서 숨을 아주 크게 들이마시곤 잠시 멈췄다가 일시에 숨을 뿜어냈다.

소리는 없었다. 바늘보다 작은 암기라 근처의 다른 여인들도 빠르게 뻗어가는 그것을 보지 못하였다. 강한 흥분제가 묻힌 암기가 정확히 말 엉덩이 부근에 꽂혔다.

"아니! 왜 이러지?"

주인 명령에 순하게 따르던 말이 대뜸 거센 투레질을 해댔다. 말의 발놀림이 심상찮다. 거칠어지는 말을 자제시키려 고삐를 틀어보지만 생각만큼 힘이 들어가지 않는다. 다리도 마찬가지였다. 말의 몸통을 압박하려해도 기마상태를 느낄 수가 없었다. 이거 뭔가가 이상하다. 호위에게 고삐를 대신 잡아달라고 소리치려는

데 완전히 흥분해버린 말 때문에 그럴 수도 없었다.

말이 튕기듯 달렸다. 그 반동으로 염홍은 젖혀지는 몸을 최대한 앞으로 수그린다. 생의 본능적인 재치로 감각이 없는 손은 포기하고 팔뚝으로 고삐를 휘감았다.

염홍의 머릿속에는 무수히 많은 생각들이 동시다발적으로 생겨났다 사라졌다 하였다. 걸어온 발자취가 재빠르게 지나간다. 생사의 기로에 섰음에도 이상하게 마음만은 차분했다. 드디어 올 것이 왔다. 지극히 현실적인 성격의 소유자인 그는 오래 전에 이런 순간을 이미 예감했었다.

염홍의 호위무사는 땀을 뻘뻘 흘리며 죽을힘을 다해 말을 몰았다. 주군의 위험을 일찍 알아채지 못한 스스로를 저주했다. 팔다리가 끊어질 듯 미친 듯이 달려도 염홍의 말과는 거리가 차츰차츰 벌어졌다. 도저히 본인의 능력으로는 어찌할 수 없는 상황에 절망이 찾아왔다. 호위무사는 이 자리에서 딱 죽고만 싶었다.

슬픔과 괴로움이 북받쳐 눈물이 앞을 가릴 때였다.

거센 말발굽 소리가 들린다 싶더니, 믿을 수 없는 속도로 쌩하며 옆을 지나가는 한 필의 말과 사람이 인지되었다.

'아니, 저분은 사신위의 아현 님이 아니신가?'

아현은 이를 악물었다. 결국 자신의 예감이 들어맞았다. 유소화가 입으로 암기를 발사했을 땐 침착한 그녀조차도 제정신이 아니었다. 다행히 침의 목표가 사람이 아닌 말이라는 걸 알고 '궁주가 실패했구나.' 안도하였는데, 가슴을 채 쓸어내리기도 전에 날뛰어대는 말로 말미암아 눈앞이 새까매지는 아찔함을 맛봐야 했다.

황태자만큼은 아니라 하지만 그에게 있어서 염홍이란 존재는 부모만큼이나 의지하고 애정을 가진 크나큰 아군이었다. 염홍이 없었다면 황태자가 온전히 살아남을 수 있었을까, 하는 의문이 들 정도로 그는 유성에게 있어서 견고한 방패가 되어주었다. 또한 아현을 제외하고 유성으로 하여금 인간의 정을 깨닫게 해준 인물이기도 했다.

"방금 뭐라 하였느냐? 이 몸이 염홍을 부모처럼 여긴다고?"

"예, 그렇게 느껴지옵니다."

"말이 되는 소릴 해라. 염홍은 그저 나의 최측근일 뿐이다. 최측근 중에서도 가장 중요한 인물, 그 이상 그 이하도 아니다."

"그럼 어제 그분께 하사하신 보약은 어떻게 설명하실 겁니까?"

"기력이 쇠한 듯해 내린 것이다. 아직 해야 할 일도 많은데 벌써부터 탈이 나면 아니 될 말이지."

"참말이십니까?"

"네가 정녕 날 의심하는 것이냐?"

심술기가 덕지덕지 묻은 삐딱한 대답이었지만, 아현은 은근슬쩍 돌려대는 황태자의 눈동자에서 염홍에 대한 애정을 보았다. 한 치 앞도 내다보기 힘든 가시밭길을 걸어온 그였기에 이러한 언행을 이해 못 할 건 아니었다.

아현은 무섭게 달려가는 말의 속도도 아랑곳하지 않고 더욱 박차를 가했다.

'따라잡아야 한다. 죽게 해선 안 된다. 절대적으로 살려야 한다.'

황태자에게 더 이상의 슬픔을 안길 수 없었다. 그녀는 황태자와 미복잠행을 나가 추격자들을 따돌릴 때만큼이나 절박한 심정이었다. 주위 사물이 바람같이 휙휙 지나가도 아현의 시선은 줄곧 염홍의 등에 박혀 움직일 줄 몰랐다. 염홍이 말을 멈출 생각도 없이 납작 엎드려 있는 이유가 의아했지만 점차 가열되는 위험에 깊은 사고는 힘들었다.

'대감을 살리는 일에만 집중해.'

세찬 바람에 식은땀을 느낄 새도 없었다. 강렬한 소망이 통했는지 거리가 점점 좁혀졌다.

'조금만 더, 조금만 더!'

고삐를 쥔 손바닥이 욱신거리듯 아릿해져왔으나 염홍이 처한 위험에 비하면 그마저도 사치 같았다.

드디어 십 장 거리가 일 장으로 줄어들었다.

"대감마마!"

염홍의 어깨가 움찔 반응한다.

"어서 속력을 줄이십시오!"

목청껏 열심히 외쳤으나 바라는 대로 염홍의 행동을 이끌어내지 못한 아현은 입술을 잘근잘근 씹었다.

'뭔가가 이상해.'

순간 떠오르는 좀 전의 장면. 염홍이 고삐를 놓치던 어색한 모습이 빠르게 머리를 스쳤다.

'설마?'

유소화가 고삐에 뭔가를 묻혔던 거라면? 몸을 움직일 수 없는 상황이라면? 대략 유추한 이것이 사실이라 치자. 그렇다면 염홍은 그녀의 생각보다 훨씬 심한 위험에 처해 있다는 말이 된다.

마음이 급해졌다. 큰일이다. 여기서 약 일 각만 더 달리면 낮은 절벽에 당도할 것이기 때문이다. 말이 낭떠러지를 직감하더라도 이미 그때는 늦다. 눈도 뜨기 힘든 강렬한 속력을 어찌 단번에 멈출 수 있을 것인가. 이것저것 재며 따질 상황이 아니다. 본능을 믿고 행동을 개시해야 한다.

아현은 한 손에 고삐를 단단히 틀어쥐고 표창 세 개를 한꺼번에 날렸다. 말의 다리를 맞췄다.

이히이이이잉!

통증을 느낀 말이 길게 울어 젖혔다. 앞다리를 높이 치켜든다. 갑작스럽게 멈춘 탓에 쉼 없이 달리던 속도를 이기지 못하고 뒷다리가 접질렸다.

아현은 염홍이 탄 말이 구르기 직전, 몸을 빠르게 날려 그를 잡아채 공중에서 몇 바퀴 돌고 땅으로 함께 굴렀다. 행여 연로한 그가 다칠까 봐 몸이 지면에 낙하할 때 아현 자신이 먼저 닿게 하였다.

과신의 말로였을까. 통증이 아현을 덮쳤다. 말의 속도와 더불어 염홍의 무게까지 감당해야 했기에 그녀의 고통은 상상 이상이었다. 그나마 다행이라면 정확한 낙법과 수레바퀴 같은 빠르기로 재빨리 구른 덕분에 팔다리가 절단되는 상황을 모면했다는 것이다.

"으윽, 대, 대감마마. 괜, 괜찮사옵니까?"

팔이 아파왔다. 지면에 머리도 부딪혔는지 시야가 흔들렸다. 아현이 고통을 참고 묻자 염홍의 몸도 정상이 아닌지 정신을 차리는 데만도 시간이 꽤 걸렸다.

"괜, 괜찮⋯⋯다."

아주 조금씩 몸을 움직이는 염홍을 확인한 아현은 그제야 마음이 놓이는 듯 멀어지는 의식을 잡지 않았다. 새파랗게 질린 염홍의 얼굴이 눈을 감기 전 그녀가 본 마지막 모습이었다.

아현이 정신을 잃고 얼마 지나지 않아 말을 탄 수십 명의 사람들이 도착했다. 뒤늦게 소식을 전해들은 황태자와 그의 측근들이었다.

그날 아현은 온몸이 타박상에, 왼쪽 팔뼈가 부러지고, 가벼운 두부손상을 입는 등 중경상을 입게 되었다. 위험한 행동에 대한 결과치곤 상당히 경미한 상처였다.

반나절이 지난 뒤에야 아현은 의식을 찾을 수 있었다.

[염 우호군을 죽이려는 자가 있다.]

사냥대회를 기점으로 떠도는 소문이었다.

염홍의 증언대로 말안장과 고삐에서 마비독이 검출되면서 그 소문은 무게감을 더해갔다. 당시 말을 관리, 감독하는 마부는 어떻게 된 일인지 잡아다가 옥에 가뒀는데 한 시진 만에 실종되었다. 이에 대신들 대부분이 흉계를 덮기 위해 누군가가 마부를 죽인 게 분명하다며 광분하였다.

염홍이 누구인가. 어릴 때부터 신동 소리를 듣고 자란 그는 약관이 되기 전 이미 과거에서 월등한 실력으로 장원을 하였고, 그 재능을 높이 산 인덕제는 초반부터 내각에 불러들이는 등, 특히나 총애가 각별하였다. 맡은 바 못하는 일이란 없었고 그가 손을 대면 풀리지 않을 일도 쉽게 해결되었다.

염홍은 몇 년 뒤, 인덕제의 신임을 등에 업고 월제국 최연소 재상에 올랐으며, 그럼에도 한결같은 그의 성정과 많은 덕행은 백성들 입에 수없이 오르내렸다. 시기하는 이들이 한둘은 있을 법하지만 워낙 독보적인 인물이라 그 앞에선 명첩 한번 내밀지 못하였다.

백성들뿐만 아니라 대신들 사이에서도 염홍은 흠모의 대상이 었으니 이번 사건에 촉각을 바짝 곤두세운 건 당연한 일이었다.

염홍을 노리는 간계가 존재한다는 흉흉한 소문이 백성들 사이에 도는 바람에 상소가 빗발치듯 들어왔다. 황태자의 독주사건 때보다 훨씬 난리법석을 떨어댔다. 이것이 염홍이 가진 힘이 었고 영향력이었다. 이를 아는 황제이기에 염홍을 제거하는 중차대한 일을 계속 미루어왔던 것이다.

환보궁에는 현재 칼바람이 몰아치고 있었다. 아현을 제외한 사신위가 도열한 가운데 황태자는 그 어떤 행동도 보이지 않은 채 음산한 기운만 품어냈다.

사신위는 불안함을 안고서 침 한 번 제대로 삼키지 못하고 눈치만 보았다. 여름은 다 지나가 덥지도 않건만 풍한도의 이마는 땀으로 번들거렸다.

모인 지 반 시진이 흘렀다. 영원히 열리지 않을 것 같던 황태자의 입이 열리며 무거운 침묵을 갈랐다.

"아현이 또 다쳤다."

"우호군 대감을 구하느라……."

"그건 알고 있다."

그래서 아현에게 화를 내지 않았다. 본인의 몸을 소홀히 하는 그녀가 미워 화를 내고 싶었으나 아현이 어떠한 마음으로 행동했는지 빤히 알았기에 따리 튼 분노를 표출하지 못하였다. 그녀의 행동이 그처럼 재빠르지 않았다면 염홍은 살아남지 못했으리라.

무인도 아닌 자가 손발이 마비된 상태에서 어떻게 살아남을 수 있겠는가. 호위로서 주군의 측근을 살린 기지를 높이 평가해야 함에도 쓰린 속내는 어찌할 수 없었다.

"이 사만 남고 나가라."

"예."

곽남휘와 풍한도가 나가자 유성이 숨을 길게 내쉬었다.

"아현 님이 깨어나셨다 들었습니다."

"그래."

"차도가 어떠한지……."

"죽을 정도는 아니다."

유성이 한숨과 같은 대답을 하며 미간을 있는 대로 찌푸렸다. 좀 전에 봤던 아현의 몰골이 생각나서였다. 이마를 두른 면포하며, 울긋불긋 전신 타박상에, 부목으로 고정시킨 왼쪽 팔. 선명하게 떠오르는 상처 입은 모습에 일순 눈에서 불길이 일었다. 수시로 기를 주입해 상처가 아무는 속도를 가속시키고 있긴 하지만 그래도 일주일은 흘러야 뼈가 붙을 참이었다.

아현의 상처 못지않게 걱정스러운 것이 또 하나 있었다. 그것은 다름 아닌 황제의 의중이었다. 이번 일로 아현에 대한 황제의 불신이 올라갔을 것이 자명할 터. 아현이 갖은 수를 쓴다 할지라도 황제의 불신을 쉽게 벗지는 못할 것이다.

아현을 미리 빼돌리자니 계획에 차질이 빚어질 것 같고, 몸이 완쾌되기를 기다리자니 시간은 촉박하고.

어떻게 해서든 황제가 그녀를 부르기 전에 안전한 곳으로 피신시켜야 했다.

"군대는 어찌 되었느냐?"

나흘 뒤면 탄신일축제가 끝나는 시기였다. 이것은 천지를 바꿀 날이 얼마 남지 않았다는 뜻이기도 했다.

"도성과 가까운 대성, 중서, 거림, 내평, 신각으로 집결시키고 있습니다. 도성 내에는 보는 눈들이 많아 이동은 아직 보류 중입니다."

유성이 고개를 찬찬히 끄덕였다. 일이 착착 진행됨에도 그의 인상은 여전히 딱딱하기만 했다. 아마 아현의 부상이 걸려서이리라.

"우호군의 상처는 어떠한가?"

"갈비뼈에 금이 가는 걸로 끝났습니다만 연로한지라 거동이 불편타 하였습니다."

"그렇다면 당분간 국정 일은 하지 말고 되도록 바깥출입을 금하라 이르라."

"혹……."

"축제가 끝나기 전에 염홍을 빼돌리기 수월해졌으니 우리에게는 그의 부상이 꼭 나쁜 패만은 아니다."

"이제 시작이로군요."

"이틀 뒤다. 우호군 식솔들을 대신할 만한 사람들로 무인들을 뽑아 위장투입 시켜라. 이것은 풍 사와 이 사 식솔들도 포함이다."

"알겠사옵니다."

황태자의 표정이 여전히 굳어 있어 이태기의 긴장은 풀리지 않았다.

"전하, 흉수는 찾았사옵니까?"

황태자의 입매가 사악하게 올라간다. 이태기는 왠지 모를 위기 감을 느꼈다.

"유소화가 암기를 발사해 말을 맞추는 걸 보았다 하였다."

아현의 증언이었다.

"아니, 그럼!"

"염홍이 타는 말안장과 고삐에 마비독을 미리 발라놓고 적당한 시간을 기다려 침을 쏘았을 것이다."

"설마 그 침에는……."

"흥분제가 확실해."

"역시, 그랬군요. 그렇다면 이 사실을 밝히실 계획이십니까?"

"그럴 수는 없겠지. 밝혀봤자 황족모독죄를 들 것이고 그들은 상황을 뒤집을 만한 어떤 계략을 세우겠지."

"하오나 이대로 당하고 있을 수는 없는 일이잖습니까? 우호군 대감도 모자라 귀하신 아현 님의 옥체도 상하였습니다."

유성의 눈에서 음산한 살기가 피어올랐다.

이태기는 그의 기세에 눌려 침을 꼴깍 삼켰다. 잠자던 용을 자극한 꼴이라 말을 하고서도 아차 싶었다. 내뱉은 말을 주워 담을 수도 없고 이래저래 난감했다.

"공식적으로 죄를 물을 수 없다면 비공식적인 방법이 있지 않으냐?"

"예? 설마……. 전하께옵서 직접……."

"경고 정도는 해놔야 제 목숨이 중한 줄 알 테지."

서늘한 눈빛이 좁혀지며 입가가 스산하게 올라간다.

쾅당!

노한 황제가 늘 몸에 지니고 다니던 옥구슬을 벽을 향해 거칠게 던졌다. 그 아래에 있는 유소화와 향도식은 모골이 송연해 바짝 엎드린 상태다.

"짐이 그렇게 조심하라 일렀거늘! 이건 안 하느니만 못한 결과가 되지 않았느냐!"

"하오나 폐하. 거기서 아현이 염홍을 구할 줄은 소녀도 미처 몰랐사옵니다."

유소화의 말에 힘입어 향도식도 다음 말을 아뢰었다.

"폐하, 소신이 아무리 생각하여도 아현은 아군이 아닌 듯하옵니다."

"뭐라?"

황제의 옥음이 쩌렁 하고 울렸다.

"황태자를 대신해 독주를 마신 것까지는 어찌 됐든 넘어갔사오나 이번 염홍을 도운 일은 확실히 의심해야 하옵니다."

"향 좌호군 말이 옳습니다, 폐하. 몸을 던져서까지 염홍의 목숨을 구한 걸 보면 다른 꿍꿍이가 있는 게 분명하옵니다."

황제가 그것도 모를까. 이번 사건으로 확실해졌다. 아현의 뜻이 향하는 곳이 황태자임을. 끝없이 끓어오르는 분노를 보자면

백번 죽여도 시원찮겠으나 아현은 황제 최후의 보루이기도 해
이러지도 저러지도 못하는 상황이라 더욱 화가 치밀어 올랐다.

"그건 짐이 알아서 하겠다."

"하오나 황태자에게 완전히 붙은 거라면 여러모로 해가 될 것
이옵니다."

"황태자가 아현을 깊이 아끼는 듯하니 적절히 이용할 수 있을
것이다. 허니 딴 수작은 부리지 말고 때를 기다려라."

"폐하, 그래도……"

"어허! 짐의 말이 말 같지도 않다는 것이냐?"

"송구하옵니다."

"아현의 일보다 도성 내에 흐르는 소문이 더 심상찮다."

염홍을 시기한 황제파 사람이 일을 저질렀다는 위험한 소문이
떠도는 터라 민심이 그쪽으로 쏠리고 있었다.

"향 좌호군."

"예, 폐하."

"승기를 뒤집으려면 아무래도 그 일을 시행해야 할 것 같다."

"명을 받들겠나이다."

향도식의 눈에 이채가 서렸다. 모든 지시를 마친 황제가 물러
가라 이르자 새치름한 얼굴의 유소화와 교활하게 웃는 향도식
이 차례대로 일어나 방을 벗어났다.

"까아아!"

유소화가 시녀의 머리카락을 사납게 잡아당겼다.

"욕탕 온도가 너무 차지 않느냐?"

"어제와 똑같이 했사온데……."

짜아악!

"어디서 말대답이야?"

그렇잖아도 찢어진 눈이 더욱 표독스럽게 올라간다. 이것이 분풀이라는 것쯤이야 소화 자신도 알고 있었다. 눈물을 내보이면서 잘못하였다고 손을 싹싹 비는 시녀의 모습을 보자니 그제야 분이 조금 가라앉았다.

본인이 착하지 않다는 건 자신이 더 잘 알았다. 하지만 어쩌랴. 원래 이렇게 생겨먹은 걸.

"밖에 금희 있느냐?"

"예, 궁주마마."

"네가 들어와서 물 온도를 맞추고 이 쓸모없는 년은 궁 밖으로 내쫓아라."

"명을 거행하겠나이다."

궁주의 시녀들을 총괄하는 금희가 들어와 다른 시녀에게 눈물콧물 쏟고 있는 시녀를 내치라 일렀다. 그러고는 재빠르게 욕탕 물을 새로이 갈아 하루 열두 번도 더 변하는 궁주 비위를 갖은 달콤한 말로 맞추려 애썼다.

"마마, 피부가 참 곱사옵니다."

"음, 그래?"

"담 왕자저하는 복 받으셨사옵니다. 어느 나라를 돌아봐도 궁주마마만큼 재색을 겸비한 분은 드물 것이옵니다."

과장된 말인 것을 빤히 알아도 듣기 좋은 소리는 백 번을 듣든 천 번을 듣든 들을 때마다 기분이 좋았다.

청동 두 번째 이야기

마음이 유해진 유소화는 까르륵 웃으며 손으로 작게 물장구를 쳤다.

"정말 그렇게 생각하느냐?"

"당연하옵지요."

"하긴 내가 빠지는 게 없긴 하지."

느긋하게 세목을 즐기자 마음이 한결 가벼워졌다. 머리 말리는 것부터 시작해서 침의 입는 것까지 꼼꼼하게 시중을 받고 난 뒤 유소화는 침상에 몸을 고이 눕혔다. 처리하지 못한 염홍이 찜찜하기는 하나 황제와 향도식의 대화를 들어보자니 분명 다른 방도가 있음이라.

'그래, 심각할 게 뭐가 있겠어? 난 왕자저하와 잘되면 그만이지.'

유소화는 잠에 빠져 있었다. 꿈속에서 너른 들판을 담원표와 손을 잡고 거닐었다. 이름 모를 꽃들이 그들을 축복하듯 활짝 피었고, 푸른 들은 이슬을 머금은 채 눈부시게 빛이 났다.

"왕자저하, 소녀 너무 행복하옵니다."

담원표를 마주보며 유소화가 진심을 다해 웃는다.

그녀를 지그시 내려다보는 왕자 또한 은은한 미소를 지었고, 한 손을 올려 소화의 얼굴을 살며시 감쌌다.

"그대가 있어 나도 행복하오."

담원표의 손이 턱을 타고 내려가더니 목을 살짝 쥐었다.

"유소화."

그녀는 깜짝 놀라고 말았다. 온화한 담원표의 얼굴이 갑자기 차갑게 변하였던 까닭이다. 다정한 음성마저 낯선 사람마냥 말투가 달랐다.

"왕자저하. 왜, 왜 그러시옵니까?"

"일어나라."

담원표가 손에 힘을 실어 그녀의 목을 죄어왔다. 숨 쉴 수 없는 고통에 몸부림쳐보지만 그의 손을 떼어낼 수 없었다. 대체 이게 무슨 일이란 말인가.

"윽, 저하……. 이 손 좀."

"눈을 떠라."

너무나도 생생한 목소리에 유소화의 눈이 번쩍 떠졌다. 눈앞에 보이는 광경과 재갈이 물린 자신의 상태에 기절할 듯 놀라고 말았다. 말을 할 수 없는 것도 기가 막힌데, 팔다리는 침상 네 기둥에 끈으로 묶인 상태라 더욱 당황하였다.

유소화는 상대를 지우고 싶은 마음으로 눈을 질끈 감았다 천천히 떠보지만 뿌리 박힌 나무처럼 그는 사라지지 않았다.

'황태자가 왜 여기 있냔 말이야!'

유소화의 눈동자에 공포가 스물스물 퍼진다. 그렇잖아도 황태자를 꺼려하는 그녀이거늘 침상 앞에 그 누구도 아닌 유성이 서 있자 공포감은 곱절로 다가왔다. 숨이 막혀 컥컥 넘어갈 것 같았다. 황태자가 어떻게 들어왔는지 의문조차 느끼지 못할 정도로 그녀는 얼이 나가 있었다.

'여봐라. 게 누구 없느냐!'

자신은 이런 위험에 처해 있는데 대체 호위들은 뭐 하고 있는가.

유소화의 눈빛이 뜻하는 바를 알았는지 사신의 얼굴을 한 황태자가 옆을 가리켰다.

소화는 소리 없는 비명을 지르고 말았다. 침전 바닥에 그녀의 호위 네 명이 쓰러져 있었다. 실내가 어두워 죽었는지 살았는지 분간은 할 수 없으나 그 자체만으로도 소름끼치게 무서워 온몸이 벌벌 떨렸다. 당장 죽을지 모른다 생각하자 그보다 더한 공포는 없었던 것이다.

"유소화."

음절 하나하나 끊어 말하는 음성에 살기가 섞였다. 어디서든 시체의 손이 튀어나와 팔목이고 발목이고 잡아챌 듯 오싹한 느낌이었다.

"넌 건드려선 안 될 인물을 건드렸다."

소리는 크지 않았으나 이상하게도 귀에 또렷하게 들렸다. 유소화는 급히 고개를 저으며 부정의 행동을 취했다. 아혈이 짚이었는지 신음조차 나오지 않았다.

'아니야, 난 시킨 걸 했을 뿐이야. 황제가 염홍을 죽이라고 했어. 내 잘못이 아니야!'

온몸이 식은땀으로 흠뻑 젖었다. 그 찜찜함조차 모를 만큼 그녀는 긴장하였고 또한 두려워하였다.

"죽일 생각은 없다."

절벽에 떨어질 뻔했던 사람이 구사일생하듯 유소화도 그와 비슷한 기분으로 무섭게 뛰어대던 심장이 안도로 점차 잦아들었다.

황태자는 그녀의 편의를 봐줄 생각이 없는지 입 꼬리를 차갑게 올리며 사악한 꼬리말을 붙였다.

"지금 당장은."

심장이 '쿵' 하며 굉음을 낸다. 제발 그러지 말라고, 머리도 흔들었다가, 눈으로도 호소했다가, 무음으로 애원도 했다가, 그렇게 통사정을 해보지만 황태자는 시종일관 얼음을 품은 눈이었다.

사이사이 경멸과 잔혹함을 내보이는 것 외엔 그녀가 바라는 동정의 시선은 결코 찾을 수 없었다.

"내가 여기 온 이유는 경고를 하기 위함이다."

유소화는 두려움에 눈을 감고 말았다. 경고라니! 무슨 짓을 하겠단 말인가. 당장은 죽이지 않겠다고는 하나 그걸 어디까지 믿어야 할지, 혹 변덕을 부리지나 않을지, 모든 게 의심투성이였고 직시하고 싶지 않은 현실이었다. 기나긴 악몽이어도 좋으니 제발 꿈이었으면 하고 바라고 바랐다.

"이자가 누군지 기억하는가?"

높낮이 없는 황태자의 질문에 감았던 눈을 억지로 뜨자 아는 인물이 보였다. 그녀를 도왔던 마부였다. 하옥시킨 지 얼마 되지 않아 실종되었다고 들었는데, 왜 이자가 황태자의 손에 있는지 혼란스럽기만 했다.

마부도 그녀와 별반 다르지 않은 모습이었다. 입에는 재갈이 물렸고 온몸이 밧줄로 묶인 상태에서 황태자에게 등을 내주고 있었다.

"듣자하니 유소화 네가 사주했다고?"

'아니야, 아니라고!'

유소화는 고개를 맹렬히 흔들었다.

눈물을 한 움큼 쏟아내는 그녀의 가련한 모습에 불쌍한 마음이 들기라도 하련만 황태자는 그저 경멸을 담아 입술을 비틀 뿐이었다.

"똑똑히 보고 오래도록 기억하라. 이건 훗날 너의 모습이기도 하니."

황태자의 옥수에서 단검 날이 서슬 퍼렇게 빛났다. 날을 아무렇지 않게 마부의 목줄기에 갖다 대더니 사정없이 그었다.

'꺄아아아악!'

눈으로 인지할 수 없는 속도였으나 잔상으로나마 단검이 지난 자리가 목이었다는 걸 알았다.

그 행동에 대한 결과는 끔찍했다. 깨끗하게 그어진 목 중앙에서 검게 보이는 피가 꾸역꾸역 밀려나오며 밧줄을 물들였고 반 이상 잘린 목이 입을 벌린 모양으로 머리가 뒤로 젖혀졌다. 얼마나 깨끗한 솜씨였는지, 피가 사방에 튀는 일 없이 곱게 흘러내리기만 했다.

발끝에서 머리끝까지 소름이 쫘악 끼쳤다. 사방이 팽팽 도는 것 같은 어지러움에 속이 뒤집어질 것 같았다. 추악한 피비린내는 그러한 거부반응을 부추겼다.

'우욱!'

토하는 시늉처럼 상체를 바르작대는 유소화의 낌새에 유성이 장검을 꺼내 날렵하게 휘둘렀다. 황태자는 그저 입에 물린 재갈을 자를 생각이었는데, 무섭게 찾아드는 검속에 소화는 그대로 기절을 하고 말았다.

유성은 피식 싱겁게 웃고서 커다란 자루에 시신과 흔적들을

담았다. 자루 끝을 한 손에 쥐고 어깨에 가볍게 멨다. 나가기 전
호위 네 명의 수면혈을 풀어주고 소리를 막았던 유소화의 아혈
과 몸을 고정시켰던 끈도 풀었다.

"어디 한번 죽을 날을 기다리며 살아보아라."

궁주 처소의 아침은 그녀의 비명과 울음소리로 하루의 시작
을 알렸다.

궁주시녀장인 금희가 급히 침전 안으로 들어갔다. 갑작스럽게
콧속으로 침투하는 토사물의 역겨운 내가 머리까지 어지럽게 하
였다. 당장 손으로 코를 막고 싶었으나 궁주에게 밉보일 수 없어
갖은 노력으로 참아냈다.

"마마, 무슨 일이옵니까? 밤새 체기가 있으셨사옵……. 으아아
악!"

갑자기 머리카락을 잡아채는 억센 힘에 금희는 말을 끝까지
잇지 못했다. 금희를 알아보지 못할 정도로 유소화는 제정신이
아니었다.

"마마, 마마! 아아악! 제, 제발 손 좀! 아악!"

온몸을 청결히 하고 나서야 서서히 제정신을 차린 유소화.

간밤에 황태자가 몰래 쳐들어와 그녀가 보는 앞에서 마부를
참혹하게 살해했다고 격렬한 주장을 펼쳤으나 아무도 믿어주지
않았다.

유소화가 주장한 호위 네 명이 바닥에 쓰러져 있었다는 설정
부터가 금희로선 미심쩍었다. 유소화의 비명과 울음에 처음으로
들어간 금희의 눈으로 확인한 침전 안에는 궁주만 홀로 있었다.

"아니야. 내가 봤어! 황태자가 마부 목을 이렇게, 이렇게, 긋고서 죽였다니까? 내 말을 못 믿는 것이냐? 응? 그런 게야? 황태자가 협박도 하였다고! 훗날 날 그렇게 죽인다 하였어. 참말이야! 날 죽인댔다고!"

말도 안 되는 소리였다. 궁주 말대로라면 황태자는 어찌 이곳에 몰래 들어올 수 있었으며, 마부 목을 그어 죽였다고 했는데, 피 한 방울도 보이지 않는 건 무어라 설명할 것인가 말이다.

워낙 막무가내인 성정을 아는지라 악몽을 꾸신 게 분명하다고 바르게 아뢰자니 머리털이 뽑힐 것 같고, 무조건 동조하자니 황태자에게 칼을 겨누는 것이라 무섬증이 돋아났다.

"황태자가 그 마부만 죽인 줄 알아? 내 호위, 내 호위 넷도 죽였다고!"

"마마, 그 일을 겪은 시간대가 캄캄한 밤이라 하였지요?"

"그래, 너무 어두웠던 시간이었다."

"그렇다면 그건 살짝……, 오해를 하고 계신 것 같사옵니다."

"뭐?"

"그 호위 넷은 오늘 새벽 제게 직접 찾아와 호패를 반납하고 호위직에서 물러났사옵니다."

"뭐, 뭐라고? 그놈들이 살아 있다고? 지금 내 앞에서 거짓을 고하는 게냐?"

"참말이옵니다. 마마, 그 호위가 지녔던 호패를 보여드릴 수도 있사옵니다."

"그놈들을 잡아라. 당장 잡아와서 내 앞에 대령시켜라!"

"벌써 궁 밖으로 나갔을 것이옵니다."

"왜! 왜 막지 아니하였어?"

'이런 일이 한두 번이어야지. 호위든 시녀든 궁주의 고약한 성질머리를 견디지 못하고 도망간 사람이 어디 한둘이라고?'

파랗게 질린 낯으로 금희를 찾아왔던 호위 넷을 떠올리곤 그녀는 소리 없는 한숨을 삼켰다.

"호위가 그만두는 일은 다반사 아니옵니까? 소인은 이번에도 그런 줄로 알았사옵니다."

유소화는 모를 테지만 황태자가 자리를 뜨기 전 하나의 서신을 호위들에게 남겼는데, 그 내용에는 목숨이 아깝거든 궁을 떠나라는 간결한 협박이 기록되어 있었다.

이름깨나 알려져 있는 호위 넷을 단번에 제압한 고수라 그들은 두 번 생각하지 않고 황궁을 떠났다. 거기엔 제멋대로의 못된 성정을 가진 궁주가 보기 싫다는 사소한 이유도 포함되었다.

"안 되겠다. 이대로는 안 돼! 폐하를 뵈어야겠어!"

유소화는 제정신이 아닌 모습으로 황제를 찾았다. 횡설수설하는 말투, 생생하게 떠오르는 끔찍한 장면에 수시로 떨어대는 몸, 억울함과 기막힘, 공포가 뒤범벅되어 눈물이 되었다. 누구에게 해를 끼치면 끼쳤지, 잔인한 방법으로 협박당한 건 살아생전 처음인지라 체감상 느끼는 충격은 그 배를 넘었다.

"소화! 그 입 다물지 못할까!"

황제가 노했다. 궁주는 엄청난 호통과 질타를 받아야 했다.

증거도 미미하거니와 그런 일은 있을 수 없다는 황제의 단정에 유소화는 억울해 죽을 판이었다. 유소화의 계속되는 징징거림에 황족모독죄로 잡혀가고 싶으냐는 냉정한 말로 입을 막게 하였는데, 결국 그녀는 그러한 반대에 뜻을 굽힐 도리밖에 없었다.

그 일을 겪고 난 뒤 황태자의 이름만 들어도 경기를 일으키듯 발작하는 유소화 탓에 그녀의 측근들은 고개를 절레절레 저어야 했다. 어디 그뿐이랴? 잠자리가 불안하다 하여 개인호위를 스무 명으로 늘이는 것도 모자라 침전 안을 부적으로 도배를 하는 등 도사가 기거하는 방으로 만들어놓았다.

이러한 기행에 모두들 쉬쉬하지만 궁주가 반쯤 미쳤다고 다들 동의하는 바였다.

유소화가 미쳤든 말든 어쨌거나 이 모든 것을 계책한 황태자는 두 발 뻗고 잘도 잤다나 뭐라나.

참 대단한 황태자시다.

14
칙령

축제 마지막날 이른 아침.

풍한도를 제외한 사신위 셋과 황태자가 환보궁의 어느 한 실내에 한데 모였다.

이태기가 비단으로 싼 상자를 황태자에게 지극한 예로 올렸다. 그것을 받아든 황태자는 비단을 풀었고 곧 드러나는 휘황찬란한 상자에 모두의 시선이 몰렸다. 고귀한 붉은색이 눈을 어지럽게 했다.

아현은 그것이 무언지 단번에 알아차렸다.

'황제가 그렇게 찾던 태주갑이 분명해.'

심중을 헤아리기 힘든 황태자의 눈이 태주갑을 스윽 훑고서 다시 비단을 천천히 싸맸다.

"여기서 기다려라."

황태자가 나가고 일 각도 되지 않아 다시 돌아왔다. 손에 태주갑이 없는 것을 보아 비밀스러운 곳에 숨겨두었음이라.

황태자가 의자에 앉자 그것이 신호라도 되는 듯 곁에 없었던 풍한도가 소리를 내며 입실하였다.

"전하, 전하!"

호들갑스러운 풍한도의 부름에 이태기가 인상을 구겼다.

"풍 사, 어느 안전이라고 그렇게 방정을 떠는 것이냐?"

풍한도는 이태기의 질책에 몸을 움츠리다가 금세 아차 하며 이럴 때가 아니라는 듯 급한 전갈을 꺼내었다.

"소, 송구하옵니다. 그게 아니오라 전하 큰일 났습니다."

"큰일?"

"환보궁으로 향 좌호군이 오고 있다 합니다."

"좌호군?"

"예!"

뭔가를 생각하듯 눈동자를 슬쩍 옆으로 돌렸다가 다시 되돌아온 유성의 영민한 눈이 풍한도를 응시하며 다시금 묻는다.

"혼자더냐?"

"황룡대 대여섯과 시녀를 거느리고 있었습니다."

"칙령이 내려진 것인가."

황태자의 예상은 정확했다.

향도식은 황제의 명을 전달하고자 직접 제 발로 찾아왔다.

황제의 지엄한 칙령은 이러하였다.

[만백성이 기뻐하며 축제를 즐기는 이때, 참으로 추악한 무리들이 쳐들어왔음을 알리느니. 그들은 바로 기선국 작당들이라. 하여 황태자에게 실로 막중한 임무를 부여한다. 이들을 한시바삐 처리하여 월제국의 위상을 드높이고 민심의 동요가 없도록 하라.]

향도식은 군사 이백이 준비되어 있으니 월훈무사 서른 정도만 뽑아 사시에 주안문 광장으로 모여야 한다고 전하고는 지체 없이 물러갔다.

사시까지 한 시진이 남은 현재, 환보궁 내內 접견실에 황태자와 이태기 둘만 남아 의견을 조율하였다.

"전하, 파발을 급히 보내 알아본 결과, 기선국의 소규모 무리가 쳐들어온 것은 사실이라 하옵니다."

이태기의 보고에 황태자는 반응이 없었다. 고요히 가라앉은 눈빛이 무엇을 생각하는지 짐작할 수 없게 했다. 무거운 침묵이 슬슬 부담스러워지려는 찰나 황태자의 입이 천천히 열렸다.

"황제가 먼저 움직였군."

황제의 움직임이 더 빨랐다 해서 언짢을 필요는 없었다. 예상 못 한 바도 아니었고 그에 대한 준비도 함께 해왔기 때문이다. 전쟁이든 대결이든 준비를 일찍 마친 쪽이 먼저 움직이는 법이다.

황태자는 시작의 주체가 황제일지 아님 유성 자신일지 크게 두 가지로 분류하여 각각이 가진 특징에 따라 나올 수 있는 여러 가지 경우를 예상하였고 모의상상도 해보았다. 어떤 하나의 경우에서 부족한 부분이 발견될 시 대안을 마련하는 등 이것을 무한반복하면서 실패율을 점점 줄여나가는 작업을 지겹도록 하였고, 보다 나은 방법으로 보충해왔다.

기선국을 이용한 황제의 계략도 황태자가 그린 수십, 수백의 밑그림 중 하나일 뿐이라 크게 놀란 건 아니나 뒤가 개운치 않은 것도 사실이었다.

조금 의외였던 것은 축제가 채 끝나기도 전에 행동을 보였다는 점이다. 비록 마지막날이라고는 해도 과시욕이 대단한 황제가 본인 축제에 흠집을 내면서까지 음습한 욕망을 스스로 드러 내다니 그만큼 다급하다는 의미가 아닐까.

"기선국 작당이라면 향도식의 입김이 작용했을 가능성이 크옵 니다."

"아마도 그렇겠지. 향도식의 본국이니."

"너무 무리수를 둔 게 아닐까 합니다. 최악의 경우, 나라 간 전 쟁도 발발할 수 있습니다. 그것을 왜 염두에 두지 않았을까요?"

"쳐들어온 작당이라고 해봤자 칼도 제대로 쥘 줄 모르는 뜨내 기들일 것이다. 대충 머릿수를 맞추기 위해 사람을 샀을 가능성 이 크다. 기선국은 변방에 있는 무지한 백성들까지 감싸고돌 만 큼 군대가 남아돌지도, 쓸데없는 측심惻心을 발휘하지도 않는 민 족이다. 그러한 습성을 설마 향도식이 모르겠느냐? 그 입장에서 본다면 역적이라는 치욕을 안겨준 나라가 기선국이니 당연히 악 감정이 남았을 터. 충분히 이용하고 버릴 심산일 테지."

"이제 본격적으로 움직여야 합니다."

"월훈에게 지시를 내렸느냐?"

"예, 함께 갈 서른의 월훈에겐 전시상황이니 철저히 준비하라 일렀습니다. 남은 월훈에게도 따로 지시를 하였습니다."

한결같은 냉정함으로 좌중을 압도하는 황태자답지 않게 갑자 기 낯빛이 급격히 어두워졌다. 믿을 수 없게도 한숨마저 내쉰다.

낯설게 다가온 생소한 모습에 이태기가 어리둥절한 표정을 지 었다.

"지금 이 상황에서 우리 쪽의 승률이 어느 정도일지 아느냐?"

"저들이 먼저 움직인 상황이지만 승기를 잡는 데 있어서 크게 어렵진 않다고 봅니다. 소신 생각에는 적어도 반 이상의 승률을 예상합니다. 전하께서 더 잘 아시면서 왜 물으시는지…….”

“승률은……. 구 할이다. 그들에게 전세를 역전시킬 큰 변수가 없는 한, 이 사실은 변하지 않는다.”

“하오면 왜 한숨을 쉬시옵니까?”

황태자는 동문서답하듯 이태기의 물음엔 답하지 않고 되레 자명하기까지 한 질문을 던져왔다.

“승패에서 승률이 구 할이라면 나머지 일 할은 무엇을 뜻하느냐?”

“당연히 일 할은 패할 확률이 아닙니까?”

“일반적으로는 그러하겠지. 하지만 여기선 패敗가 아니다.”

말장난을 하는 것도 아니고, 이 중요한 때에 황태자의 의도를 도통 알 수 없어 이태기는 조속히 머리를 굴려야 했다.

“일 할은 나를 시험하는 확률이다. 나의 인내심을 시험하는 것이지. 잘 참고 견딘다면 그 일 할은 승률 쪽에 붙을 것이나 반대일 땐 최악의 수로 작용할 것이다.”

“그게……. 무슨 말씀이온지.”

아주 짧은 순간 황태자의 눈에서 광기가 흘렀다.

이태기가 흠칫 놀라며 어깨를 굳혔다.

“인내하는 일은 누구보다 잘할 수 있다 자신해왔는데, 이번만은……, 조금 힘들 것 같군.”

‘아니, 더 많이.’

얼마 전까지만 해도 완벽했던 계획이 아현의 부상으로 약간의 차질을 빚었다. 황태자의 주력부대가 도성 밖에 있는 현재, 반정의 기운을 철저히 숨기기 위해선 이상한 낌새가 터럭조차 없어야 했다.

'부상당한 아현을 데리고 나간다면 누구라도 기이하게 여기겠지.'

황태자가 선봉장이 되어야 함은 이미 결정된 바, 이래저래 따져봐도 아현과 함께 행동할 수 없다는 사실만이 확인될 뿐이다.

염홍과 아현이 동시에 다쳤지만 염홍에겐 호수好手인 부상이 아현에겐 악수로 작용하였다.

골치가 아픈 듯 황태자의 미간이 깊게 파였다.

"전하……."

내키지 않다는 듯 이태기가 주저한다.

"왜 그러느냐."

"저……. 아현 님은 어찌 되옵니까?"

"남아야지."

까끌까끌한 모래를 씹은 것처럼 음성이 고르지 못하다. 이를 보는 이태기도 마음이 편치 않았다.

"남아 있다가 시간차를 두고 몰래 빠져나오라고 일러야겠지."

"몸도 성치 않으신데……."

"풍 사를 호위로 붙일 것이다."

이태기는 조용히 수긍하다 풍한도가 거론되자 살짝 의문을 표시했다. 황태자가 진두지휘하는 곳에 사신위의 대장인 저가 아니 따라갈 수 없으니 자신을 제한다 해도 그다음이 왜 하필 풍한도일까.

"실력으로 보나 상황대처능력으로 보나 곽 사가 훨씬 적합하지 않겠습니까?"

"그럴 이유가 다 있으니 지금은 의문 품지 마라."

"알겠습니다."

"풍 사에게 따로 내 지시를 단단히 일러두고."

"예!"

"특히……, 곽 사에게는 이 사실을 비밀로 부쳐라."

이태기는 다소 의아한 표정으로 황태자를 보았다. 곽남휘를 따돌리자는 말인가? 이는 본격적인 거사 초입이라는 중요시점에서 최측근인 곽남휘를 배척하라는 말과 상통된다. 설마 아현에게 흑심을 품은 그가 못마땅해 이런 결정을 내린 것일까.

"곽 사의 충성심은 누구보다 전하께서 잘 아실 것이옵니다."

"알고말고. 별개로 따질 것이 있으니 우선 그렇게만 알고 있어라."

"예……."

"나가면서 아현에게 내가 보자 한다고 전해라."

"알겠사옵니다."

이태기가 나가고 수 초가 지나자 부르셨냐고 묻는 아현의 맑은 음성이 들려왔다.

유성의 허락에 아현이 문을 조심스럽게 열었다. 상처가 오롯이 보이는 그녀의 모습에 유성의 눈이 급격히 어두워졌다. 왼쪽 팔은 부목을 대 목에 천을 감아 고정시킨 상태였고 이마와 손등 언저리에는 흰 피부와 대조를 이루는 피딱지가 그의 심기를 건드렸다. 의복이 가린 몸뚱이엔 그보다 더 많은 피딱지와 멍들이 그를 분노하게 했었다.

앉은 자세였던 유성이 갑자기 벌떡 일어나더니 성큼성큼 걸어 아현의 앞까지 당도했다. 의아함에 동그랗게 떠진 아현의 깨끗한 눈을 잠시 내려다본 유성은 가타부타 말없이 그녀를 번쩍 안아 푹신한 긴 의자에 데려갔다. 거침없이 이동하던 걸음걸이와는 상반되게 의자 위로 내려놓는 손길은 조심스러웠고 또한 다정했다.

아현을 내려놓고 그 옆에 앉은 유성은 그녀의 옷깃에 손을 가져가 매듭을 하나하나 풀기 시작했다.

"저, 전하?"

"치료를 하여야지."

"제가 하겠습니다."

"한쪽 팔도 사용 못 하면서 네가 대체 뭘 할 수 있다는 것이냐?"

"괜찮으니……. 윽!"

시퍼렇게 멍든 상처 부분을 황태자의 손가락이 꾹 눌러오자 쓰라림에 아현은 목 안으로 신음을 삼켰다.

"잘도 혼자서 치료하겠군."

황태자의 냉소에 아현은 입을 다물었다. 원래도 고집스럽지만 이런 표정의 그는 더더욱 말릴 수 없다.

"쓰라려도……, 참아라."

"아프지 않습니다."

"끝까지 강한 척은."

유성은 분출하려는 분노를 겨우 잠재우며 검지에 약을 묻혀 상처자국에 조심히 펴 발랐다. 깨끗한 흰 피부 사이로 전혀 어울리지 않는 붉고 푸른 상처를 볼 때면 자제하기 힘든 화가 격렬히 솟구쳤다. 딱 지금처럼.

그런 광기를 그나마 억제시킬 수 있는 것은 아현의 존재였다. 모든 나쁜 결과는 본인 탓으로만 돌리는 그녀의 이타적인 성격을 볼 때면 화르륵 거세지는 분노도 물벼락을 맞은 듯 잦아들곤 했다. 그녀의 목소리와 물기 어린 순한 눈동자는 진정제나 다름없는 효과가 있었다.

정말 바보 같은 여인. 그래서 안타깝고 더더욱 눈에 밟히는 여인.

등과 다리, 옆구리를 지나 팔을 마지막으로 치료를 끝낸 유성은 시선을 피하고 있는 아현을 지그시 내려다보았다.

"왜 눈을 피하는 것이냐?"

"……."

알몸은 아니지만 그에 준하는 스스로의 모습에 부끄러움이 올라온 것이리라.

그는 소리 없이 짧게 웃으며 두 손가락으로 그녀의 턱을 끌어올렸다.

어쩔 줄 몰라하는 흔들리던 눈동자가 그와 마주치자 흠칫 굳는다. 창백한 뺨이 서서히 분홍빛으로 물들어갔다.

수없이 많은 밤을 지새웠건만 아직도 처녀 같은 풋풋한 반응이라니. 정말 사내를 목마르게 하는 데는 타고났다고 생각했다.

유성은 조급함을 누르며 서서히 하지만 깊게 입 맞추었다. 끌어안으면 아플까 싶어 옥수를 아현의 손 위에 가만히 겹쳤다. 꿀물처럼 다디단 타액을 마구 삼키며 마음을 가라앉히려 노력한다.

사정없이 마음을 휘젓는 갈증과 애탐.

그녀는 목마름이다. 허덕임이다. 마셔도, 마셔도, 부족한 사막의 생명수이며 찬란한 빛을 품은 푸른 물줄기이다.

"이제부터 내가 하는 말을 새겨들어라."

겨우 떨어진 입술이 어느 때보다 무거운 기운을 담고 있었다.

"기선국 작당을 몰아내라는 황제의 칙령이 내려왔음을 너도 알 것이다."

"예, 아옵니다."

음영이 드리워진 긴 첩모 아래의 수륜水輪이 짙어지며 아현을 다시금 직시했다.

"그것은 황제의 음모가 시작되었다는 신호다."

"예?"

크게 떠진 아현의 눈이 불안함으로 잘게 흔들렸다.

"기선국 무리들이 쳐들어온 것은 사실이나 이를 조종한 본체는 황제파이다. 정확하게는 향도식이지. 황궁 내에서는 나를 몰래 처리할 수 없다 여겼는지 마지막 수를 쓸 생각인 모양이다."

황제파도 지금보다 더 일찍 손을 쓰고 싶었을 것이다. 아마 그간 준비가 미비하여 유성 자신처럼 때를 기다리고 있었을 터.

'하긴, 황제의 마지막 수인 그것을 온갖 눈치 봐가며 거슬리지 않을 정도로만 불리기 위해선 꽤나 긴 노력과 시간이 필요했겠지.'

"전장으로 유인해 기선국 무리에 한눈판 틈을 타 황제의 군대가 뒤를 칠 계획일 것이다."

"명분이 없잖습니까? 흑심을 드러내는 일은 황제가 피해왔던 방법입니다. 만약 그리한다면 대신들은 물론 모든 백성들이 들고일어날 것이옵니다. 폭동에 그치지 않고 대규모 민란의 불씨가 될지도 모르는 일입니다."

"그 명분이 준비되었다면?"

황태자의 서늘한 반문에 아현의 심장이 급속히 냉각되었다.

"서, 설마……. 하오나 그렇다 한다면 왜 지금 당장 그 명분을 내세우지 않사옵니까? 궁성 밖으로 내몰기보다 이곳이 황제에게 더 유리한데 왜……."

"궁 안에서 일을 벌인다면 이 몸이 선선히 잡혀줄 것 같으냐? 어느 정도 억센 저항은 예상하고 있을 터. 직접 서로에게 검을 겨눌 수 있는 황궁 안이라 황제로선 내키지 않았을 것이다. 황제가 그토록 아끼는 황후를 위협할 수도 있는 일이니, 작은 위험조차 없애고자 기선국 무리를 끌어들였을 가능성이 높다 해야겠지."

아현이 조용히 수긍하자 유성은 떫은 감을 씹은 듯 씁쓸한 낯을 만들었다.

"따로 작전이 있사옵니까?"

"없을 리가 있겠느냐?"

대답만 본다면 자신감이 흐르다 못해 넘쳐흐르는 평소의 황태자였으나 그 어조만큼은 무언가를 꾹꾹 눌러 담은 것처럼 억눌러져 있었다.

"나를 주축으로 이 사, 곽 사, 그리고 월훈 서른 명이 선발대라면 너와 풍 사, 나머지 월훈이 후발대가 될 것이다."

"그것이 무슨 말씀입니까? 함께 가는 게 아니었습니까?"

다소 흥분이 섞인 질문에 진정하라는 듯 황태자의 입술이 빠르게 내려앉는다.

아현의 정신을 번쩍 들게 할 정도로 짧지만 강한 입맞춤이었다.

"이 꼴로 전쟁에 나선다 한다면 보는 눈들이 어떻겠느냐? 황제도 분명 이상히 여길 것이다."

아현의 작은 상처부터 시작해서 부목을 댄 팔까지 두루 살피는 황태자의 옥안玉眼은 깊게 가라앉았다.

'이렇게 어리석을 수가.'

본인의 몸 상태를 생각지 않고 떨어지기 싫다는 여인의 욕심만 앞세웠다. 평범한 일상이었다면 금세 털고 일어날 가벼운 부상이 가장 중요한 이 시점에서 황태자의 발목을 잡게 될 악수로 작용할지 그 누가 알았을까.

죄책감으로 물들어가는 아현의 시든 낯빛에 황태자가 억지웃음을 짓는다.

"떨어져 있는 건 잠시뿐이니 걱정 말아라."

"예, 전하……."

약해지려는 마음을 다잡으려는 듯 아현에게서 손을 뗀 유성은 큰 동작으로 벌떡 일어나 등을 보였다.

"황궁에서 적이 출몰하는 포구까지 가는 대략적인 시간은 채 반 시진이 걸리지 않는다. 도착하고 기선국 무리와 접전이 벌어지면 다시 반 시진이 흐를 것이다. 황제파는 나를 비롯해 사신위, 월훈무사의 기력이 반쯤 소진되었다 판단이 되었을 때에야 태도를 바꿔 본목적을 실행할 테지. 내 예측대로라면 선발대가 출발하고 약 두 시진 후, 황제파는 둘로 나뉜 아군에게 동시공격을 감행할 것이다."

잠시 숨을 고르듯 말을 멈춘 황태자는 경직된 등을 천천히 돌려 아현의 정면에 섰다. 내려다보는 곧은 시선엔 한 줌의 걱정은커녕 정인에 대한 연심조차 지운 의연함만 존재했다.

무념으로 둘러싸인 그의 담담한 눈빛은 씁쓸한 첫 만남을 떠오르게 했다. 마치 서로의 마음을 몰랐던 그때처럼. 메마르고, 냉정하고, 공허했다.

다음 말을 잇는 그의 옥음도 예전처럼 얼음의 서걱거림으로 돌아갔다.

"선발대가 출발하고 한 시진까지는 평소처럼 행동하라. 풍 사와 함께 움직이되, 되도록 환보궁 내에서 대기하였다가 반 시진이 더 흘렀다 싶을 때 내 지시대로 행동을 개시하여야 한다."

아현은 갑작스런 태도변화를 보이는 황태자를 이해했다. 거짓연기를 해서라도 마음을 다스리려는 그의 뼈아픈 속내가 손에 잡힐 듯 스쳤다. 찌릿한 아픔을 외면하며 마음을 정리하듯 눈을 감는다. 황태자의 뜻을 받들기 위해서였다.

이것은 더 큰 기쁨을 맛보기 위한 고뇌를 동반한 몇 발의 양보다. 그러니 서운해서도, 마음 아파해서도 아니 된다.

"미시정未時正이 되면 일 층에 있는 동쪽 내 침전으로 들어가 침상 아래의 비밀통로 입구를 찾아라. 원 모양의 그것을 좌로 한번, 우로 한 번, 다시 좌로 세 번, 도합 다섯 번을 돌리면 잠금이 풀린다."

"통로 끝은 어디이옵니까?"

"록수정 상층입구와 연결되어 있다. 록수정 반대편 아래는 황성 밖이니 무사히 내려만 간다면 황제에게 잡힐 일은 없을 것이다."

허를 찌른 수는 확실하나 목숨을 내걸 만큼 무모한 방법이기도 했다.

"하오나 록수정 반대편 아래는 그 누구도 오르내리지 못한 기암절벽이옵니다."

"그것은 염려 마라. 가장 높은 나무줄기에 이동수단을 숨겨둔 참이니. 풍 사를 남긴 것도 불편한 너를 배려해서다."

예전과 다르게 끝까지 모질게 굴지 못하는 황태자의 진심. 그 서툰 다정함에 가슴이 먹먹하다.

애처로워 보이는 아현의 모습에 유성이 작게 동요했다. 그는 균열을 일으키기 시작한 얼음갑옷으로 애써 자신을 무장하며 몸을 급히 돌렸다. 아현을 계속 쳐다봤다간 앞뒤 살피지 않고 끌어안을 것 같아서다. 그는 어금니를 문 채 힘겹게 입을 열었다.

"현 사, 마지막 명이다. 황궁을……, 무사히 탈출하라."

월제국 병사와 황태자가 이끄는 집단, 도합 이백이 조금 넘는 인원이 포구에 모였다.

황태자는 병력의 반을 길목마다 배치해 기선국 무리들이 빠져나갈 통로를 미리 봉쇄해놓고, 정박한 기선국 선척船隻 앞 전투 태세를 갖춘 무리들을 예의 주시했다.

군사 백 이하의 지휘권을 가진 하급백두관이 눈치를 슬슬 살피며 황태자를 향해 살짝 고개 숙여 말한다.

"다행히 시간을 딱 맞춰 온 것 같사옵니다. 출발이 늦었더라면 간악한 저 무리들이 도성 중심지를 헤집으며 노략질을 일삼았을 것이옵니다."

터무니없는 확대해석이었다. 체계적인 훈련도 되어 있지 않은 어중이떠중이들이 넘볼 만큼 월제국의 치안은 결코 녹록한 게 아니다.

설사 그보다 뛰어난 군사들이 쳐들어왔다 할지라도 피해는 조금 입을지언정 혼란을 야기하진 못한다. 국가 간의 대규모 전쟁이 아니고선 큰 타격이라고 할 만한 공격은 근 이십여 년간 없다고 봐야 하겠다.

그럼에도 유성이 졸렬한 언사를 일삼는 백두관을 꾸짖지 않은 이유는 자신의 주의를 기선국 무리들에게 집중시키고자 하는 황제파의 속셈을 이미 꿰뚫었기 때문이다.

이태기는 황태자 우측 뒤를 보좌하며 끓어오르는 속을 달래고 있었다. 감히 어느 안전이라고 고작 백두관이 황태자 앞에서 제멋대로 입을 놀리는 것인가. 게다가 말도 안 되는 의견으로 더러운 눈가림까지 하려들다니, 실력을 드러내지 말라는 황태자의 명만 아니었다면 사지 중 하나는 싹둑 잘라냈으리라.

이태기의 쓰린 속을 아는지 모르는지 답하는 황태자의 옥음은 고저 없이 평이하기만 했다.

"그렇군."

실제로 기선국이 작당하고 쳐들어왔다면 말이지.

유성은 차갑게 수긍하며 적들의 수를 속으로 대충 가늠해보

청동 두 번째 이야기

앉다. 삼백에는 미치지 않는다.

'끌어모으느라 꽤나 애썼겠군.'

실력을 배제하고 수만 본다면 저들이 우세였다.

"적은 인원도 아닌데 바닷길로 잘도 왔군."

황태자가 몸을 사린다고 여겼는지 백두관이 옳다구나 하며 심각하게 맞장구친다.

"물살이 거셌을 텐데도 포구에 정확히 정박해 빠르게 대열을 정비한 걸 보면 실력은 있어 보입니다. 무기도 하나같이 좋아 보이고…… 우리 군을 보았음에도 돌아가지 않는 걸 보면 믿는 구석이 있는 것 같사옵니다."

"그래, 예사롭지 않군."

"여분의 군사가 따로 있을 수도 있습니다."

"그럴지도 모르지."

잘도 걸려드는구나. 하급백두관이 기쁜 내색을 감추며 마음에도 없는 말을 꺼냈다. 아무리 황태자의 본실력을 모른다 하더라도 참 입이 가벼운 자였다. 그 용기는 어떻고.

"지원군 요청을 파발로 띄우는 게……."

"되었다."

황제가 군대를 보내줄 리도 없거니와 저런 약해빠진 무리를 두고 지원군을 요청하다니, 지나가는 개가 웃을 노릇이다.

"전하, 저들의 자세가 달라졌사옵니다."

이태기의 소곤거림에 황태자의 턱이 미미하게 움직인다. 지시가 있었는지 기선국 무리의 자세가 위협적으로 바뀌었다.

"모두 진형을 갖추어라."

유성의 명령에 소란스럽던 병장기의 소음이 줄어들었다. 그 동작이 신호인 것마냥 기선국 무리들이 큰 함성을 내며 달려들었다.

월제국 병사도 황태자의 손짓에 우렁찬 소리와 함께 맞붙었다.

지휘관인 황태자와 사신위는 그 광경을 후방에서 지켜봤다. 어린애 장난처럼 보이는 싸움질에 연방 여유를 잃지 않던 이태기는 포구입구가 갑자기 소란스러워지자 진지한 표정으로 얼굴을 확 바꾸었다.

"전하, 저쪽 움직임이 생각보다 빠른 듯합니다."

이태기의 말이 끝나기 무섭게 월제국 병사와 기선국 무리가 싸우는 것보다 더 큰 소리가 포구를 뒤덮었다.

"황제는 물러가라! 황태자전하만이 월제국의 천자시다!"

포구를 막았던 군사들보다 월등한 수를 자랑하는 이상한 무리들이 쏟아지기 시작했다.

검게 그을린 피부, 사방으로 뻗친 억센 머리카락, 희번덕거리는 눈과 날렵한 몸놀림. 그들은 오래도록 말썽이 되고 있는 산적 떼들이었다. 그런데 산적 떼들이 포구에는 어쩐 일로?

"황제는 물러가라! 황태자전하만이 월제국의 천자시다!"

산적 떼의 누군가가 선동하듯 외치자 같은 말이 다른 이의 입을 통해 계속적으로 전달되었다. 산적 떼들은 황태자가 있는 장소까지는 오지 않고 오직 외침이 주요작전이라는 듯 끈질기게 같은 말만 되풀이해댔다.

황태자 주위를 지키고 있던 월훈무사들이 산적 떼들이 외치는 경악할 만한 내용에 동요했다.

월제국 백성들을 속 끓게 했던 산적 떼의 우두머리가 황태자였던가? 아무리 황제와 척을 진 황태자라 해도 나라에 해를 끼치는 산적 떼를 수하로 두었다면 이건 정말 큰일 날 일이다. 거기다 저놈들이 하는 말은 반역을 긍정하는, 즉 간을 배 밖으로 내놓는 행위였다.

"정신 차려라! 간사하고 교활한 그들의 수작에 속지 마라! 이것은 함정이다! 전하를 모함하려는 계획이다!"

월훈들에게 주의를 주는 이태기를 슬쩍 본 유성은 다시 산적 떼들에게 시선을 돌렸다.

'이제 시작이군.'

산적 떼들에게 입는 피해로 백성들의 삶이 피폐해졌다는 상소가 황제에게까지 닿지 못하고 일찍 폐기처분됐었던 이유는 여기에 있었다.

보는 눈들이 많아 겉으로는 어쩌지 못하고 뒷공작만 행하던 황제파.

암암리에 살수를 보내거나 독살 혹은 사고를 가장한 암살을 수없이 시도했으나 성공한 사례는 전무하였다. 이런 일들이 반복적으로 오랜 기간 지속되다 보니 황제 입장에선 불안한 일이 아닐 수 없을 터. 극단의 조치가 필요함을 절실히 느꼈을 것이다.

황제의 최후의 결단이랄 수 있는 마지막 수가 산적 떼를 이용한 황태자의 반역이었다. 역모야말로 증거만 있다면 사실관계를 굳이 따지지 않아도 황제가 단독으로 처리가능한 대역죄였다.

산적 떼의 악행이 많을수록, 그 수가 늘어날수록, 황태자에게 치명타가 되리라는 걸 확신한 황제는 적절한 시기가 오길 인내하며 기다려왔다.

유성은 이 모든 걸 알고도 관망자의 역할을 자처했다. 황제가 어디까지 망가지나 보아줄 참이었다. 물론 그에 대한 방비도 게을리하지 않았다.

아현의 부상으로 계획을 전면 수정하는 바람에 조금 돌아가야 하는 상황이 발생했지만 그 결과에는 변함이 없으리라 확신했다.

"황제는 물러가라! 황태자전하만이 월제국의 천자시…… 아아악!"

여기저기 뛰어다니던 산적 하나가 피를 토하며 쓰러졌다. 갑작스런 동료의 죽음에 산적 떼들이 혼비백산하며 도망간다.

그 뒤로 수십, 수백, 아니 수천으로 보이는 정예군사가 일제히 모습을 드러냈다. 달을 품은 용 형상이 그려진 수백의 황색 깃발이 찬란한 빛을 발했다. 황제의 군대 황룡대였다. 천여 명에 달하는 황룡대와 그 배가 넘는 월제국의 병사들이 마르지 않는 바다처럼 끊임없이 흘러나왔다.

어느새 황태자 측을 빙 둘러싸며 포구 전체를 빼곡히 매웠다.

"우매한 백성을 선동해 역모를 꾀한 대역죄인 유성은 들어라! 금일로부터 황태자에서 폐하고 국법에 따라 죄를 물을 것이니 당장 무기를 버리고 무릎을 꿇어라! 이는 황제폐하의 칙명이시다!"

황태자가 뼛속까지 얼리는 눈빛으로 잠시간 주시하자 황룡대 대장은 긴장감을 참지 못하고 마른침을 삼켰다.

오십도 되지 않는 황태자파의 수백 배에 달하는 황제의 군대가 압박하는 와중인데도 황태자의 모습은 유랑을 나온 듯 태연 자약하기만 했다.

왠지 모를 껄끄러움이 황룡대 대장의 심기를 건드렸다.

유성은 주위를 구경하듯 둘러보면서 이태기에게 전음을 보냈다.

[이 사, 최대한 시간을 오래 끌어야 한다.]

[예!]

아현이 탈출하는 동안 황제의 무력을 가능한 한 붙잡고 있어야 한다.

황태자 측이 일찍 몸을 내빼버리면 적들의 관심은 아현에게 돌려질 테고, 최악의 경우엔 그녀가 인질이 될지도 모른다. 그것만은 절대적으로 피해야 한다.

[배수진을 칠 것이다. 부둣가로 길을 뚫어라.]

[알겠사옵니다.]

이태기는 모두의 시선이 황태자에게 가 있는 절호의 기회를 놓치지 않았다.

휘이이이잉!

이태기가 부두를 막아선 군사들을 향해 검을 휘둘렀다. 가깝다고 할 수 있는 거리이나 검이 닿기에는 역부족이었다.

이 많은 사람들에게 둘러싸인 압박감을 못 이겨 정신이 반쯤 돈 게 틀림없다고 사람들이 시시덕거리려던 순간, 거센 바람이, 아니, 태풍과도 비견되는 강한 압력이 황제의 군사들을 덮쳤다. 어떻게 손써보지도 못하고 상당수의 사람들이 우수수 쓰러진다. 정통으로 맞아버린 병사는 뒤틀리는 속을 억지로 참다 끝내 엎드려 토하고 말았다.

당최 어떻게 돌아가는 상황인지 알 수 없어 대부분의 사람들이 넋을 놓았다. 이태기의 갑작스런 행동도 그랬지만 그의 검날에서 나온 믿기 힘든 무위에 모두 얼이 빠졌다. 마치 바람을 자유자재로 조종하는 풍신을 보는 기분이었다.

"배수진을 쳐라!"

월훈무사들이 이태기의 명에 즉각 반응하였다. 황태자를 호위하는 중에도 이태기의 명을 따라 진형을 착실하게 이동하는 월훈의 모습은 질서정연하다 못해 빈틈조차 없었다. 수적 열세에도 불구하고 황태자의 군대는 범접할 수 없는 뭔가가 있었다.

황제군이 황태자군을 쫓는 형상이 맞는데 되레 끌려가는 듯한 나쁜 기분에 황룡대 대장은 이맛살을 찌푸렸다.

숨겨온 게 분명한 이태기의 무위도 탐탁찮건만, 타격이 전혀 없다는 듯 시종일관 무표정인 황태자는 더 밉살스러웠다. 월훈의 호위를 받으며 여유롭게 걷는 모습이란, 당장 검을 빼들지 않고는 자제할 자신이 없었다.

"대역죄인이 폐하의 칙명을 거부하였다! 모두 저들을 잡아라!"

와아아아아!

수천 마리의 개미떼들이 대상의 몸을 타고 올라 순식간에 먹어치우는 형상처럼 황제의 군대는 황태자 측을 일순 집어삼켰다. '그럼 그렇지, 사신위라고 별수 있나' 하며 흐뭇한 기색을 내보이던 황룡대 대장의 얼굴이 시간이 지남에 따라 점점 일그러졌다.

기대한 것과는 정반대의 결과가 나타났다.

황태자 측 진형을 중심으로 동심원을 그리듯 수많은 군사들이 쓰러지고 다치고 깨졌다. 투지를 불태우는 함성과 고통에 찬 비명이 포구를 물들였다.

황룡대 대장은 저도 모르게 눈을 비볐다.

"말도 안 돼……."

눈으로 보고도 믿을 수 없었다. 이태기의 뛰어난 능력쯤이야 모를 바가 아니니 넘어간다 치지만 황태자의 저 '모습'은 대체 뭐 라 말인가.

수십의 군사가 한꺼번에 달려들어도 눈 하나 깜짝하지 않는 다. 그것을 피하는 것도 모자라 보이지 않는 속도로 움직이며 상 대방을 해치워댄다. 한 합에 수십이 나가떨어지고 두 합에 그 곱 절이 전의를 상실한다.

'이건 꿈이다. 꿈이 틀림없다. 꿈이 아니고서야 어찌 서책만 들 여다보고 여색을 즐기던 황태자가 수십 년을 연마해야지만 얻을 수 있는 무위를 선보일 수 있는가!'

혹시 황태자로 둔갑한 반로환동의 고수가 아닐까 의심이 들 정도였다. 그들과 접전을 벌이는 황제군 병사들은 아비규환이 따로 없는데, 황태자의 진형은 태풍의 눈처럼 고요하기 짝이 없 었다. 그러한 대비가 지나치게 선명하여 오싹함이 전신을 타고 흘렀다.

하늘과 땅만큼의 실력차는 머릿수로 밀어붙이는 황제 측의 공 세와 상쇄되어, 양군은 대등한 접전을 이어갔다. 일一 단이 무너 지면 이二 단이 그 위를 덮어 싸웠고 다시 무너지면 대기해 있던 인원들이 다시 보충되었다.

황제군은 마르지 않는 샘물이었다. 수천에 달하던 인원이 계속적으로 합세해 만 명을 육박할 정도로 불어났다.

접전은 점점 격렬한 양상을 띠었다.

그러한 지리멸렬한 싸움이, 시간이 흐르자 황제군의 우세로 돌아서기 시작했다. 그럴 수밖에 없는 게 황태자 측도 인간인 이상 기력이 무한하지 않기 때문이다.

게다가 열 명의 월훈이 죽임을 당하였다. 상대에 비하면 터무니없이 적은 수지만 월훈의 죽음은 황태자 측에 즉시 치명타로 다가왔으며 그것은 고스란히 부담으로 작용했다.

하아, 하아, 하아.

거친 숨결이 전염처럼 이어졌다. 이 난리통 속에서 과연 언제까지 버틸 수 있을지 유성은 생각하고 또 생각했다. 그러던 중, 뭔가 이질적인 어긋남이 그의 기민한 감각을 찔러댔다.

주위를 빠르게 훑던 유성의 눈이 음습한 냉기를 품으며 한없이 침잠한다.

곽남휘가 보이지 않았다.

정확히 말하자면 근처에서 찾을 수 없었다는 소리다. 설명을 더 보태면 황제군 틈에 섞여 유성으로부터 점점 거리를 벌리고 있었다. 만 명의 기척을 동시에 알아차리기엔 그로서도 무리한 일이다.

그나마 유성 정도나 되니까 뒤늦게나마 곽남휘의 이상행동을 눈치 챌 수 있었지 일개병사라면 얼굴 구분도 힘든 상황이었다.

일순 멀리서 곽남휘가 그를 돌아보았으나 눈이 마주치는 동시에 관계를 끊어내듯 등을 보이며 군사들 사이로 사라져버렸다.

곽남휘의 배신이었다.

청동 두 번째 이야기

여러 가지 그림을 그리며 이날을 기다려온 유성에게 그의 배신은 결코 예상치 못한, 다시 말해 극심한 충격까지는 아니었다.

최악의 수이긴 하나 이렇게 될지도 모른다는 전제를 깔고 있었던 터라 배신감은 생각보다 덜했다.

'결국, 그것이 네 뜻이냐?'

평소 곽남휘의 충성심과 뛰어난 재능을 높이 샀던 그였다. 그의 출생만 아니라면 —비록 곽남휘가 자신의 출생을 증오해 마지않더라도— 이태기에게 하듯이 긴밀한 사안을 공유하고 그에 걸맞은 일을 시켰을 것이다.

하지만 그렇게 하기에는 한 가지가 걸렸다. 출생이라는 단 한 가지.

완벽한 아군이 아니라면 그 상대는 철저히 이용하자 줄곧 마음먹어왔으나 아현을 알고부터 다소 물러진 감정들이 갈등을 일으켰고 유성을 시험에 들게 했다.

그것은 바로 기대였다. 기대란 실망으로 가는 지름길임을 앎에도 곽남휘에게 몹쓸 기대를 걸었다. 이용만 하고 버리기엔 상당히 아까운 수하라 신용하고 싶었던 마음이 지나치게 컸다. 하지만 기대는 지금 보는 바와 같이 처참하게 깨졌다.

'시간이 없다!'

[수호瑞漢!]

유성이 황제군사 중 하나에게 전음을 날렸다.

수호는 오 년간 황제 측에 심어둔 유성의 비밀첩자였다. 오늘 같은 날은 그때그때 상황에 따라 전세가 달라지므로 즉각 움직일 수 있도록 만전을 기하라 지시해두었다.

[예! 전하!]

[근처로 와서 내 공격에 맞서는 척해라. 서신을 네 옷깃 안에 몰래 넣을 테니 이것을 환보궁에 있는 풍 사에게 꼭 전해라. 곽남휘를 앞질러 당도하여야 할 것이다.]

절대 사용하고 싶지 않은 서신이었으나 결국 쓸 수밖에 없는 상황까지 치닫게 되었다.

[사람이 너무 많아 빠져나가는 데 어려움이 있을 듯합니다.]

[걱정 마라. 광역공격으로 멀리 보내주겠다.]

수호가 지척으로 다가오자 유성은 망설임 없이 검에 다량의 기를 주입해 매섭게 휘둘렀다.

카카캉! 카아카아카캉!

퍼억!

모두가 돌아볼 정도로 엄청난 굉음이었다. 유성 주위에 있던 군사 수십이 쏘아올린 화살처럼 날아올랐다. 그중에 수호도 있었다.

[반드시, 풍 사에게 전해라.]

[존명!]

서신은 이미 그의 손을 떠났다. 아현과 풍한도의 안전도 그 서신에 달렸다.

[곽郭남휘.

향享도식의 서자.

반드시 피할 것.]

15
암운暗雲

뒤를 따르는 향도식의 부하에게 곽남휘는 귀찮게 하지 말라 차갑게 떼어내고 급히 말을 황궁으로 몰았다. 손과 발은 훈련으로 익힌 반복적인 움직임만 고수하며 의식은 저 너머 다른 곳을 향한 채다.

포구에서 마지막으로 본 황태자의 실망스런 눈빛을 지우듯 고개를 작게 흔들었다.

'어찌할 수 없는 결정이었어.'

곽남휘가 나고 자란 곳은 본디 기선국이었다. 그의 모친은 향훈(향도식)의 본가 천비賤婢로 향도식과 단 한 번의 잠자리 끝에 남휘를 잉태하였다.

그의 어미는 본인과 다르게 아들은 천민이 아니라 하여 크게 기뻐하였다.

서자庶子.

허울 좋은 말로 서자라 하지만 이는 귀족도 아니고 천민도 아닌 어중간한 신분을 뜻하는 말이기도 했다. 귀족 무리에선 멸시받고 천민 사이에선 배척당하는, 눈에 보이지 않는 또 다른 천민 계급이었다.

생활은 몸종들과 별반 다르지 않았다. 허름한 방에서 지내며 맛도 없는 죽으로 끼니를 때웠고 다 해진 옷으로 사시사철을 나야 했다.

그래도 곽남휘에겐 행복한 나날이었다. 아비의 비정한 무관심은 있을지언정 어미의 애정은 매일같이 넘칠 만큼 과하게 받고 자랐다. 어렸지만 이대로 지내도 충분히 만족했던 시절이었다.

그런데 그날이 왔다.

기선국을 좌지우지하던 세력이 황제의 외척을 선동해 반정을 일으키려다 되레 함정에 빠져버린 사건이 발생하였다.

향도식은 그 세력에 가담한 인물 중 하나였는데 참으로 운 좋게도 위험을 일찍 감지하여 살殺을 피할 수 있었다.

어느 나라건 역모는 극형에 처해지는 대역죄이다. 기선국에서의 역모 또한 마찬가지였는데, 이를 어길 시 죄인과 일가친척들 모두 삼족을 멸하는 형벌이 주어졌으며, 식솔들에게는 주인을 옳게 모시지 못했다는 죄명을 붙여 목숨을 앗아갔다.

도주하려는 향도식의 다리에 매달려 아들을 살려달라고, 제발 데려가달라고 울부짖던 어미의 끈질긴 부탁 덕에 어린 남휘는 살아남을 수 있었지만 그의 모친은 그렇지 못했다.

"저 천것들을 어찌할까요, 대감?"

"우리가 도주하는 것을 봤으니 그냥 죽여라."

향도식과 그의 수하의 잔인하고도 음습한 대화.

향도식은 어린 남휘가 당연히 못 들었으리라 여겼을 테지만 어릴 때부터 유독 특출했던 오감의 도움으로 성인이 된 지금까지도 생생히 떠오르는 악몽과도 같은 기억이었다.

그때부터 향도식은 그에게 상전도 아니요, 아비도 아니요, 오직 그 어미를 죽게 한 원수일 뿐이었다. 허나 현실은 죽여도 시원찮을 아비 밑에서 빌붙어 지내야 하는 나약한 신세였다. 어린 남휘가 감당하기에는 참으로 가혹하였다.

시시때때로 향도식을 만나러 오는 인물이 있었는데 그가 바로 유백이었다. 유백이 황제에 올랐을 때에야 기선국에서와 달리 반정에 성공하였다는 것을 알았다.

남휘는 구역질이 났다. 역모로 제 어미를 그리 만들어놓고 아무 양심의 가책 없이 같은 일을 또 반복하다니. 점점 높아지는 기와와 넓은 본가의 뜰을 볼 때면 아귀들이 서식하는 지옥의 악취가 맡아졌다.

더러웠다. 괴로웠다. 살기가 돋아났다. 그래서 떠날 결심을 하였다.

곽남휘, 그의 나이 열 살이던 무렵, 향享가에서 대대로 내려오는 무공비급과 약간의 금전을 훔쳐 깜깜한 새벽에 도망을 나왔다.

향도식이 보낸 추적자들을 피해 이 년여를 산속 동굴에 틀어박혀 세상과 담을 쌓고 지냈다.

운 좋게 들키지 않았던 이유는 몸을 숨긴 동굴이 범들의 왕, 백호의 동굴이라는 소문이 자자하였기 때문이었다. 어린아이가 설마 여기 있겠냐며 추적자들도 이곳을 피했었다.

무섭지 않았던 건 아니다. 잡혀서 매질을 당하는 거나, 백호에게 잡혀먹히는 거나, 어차피 죽는 것은 매한가지라 당시 자포자기의 마음이 컸다고 볼 수 있었다.

다행히 천운으로 백호는 없었고 그 동굴은 긴 시간 동안 유일한 안식처가 되어주었다.

추적자들은 집요하고 끈질겼다. 남휘의 목숨이 목적이라기보다 순전히 무공비급 때문이었다. 이를 너무나도 잘 알았던 곽남휘는 단기간에 무공비급을 암기하는 데만 주력했다.

어려운 구절은 동굴 벽에 새기며 토씨 하나도 빠뜨리지 않았다. 완벽히 외웠다는 자신이 들었을 때 무공비급을 우연히 떨어뜨린 것으로 가장해 추적자들이 정기적으로 오고가는 산자락에 놓아두고 돌아왔다.

곽남휘의 예상대로 한 달이 지나자 추적자의 행동은 뜸해졌고 일 년이 더 흐르자 뒤를 밟는 이는 눈에 띄지 않았다. 그렇게 십 년을 더 보냈다.

어느 정도 본인의 실력에 자신감이 붙었을 스물의 나이. 도성 내에 황태자의 호위를 뽑는다는 방이 붙은 것을 보고 곧바로 시험에 응시하였다. 결과는 장원이었고 반년의 월훈생활을 보낸 후, 사신위로 승격하는 행운을 맞았다.

황궁 안에서 기거하다 보면 언젠가는 아비인 향도식을 만나리라는 것을 알고 있었다.

어미를 잃은 괴로움과 숨어 지내야 했던 지난날. 복수심이 없었다면 거짓일 터. 하지만 흐르는 세월이 그러하듯 시간은 어떤 것이든 무디게 하는 재주를 지녔다.

억울하게 죽어간 친모를 생각하면 불쌍하고 화가 나고 원통하였다. 그 원인이 다른 누구도 아닌 그의 친부이기에 더 괴로웠다. 악독한 마음을 먹다가도 끝내 행동으로 옮기지 못하는 비참함과 자괴감. 어찌할 수 없는 핏줄인 것을 통감하였으며 절망하였다. 그리고 종래에는 복수를 포기하였다.

"휘냐?"

곽남휘의 본명은 '향휘'였다. 다 커버린 곽남휘의 얼굴에선 어릴 때의 모습은 찾아볼 수 없었다. 그런데도 어떻게 알았는지 향도식은 비밀서찰을 보내어 만나기를 원하였다. 남들의 눈을 피해 새벽에 이루어진 비밀만남이었다.

"황궁에 들어올 것이었다면 내게 올 것이지 왜 하필 황태자 측근으로 들어간 것이냐?"

과거는 깨끗이 잊은 모양인지 묻는 어투는 담담했다.

"제가 원해서입니다."

허무했다. 후에 돌려주긴 했으나 무공비급을 훔쳐 달아난 죄가 있기에 혼을 내며 쉽게 용서하지 않으리라 여겼다.

자신은 애초 버린 자식이었을 테니 아비로서의 애정이 눈곱만큼도 없다는 것 정도는 알고 있었지만, 안부를 묻기는커녕 보자마자 황제파로 손짓할 줄은 꿈에도 몰랐다. 자신이 예상했던 것보다 훨씬 뻔뻔한 인물이었다. 그의 친부 향도식은.

"황태자에게 휘 네가 나의 아들이라고 밝힌다면 어쩔 테냐?"

"마음대로 하십시오. 그 일로 쫓겨난다 해도 어르신에게 갈 일은 절대 없을 겁니다."

"고얀 놈!"

향도식은 수염을 바르르 떨며 노한 기를 감추지 않고 찬바람을 일으켜 쌩하니 가버렸다. 그가 실제로 황태자에게 그런 정보를 넘겼는지는 정확히 알 수 없으나 이후로 곽남휘 일상에 큰 변화는 오지 않았다. 그래서 단순한 협박으로 치부하였다.

곽남휘가 생각하는 것과 달리 향도식은 휘가 그의 서자라는 비밀을 황태자에게 은근히 흘렸었다. 황태자가 내쳐주기만 한다면 오갈 데 없는 곽남휘를 끌어올 자신이 있었던 것이다.

근데 향도식의 기대를 무참히 깨버리듯 황태자는 곽남휘를 버리지 않았다. 오히려 보란 듯이 호위로 대동하고서 행사에 참여하곤 하였다.

그때 향도식은 황태자를 두 가지로 판단하였다. 멍청하거나, 아님 다른 고약한 꿍꿍이가 있거나. 지금까지 죽음을 잘 피해온 실력을 보자면 전자보다 후자로 봐야 할 테지만 그 꿍꿍이가 무엇일지 도무지 종잡을 수 없었다. 최선을 다해 황태자를 호위하는 곽남휘를 신뢰하는 듯도 하고, 어찌 보면 그냥 두고 보는 듯도 하고. 이처럼 황태자의 속내가 오리무중이라, 곽남휘를 이용해 정보를 흘리는 일은 되레 향도식 쪽이 꺼림칙하여 기실 행하지 못했었다.

"아현……."

달콤하지만 씁쓸한 이름. 과연 아현은 그의 선택과 행동에 어떤 반응을 보일까. 그녀의 눈이 경멸로 물들어 곽남휘를 직시한다면 무어라 변명해야 할 것인가. 어떤 말을 할 수 있을 것인가.

곽남휘는 다가올 아픔을 애써 지우듯 머리를 털어내며 다리에 박차를 가했다.

주안문 입구에서 수문장이 신분확인도 하지 않고 곽남휘를 통과시켰다. 아마 향도식의 지시가 따로 있었으리라.

환보궁으로 곧장 향하는 동안 곽남휘의 의식은 최근의 과거로 옮겨갔다.

"저를 찔러봐야 나올 정보는 하나도 없습니다."

"정보를 원하는 게 아니다. 네 자체를 원하는 것이지."

향도식의 본처 자식 향소운이 어느 날 갑자기 괴한의 공격에 크게 화를 당하여 정상인으로서 생활이 불가하다는 소식을 전해들었다. 아마 향도식으로선 집안의 대가 끊길 대사건이었을 것이다.

곽남휘가 서자라는 흠이 있지만 사신위라는 입지를 보건대 나쁘지 않은 차선책이라는 생각이 들었을 게 분명했다. 정말 향도식의 교활한 머릿속은 예나 지금이나 변함이 없었다.

"제 어미를 한 줌의 재로 돌아가게 한 장본인께서 뻔뻔스럽게도 어찌 제게 그런 제안을 한단 말입니까? 참으로 낯 두껍습니다. 하늘이 두렵지 않습니까?"

"하늘이 두려웠다면 이렇게 살아남지도 못하였을 테지."

"어떤 말씀을 하시더라도 제 대답은 항상 같습니다. 전 황태자전하에 대한 충의를 저버리지 않을 것입니다. 제 주군은 오직 전하뿐이니 앞으로 더 이상 쓸데없는 접촉은 하지 말아주십시오."

향도식은 단호한 곽남휘의 말에도 아랑곳하지 않고 더욱 기분 나쁜 미소를 지었다. 그가 절대 거절하지 못할, 아주 큰 패를 쥐고 있다는 듯 자신감이 넘치는 미소였다.

"사신위의 아현이라고 하던가?"

"……."

"여인의 몸으로 대단한 실력을 가졌다지? 그보다 더 놀라운 건 그 외모이기도 하고."

"무슨 말씀을 하고 싶으십니까?"

곽남휘의 음성이 절로 딱딱해졌다.

"단도직입적으로 말하마. 휘 네가 계속 고집을 부린다면 우리의 목표는 아현이 될 수밖에 없다."

험악해지는 곽남휘를 보며 향도식은 더욱 짙은 웃음으로 여유를 보였다.

"도성과 황궁 내에 퍼져 있는 황태자의 소문을 난 믿지 않는다. 분명 숨기는 실력이 있어. 그러니 지금까지 목숨을 연명하였겠지. 하지만, 아현은 과연 피할 수 있을까? 제아무리 뛰어난 사신위라도 허점은 있기 마련이지. 우리 쪽이 전력을 다한다면 사냥대회 때처럼 단순골절로는 끝나지 않을 게다."

곽남휘가 연모하는 이가 누구인지를 향도식은 훤히 꿰뚫고 있었다. 황제의 절대적인 명으로 아현을 건드리지 말아야 함은 알고 있지만 곽남휘는 황제의 뜻을 모르니 써먹을 수 있는 수는 다 써보아야 했다.

"아현이 어찌 되든, 상관……없습니다."

"그 여인이 불귀의 객이 되어도 좋다는 말이더냐?"

"……."

"잘 생각해보아라. 아현의 생사는 네 하기에 달렸으니. 휘 네가 마음을 돌린다면 바라는 바를 모두 이루어주마. 네가 그토록 원하는 여인과의 혼사도 결코 꿈이 아니니라."

'혼사'라는 말이 주는 가슴 떨림에 곽남휘는 움찔거릴 수밖에 없었다.

며칠 동안 밤잠을 설쳐가며 고민했다. 그가 아현을 가질지도 모른다는 검은 속삭임을 잊으려 해도 언제 어디서나 깨달음의 그것처럼 불쑥불쑥 나타나 자꾸만 심란하게 만들었다. 설상가상으로 단순위협으로만 들리지 않던 향도식의 협박은 곽남휘를 뿌리부터 뒤흔든 계기가 되었다.

황태자에게 이를 알릴까 말까 하루에도 수십 번을 망설였다.

'전하께 사실을 고한다 하더라도 아현의 목숨이 완전히 보장된다 할 수 없지 않나?'

아현이 황태자 대신 음독을 하고 염홍을 구하다 몸을 날려 다친 일련의 사건을 되돌아봐도 황태자의 능력보다 향도식의 말에 점점 무게가 더해졌다.

'안 돼. 내가 어찌 전하를 배신할 수가……'

충심을 드러내는 속마음과 다르게 입술은 떨렸고 눈동자는 흔들렸다. 마치 흔들리는 그의 마음을 대변하듯이.

밤이 되면 그런 격정은 극에 달했다. 아현의 행복을 바라 마지않다가도 '만약'이라는 몹쓸 기대감이 독처럼 머리를 잠식했다. 발생지를 알 수 없는 악령의 유혹이 그의 정신을 갉았다.

'역사는 승리한 자에게 관대한 법이고, 여인은 용기 있는 자만이 쟁취하는 법이다. 그냥 받아들여. 가져. 누구보다 연모하잖아. 언젠가는 그녀도 너의 진심을 이해할 거다.'

끈적이는 달콤한 속삭임.

결국 향도식의 제의를 받아들였다.

이 모든 게 아현의 목숨 때문이라고 변명해보지만 가슴 한편에 자리 잡은 불온한 마음의 불씨는 죄책감과 함께 자꾸 커져만 갔다.

"이미 엎질러진 물. 돌이킬 수 없어."

곽남휘는 환보궁으로 향하다 전방에 같은 방향으로 가고 있는 한 말단무사를 보게 되었다. 황제군의 복장을 한 자였다. 무리에서 이탈한 것도 모자라, 중요한 이때 단독으로 환보궁에 가고 있다니. 심히 미심쩍어 절로 눈이 가늘어졌다.

포구에서 찰나로 마주쳤던 황태자의 눈빛이 갑작스레 떠올랐다. 온몸을 덮쳐오는 불안감. 스물스물 올라오는 진득한 긴장감이 예민한 감각을 찔러댔다.

문득, 깨닫는다. 저자를 절대 놓쳐선 아니 된다는 것을.

결정을 내린 냉정한 눈빛으로, 곽남휘는 속력을 높여 말단무사의 뒤를 바짝 쫓았다.

출입문을 열고 들어오는 곽남휘의 등장에 풍한도와 아현이 깜짝 놀라 쳐다보았다.

"어? 곽 형님 여긴 어떻게 왔습니까? 지금 한창 포구에서 기선국 작당들을 처리하고 있는 거 아니었습니까?"

"전하의 명으로 다시 왔다."

곽남휘는 의미 없는 동작으로 허리춤을 슬쩍 만졌다. 서찰의 묵직함이 느껴졌다. 이 서찰을 발견하지 못했다면 어찌 됐을까. 방금 전, 낯선 말단무사로부터 빼앗은 서찰에는 그 자신도 멍해질 정도로 놀라고 만 극비가 담겨 있었다.

[곽郭남휘.

향享도식의 서자.

칭동
두 번째 이야기

반드시 피할 것.]

역시 황태자. 지금까지 알고도 모른 체했다는 것이 아닌가. 황태자의 수족인 말단무사가 뛰어난 소식통으로서의 역할만 수행하여서인지 검술보다는 경공의 능력이 더 특출했다. 따라서 제압은 손쉬웠다.

"지금 이러고 있을 시간이 없다!"

곽남휘의 다급한 말에 풍한도가 깜짝 놀란다. 평소 조용한 곽남휘답지 않게 적극적인 태도가 기이하다 느끼면서도, 한편으로는 얼마나 큰일이었으면 극도로 말을 아끼는 그가 식은땀을 다 흘리며 조급함을 감추지 못할까 싶었다.

"황제의 공격이 있었습니까?"

"그래. 황제의 공격이 빨랐다. 그러니 넌 어서 남은 월훈을 데리고 이 자리를 피하여라."

풍한도와 월훈만이라도 무사히 빠져나가기를 바랐다. 알량한 마음이라고 조롱당해도 이것만은 그의 본심이었다.

황제 측에 곽남휘가 황궁 안으로 들어왔다는 소식이 지금쯤 갔을 테니 여유시간이 없었다. 많은 군사를 이끌고 환보궁으로 오는 중이 아닐까 마음이 급해 죽을 지경이었다.

"월훈만 데리고 나가다니요? 아현은 어쩝니까? 아현을 반드시 호위하라는 전하의 명이 있었습니다. 태기 형님도 신신당부를 하셨고요."

"전하께서 왜 나를 보냈다고 생각하는가? 호위를 내게 맡기고 너와 남은 월훈은 당장 돌려보내라 명하셨다!"

아현과 풍한도는 다소 미심쩍게 서로를 바라보았다.

"그럼, 다 함께 나가면 되지, 왜 저 먼저 가라 하십니까?"

"아현과 난 찾아야 할 물건이 있다. 오늘 오전에 전하께서 보여 주셨던 붉은 상자를 기억하느냐?"

"풍 사님은 그때 안 계셨지만 저는 보았습니다."

아현의 대답에 남휘는 빠르게 말했다.

"그것은 태주갑이라고 한다. 그 안에는 월제국의 옥새가 들어 있다."

"예에? 그 중, 중요한 물건을 왜 안 챙기시고……."

오전, 황태자가 이태기와 밀담을 나누는 동안 곽남휘는 태주갑을 숨긴 장소를 찾아다녔었다.

향도식이 원하는 것은 곽남휘와 태주갑의 행방 두 가지였다.

"그러니 내가 온 것이 아니겠느냐? 그것을 찾고 다 같이 탈출하려면 더욱 힘들어진다. 인원이 적을수록 우리에게 유리해. 풍한도 넌 어서 월훈을 통솔하여 동남쪽 방향으로 곧장 가서 담을 넘어 탈출하라. 올 때 보니 그곳의 경계는 아직 허술해 보였다."

"하지만 우리에겐 비밀통로가 있으니 늦더라도 함께 탈출하는 게 어떻습니까?"

'비밀통로가 있었어? 역시 황태자전하.'

풍한도를 어찌 설득하나 곽남휘가 잠시 말을 멈춘 사이 아현이 의외로 도움의 손길을 내밀었다.

"남은 월훈무사와 우리 모두가 통로로 들어가려면 시간이 꽤 걸리지 않을까 싶습니다. 비밀통로라 하면 대부분 입구가 크지 않으니 진입하는 데만도 지체될 가능성이 크옵니다. 사람이 적을수록 좋을 듯합니다."

"하, 하지만."

그래도 발걸음이 떨어지지 않는다는 듯 풍한도가 주춤하자 아현이 다시 재촉했다. 다급해 보이는 곽남휘가 거짓 같지 않았던 까닭이다.

"어서요!"

"그, 그래. 하긴 덜렁거리는 나보다 곽 형님의 실력이 훨씬 출중하긴 하지. 그럼 먼저 가 있을 테니 우리 나중에 꼭 만납시다."

풍한도가 몸을 날리며 밖으로 향하는 모습을 보고 곽남휘는 한숨을 돌렸다.

"태주갑이 어디에 있는지 혹 아십니까?"

"전하의 침전 중 한 곳에 있을 것……."

아현의 질문에 그녀를 돌아보다 또렷이 올려다보는 맑은 눈과 마주친 곽남휘는 순간 아찔함을 맛봐야 했다. 한 점의 의심도 찾아볼 수 없는 순결한 눈동자.

'나는 대체 아현에게 무슨 짓을 저지른 것인가. 과연 이것이 최선의 선택인 걸까. 차라리 이대로 그녀를 보내는 게 더 옳은 판단이 아닐까.'

"전하께서 많이 걱정하실 것입니다. 어서 태주갑을 찾고 나가도록 해요."

'그래, 넌 그런 여인이지. 네 고귀한 눈동자는 오직 전하만 담고 있었다. 작은 빈틈조차 주지 않는 넌, 처음부터 전하의 정인이었다.'

"……동쪽 침전부터 가보자."

불쑥 솟아오른 죄책감이란 감정이 물세례를 받은 듯 불시에 사그라졌다. 오로지 황태자만 생각하고 걱정하는 아현의 언행 때문이었다.

곽남휘 스스로도 자신이 치졸하고도 옹졸한 사내의 투기라는 것을 알았다. 알지만 어찌할 수 없는 것 또한 그의 마음이었다.

"이게, 무슨 소리지요?"

헤아리기 힘든 수십 명의 발소리와 거칠게 투레질하는 말울음 소리가 아현의 발목을 붙잡았다. 그녀는 왠지 모를 위기감에 다치지 않은 오른팔을 뻗어 칼을 빠르게 뽑아들었다.

벌컥!

타닥타닥타닥.

발을 떼기 무섭게 문이 사정없이 열렸고 동시에 수많은 군사가 그 사이를 비집고 들어왔다.

그들의 정체를 확인한 아현의 심장이 쿵 하며 바닥을 굴렀다. 군사들 중 최고의 권력을 자랑하는 황룡대였다. 마치 계획이라도 한 것처럼 질서정연하면서도 한 치의 빈틈없는 철두철미한 모습이었다. 두 사람을 잡으러 온 인원치고 상당히 많았다. 실내를 장악한 것으로도 모자라 그 줄은 환보궁 밖까지 이어졌다. 어디에도 도망갈 곳은 없어 보였다.

너무나 빠르게 돌아가는 상황에 아현은 순간 정신을 차릴 수가 없었다. 막막함이 숨통을 옥죄었다.

'어떻게 된 일이지? 전하께 약조하였는데, 무사히 탈출하리라, 염려 마시라 당당히 대답하며 다짐하였는데, 어쩌면 좋단 말인가. 대체 어디서부터 잘못된 것이지?'

"황제폐하 납시오!"

아현은 고개를 번쩍 들어 그녀 앞으로 찬찬히 걸어 들어오는 황제의 옥안과 마주했다. 만족스러운 황제의 웃음기에 전신이 오싹해졌다. 그 뒤로는 향도식이 있었으나 그녀는 황제와 조우했다는 사실만으로 평정심을 잃은 상태였다.

"아현. 이렇게 보니 반갑구나."

"……."

"그 위험한 물건은 내려놓는 게 좋겠군."

아현의 뒤를 노리던 황룡대가 황제의 눈짓을 받고 그녀의 검을 빼앗았다. 어차피 수적으로 이길 수 없었기에 잠자코 당해준 것이다.

'정신만 차리자. 반드시 무슨 수가 있을 거야. 그러니 정신을 바짝 차려야 해.'

그런 아현의 마음을 비웃기라도 하듯 황제가 은밀한 시선을 돌려 곽남휘에게 초점을 맞추었다.

"곽남휘."

"예."

"태주갑이 어디 있다고 하였느냐?"

"환보궁 동쪽 침전 서쪽 벽, 비밀수납장 안입니다."

"그래? 잘하였다."

아현의 눈이 경악으로 점차 커지며 믿을 수 없다는 얼굴로 곽남휘를 뚫어지게 바라보았다. 지금 대화가 무엇이냐고, 황제와 손을 잡은 거냐고 따져 물으려다 가까스로 자제력을 발휘했다. 아현을 배척하듯 꼿꼿이 선 곽남휘의 등을 보자 질문은 하나마

나임을 알았다. 그것은 긍정을 뜻하는 무언의 대답이었다.

대체 왜? 무엇 때문에? 어째서 황태자를 배신한 것일까? 지금까지 행했던 그 모든 충성은 한낱 보여주기 위한 과시용이었던가?

"그렇게 놀랄 건 없느니라. 곽남휘는 향 좌호군의 아들이니."

재차 덮쳐오는 충격에 아현은 혼란을 여실히 담은 눈을 커다랗게 뜨며 이를 악물었다. 시야가 순간 휘청거렸다.

그제야 자신이 곽남휘의 함정에 빠졌다는 걸 깨달았다. 그의 등장에 좀 더 냉정했어야 했는데, 이미 늦어버린 후회였다.

생기 있던 눈동자가 빛이 꺼져버린 듯 어둠 속으로 침잠하며 서서히 가라앉았다.

[전하! 더 이상 버티기란 무리입니다!]

이태기의 전음에 유성의 눈이 가늘어졌다. 벌써 대부분의 월훈무사들이 지쳐 나가떨어진 상태라 두 사람만으로 간신히 버티는 중이었다. 목숨을 부지한 월훈무사는 다섯 명 남짓. 이것도 사실 기적이라고 할 만했다.

유성이 가진 일신의 능력이 아니었다면 수백 번 더 죽고도 남았을 전력차였다.

'여기까지가 한계인가.'

[포구를 탈출할 것이다. 다음 단계를 실행하라.]

[예!]

사신위 정복은 색을 알아보기 힘들 정도로 땀과 피로 물들어 있었다. 이태기는 시야를 방해하는 땀을 거칠게 닦아내며 호흡을 조절했다. 손은 쉬지 않고 적들을 처리하면서 눈으로는 기름 통의 위치를 가늠하였다.

[전하! 지금입니다!]

"하앗!"

시간을 끌기 위해 소극적인 대응만을 고수하던 이태기가 거세게 포효하며 날아올랐다. 몸을 빙그르르 돌아 늘어난 검기로 공간을 확보한 그는 수많은 적들의 머리를 발판삼아 기름통을 향해 달려 나갔다.

그런 그를 누구도 막지 못했다. 원체 빠른 동작이라 이태기가 기름통을 발로 차 공중에 띄웠을 때야 그가 이쪽에서 저쪽으로 이동했다는 걸 어렴풋이 알았을 뿐이다.

퍽! 퍽! 퍽!

하나가 끝이 아니었다. 연달아 몇 개의 기름통이 날아올랐고 아래의 군사들은 묘기를 구경하듯 사람 같지 않은 무위를 넋 놓고 보았다.

그들은 커다란 새를 목격했다. 아니, 새처럼 보이는 사람이었다. 그는 바로 황태자 유성이었다.

기름통을 향해 몸을 날린 유성이 검을 빠르게 휘두르자 통이 갈라지며 그 안에 있던 기름이 콸콸 토해졌다.

"이, 이게 뭐야?"

"기름이다!"

이태기가 통을 날리면 황태자가 그것을 갈라 부둣가에 뿌리는 작업을 집중적으로 반복했다. 머리 위로 떨어지는 기름 탓에 사람들이 우왕좌왕하며 대열이 흐트러졌다.

황태자 일행을 거의 사지로 몰아넣었다며 느긋하게 구경만 하던 황룡대 대장이 황태자와 이태기의 기행에 미간을 사정없이 구기며 으르렁댔다.

"대체 저게 무엇이냐!"

"적국의 침입을 대비해 포구에 상비해두는 기름통이온데……."

"저딴 위험한 물건을 왜 미리 치우지 않았느냐?"

"병사 수십이 달려들어도 움직이지 않던 통입니다. 워낙 강한 재질로 만들어진 통이라 검으로도 잘리지 않는……."

"그런데 어찌 저들에게는 저리 쉬운 것이야?"

"사, 사람이 아닌 것 같습니다."

부하의 멍청한 대답에 화가 난 황룡대 대장은 이제 자신이 나서야 할 때라는 것을 알았다.

"길을 비켜라!"

황태자 일행 공간 밖으로 바닥과 그 주위는 온통 기름으로 흥건히 젖어들었다.

모든 기름통이 반으로 쪼개지자, 이태기는 기선국인들이 타고 온 돛대를 토막 내어 이를 기름 바닥에 차곡차곡 던졌다. 남은 월훈무사들도 지시에 따라 함께 행동했다.

그런 그들을 적군의 지휘관이 막으라고 군사에게 독촉해도 그 앞을 버티고 선 황태자 하나를 뚫지 못하니 명령은 하나마나였다. 그럴 수밖에 없는 게 지금까지 보여준 인간 같지 않은 황태자의 무위에 겁을 집어먹기도 했거니와, 기름으로 무슨 짓을 할지 몰라 손대기도 무서웠기 때문이다.

얼추 모든 준비가 끝나자 유성이 사자후 같은 경고를 터뜨렸다.

"불에 타죽기 싫거든 모두 도망쳐라!"

지금은 적으로 대치하고 있지만 어쨌거나 이들은 월제국의 군사이며 그의 백성이기도 했다. 더 이상의 희생은 그도 바라지 않는 일이었다.

유성의 검 끝에서 일어난 불꽃을 본 군사들이 대경실색하며 거리를 벌렸다. 기름이 뿌려지는 순간부터 난장판이 된 공간은 이제 질서를 찾기 힘들 정도로 혼잡했다.

도망치려는 군사들과 길을 뚫으려는 황룡대가 맞부딪쳤다. 양보 없는 돌진이었다. 서로의 통행을 막아대니 발이 묶인 것은 당연지사. 황룡대 대장으로선 어이없는 상황이었다.

"불이야! 불이야!"

불꽃이 기름과 목재를 만나며 순식간에 불의 장막을 만들었다. 빠르게 확산되는 불길에 군사들의 몸부림은 더욱 처절하였고, 몸에 불이 옮겨 붙은 자들은 너 나 할 것 없이 바다에 뛰어들었다. 그야말로 아수라장이었다.

"전하! 배가 왔습니다!"

이제 살았다는 표정으로 이태기가 외쳐댔다.

도성 밖 아군에게 지시 내렸던 해골선이 드디어 도착한 모양이다. 하지만 유성은 안심할 수 없었다.

'아현, 내게로 오고 있는 것이냐?'

대성 지방과 도성 사이의 너른 평야에 거대한 주둔지가 세워졌다. 오랜 기간 지하 깊숙이 숨겨왔던 황태자의 군대였다. 황제군의 초점이 포구에 맞춰져 있던 틈을 타 진지를 빠르게 구축하였고, 더불어 지방에서 올라오는 황제의 지원군도 손쉽게 차단하였다. 이 모든 것은 황태자의 안배였다.

당장에라도 적을 쓸어버릴 것 같던 황제군은 예상을 웃도는 황태자의 군사력에 당황하였는지 도성 문을 단단히 걸어 잠그고 소강상태에 들어갔다.

도성 밖, 임시주둔지의 중앙대책실.

사지를 무사히 빠져나온 황태자 일행과 각 단체의 수장들이 한자리에 모여 있었다. 사방이 암전이 깔린 듯 무섭도록 조용했다. 포구에서의 첫 번째 계획이 성공했음에도 불구하고 그들은 기뻐할 수 없었다. 아직 황궁에서의 소식이 오지 않아서였다.

황태자는 하나의 거대한 석상처럼 움직임은 전혀 없었으나 그에게서 피어오르는 살기는 갈수록 탁해졌다.

입이 바짝 마르는 초조감을 견디지 못한 이태기가 막 입을 열려던 그때, 천막 밖에서 외침이 들려왔다.

"사신위와 월훈이 당도하였습니다!"

기쁜 소식에 모두가 일제히 일어섰다. 그중에서 동작이 가장 빨랐던 인물은 황태자 유성이었다. 마치 준비하고 있었던 듯 바닥을 가볍게 차고 빛처럼 천막 밖으로 빠져나갔다. 그 뒤로 부하들이 우르륵 뒤따랐다.

기대감에 반짝이던 황태자의 눈은 흙먼지를 뒤집어쓴 여러 인물을 면밀히 확인하는 즉시 차갑게 얼어붙었다.

없다. 눈 씻고 찾아봐도 없다. 가장 보고 싶었던 정인이 보이지 않았다.

'아현? 어디 있느냐!'

"풍한도! 아현 님은 대체 어디 계신 거냐?"

이태기의 호통에 풍한도는 잠시 어리둥절한 모습을 보이다 떠듬떠듬 경위를 설명했다.

"곽 형님과 같이 태주갑이라는 것을 찾고 나중에 오신다 하였습니다……. 전하의 명이라고……."

"멍청한 자식!"

"혀, 형님?"

"아현 님의 안위는 네 손에 달렸다고 내가 신신당부하지 않았느냐!"

눈에 핏발이 선 이태기가 철천지원수를 대하듯 거센 토정을 뱉어냈다. 소리를 치고 악다구니를 써도 울분이 풀리지 않는지 급기야 풍한도에게 달려들기까지 한다.

주위에 있던 다른 수하들이 겨우 말리긴 하였으나 무지막지한 주먹은 정확히 풍한도의 얼굴을 가격했다.

아무리 눈치 없는 풍한도라지만 사태가 여기까지 이르자 무언가 잘못되어도 한참 잘못되었다는 것을 직감적으로 알아차렸다.

"이 사."

황태자의 스산하고도 조용한 부름이 소란을 일시에 잠재웠다.

"예, 옛! 전하!"

"잠시……. 혼자 있겠다."

"아니 되옵니다 전하. 호위를……."

"그만!"

누구도 어쩌지 못할 단호한 거부였다.

"걱정할 것 없다. 무모하게 혼자 쳐들어가지는 않을 테니."

시간이 필요할 뿐이다. 냉정을 유지할 시간이……. 인내할 용기가…….

"해가 뜨기 전에 돌아오겠다."

주둔지에서 얼마 떨어져 있지 않은 어느 산중턱.

벼락의 우박을 맞은 것처럼 나무들은 검게 그을려 쓰러져 있었고, 잘게 부수어진 바위의 파편들은 사방으로 흩어져 볼썽사나운 경관을 연출하였다.

그 중심에는 뜨거운 화기를 품은 한 사내가 자리하고 있었다.

"아현……."

애틋한 울림이 안개 속에 녹아들었다.

"부탁이니……. 참고 견디어라……."

16
대치 對峙

우당탕탕.

수십의 공문 두루마리와 매끈한 시탁들이 바닥을 뒹굴었다.
한쪽 벽면 아래에는 영롱한 빛을 머금은 붉은 상자가 처참하게
깨져 있었다. 바닥에 어지러이 흩어져 있는 오색찬란한 보석들
은 붉은 상자에 붙어 있던 것이었다.

"감히, 감히……. 짐을 농락해?"

불같이 화를 터뜨린 황제는 격정을 참지 못하고 턱을 바르르
떨었다.

태주갑을 손에 쥐었을 때까지만 해도 하늘이 자신을 돕는다
고 우쭐하였다. 내용물을 확인한 지금 그는 분노와 모욕감에 이
성을 차릴 수가 없었다. 옥새가 있어야 할 자리에 그와 비슷한 무
게의 뭉툭한 돌덩이가 놓여 있었다.

어디선가 비웃고 있을 황태자가 떠올라 분노가 쉽사리 가라앉
지 않았다. 딱 화병이 날 것 같았다.

"폐하, 고정하시옵소서."

"시끄럽다!"

지금 이러고 있을 때가 아닌데. 향도식은 한숨을 삼키며 당장

닥쳐올 위험을 상기시켰다.

"폐하, 도성 밖에 있는 반역자들은 어찌하오리까."

"철저히 깨부수어야 한다. 내 절대 그것들을 가만두지 않을 것이야!"

"비록 수는 적으나 한 나라의 군사력과 견주어도 손색없는 실력이었습니다. 대책이 시급하옵니다."

옥새가 없는 태주갑도 태주갑이었지만 분노폭발의 주된 원인은 남몰래 공작을 펼치며 계획을 감쪽같이 숨겨온 유성에게 있었다.

규모를 보나 군사들 개개인의 능력을 보나 단시간에 이룰 수 없는 성과였다. 적어도 오 년, 아니 십 년도 부족하다. 분통이 터지는 것은, 일이 벌어지는 날까지 황제파는 그러한 낌새를 모르고 있었다는 사실이다.

백 명의 군사가 활 하나씩만 쏘더라도 그 소식은 금세 황제의 귀로 들어간다. 옳지 못한 방법으로 황위를 차지한 만큼 유백 또한 가장 무서워하는 것이 반역의 무리였다. 그래서 사병제도도 엄격히 통제해왔다.

그런데도 유성은 수많은 감시를 피하고 대군을 키워 창칼을 치켜들었다. 어떻게 그럴 수 있었을까. 정말 귀신이 곡할 노릇이었다.

"저어 폐하……. 반역자 유성의 군사력도 문제지만……."

향도식답지 않게 주저하는 기색이었다.

"왜 또 다른 문제가 있는 것이냐?"

"지금 도성 안팎으로 불온한 유가流歌가 떠돈다 하옵니다. 백성들이 동요하고 있사옵니다."

"중차대한 일이 얼마나 많은데 고작 속요 하나 가지고 법석을 떠는 게야?"

"그에 담긴 내용이 심상찮사옵니다."

끊임없이 황제 눈치를 보는 향도식의 태도가 이상한지 찝찝함을 거두며 되묻는다.

"왜? 나라를 비방하는 것이더냐? 아님 짐을 욕되게 하는 것이더냐?"

"얼추 비슷하옵니다. 이것을 봐주시옵소서."

향도식이 공손히 올린 두루마리를 유백이 거칠게 받아 펼쳤다.

[밝고昭 편안한憺 고을州에 아리따운 꽃이 활짝 피었소.
지나가는 나그네가 욕심부려 꽃을 꺾네.
금화禁花.
주인 있는 꽃이거늘 어찌하면 좋을꼬.
나그네여, 그러지 마오. 과욕은 화를 부르오.
귀머거리 나그네, 금화禁花를 품고 고을에 불을 지르네.
화花가 화火로 화하여 원한을 만들었구나.
천벌도 두렵지 않나, 용맹하기 짝이 없다오.
구슬피 우는 꽃이 표정을 잃어가네.
금화禁花는 밀화謐花가 되고 요화妖花로 거듭났구려.]

글 한 자 한 자 읽어가는 유백의 눈이 점점 화등잔만 하게 커져갔다. 부르르 떨리는 손이 그의 충격을 고스란히 나타냈다.

밝고炤 편안한憺 고을州은 소담주炤憺州를 뜻했고, 꽃은 황후를 빗댄 것이 분명했다. 미궁 속에 빠져 있었던 소담주의 비극을 알기라도 하듯 '과욕', '귀머거리 나그네', '용맹'이라는 말에 노골적인 조롱이 묻어났다.

유백의 과거를 아는 자라면 누구라도 금기시해야 할 역린을 담은 내용이었다.

"누, 누……가 감……히, 이따위 것을…….."

"유성이 이끄는 무리들이 퍼뜨린 걸로 아옵니다."

탕!

"뭐라!"

탁자를 내려친 주먹이 여전히 분노를 감추지 못하고 움찔, 움찔 떨렸다.

"고정하시옵소서 폐하."

"찢어죽여도 시원찮을 노옴! 만백성에게 알려라. 그따위 유가를 부르다 걸리면 엄벌에 처해진다고! 감히 짐을 능멸하려 하다니……. 가만두지 않을 것이다!"

역시 말하지 말 걸 그랬나. 황제는 황후와 관련된 일이라면 이리 정신줄을 놓으니, 이러다 결정적인 실수를 할까 봐 향도식은 적잖이 걱정스러웠다. 그래도 옛날에는 배짱과 기지가 돋보였는데 가는 세월은 유백도 어쩔 수 없는지 예전만 못한 행동을 곧잘 보이곤 했다.

지금만 해도 그렇다. 어떤 일이든 우선순위라는 게 있거늘, 먼저 처리해야 할 반역자들은 등한시하고 그깟 황후 일로 이성을 잃어버리다니.

세상사 앞일은 누구도 모르는 일이라 혹시 모를 위험을 대비해 살 구멍을 파놓아야 하나, 고민이 될 만큼 갈수록 믿음직스럽지 못한 황제였다.

"폐하, 가장 시급한 일은 반역자들을 하루빨리 처단하는 것이옵니다. 어찌하면 좋은지요?"

유백은 화제를 재빠르게 돌리는 향도식을 다소 못마땅하게 쳐다보다 수염을 거칠게 어루만졌다.

"유성 그놈이 제아무리 군대를 키웠다 해도 이 몸의 군대와 맞먹는 건 시기상조. 전 군대를 동원하지 않아도 충분히 제압이 가능하다. 포구에서 약삭빠르게 도망친 것도 순전히 잔머리 덕분이다. 지형적으로 봐도 튼튼한 성벽을 점한 우리 쪽이 훨씬 유리하다. 병법의 '병'자도 모르는 놈이니 사방이 뚫린 허허벌판에 주둔지를 세운 게지."

황제는 하나는 알지만 둘은 몰랐다. 그의 견해도 틀린 게 아니나 유성이 선점한 주둔지는 도성과 지방을 잇는 허리였으며, 교량이기도 했다. 사방에서 공격받을 수 있는 해로운 지형임을 감수하고 선택한 요충지였다. 이는 어떤 공격에도 자신 있다는 반증이기도 했다.

"황룡대 대장의 말을 들었사온데, 유성의 무술경지가 예사롭지 않았다 하옵니다. 쉽게 볼 일이 아니라고 판단되옵니다."

깊은 사고를 요하는 사안에 유백이 눈을 가늘게 좁혔다. 잠시 침묵이 흐른다. 그런 그를 떠보듯 향도식이 넌지시 말을 꺼내었다.

"유성의 약점이 있다면 일이 더 수월할 듯도 한데……."

약점. 두 사람은 즉시 아현을 떠올렸다. 하지만 포기하는 것도 동시였다.

황제가 지나가는 말로 아현을 바라보는 황태자의 눈빛이 예사롭지 않다고 했는데, 이는 향도식도 동의하는 바였다. 단순히 부하로만 보는 눈이 아니었다. 침전 밖으로 발걸음 하지 않고 옆에 끼고돌 정도라 했다. 냉정한 유성이 아현에게 얼마나 빠져 있는지 알 수 있는 대목이었다.

향도식은 마음 같아서는 아현을 인질로 내세워 단숨에 처리하고 싶었으나 여러 가지가 발목을 붙잡았다. 첫째는 황제가 허락하지 않을 것이고, 둘째는 곽남휘에게 약조한 바가 있기에 함부로 굴 수 없다는 점이었다. 한 번 배신한 자는 두 번도 배신할 수 있다. 이미 아현을 위해 한 번의 배신을 행한 곽남휘였다. 그녀에게 어떤 해가 있다면 서슴지 않고 등 돌릴 사람 또한 그라는 인물이다.

향도식 가문에 곽남휘는 반드시 필요한 존재였다. 솔직히 아현이 죽는 거야 딱히 상관은 없지만 그로 인한 파장은 아마 그의 능력 밖일 터. 곽남휘를 좌지우지할 제어장치는 아현뿐이었다.

"반역자들의 수가 어찌 되느냐?"

"만 명이 좀 넘는다 합니다."

황제 유백은 자신만만한 얼굴로 교만하게 웃었다.

고작 그 정도 가지고 짐의 자리를 넘보려 하다니.

먼저 뒤통수를 맞았다면 모를까. 유성에게 역모죄를 덮어씌우기 위해 군대를 정비하고 도성에 주둔시킨 게 어언 몇 달이었다.

한마디로 황제군의 정예란 정예들은 모두 도성에 집결된 상태라는 소리다.

반란군이 지방군의 이동을 막았다 하더라도 도성에는 육만의 군사가 대기 중이다. 기적이 일어나지 않는 한 그들에게 승리란 한낱 꿈일 것이다.

"이만의 기마부대를 움직여라. 그중 일만을 적의 주둔지로 보내 싸우다 살짝 빠지는 척 성벽 아래까지 유인한 후, 대기 중인 나머지 일만의 기마병과 합세하여 처리하라."

황제가 가진 최고의 전력 중 하나가 기마부대였다.

"이만의 부대 전체가 공격해도 되지 않사옵니까?"

"돌다리도 두들겨보라지 않던가? 조심해서 나쁠 건 없다."

"역시 황제폐하이십니다. 황룡대 십부장에게 신속히 움직이라 이르겠사옵니다."

거동을 막 시작한 우호군 염홍과 사신위 대장 이태기는 갑작스런 황태자의 부름에 중앙대책실에 모여들었다.

"전하, 무슨 일이옵니까?"

"담 왕자로부터 서신이 도착했다."

각국 사절단은 황제탄신일 당일을 기점으로 하나둘씩 본국으로 돌아갔기 때문에 축제가 강제종료된 현 시점에서 남아 있는 사절단은 거의 없다고 봐야 했다. 단, 담원표 일행을 제외하고.

금락국 사절단은 탄신일 축하라는 일차적 목적과 외교에 관한 이차적 목적으로 월제국에 파견됐다. 축제가 끝나면 두 나라 간 외교회담이 있을 예정이어서 금락국 사절단만 손님 자격으로 황궁에 남아 있었다.

유성이 금락국과 손을 잡은 이유는 여기에 있었다. 계획이 틀어져 아군이 황제의 손에 넘어가 인질이 되었을 때를 겨냥한 나름의 대비책이었다. 그 인질이 아현이 되리라곤 그조차 예상 못한 일이었지만 말이다.

"무슨 내용이옵니까?"

이태기는 긴장을 감추지 못하고 황태자의 대답을 기다렸다.

"아현은, 무사하다고 한다."

염홍과 이태기가 약속이라도 한 듯 동시에 안도의 한숨을 내뱉었다.

"인질이 아니라 상전처럼 잘 지내고 있다더군. 수비가 철통같아 출입은 힘들지만 곽남휘가 지극정성으로 보살피고 있다고."

유성의 옥음이 사정없이 비틀렸다. 무사하다는 소식에 안도한 것도 잠시, 자신이 아닌 다른 사내가 아현 옆을 지키고 있다는 사실에 속이 뒤틀리고 말았다.

"상황을 살펴봐야 하니 당장 구출하는 것은 힘들다고 한다."

"아무래도 그럴 테지요. 금락국 왕자가 월제국에서 무슨 힘이 있겠습니까? 여러 눈들을 피해 다니는 것도 어려울 것이옵니다."

"그래도 여차할 때 적잖은 도움이 될 것 같사옵니다."

금락국에 기대가 전혀 없는 이태기에 비해 염홍은 작게나마 긍정적으로 결론 맺었다.

유성은 생각에 잠긴 채 무의식적으로 옥팔찌의 부드러운 곡면을 어루만졌다. 아현과 떨어지고부터 생긴 습관이었다.

"우호군."

"예, 전하."

"황후의 출신에 대해서 어디까지 알아보았느냐?"

"전하의 짐작대로 소담주가 맞았사옵니다. 오래 전이라 전하는 모르시리라 사료됩니다만 유백이 황위에 오르고 백성들의 생활상을 둘러본다는 명목하에, 한 달여에 걸쳐 전국순회를 한 일이 있었사옵니다."

백성들을 두루 살핀다는 말 자체는 그럴싸하였으나 실상은 유백을 황제로 인정하지 않는 지방관료들을 처단하기 위한 행차였다.

"그들을 적절히 구워삶아 월제국을 완전히 평정하였습니다. 그리고 몇 달이 지나지 않아 그 사건이 일어났습니다."

"소담주의 비극."

"예, 맞습니다."

"유백은 그때 황궁을 비웠느냐?"

"공식적으로는 황궁에 있었습니다."

"대리를 세워놓고 빠져나갔다는 거군."

이제야 흩어져 있던 조각들이 유기적으로 연결되었다.

황후의 고향은 소담주. 유백이 연모하였으나 소유할 수 없는 존재였기에 참상을 일으키고 황후를 억지로 취하였다. 그로 인해 황후는 현재 제정신이 아니다.

'근데 정말 제정신이 아닐까?'

유성은 언젠가 아현의 조부 김태문이 보냈던 서신을 떠올렸다.

[전하께 감히 여쭈옵니다.

이 촌부의 다른 손녀에 대한 생사는 혹 모르시옵니까?
아현이 늦둥이라 나이차가 있는 손녀이옵니다.
이 세상에 없다 하여도 괜찮사옵니다.
부디 생사만이라도 알게 도와주시옵소서.]

　김태문의 실종된 또 다른 손녀와 황후와의 연관성.
　아직은 확신할 수 없었다. 좀 더 명확한, 좀 더 확실한, 근거가
될 만한 무언가가 필요했다.
　"전하! 급한 일이옵니다!"
　천막 밖에서 수하의 다급한 음성이 들려왔다.
　"들어오라."
　월훈정복을 입은 한 사내가 굵은 땀방울을 뚝뚝 흘리며 천막
안으로 들어와 예를 취했다.
　"무슨 일이냐?"
　"적들이 쳐들어오고 있습니다!"
　유성의 눈썹이 가소롭다는 듯 슬쩍 올라간다.
　"규모는?"
　"일만의 기마부대이옵니다."
　아주 많지도, 그렇다고 적다고도 할 수 없는 어중간한 수였다.
유성이 차가운 어조로 이태기에게 명을 내렸다.
　"이 사, 똑같이 일만의 군사를 이끌고 그들을 사로잡아오너라.
분명 우리를 유인하러 왔을 것이다."
　"만약 유인이 맞는다면 일만의 군사로 부족하지 싶습니다."
　"우리가 파놓은 함정으로 몰아라."

이태기는 역시 황태자라며 다부지게 대답하고 서둘러 물러갔다.

"이태기 대장님, 저를 선봉장으로 세워주십시오."

거구의 사내가 허리를 깊숙이 숙였다. 그럼에도 비굴함은 보이지 않는다. 그런 그를 이태기는 냉정한 시선으로 내려다보았다.

"풍 사, 너처럼 얕은 식견을 지닌 인물이 선봉장 역할을 수행할 수 있으리라 보는가? 본인을 너무 과대평가하는군."

풍한도의 어깨가 움찔했다. 더한 악담도 받아들일 준비가 되었는지 분노의 기색은 느껴지지 않았다. 한순간의 실수로 모든 비난의 화살을 받은 풍한도였다. 너무나 큰 실수이기에 용서를 빌 수조차 없었다. 목이 잘려나가지 않은 것만도 다행일 정도로, 저질러서는 안 될 대실책이었다.

과거 사신위를 우러러보던 하급무사들이 쉬쉬하는 척하며 풍한도를 조롱하는 일도 부지기수로 생겨났다. 하지만 풍한도는 어떠한 도발이나 비웃음에도 대응하지 않고 본인 일만 해나갔다. 쉽게 흥분하고 쉽게 행동하는 그의 성격을 생각해보자면 놀라운 일이 아닐 수 없었다.

태기는 아우처럼 아끼는 그가 안타깝지 않은 건 아니었으나, 자신은 그를 위하는 형님이기 이전에 황태자를 모시는 충신이었다. 실수를 하였다면 그에 따른 책임을 져야 함은 물론 그것을 견뎌내는 것 또한 본인이 극복해야 할 일이었다.

부디 바라건대 풍한도가 이 일을 계기로 한층 더 성장하여 황태자의 큰 버팀목이 될 수 있기를 바랐다. 위로는커녕 내뱉는 말들은 오직 냉담한 무시겠지만 풍한도가 제발 자신의 깊은 뜻을 알아차렸으면 싶었다.

"분명 제 식견이 낮음은 사실입니다. 허나 마상을 가장 잘하는 이 또한 저입니다. 도성 안에 많은 군사들이 대기하고 있음에도 일만의 군사만 보냈다는 건 우리를 유인하고자 하는 저들의 작전입니다. 지시를 내려주십시오. 누구보다 빠르고 정확하게 임무를 완수하겠습니다."

"허리를 펴라."

식은땀으로 범벅된 얼굴이 후줄근했으나 그 기개만큼은 박수쳐줄 만했다. 진지한 말투와 깊어진 눈매로 인해 이태기가 알던 풍한도 같지가 않았다.

'한도야, 성장하였구나.'

"좋다. 선봉장으로 세워주겠다. 이번에도 실수가 있다면 당장 목을 내놓아야 할 것이다."

"한 치의 어긋남 없이 명을 수행하겠습니다."

주둔지 전방에서 황제군과 맞붙었다. 치열한 접전이었다. 풍한도는 매서운 공격으로 적들을 양단하며 용맹함을 떨쳤다. 가장 눈에 띄는 인물을 꼽자면 풍한도가 단연 갑이었다.

서서히 황제군이 밀리기 시작했다. 아니, 밀리는 척을 하며 뒤로 물러가기 시작했다.

이태기의 눈짓에 풍한도는 고개를 끄덕였다.

"황제군이 도망간다! 저들을 붙잡아라!"

풍한도의 우렁찬 외침에 '우와아아아' 하는 함성과 함께 군사들이 호응했다. 쫓고 쫓기는 추격전이 벌어졌다. 뒤처지는 몇몇의 황제군 무리들은 즉시 붙잡혔다.

풍한도는 낙오되는 피라미들은 무시하고 목적한 바를 이루기 위해 힘차게 말을 몰았다. 따라잡을 수 있는 실력임에도 작전을 위해 적당한 거리를 유지했다.

성벽이 가까워지고 있었다.

풍한도는 뒤를 확인해 근접한 아군의 수를 헤아렸다. 눈대중으로 대략 오천 남짓. 나머지는 이태기의 명령으로 다음 장소로 이동하고 있으리라.

성벽이 성큼 앞으로 다가왔다고 느낄 때였다.

모든 성문이 일제히 개방되어 개미떼 같은 군사들이 우르르 쏟아졌다.

"퇴각!"

풍한도는 즉각적으로 후퇴를 명했다. 작전을 알고 있는 천두관급 이상이 앞장섰고 그 뒤를 군사들이 쫓았다. 가장 뒤는 풍한도로, 그는 미끼 역할이었다. 거리가 벌어진다 싶으면 속도를 약간 늦춰 적들의 호기를 끌어올렸다가 막상 손닿을 거리가 되면 아슬아슬하게 검을 피해 달아났다.

황제군은 눈에 불을 켰다.

'풍한도 저놈을 죽이지 않으면 발 뻗고 잠도 못 잔다.'

이런 심정으로 쫓았다. 풍한도의 얄미운 행각이 살의를 다지게 한 것이다. 거리차가 심했다면 차라리 일찌감치 포기했으련만 잡힐 듯 말 듯 사람 애간장만 태우니 어찌 미치고 팔짝 뛰지 않겠는가.

게다가 황제군의 선봉장은 황룡대 십부장이었는데, 그는 평소 풍한도에게 심한 경쟁의식을 가진 자였다. 풍한도를 맘껏 유린할 수 있는 절호의 기회를 절대 놓칠 수 없었다.

저 멀리 이태기와 나머지 군사들이 보였다. 풍한도의 얼굴이 오늘 처음으로 미소다운 미소를 지었다.

황룡대 십부장도 이태기를 발견했다. 무슨 다른 꿍꿍이가 있는 걸까, 하고 의심을 하다가 곧 코웃음으로 지워버렸다. 잠복도 할 수 없는 이 허허벌판에 무슨 꾀가 있으려고. 자신들의 군대는 저들의 몇 배다. 이태기와 풍한도의 실력이 조금 걸렸으나 황태자도 없는 마당에 저들이라고 해봤자 별수 없다 여겼다. 이만의 병력으로 쓸어버리면 그만이었다.

황태자군 대부분이 어떤 한 지점을 넘고 풍한도도 막 그곳을 지날 때 이태기가 소리 높여 외쳤다.

"각자 맡은 줄을 잘라내라!"

군사들이 똑같은 동작으로 흙 속에 숨겨뒀던, 천 개가 넘는 줄을 동시에 잘랐다.

"어, 어? 으아아악!"

황제군의 발밑이 푹 꺼졌다. 기다란 거대 구덩이가 아가리를 벌리며 그들을 집어삼켰다. 몇 천 명 단위씩 구덩이로 떨어졌다. 앞에서 달리던 이들은 갑자기 땅이 사라져 뭘 해보지도 못한 채 추락하였고, 뒤에서 달리던 이들은 계속 달리던 관성 탓에 말에서 떨어져 구덩이 속을 뒹굴어야 했다.

황룡대 십부장은 까마득히 깊은 구덩이를 보며 정신이 아득해짐을 느꼈다. 자만심이 화를 불렀다.

함정의 원리는 간단했다. 오랜 시간을 들여 구덩이를 파고 줄을 직교로 이어 고정시킨 후 그 위에 나무판자를 얹어 마무리로 흙을 덮어 위장했다.

구덩이 안에는 사람과 말, 나무판자가 뒤엉켜 있었다. 잘린 줄을 잡고 올라올 수도 있는 문제라 유성의 군사는 황제군이 이성을 차리기 전에 신속히 줄을 수거했다. 미리 잡아두었던 포로들도 구덩이 안으로 집어넣었다.

이태기는 갇힌 사람들을 향해 유예기간을 알렸다.

"내일 새벽, 전하께서 몸소 행차하시어 네놈들의 생사 여부를 결정하실 것이다!"

그날 밤, 유성의 군사들이 부르는 속요가 황제군의 귀를 계속적으로 두드렸다.

밝고昭 **편안한**憺 **고을**州**에 아리따운 꽃이 활짝 피었소.**
지나가는 나그네가 욕심부려 꽃을 꺾네.
금화禁花…….

어처구니없게 함정에 빠진 팔천의 황제군은 하룻밤 새에 완전 진이 빠지고 말았다. 날이 밝을수록 점점 다가오는 죽음의 그림자는 그들의 정신을 피폐케 하였다. 황태자의 선처로 살아나갈 수 있을지 모르나, 그건 어디까지나 그들의 바람일 뿐 희망이 없었다.

구덩이 위에서 수많은 사람들의 발소리가 들려왔다.

드디어 그들이 오는 것인가.

얼마 지나지 않아 유성을 비롯한 군사들이 구덩이 경계에 빼곡히 자리를 메웠다.

"황제 손에 놀아나는 월제국 군사들은 들어라."

소리치지 않아도 유성의 음성은 웅장하게 퍼져나갔다. 중후한 내공의 힘이었다.

"근래 들어, '밝고 편안한 고을'로 시작하는 유가流歌를 많이들 들었을 것이다. 그 속요 안에는 황제 유백이 그토록 숨기고 싶었던 진실 하나가 숨어 있다."

유성의 깔끔한 언변에는 좌중을 압도하는 무언가가 존재했다. 저도 모르게 귀담아 듣게 하는 능력, 말 한마디에 고개를 끄덕이게 하는 언령 같은 힘.

"곰곰이 따져보면 과거의 어느 참상과 유사하다는 것을 짐작할 수 있을 것이다. 판단은 각자의 몫, 강요할 생각은 없다."

수많은 군사가 밀집한 곳임에도 불구하고 사위는 쥐죽은 듯 고요했다.

"오래 전, 황제 유백은 매국노에 비견될 대역죄를 저질렀다."

경청하던 수천의 군사들이 숨을 날카롭게 들이켰다. 천자를 죄인이라 칭하는 황태자의 배짱에 다들 놀라고 만 것이리라.

"그것은 전대 황제, 황후마마를 암살하여 황위를 차지했다는 점이다."

웅성웅성.

황제군의 혼란이 구덩이 위에까지 전해질 정도로 그들은 침착함을 잃어갔다.

"그러므로 황제 유백에 대한 나의 대항은 역모가 아니다. 반정

이고 혁명이다. 굶주려온 백성을 대신한 저항이고 애국의 몸짓
이다. 주인을 잘못 만났으나 엄연히 따지자면 그대들도 나의 백
성. 목숨을 취할 생각은 애초에 없었다. 놓아줄 생각이니 너무
두려워 마라."

　살았다는 기쁨에 황제군이 서로를 얼싸안았다. 아직까지 의심
을 거두지 않은 자들도 있었으나 대부분 기쁨을 감추지 못하고
눈물을 보였다.

　"줄사다리를 딱 열 개만 내릴 것이다. 서로 먼저 타겠다고 욕심
부리는 어리석은 자가 한 명이라도 있다면 모두를 죽게 만들 것
이다. 병장기를 소지하고 올라와도 상관없다. 그대들을 제지하지
않을 것이니. 하지만 나의 너그러움을 배반하여 허튼수작을 부
린다면 절대 살을 피해가지 못함을 꼭 명심하라."

　유성의 손짓에 긴 사다리 열 개가 내려갔다. 황룡대 십부장의
통솔하에 모두가 질서를 지켰다. 유성이 던진 협박이 말뿐이 아
니라는 것을 그들도 알았음이라.

　"그대들이 어디를 가든 막지 않는다. 이대로 황궁으로 돌아가
든, 지방으로 숨어들든, 막지도 않을 것이며 찾지도 않을 것이
다."

　그날, 어스름 밝아오는 새벽을 시작으로 기이한 행렬이 만들어
졌다.

　황제군의 극소수만이 지방으로 향했고 대다수는 도성으로 걷
고 또 걸었다. 패자의 발걸음은 무거웠다. 마음의 무거움은 그보
다 더했다.

　황태자의 말을 어디까지 믿어야 할지 혼란스러운 기마부대였

다.

행렬은 오래도록 이어져 낮까지 지속됐다.

"뭐라고 하였느냐?"

유백의 노성이 터졌다.

"반군들에게 잡혔던 이만의 기마부대들이 돌아오고 있다는 소식입니다."

반역자들을 처단하라고 군사들을 내어줬더니 연락두절이 되질 않나, 파발을 급히 보내 알아보았더니 상대의 꼼수에 놀아나질 않나. 믿을 수 없게도 포로가 되었다지? 적을 섬멸하기는커녕 오히려 포로가 되어 유백 그 자신을 조롱거리로 만들었다.

"폐하, 후속부대는 어찌하오리까?"

유백은 패전소식을 듣고 당장 병력을 집합시켰다. 사만이 움직이는 거대규모였다. 명령을 전하는 데만도 반나절이 걸렸다. 포근한 침상을 뒤로 하고 새우잠으로 잠깐 눈을 붙였다. 유성을 처단하려는 의지가 무섭도록 타올랐다. 후속부대의 출전준비가 한창인 현재, 이만의 군사들이 되돌아오고 있다는 소식이 날아들었다.

"보류다."

이만의 군사들에 대한 처리가 우선이었다. 패잔병은 그에 따른 책임을 져야 한다.

"그들의 모습은 어떠하던가?"

"말은 잃고 병장기만 겨우 챙긴 허름한 행색이라고 하옵니다."

"말을 잃어?"

기마병이 말을 잃었다는 건 무사가 무기를 잃었다는 것과 진배 없는 말이었다. 게다가 이만 필의 말은 군대의 근간이었다. 유백이 적에 대한 총공격을 접어두고 기마병만 보낸 데도 그것을 과시하고자한 저의가 없지 않았다. 우리는 이만큼 거대한 물자를 보유하고 있으니 순순히 무릎 꿇으라는 그 나름의 의도였던 것이다.

  "이상한 게 있사옵니다."

  "무엇인가?"

  "돌아온 군사들 모두 사지가 멀쩡하다 하옵니다. 싸운 흔적도 없고 고문의 흔적도 없다 하옵니다."

  "설마……."

  "유성이 어떤 간교를 부려 그들을 세뇌했을지 모를 일이옵니다."

  일이 까다롭게 되었다. 한두 명이 아니라 이만에 육박하는 군사들이다. 힘든 걸음으로 겨우 살아 돌아왔는데 첩자라 의심하며 그들을 몰아붙이기라도 하는 날엔 폭동이 일어날지 모를 일이었다.

  그렇다고 곧이곧대로 그들을 받아들이기엔 꺼림칙한 것이 남아 있었다.

  "본보기가 필요합니다."

  주안문 광장에서 공개처형이 이루어졌다. 선봉장을 맡았던 황룡대 십부장과 그 휘하 열 명의 천두관들이었다. 반역자와 내통하여 군대를 위험에 빠뜨리게 했다는 것이 죄목이었다.

  그들은 절대 아니라고, 믿어달라고 울분을 토했지만 유백의 눈엔 용서가 없었다.

유백은 몰랐다. 이 일이 이만 기마부대의 눈에 어떻게 비쳤는지를.

비록 적으로 만났으나 자신의 백성이라며 군사들의 목숨을 귀히 여기었던 황태자와, 황제 유백이 어찌 다른지도.

균열되기 시작한 마음은 황제에 대한 불신의 씨앗이 뻗어나갈 통로가 되었다.

담정전 북서쪽 끝의 한 소담한 별채.

들어가는 입구는 물론이고 담장 아래에도 보초들의 경계는 삼엄했다. 이인 이백 조가 밤낮 구분 없이 이 주위를 철통같이 지켰다. 감시 혹은 보호가 목적이었다.

별채에 드나들 수 있는 이들은 오직 황족과 향도식, 곽남휘가 전부였다.

황궁 내의 사람들이 눈 가리고 아옹하는 듯 쉬쉬하지만 그곳에 갇힌 인물이 사신위 아현인 것을 모르는 이들은 없었다. 천하절색 미모에 현혹돼 주군을 저버린 곽남휘의 배신은 황궁 내의 공공연한 비밀이 되었다.

아현은 드넓은 창공을 시리게 바라봤다.

'전하께서도 이 하늘을 보고 계실까?'

환보궁에서 잡히고 나흘이 지났다.

모진 고문이 있으리라 여겼다. 황태자에게 마음을 준 그녀를 황제가 가만두지 않을 것이라 생각했다. 한데 고문은커녕 포박도 없었다.

최고급으로 된 의복에, 때마다 진수성찬이 나왔고 별채 밖으로 나가지만 않는다면 산책도 가능했다. 완전히 귀빈대접이었다. 이 모든 게 곽남휘의 요구조건이었다는 것을, 아현은 별채를 청소하는 시녀들의 뒷담화를 듣고 알 수 있었다.

곽남휘가 그녀를 어떻게 생각하는지 어렴풋이 짐작은 했었다.

그러나 그녀의 심장은 오직 하나, 다른 사내가 비집고 들어올 자리란 처음부터 없었다. 애초에 그렇게 생겨먹은 심장이었다. 곽남휘가 그녀에게 아무리 목마른 시선을 던져보았자 감흥조차 일지 않았다. 그래서 모른 척해왔고 그가 하루빨리 마음을 접고 다른 여인을 눈에 담길 바랐다.

그동안 황태자와 아현, 두 사람 사이를 인정해주는 듯 보였는데 속내는 다른 뜻을 품고 있었단 말인가.

열 길 물속은 알아도 한 길 사람 속은 모른다 하더니 참말로 사람이 무서웠다.

갑자기 냉소가 터졌다. 이런 짓을 한들 그녀를 소유할 수 있다고 여긴 걸까. 어리석고도 어리석은 못난 사내여.

첫날, 곽남휘의 배신에 치가 떨렸다. 믿었던 만큼 그 고통은 혹독했다.

'향도식의 서자였다니.'

황태자는 알았을까? 모르고 있었다면 그는 두 가지 고통에 시달리고 있을 것이 분명했다. 신뢰했던 부하의 배반과 위협당하는 정인의 안전.

무슨 수를 써서라도 이곳을 벗어나야 한다고 그녀는 다짐했다.

아현은 부목 댄 왼팔을 우울하게 내려다봤다.

'팔이 완치돼야 시도를 해볼 텐데.'

별채를 감시하는 무사의 수가 많았다. 그녀의 실력이라면 충분히 벗어날 수는 있으나 문제는 환보궁 비밀통로까지 가기 전에 붙잡히고 말 것이 분명하다는 점이었다. 무엇보다 곽남휘의 존재가 아현의 마음을 더욱 무겁게 했다.

과연 그를 이길 수 있을까. 이태기와 비견될 실력을 지닌 그를 따돌리고 도망칠 수 있을까.

'되든 안 되든 우선 팔부터 완쾌되고 나서 생각하자.'

둘째 날까지 입에 물 한 모금 대지 않고, 잠 한 숨도 자지 않고 몸을 혹사시켰었다. 배신자가 주는 것들은 단 하나도 취하지 않겠다는 그녀의 고집이었다.

하지만 점점 쇠약해지는 몸을 보며 이런 상태로는 검을 들 수 없음을 깨닫고 마음을 달리 먹었다. 제 한 몸은 건사할 수 있어야 한다. 골절된 뼈는 간신히 붙었지만 힘을 쓰기엔 당장은 무리였다. 체력보강은 선택이 아니라 필수였다.

그리고 어제오늘, 곽남휘가 제공해주는 모든 편의를 군말 없이 받아들였다.

짙은 안도가 깃든 그의 한숨이 어찌나 가당찮던지. 위선자 주제에. 가증스럽게 인질을 걱정하는 꼴이 우습기만 했다.

"아현 님, 식사가 준비되었습니다."

시녀를 향해 고개를 끄덕이곤 안으로 들어갔다. 아현이 예상한 대로 그곳엔 곽남휘가 의자에 앉은 채 그녀를 기다리고 있었다.

"앉지."

묵묵히 의자에 앉는 아현의 모습을 곽남휘는 아픈 눈으로 바라봤다.

그의 출생이 밝혀지고부터 아현은 곽남휘를 철저히 무시했다. 현란한 장신구와 최고급 의복을 가져다줘도, 매끼 황족의 식사에 버금가는 음식을 제공해도, 눈 하나 깜짝하지 않고 그를 투명 인간 취급했다.

자신을 보아달라, 걱정하고 은애하는 마음을 이해해달라, 애걸해보아도 돌아오는 것은 차디찬 시선뿐이었다. 절망스러웠다. 죽을 작정인 양 입에 끼니조차 대지 않는 그녀를 볼 때마다 곽남휘는 심장이 타들어가는 듯했다.

평소 그녀의 고집으로 미루어 짐작해보자면 이러다 아사餓死한다 해도 이상하지 않았다. 그만큼 기개가 있는 인물이다. 외모 이상으로 마음의 올곧음을 알기에 더욱 은애하여왔다. 그 장점들이 지금에 와선 그의 발목을 잡았다.

한 번만이라도 좋으니 그 마음을 꺾어줬으면, 우매한 그의 진심을 불쌍히 여겨줬으면, 선처를 바라듯 목마른 시선을 던져야 했다.

아현은 말을 잃은 사람처럼 일절 반응이 없었다. 단 한 번을 제외하고.

"식사를 하겠습니다."

무슨 심경의 변화였는지 대뜸 음식을 달라 했다. 아현의 속마음이 어떻든 그는 그녀의 마음을 차지한 것마냥 기뻐 날뛰었다. 눈물이 핑 돌 정도였다.

"먼저 간을 보시지요."

"왜 그러느냐?"

"음식에 독이 있을지 누가 안답니까?"

"설마 내가 네 입에 들어갈 음식에 독을 탈 인물로 보이느냐?"

"주군도 배신한 사람인데 저라고 못 죽이겠습니까?"

"널 죽일 생각이었다면 진즉에 죽였을 것이다."

"사람 마음이 바뀌지 않으리란 법은 없지 않습니까?"

"아현! 난……."

"이제부터 식사는 거르지 않을 생각입니다. 허니 간은 남휘 님께서 봐
주시지요. 안 그러면 일절 음식에 손대지 않겠습니다."

아현의 단호함은 벼랑 끝에 선 자의 최후의 요구였다.

그녀를 덜 은애하였더라면 이리 마음 아프지 않았을 것을, 덜
은애하였더라면 그녀가 아사하든 말든 두 눈 꼭 감고 외면할 수
있었을 것을, 덜 은애하였더라면 몸을 억지로라도 취했을 것을,
덜 은애하였더라면 향도식의 협박과 갖은 달콤함에 넘어가지 않
았을 것을, 그랬다면 주군을 배신하지도 않았을 것인데.

어이하여 자신은 다른 이를 바라보는 여인을 은애하였는가.

"……알겠다."

그날부터 그녀의 식사는 곽남휘와 함께였으며 그가 맛을 본
음식이어야지만 아현의 수저도 움직였다.

식사가 끝나고 곽남휘는 향도식의 부름에 잠시 자리를 비웠다.
아현은 나른한 포만감을 느끼며 남쪽 하늘을 올려다봤다.

이런 태평하고 호사스러운 인질이 어디 있을까. 전하의 안위도

모르는 호위가 어디 있단 말인가.

유성에게 도움은 못 줄망정, 그의 발목은 잡지 말아야 했는데 결과적으로 가장 큰 걸림돌이 되고 말았다. 무거운 자책감이 심장을 관통했다.

'전하, 걱정하지 마시옵소서. 반드시 탈출할 것이옵니다. 전하 곁으로 갈 것이옵니다. 마지막 명을 절대 그르치지 않을 것이옵니다.'

아현은 남쪽을 향해 큰절을 하며 울분을 삼켰다. 눈가에 이슬 같은 눈물이 아롱아롱 새겨졌다.

아현이 막 마음에 빗장을 걸고 자리를 털 때였다.

익숙한 여인의 고성이 들려왔다. 설마 하는 의심은 문을 열고 당당히 들어오는 유소화를 확인하고서 역시로 바뀌었다.

북동쪽 끝 궁주 처소에서 북서쪽 끝인 이곳에 어인 행차인지는 모르겠으나 확실한 건 좋은 의도는 아닐 것이라는 점이다.

"팔자 한번 좋구나."

아현은 간략한 예만 취할 뿐, 입을 다문 채 바닥만 응시했다.

"더러운 창녀!"

움찔, 아현의 어깨가 딱딱하게 굳었다. 형형한 눈을 서서히 들어 유소화를 직선으로 응시했다.

살의를 담은 냉안冷眼이 직시하자 유소화는 저도 모르게 한 발 뒤로 물러났다. 항상 떠받듦을 받고 자란 궁주가 어디 노골적인 적대를 받아보았겠는가. 일전에 있었던 황태자의 협박을 제외하고.

주춤도 잠시, 특유의 자만심을 회복한 유소화는 곧바로 턱을 치켜 올렸다. 감히 황족을 능멸하려 하다니 가만두지 않으리라 이를 갈았다. 그렇잖아도 아현의 안위를 걱정하는 담원표 왕자 때문에 속을 끓이고 있거늘 이 같은 태도는 불에 기름을 붓는 격이었다.

"네 이년! 어디 불경한 눈으로 쳐다보는 게야? 당장 무릎 꿇고 사죄하라!"

아현은 이상한 언어를 들었다는 듯 의아함을 담고서 한 점 변화 없이 고요히 서 있었다. 이에 광분한 이는 오직 유소화뿐이라.

"내 말이 들리지 않는 게야? 너, 너……. 웃어? 방금 나를 보고 웃었느냐?"

유소화가 방방 뛰며 악을 쓰는 모습이 너무 희극적이라 저도 모르게 입 꼬리가 올라갔던 모양이다. 급히 미소를 감추었지만 이미 유소화가 본 뒤였다. 약간의 난감함은 있을지언정 두려움은 없었다. 궁주라 하더라도 자신을 어쩌지 못할 것이라는 어떤 예감 때문이었다.

황제는 아현의 배신을 알아챘다. 직접적인 말은 없었으나 환보궁에서 본 불신의 눈만으로도 충분하였다. 그런데도 황제는 그녀를 추궁하지 않았다. 해를 끼칠 생각은 애초에 없었다는 태도를 보였다.

곽남휘에게 그녀의 모든 것을 일임한 것을 보면 모종의 거래가 있었을 수도. 한마디로, 궁주조차도 아현의 목숨을 좌지우지할 수 없다는 것이다.

"괘씸한!"

탁!

따귀를 때리려 휘두른 유소화의 손목을 아현이 잽싸게 잡았다.

"손버릇이 나쁘시군요."

"이거 놔! 안 놔?"

팔을 아무리 흔들어도 꿈쩍도 하지 않는다. 아랫것들을 때려만 보았지, 제지당하는 기막힌 경험은 난생처음이라 유소화는 끓어오르는 화를 주체할 수 없었다. 더불어 그녀를 농락하던 황태자마저 떠올라 숨이 턱 끝까지 찼다. 정신을 잃을 것 같았다. 분풀이하러 왔다가 오히려 혈압을 높이는 경우를 만들었다.

"여봐라! 뭣들 하느냐! 당장 이년의 손모가지를 잘라내라! 어서!"

쩌렁쩌렁 울리는 유소화의 명령에도 불구하고 그녀의 호위들은 안절부절못하고 눈치만 보았다. 그도 그럴 것이 사신위 아현이라 하면 평소 흠모하고 존경하던 인물이며, 수많은 군사들이 그녀를 보호, 감시하는 것을 그들도 모르지 않았던 까닭이다.

"감히 내 명을 무시해? 이년을 베지 않으면 너희들이 죽을 것이다!"

유소화의 막무가내에 호위들이 몰래 한숨을 삼키며 마지못해 검을 빼들었다.

"아현 님, 궁주마마를 놓아주십시오."

보기에는 순순히 놓아주는 듯했다. 하지만 착각이었다. 신형이 흐릿해지나 싶더니 손등을 치는 격한 아픔이 느껴졌다. 아차 하던 순간에 검을 뺏겼다. 속수무책이었다.

어느새 검 끝은 유소화의 목을 향하고 있었다.

"이, 이게 무슨……."

궁주의 얼굴이 백짓장처럼 창백해졌다. 어지간히 두려운지 손가락 하나 움직이지 못하고 검날만 불안하게 보았다.

"아현, 검을 거두어라."

긴장감을 가르는 곽남휘의 낮은 음성이었다. 점점 거리를 좁혀 오는 그를 보며 아현은 검을 내렸다.

"잘 왔다, 곽남휘. 이년이 내게 어찌하였는지 방금 보았지? 황족에게 검을 겨누다니! 이건 있을 수 없는 일이다! 당장 하옥시켜야……."

"그만두십시오."

신경질적인 유소화의 말을 곽남휘가 일언지하에 잘랐다.

"궁주마마, 돌아가시지요."

"뭐라?"

유소화가 기막혀하든, 분함에 몸을 부들부들 떨든 상관 않고 곽남휘는 본인의 뜻만 밝혔다.

"봐주는 것은 여기까지입니다. 이 이상 관여하신다면 제가 직접 손을 쓸 것이옵니다."

"이, 이……."

입술을 잘근잘근 씹던 유소화는 격한 감정을 감추지 못했다. 이럴 수는 없었다. 황제, 황후를 제외하고 그녀에게 이리 함부로 대하는 자가 존재하다니, 믿을 수도, 믿고 싶지도 않았다.

가만두지 않으리라. 이 치욕을 잊지 않으리라. 반드시 용서를 빌게 하리라.

"가자."

유소화의 음성은 분노로 떨렸다. 주먹 쥔 두 손은 결의를 다지고 있었다. 곧바로 교태전으로 달려가 이를 고해바쳤으나 돌아오는 건 어린아이 타이르기 식의, 싸우지 말라는 황후의 달램이었다.

그게 아니라고, 모욕을 당했다고, 검으로 협박하더라고, 징징거린 끝에 그들을 혼내주겠다는 약조를 받아낼 수 있었다.

한편, 유소화가 물러가고 둘만 남게 되자 곽남휘가 손을 내밀었다.

"검을 주려무나."

아현은 검을 멀찍이 던지며 도전적인 시선으로 그를 마주했다.

"제 검을 돌려주십시오."

아현이 입을 연 것은 좋은 조짐이나 그 내용은 그가 바라지 않는 것이었다.

"안 된다."

"실력이 형편없나 보군요. 아님 저를 두려워하십니까?"

"뭐?"

곽남휘가 일순간 낯을 찌푸렸다.

"그렇지 않다면 왜 꺼려하십니까?"

"꺼려하고 말고의 문제가 아니다."

"제가 보기엔 저를 제압할 자신이 없으니 두려워하는 것처럼 보입니다만."

"괜한 도발은 하지 마라."

얼굴이 굳어지고 점차 어두워지는 그의 눈을 아현은 아무렇지 않게 보았다. 미움도, 분노도, 경멸도 없는 무생물을 향한 덤덤한 시선으로.

"그럼 하루 종일 무얼 하고 지내란 말입니까? 저는 무사입니다. 검을 놓고 살아갈 수 없는 사람입니다. 저를 말려죽일 작정이시라면 그렇게 하십시오."

아현이 차갑게 등 돌려 발을 내딛으려 하자 곽남휘는 절박함과 비슷한 울컥함에 손을 뻗었다.

탁!

아현은 돌아보지도 않고 그의 손을 뿌리쳤다.

"손대지 마십시오."

거부의 몸짓, 경멸을 담은 목소리, 차가운 등.

지끈! 가슴에 통증이 지나간다.

곽남휘는 내쳐진 손을 내려다보며 눈을 감았다 떴다.

"좋다. 네가 정 원한다면 그리해주겠다. 허나 검을 잡을 수 있는 시간은 오직 나와 비무를 할 때뿐이다."

곽남휘의 자포자기한 음성에 아현이 비밀스러운 냉소를 그렸다.

'기회가 만들어졌다.'

"전하, 황제군이 총공격을 준비하고 있다 하옵니다."

어이없게 기마부대가 털렸으니 그리 될 것으로 예상했던 바였다.

"준비가 어느 정도 진행되었다 하더냐?"

"원래라면 이틀에 걸쳐 모두 마칠 일을 말 구입 문제로 닷새 정도 늘었다 하옵니다. 우리 측에 뺏긴 말의 수가 워낙 큰 규모라 그것을 다시 메우기란 여간 쉽지 않을 것이옵니다."

황제군은 유성이 파놓은 함정에 빠져 이만 필의 말을 고스란히 버리고 돌아가야 했다.

"아마도 도성 내 마구간을 소유한 집은 황제군에게 말을 모두 뺏길 것으로 사료되옵니다."

"백성들이 괴로울 시간이군."

건조한 중얼거림에 이태기가 다부지게 대답했다.

"전시체제란 그렇습니다."

유성은 옥팔찌를 염주처럼 굴리며 초조함을 지워나갔다.

넋 놓고 당할 수도, 강하게 압박할 수도 없는 현재, 지금은 힘의 분배가 중요한 시점이었다. 어떠한 패든 최대한 숨기는 것이 유리하다.

주둔지 후방으로 이만에 달하는 유성의 군대가 제2주둔지를 세워 지방군을 막고 있는 실정이었다. 황제가 여유를 보이는 걸 보면 아직 이 사실을 모르는 게 분명했다.

"전하, 담원표 왕자로부터 다른 전언은 없었사옵니까?"

가장 궁금히 여겼던 주제를 염홍이 거론하자 모두가 귀를 쫑긋 세우며 긴장한다.

"조만간 아현과 접촉을 시도해볼 모양이라는군."

"위험하지 않겠사옵니까? 워낙 가벼워 보이는 왕자라 조금 걱정스럽사옵니다."

"어수룩한 자가 아니니 겉모습에 속지 마라. 오히려 조심스러운 인물이다. 절대 위험에 빠질 행동을 하지 않지. 그만큼 본인 목숨을 중요히 여기는 자다."

"공성전으로 단번에 함락시켜 황궁까지 쭉 쓸어버렸으면 소원이 없겠습니다."

천두관 직책을 가진 혈기왕성한 수하의 한숨과 같은 토로였다.

"그러면 군사들뿐 아니라 수많은 백성들의 피도 함께 흘려야한다."

"답답함에 그저 나온 말입니다. 죄송합니다."

염홍의 조용한 질책에 사내가 머쓱한지 귀를 만지작댔다.

총공세를 펼치지 않는 데는 염홍이 밝힌 이유도 있지만 다른이유도 존재했다.

궁지에 몰리면 쥐도 고양이를 문다고, 압박감을 견디지 못한황제가 최후의 수단으로 아현에게 어떤 해를 끼칠지 모를 일이라 조심할 수밖에 없었다.

매사 신중해야 한다. 때를 놓치지 말아야 한다. 그리고 최대한시간을 끌어야 한다.

"이 사, 지금부터 유격전으로 돌입한다. 군수품을 파괴할 습격부대를 편성하라."

"명을 받들겠사옵니다!"

버럭 하는 노성이 담정전 내부를 휘몰아쳤다.

"뭣이 어쩌고 어째? 군수품 대부분이 훼손되었다고?"

"예, 사실이옵니다. 가장 큰 피해는 무기고입니다. 화약이 터지면서 활은 말할 것도 없고 검조차 날이 무디어져 실전에선 사용할 수 없는 지경이라고 하옵니다."

"뭐, 뭣이?"

"그나마 다행인 것은 만 오천 가량의 군사들에게 일찍 지급한 무기들은 안전하다는 것이옵니다."

"그걸 말이라고 하는 것이냐!"

대신들은 목이 달아날세라 하나같이 자라처럼 움츠리곤 납작 엎드렸다. 누구 하나 떳떳하거나 당당한 이가 없다. 곧잘 말하던 향도식조차 긴장을 숨기지 못하고 고개를 수그린 채다.

"그래서 어찌해야 한단 말이냐? 대책을 말하라!"

묵묵부답.

'나라의 녹만 먹을 줄 알았지 아무짝에도 쓸모없는 것들!'

유백은 뒷목을 잡고 자리에 앉았다. 이럴 때일수록 염홍의 현 안이 그리워졌다. 왜 자신의 신하 중에는 염홍 같은 자가 없는 것 인가.

"무딘 칼들은 도성 내 대장장이를 모두 불러들여 손을 보게 하는 게 어떨는지요?"

대신 하나가 바들거리는 목소리를 겨우 짜내었다.

"기간은?"

"빨라도 일주일 정도입니다."

"그사이 저들이 쳐들어오면 어찌하느냐!"

"여, 염려 마시옵소서. 우리에겐 성벽이 있지 않사옵니까? 당장 실전에 투입가능한 군사도 만 오천이옵니다. 정규군 육만에 비 하면 턱없이 모자라지만 저들만큼은 되니 일주일 정도야 충분히 견디고 남사옵니다."

"성벽이 있으면 뭐하는가? 저들은 어찌해서 성벽을 넘어 군수 품이 있는 곳까지 쳐들어올 수 있었느냔 말이다!"

도성의 방어를 책임지는 총관이 식은땀을 삘삘 흘리며 읍하였다.

"귀신같은 솜씨였다 하옵니다. 한 파수병의 말로는 별안간 검은 물체가 나타나 시야를 가린다 싶더니 그 뒤로는 기억이 전혀 없다 하였사옵니다. 눈을 떴을 땐 그 주위 파수병들이 쓰러져 있는 상태였고 이미 군수품에 불을 지른 뒤라고 하였습니다."

"파수병들이 죽지 않았다고?"

"예, 죽이지 않고 재워놓기만……."

"그것들을 모두 처형시키고 성벽수비를 세 배로 늘려라."

한두 명도 아니고 몇 백에 달하는 인원이었다. 그들을 모두 처형시키라니, 말도 안 되는 폭언이었다.

"폐하, 통촉하여주시옵소서. 그들이 본분을 잊은 것은 분명하오나 자칫하다간 군의 사기를 떨어뜨릴 수 있는 일이옵니다. 부디 명을 거두어주시옵소서."

통촉하여주시옵소서!

이구동성으로 황제를 말렸다. 갈수록 극단적으로 변모해가는 황제였다. 도성에 '소담주 가歌'가 퍼지고 있다는 소식을 듣고부터 냉정을 잃고 있었다.

"그럼 도성총관, 네가 책임지고 목을 내놓겠느냐?"

"폐, 폐하……."

"전부는 아니더라도 군의 기강을 위해 본보기는 필요하다."

"그, 그렇다면 소신이 인원을 간추려 형을 집행하겠사옵니다."

청동 두 번째 이야기

마지못해 수긍하는 황제의 손짓에 도성총관의 졸아든 허파가 겨우 제 모양을 찾는다.

"폐하, 보고드릴 게 있사옵니다."

"좌호군, 말해보라."

이르나 늦으나 어차피 알게 될 일. 만에 하나 황제가 잘못되는 일이 있더라도 자신은 도망가면 그만이었다.

향도식은 터져 나올 호통에 대비하며 차근차근 말을 올렸다.

"도성 곳곳에 흉흉한 소문이 돌고 있사옵니다."

"소문? 전에 말한 그 유가流歌 말이더냐?"

한껏 찡그린 낯에서 언짢은 심기가 고대로 표출됐다.

"다른 것이옵니다."

"또 무엇이냐?"

대신들이 입만 열었다 하면 분통터지는 사건들뿐이었다. 정말 또 소리가 나올 만했다.

"삼족을 멸할, 경을 칠 소문이라 상당히 무섭고 조심스럽사옵니다."

향도식은 눈을 질끈 감으며 뱉어냈다.

"폐하께서……. 전대 황제, 황후마마를 암……살하고 제위에 오르셨다는……."

타앙!

군사지도가 걸린 지지대가 유백의 손에 의해 날아갔다. 담정전을 받치는 큰 기둥 중 하나에 부딪혀 처참하게 추락했다. 유백이 불같은 분노를 뿜어내는 가운데 사위는 개미 기어가는 소리도 들리지 않을 만큼 싸늘하게 가라앉았다.

"참……말이냐?"

"예……. 그렇사옵니다."

"언제부터 그런 소문이 돌았느냐."

"이만의 기마부대가 귀대하고부터입니다."

살의로 똘똘 뭉친 핏발 선 눈동자를 본 향도식은 황제를 말리기란 이미 늦었다는 것을 직감하였다.

도성에 피바람이 불기 시작했다. 유성을 옹호하는 불온분자 색출이라는 명목하에 이루어진 학살의 적신호였다.

[기마부대에 허위사실을 유포하는 자가 있다.

이는 역모에 해당하는 것으로 엄히 다스릴 예정이다.

아는 자는 즉시 신고하라.

신고하는 자가 없다면 기마부대 전체를 대상으로 하루에 스무 명씩 무작위 선별하겠다.

선별되는 자는 본보기로 즉각 처형한다.]

기마부대에 내려온 칙서를 보고 부대원들은 설마 하는 심정이었다. 그 설마가 얼마나 우유부단한 생각이었는지 하루가 지나고서야 처절하게 깨달았다.

친우가 잡혀가고 아끼는 수하 혹은 존경하는 상관이 붙들려가 하루아침에 형장의 이슬로 사라져갔다. 칙서가 내려왔을 때부터 무기를 빼앗긴 그들은 대항할 수단이라곤 몸뚱이가 전부였다. 이를 두려워한 몇몇은 제 목숨을 구하기 위해 동료를 팔아넘기는 일도 서슴지 않았다. 서로가 서로를 못 믿는 사태가 벌어졌다. 급기야 탈영병이 생겨나고 도성 경계까지 도망치다 처참하게 죽음을 맞이하는 자도 있었다. 있을 수 없는 참극이 벌어진 것이다.

이 불똥은 백성들에게까지 튀었다.

전대 황제인 인덕제에 관한 말만 꺼내도 반역자 무리로 찍혀 심한 고문을 당해야 했다. 한 집안의 몰락은 너무나도 쉬웠다.

도성 거리는 예전의 활기를 찾기 힘들 정도로 살얼음판이 되었다. 마치 전운의 악귀가 내려앉은 형상 같았다.

현재까지 백에 육박하는 기마부대 군사들이 처형당하자 그중 하나가 몰래 사람들을 끌어모았다. 그는 황태자가 심어둔 첩자로 기마부대를 아군으로 포섭하기 위해 침투한 자였다.

이대로는 개죽음뿐이라며 황태자에게 몸을 맡기자고 설득하였다. 그들이 구덩이에 빠져 포로가 되었을 때 황태자가 보여준 포용력을 잊지 못한 기마병들이 대부분이라 설득은 쉬웠다.

의기투합한 그들은 모두가 잠든 새벽에 도주를 감행했다. 말이 도주지, 사실상 군사적 대이동이었다.

성문을 여는 동안 무기가 없는 수많은 기마부대의 군사들이 다치고 깨지고 죽었다. 동료가 죽어나가자 투기가 끓어오른 그들은 수를 이용해 성문 하나를 부수어 감옥을 탈출하는 죄수처럼 미친 듯이 평야를 내달렸다. 성벽 위에서 화살 비를 쏘아댔지만 모두 맞추기란 불가능했다.

대부분의 군사들은 주둔지를 향해 달리고 또 달렸다. 사막의 유일한 샘을 발견한, 죽기 직전의 사람처럼 절박한 움직임이었다.

　주둔지에 도착한 그들은 생각지도 못한 대접을 받게 되었다. 따뜻한 웃음, 포근한 잠자리, 기름진 음식, 무엇보다 그들을 환영해주는 유성의 군사들.

　기마부대는 통곡하듯 황태자 만만세를 제창하며 유성의 인자함을 찬양하였다.

　발 없는 말이 천 리 가듯 이 소문은 금세 백성들 생활 속으로 파고들었다.

　황제군은 전시체제라는 구실로 많은 것을 약탈해갔다. 말과 음식, 쇠붙이, 심지어 여인들까지. 성벽을 지키는 살벌한 파수병들 때문에 이곳을 벗어나진 못해도 마음속으로나마 유성 군대를 응원했다.

　하루빨리 자신들을 구해주길, 지옥과 같은 현실을 깨부수어주길, 부디 평화가 찾아오길, 백성들은 바라 마지않았다.

　밤하늘에는 이십 년 넘게 환히 빛나던 어느 별 하나가 붉은빛을 띤 채 서서히 바래가고 있었다.

17
탈출

몸을 씻고 의복을 갈아입은 아현은 골절되었던 왼팔을 이리저리 움직여보았다. 완치였다. 흡족한 마음에 절로 미소가 나왔다. 일전에 황태자가 주입해주었던 기의 도움이 컸다. 이주 만에 완치라니. 보고도 믿기지 않는다.

곽남휘에게는 이 사실을 숨겨야 하므로 도로 왼팔에 부목을 댔다.

며칠 전, 별채로 음식을 날라주는 시녀로부터 담원표 왕자의 서찰을 받았다. 시국이 흉흉해지니 어서 탈출을 서둘러야 한다는 것과 앞으로의 계획에 대해서였다.

막연하던 탈출로가 선명해지는 순간이었다.

꼬리가 잡힐 것을 우려해 서신은 하루에 한 번만 주고받는 것으로 제한했다.

유성과 아현 사이의 교량 역할을 자처한 담원표는 유기적인 움직임으로 그녀의 의견을 반영하고 계획을 조율하였다. 다소 가볍던 첫인상과는 다르게 그는 훌륭한 조력자였다.

아현의 팔 완쾌 여부를 점치다 보니 예상보다 시일이 미뤄졌다. 부상당한 몸으로 짐이 될 바에 조금 돌아가더라도 최상의 몸

257

상태를 유지하는 것이 우선이라고 생각했다. 이것은 황태자의 뜻과도 일치했다.

'모레가 되면 전하를 뵐 수 있어.'

행동을 개시하기로 약조한 때와 시간은 모레인 해가 질 무렵의 유시酉時였다. 더 정확히 말하자면 곽남휘와 비무하는 시간으로 아현이 하루 중 유일하게 검을 쥐는 순간이었다.

"아현, 잠시 문을 열어도 되겠느냐?"

갑작스럽게 들려온 곽남휘의 음성에 움찔한 아현은 호흡을 고른 뒤 답했다.

"예."

스르륵 소리 뒤에 곽남휘가 모습을 드러냈다.

한 손에는 그녀가 부탁했던 서책을 든 채였다. 이것은 곽남휘를 안심시키기 위한 위장의 일환이었다. 검을 연마하는 동적 활동보다 정적 활동인 서책 읽기는 곽남휘에게 상대적으로 편한 느낌을 주었고, 실제로 그녀의 불안감을 완화시키기도 하였다.

"자, 여기."

"예…….."

순순히 대답하는 아현의 다소곳함에 곽남휘의 눈은 기쁨으로 반짝였다. 그런 그의 모습에 작은 죄책감이 형성되었으나 금세 털어냈다. 배신자는 동정조차 받을 자격이 없다.

"이건 무엇이냐?"

얼핏 보기에도 최고급 상품으로 보이는 정교한 옷상자였다. 처음 보는 물건을 곽남휘가 놓칠 리 없었다.

"황후마마께서 주신 의복입니다."

"어제 황후마마 처소에 다녀왔다더니 이것을 받아온 것이냐?"

"예."

어제였다. 곽남휘가 출타한 사이 황후의 호위무사들이 별채로 들이닥쳤다. 황후의 명이라며 아현을 막무가내로 끌고 갔다. 뒤로 그녀를 감시하던 군사들도 쫓아왔다.

도착한 곳은 황후전이었고 안에는 황후와 궁주가 아현을 기다리고 있었다. 보지 않아도 빤한 상황이었다. 아현의 행실을 고해바쳐 단단히 혼을 내주라는 궁주의 부탁이 있었을 터.

아현은 머리를 빠르게 굴렸다. 여차하면 도망칠 생각으로 출구와 도주로를 머릿속에 집어넣었다. 위험하다 싶으면 유소화를 인질 삼아 내빼버리는 것도 나쁘지 않으리라 생각했다.

"마마, 이년이옵니다! 이년이 소녀를 능멸하였사옵니다!"

"그래?"

난생처음으로 아현은 황후를 보았다. 황후에 대해선 갖가지 소문이 무성하였었다. 피를 좋아하는 살인귀부터 시작해, 천 년 묵은 구렁이가 여인의 탈을 쓴 요녀라는 설까지. 무수히 많은 속화俗話가 있었다.

하지만 실제로 본 황후는 그저 한 인간이었다. 그것도 황제가 애지중지하며 감싸고도는 이유를 알 것 같은 천상의 아름다움을 지닌 여인. 살인귀는 물론 요녀로도 보이지 않았다.

"소녀에게 씻지 못할 치욕을 준 년이랍니다! 어서 혼쭐을 내주시어요!"

"이 아이가?"

아이라고 불릴 연치는 훨씬 지났음에도 황후가 부르는 '아이'라는 말에는 상대방을 포근하게 해주는 무언가가 있었다.

"자세히 보니 이 아이, 참 어여쁘구나."

황후의 멍한 눈빛이 잠시 또렷해지나 싶더니 어느 순간 엷은 막이 씌워졌다.

"마마! 무슨 말씀이시옵니까? 이년이 황족인 저에게 무례를 범하였습니다. 그러니 어서……!"

"잠깐."

아현의 모습을 요리조리 살펴보던 황후는 이내 빙긋 웃으며 유소화를 돌아보았다.

"어여쁘니 마음에 든다. 어디 보자, 이 아이에게 어울릴 만한 옷이 있을 텐데."

황당한 전개였다. 아현도 기막히거늘, 이날을 벼르고 있었던 유소화는 오죽 어이가 없으랴.

"마마!"

"어느 안전이라고 소릴 높이는 것이냐?"

조용하지만 무시할 수 없는 힘이 깃든 황후의 조용한 경고에 유소화는 꼬리 물린 강아지처럼 깨갱했다.

"그, 그게 아니옵고……, 마마……."

애교를 담아 투정을 부려보지만 황후는 아무것도 들리지 않는 것처럼 옷을 뒤적거릴 뿐이었다. 아현은 어찌 된 영문인지 몰랐다. 그래도 되도록 희극적인 이 상황에 적응하려 애썼다.

"아! 찾았구나!"

황후는 황색 바탕에 금장식이 된 화려한 상자를 가지고 와 덮개를 열었다. 그 안에는 한겨울에나 입을 법한 두꺼운 양모 외투가 들어 있었다.

"어여쁜 아이야. 이걸 입어보려무나."

인형을 대하듯 외투를 아무렇게나 아현의 어깨에 걸쳐놓고 어울린다며 박수치는 황후였다.

이를 본 유소화가 더욱더 기막혀한 것은 당연한 일이었다. 원대로 움직여주지 않는 황후가 야속해 죽겠는지 궁주는 끝내 눈물을 매단 채 황후전을 나가버렸다.

아현은 여러 의미로 대단한 황후라 생각하며 속으로 혀를 내둘렀다.

"이것을 어여쁜 너에게 하사하마."

유독 '어여쁜'이라는 말을 자주 사용하는 황후였다. 민망함을 애써 감추며 어색하게 대답했다.

"감읍하옵니다."

황후가 가까이 다가와 상자를 건네주었고 이만 물러가도 좋다고 허락하였다.

아현은 그렇게 무사히 별채로 향할 수 있었다. 돌아오는 내내 그녀의 머릿속은 어느 때보다 치열했다.

상자를 건네줄 때 들었던 황후의 속삭임 때문이었다.

"이 외투를 반드시 황태자에게 전하려무나."

문을 닫아걸고 외투를 꼼꼼히 살펴보았으나 별다른 점은 발견하지 못했다. 장난으로 치부하기엔 그녀의 눈과 마주친 황후의 시선이 지나치게 선명해서 허투루 넘길 수가 없었다.

황태자에게 전하라 하였으니 그리하면 될 일, 이내 기우를 접어버렸다.

"열어보아도 되느냐?"

의심이 담긴 곽남휘의 시선을 아현은 아무렇지 않게 넘기며 고개를 끄덕였다. 곧 의복을 꺼내 이리저리 확인한 곽남휘는 안심한 표정으로 외투를 곱게 접어 도로 집어넣었다.

"몸에서……, 피 냄새가 납니다."

"씻고 왔는데, 역시 못 속이겠군."

"사람을……, 죽인 것입니까?"

"아직……."

지금은 아니지만 언젠가는 그러리라는 뜻.

아현의 기분이 착 가라앉았고 두 사람 사이에 무거운 침묵의 벽이 형성됐다.

그것을 상쇄시키려는 노력으로 곽남휘가 헛기침을 했다.

"흠흠. 그건 그렇고, 아무래도 내일부터 비무는 힘들 것 같구나."

이게 무슨 날벼락 같은 소리인가! 자칫 잘못하다간 곽남휘를 제압하고 탈출하려는 계획이 틀어지고 만다.

아현은 침착한 척 가장하며 자연스러운 질문을 던졌다.

"바쁜 일이라도 있습니까?"

"흠……. 그래."

대답을 꺼리는 곽남휘의 속내가 파악됐다.

"결국, 전쟁에 참여하게 된 것입니까?"

"……그렇다."

이건 여러 의미로 좋지 않았다. 곽남휘는 황제군의 총지휘를 맡아도 손색없는 능력을 갖춘 것과 더불어 유성, 이태기, 풍한도의 진정한 실력을 알고 있는 유일한 적군이라 황태자 입장에서는 좋지 않은 패였다.

"그렇군요. 잠시……, 혼자 있고 싶습니다."

혼란스러울 그녀를 이해한다는 듯 곽남휘는 조용히 방을 나갔다.

아현은 방을 오고가며 생각을 정리했다. 모레까지 기다릴 수 없게 되었다. 오늘을 넘기면 기회가 없을지도 모른다. 늦어도 오늘이다. 절대적으로 오늘이다.

아현은 붓을 꺼내 간략하게 적고 종이를 작게 접었다.

[급急. 금일今日 유시酉時. 동動.]

"비무할 준비가 다 되었느냐?"

"아직……. 잠시 검을 좀 보겠습니다."

아현은 검을 두루 살피면서 생각에 잠겼다.

담 왕자에게 서신이 잘 전달되었을까. 갑자기 앞당긴 계획으로 골머리를 썩이고 있진 않을까. 만약 준비가 미비하다면? 차선책은 무엇이 있지?

"날이 어두워지기 전에 비무를 끝내자꾸나."

"알겠습니다."

아현에게 있어서 첫 번째 걸림돌은 곽남휘였다. 여러 날 비무를 해본 결과, 실력은 곽남휘가 약간 우세. 하지만 살초를 포함시키지 않은 승부라 승패를 정확히 예측하기 힘들었다.

'최악의 경우, 담 왕자의 지원이 없을지도 몰라. 그래도 넌 탈출할 거니?'

'응, 그래야만 해.'

'곽남휘, 그를 이길 자신이 있니? 아니, 단칼에 자를 용기가 있어?'

'자신 있어. 그 길만이 유일한 해결법이니까.'

자문자답으로 마음을 담금질한 아현은 요요한 눈을 들었다. 검을 사선으로 늘어뜨린 채 곽남휘의 기세에 맞섰다.

둘은 큰 원을 그리며 천천히 돌았고 서로의 눈동자는 빈틈을 찾으려 칼같이 움직였다.

벌써 수십 합이 오고갔다.

팽팽하던 균형은 시간에 지남에 따라 곽남휘에게로 점차 기울어졌다. 여인이 가진 어쩔 수 없는 체력적 한계였다.

아현은 최대한 시간을 끌고자 노력했다. 그럼에도 담 왕자가 이끄는 지원군은 코빼기도 보이지 않았다. 이는 서신전달이 잘 못되었거나 아님 피치 못할 사정으로 도울 여력이 없거나, 둘 중 하나였다.

이제 선택을 해야 한다. 체력을 이 이상 더 허비하다간 주안문 턱도 넘지 못하고 황제군에게 붙잡히고 말리라. 단 한 번의 살초 로 승부를 마무리 지어야 한다.

"슬슬 지친 것 같은데 오늘은 이만 접는 게 좋겠구나."

"마지막 공격을 끝으로 접도록 하지요."

"오늘따라 끈질기군."

"원래 호락호락하지 않습니다."

"그건 알지만 오늘 유독 검 끝이 예리해서 하는 말이다."

"제 마지막 공격은 살초 중 하나입니다. 진심으로 대하지 않는 다면 손목이 날아갈 것입니다."

곽남휘가 놀라든 말든 왼팔을 감았던 천을 잘라내고 부목을 바닥에 떨어뜨렸다.

"너 팔이……! 그것은 위험……!"

무섭게 파고드는 살인귀 같은 검술 탓에 곽남휘는 말을 끝까지 잇지 못하고 뒤로 물러섰다.

창백한 뺨과 굳게 다문 입술, 죽음을 각오한 그녀의 눈동자를 마주하고 나서야 뭔가가 잘못되었다는 것을 알았다.

"잠깐, 아현!"

아현의 검술은 전신이 오싹할 정도로 정교하였고 또한 정확하였다. 오직 살인을 위한 초식이었다.

'이 지경에 와서도 난 네가 다칠까 두렵기만 한데 넌 내가 죽기를 바라고 있구나.'

절망이라는 무게가 어깨를 짓누르고 슬픔이 머리를 잠식했다. 무표정이 일그러지며 그의 짙은 괴로움이 드러났다.

다시금 매끄러운 호를 그린 검 끝이 그의 심장 방향으로 찾아들었다. 막지 못하면 이 자리에서 즉사다.

한 끝 차로 간신히 검로를 막았다. 본능적인 방어였다.

'어? 왜 목 뒤가 따끔하지?'

그의 시야가 빠르게 흐려지면서 육체가 무너졌다.

털썩.

곽남휘의 신형이 쓰러졌다.

수십의 사내들이 별채로 날아 들어왔다.

"조금 늦었습니다."

곽남휘에게 수면침을 날린 인물은 담원표였다. 별채 주위를 감시하는 군사들을 모조리 잠재우느라 다소 시간을 지체한 담원표는 곽남휘가 아현의 살초를 막는 결정적인 순간에 침을 발사하였다. 단일공격이라면 절대 당하지 않을 실력자임을 알기에 신중을 기한 것이다.

주위경계를 게을리하지 않은 담 왕자는 손수 곽남휘를 밧줄로 꽁꽁 묶고 어찌 처리하면 좋겠냐는 듯 아현을 돌아보았다.

"이분이 언제 깨어날지 모르니 서두르는 게 좋겠습니다."

"이자는 배신자가 아닙니까? 차라리 죽이는 것이……."

"안 됩니다. 이분의 생사는 오직 전하께옵서만이 결정하실 수 있습니다."

아현은 금락국인으로 변복하고서 담 왕자 부하들 틈에 끼여 이동했다. 손에는 황후가 준 외투를 감싼 천보자기가 있었다.

수많은 군사들과 마주쳤으나 늘 그래왔다는 듯 담원표 일행을 눈여겨보는 이들은 없었다. 그나마 관심을 보이는 자들은 '오늘도 술 푸러 가시는 겁니까? 부럽습니다.' 하는 가벼운 농이 전부였다.

북문을 통과하고 세강궁을 둘러 담정문을 지났다. 환보궁의 입구인 동문이 가까워지고 있었다.

[환보궁 비밀통로를 안다 들었습니다.]

[예.]

담원표의 전음에 아현이 대답하자 그는 촉박한 어조로 말을 빠르게 쏟아냈다.

[환보궁으로 들어가 비밀통로를 통해 황궁을 벗어나십시오. 환보궁

은 현재 주인 없는 처소라 폐허나 다름없습니다. 상대적으로 경비가 허술한 곳이니 들어가는 데 큰 어려움은 없을 것입니다. 록수정 아래에 우리 측이 마련한 말과 의복을 준비해뒀으니 그것을 이용해 도성 성벽까지 이동하십시오. 눈을 피하기 위해선 길게 돌아가야 하겠지만 적어도 술시까진 도착하여야 합니다. 자시부터가 경계가 강화되는 시간이니 이를 꼭 유념하십시오.]

[알겠습니다.]

동문 담벼락에 도착한 담원표 일행은 놀러 나온 한량처럼 여유로운 모습으로 자리에 주저앉거나 담에 기대었다. 쉬어가는 척 거짓행세를 하다, 주위에 지나다니는 사람이 없다 싶을 때 아현에게 신호하여 담을 넘게 했다.

[담 왕자저하, 정말……, 감사합니다.]

[몸조심하십시오. 그럼 이따 봅시다.]

아현은 고개를 들어 육 층까지 쭉 뻗은 환보궁을 바라보았다. 주인을 잃은 지 한 달도 채 되지 않았건만 몇 년을 비운 것마냥 을씨년스러운 분위기가 자욱했다.

아현은 지켜보는 이가 있는지 없는지 바짝 경계를 하면서 환보궁 안으로 들어갔다.

'비밀통로가 동쪽 침전에 있다 하였어.'

환보궁 내부구조를 훤히 꿰뚫고 있는 아현은 곧장 동쪽 침전으로 들어갔다.

침상과 그 아래 융단을 치우고 원형입구를 찾았다. 황태자가 일렀던 대로 방향을 달리해 여러 번 돌리자 삐걱 소리와 함께 원형 문이 솟아올랐다.

천보자기를 등에 얹어 사선 방향으로 고정시킨 뒤 입구로 들어갔다. 한 치 앞도 볼 수 없는 깜깜한 통로를 오직 감각만을 의지해 이동했다.

길고 긴 어둠과의 사투 끝에 록수정 상층입구에 다다른 아현은 출구를 열어 몸을 빼내었다.

예리한 시선은 지체 없이 록수정 근처의 영험한 나무들을 두루 살폈다.

'찾았다!'

백 년은 족히 살았을 아름드리 큰 나무의 높은 가지 위에는 잎사귀 색과 거의 흡사한 천보자기가 걸려 있었다.

'이 물건들은…….'

그 안에는 동아줄과 손바닥 안정장치, 허리 지지대가 들어 있었다. 단순한 도구지만 아현에겐 죽느냐 사느냐가 걸린, 가장 중요하고도 필요한 물건이었다.

동아줄 끝을 나무기둥에 묶는 작업을 여러 번 반복한 뒤 허리 지지대를 착용하고 장갑도 꼈다. 장갑 손바닥에는 작은 옥들이 낚싯줄에 끼여 촘촘히 박혀 있었는데 이는 다른 것과 접촉 시 빙글 돌면서 마찰을 줄여주는 역할을 하였다. 길이가 엄청난 반대편 동아줄을 절벽 아래로 떨어뜨리고 자세를 잡았다.

아현은 묘기와도 같은 동작으로 발을 차고 허공을 날았다. 절벽에 몸이 부딪힌다 싶을 때 무릎 반동을 이용해 안착했다가 다시 몸을 띄워 아래로, 아래로, 지상을 향해 나아가는 동작을 끊임없이 되풀이했다.

"하아, 살 것 같아."

발을 딛고 서 있다는 게 이리 기쁠 줄이야.

목을 꺾어 내려온 길을 올려다봤다. 아찔한 높이와, 안개에 막혀 끝이 보이지 않는 절벽이 눈을 시리게 했다. 머리를 바로 하자 순간적인 어지러움에 몸이 휘청거렸다.

'이럴 시간이 없어. 곽남휘, 그가 정신 차렸을지 몰라.'

아현은 말이 매여진 곳으로 가 안장에 얹어진 짐을 풀고 검은 무복으로 갈아입었다.

"이태기 대장님! 급전입니다. 급전!"

"어디서의 급전이냐?"

손에 서찰을 든 월훈무사가 헐레벌떡 뛰어왔다.

"별 문양이 찍혀 있습니다!"

별은 금락국의 상징이다.

'모레 있을 구출작전에 더 추가할 내용이 있는 건가?'

하루가 다르게 급변하는 전시상황에선 급전이 생소하다고 볼 수 없었다. 하지만 담 왕자가 보내는 급전이라면 말이 달라진다. 황태자에게 있어서 가장 중요한 존재는 아현이다. 그녀의 안위가 달린 문제라면 피해를 감수하더라도 지원을 아끼지 말아야 한다.

황태자가 자리를 비운 지금, 군의 통솔권을 지닌 인물은 염홍이며 그다음이 이태기였다.

"담 왕자저하로부터 급전이 왔다고 들었네만."

염홍이 소식을 듣고 대책실 안으로 들어섰다.

269

"예, 안 그래도 찾으러 갈 생각이었는데 잘 오셨습니다. 이것이 방금 도착한 급전입니다."

이태기에게 건네받은 급전을 서둘러 확인한 염홍은 바짝 굳어진 낯으로 이태기를 보았다.

"전하께옵선 어디 가셨는가?"

"마음을 좀 비우고 오겠다고 하셨습니다."

황태자가 이런 식으로 자리를 비운 게 비단 처음은 아니었다.

풍한도가 아현을 데려오지 못한 날을 기점으로 가슴에 울화가 맺힐 때마다 훌쩍 사라졌다가 아무렇지 않게 돌아오곤 했다.

특히 일이 순조롭게 돌아갈수록 그 증세는 자주 찾아왔는데, 정신없이 바쁘면 그 일에 집중하면 그만이지만 여유로워지면 잡생각이 그득해지기만 하니 수양을 위해서라도 혼자만의 시간은 반드시 필요해 보였다.

오늘 황태자가 이렇게 자리를 비운 것도 아현의 구출시기가 성큼 앞으로 다가왔기 때문이다. 심란한 마음을 가눌 길 없어 화기를 다스리기 위해 자리를 비운 것이 틀림없었다.

"어디 가셨는지 짐작할 수 없는가?"

"모르옵니다. 여러 번 몰래 따라가고자 노력하였으나 매번 전하께 들키는 바람에 핀잔만 듣고 돌아왔었습니다."

"그렇다면 어쩔 수 없지. 자네가 수고 좀 해야겠구먼."

"무슨……."

"모레 있을 작전이 오늘로 앞당겨졌다고 하네. 발 빠른 군사들을 모아 아현 님을 마중 나가게나."

이태기가 화들짝 놀라며 재차 확인했다.

"오늘 말씀이십니까?"

"그래 오늘. 다행히 늦은 건 아니야. 유시에 출발하였다 하니 서두른다면 도성 근처에서 만날 수 있을 걸세."

도성 오른쪽 성벽 아래, 검은 물체 하나가 어둠 속에 녹아들어 기민하게 움직였다.

저 멀리 도성 중앙에서는 난동 부리는 취객과 그들을 상대하는 파수병의 입씨름이 한창이었다. 밤 시간대라 소리의 울림이 이곳까지 들려왔다.

"금락국인을 막다니! 어서 비켜라!"

"쯧쯧, 혀가 다 꼬여서는. 이 시간대에 여기는 통행금지라고 하지 않았소? 제발 좀 가시오!"

"내 발이 이곳을 걷고 싶다는데 네놈들이 무슨 상관이야? 엉?"

"아우! 진짜 제국도 아닌 주제에 왜 이렇게 배짱이야? 휴, 다른 나라 백성을 팰 수도 없고."

"팬다고? 나를? 어디 때려봐! 때려봐!"

"술을 마시려면 곱게 처먹든가, 허구한 날 꼬장을 피워대니 내가 어디 살 수가 있나!"

금락국인들의 취객연기는 담원표가 계책한 일이었다. 아현이 성벽을 무사히 넘을 동안 파수병들의 시선을 분산시킬 하나의 수단이었다.

파수병들이 하나둘씩 소란이 일고 있는 곳에 시선을 돌리던 그때, 동쪽 성벽 위에서 누군가가 아현을 향해 손짓을 해왔다.

검은 무복으로 갈아입은 담원표와 그의 호위 노영호였다. 곧 밧줄이 내려왔고 그녀는 민첩한 몸놀림으로 성벽을 재빠르게 올라갔다. 다행히 들키지 않았다. 황태자군을 의식한 나머지 대부분의 병력이 남쪽에 몰린 터라 동쪽은 파수병의 수가 상대적으로 적은 축에 속했다.

"이 사람들은……."

담원표 주위로 수십의 파수병이 쓰러져 있었다.

"죽인 건 아니니 걱정 마십시오."

안심도 잠시, 느긋하게 여유 부릴 때가 아님을 자각한 아현은 머리를 도성 밖을 향한 채 그 아래를 살폈다.

"저 아래에 말이 있습니까?"

"예. 서둘러주십시오. 곽남휘 그자가 추적하고 있다는 소식입니다."

설핏 긴장하던 그녀의 몸이 이내 풀어지며 결의 있게 답했다.

"왕자저하께서도 어서 몸을 피하십시오."

"아현 님께서 여길 무사히 탈출하셔야 저도 움직일 수 있습니다."

"그럼, 사양 않고 먼저 자리를 뜨겠습니다."

담원표에겐 간단한 예를 취하고 노영호에겐 눈짓으로 대신 고마움을 표했다. 성벽을 내려가는 건 올라올 때보다 훨씬 쉬웠다.

검은 무복의 날렵한 몸이 말을 타고 산을 향해 조용히 사라져가자, 그 모습을 끝까지 지켜보는 담원표에게 노영호가 퉁퉁거렸다.

"저하."

"왜 그러느냐?"

"너무 심취해 계시는 거 아닙니까?"

"심취라니?"

'노영호 이것이 또 무슨 얼토당토않은 말을 하려고?'

"연모하는 여인을 위해 위험도 마다하지 않다니, 난 정말 멋진 사내야. 뭐 이런 거 말입니다."

'이, 이 녀석, 설마 독심술도 하는 거 아냐?'

"시끄러워!"

"저하."

"시끄럽대도!"

"저하, 지금 순찰 도는 시각이라……."

"벌써? 이런 젠장, 그런 건 빨리 말해야 할 거 아냐?"

최대한 빨리 말한 겁니다만. 노영호는 속으로 궁시렁거리며 담원표를 따라 신형을 움직였다.

달그락 달그락 달그락.

아현은 이를 악물고 고삐를 움켜쥐었다. 밤바람이 제법 날카롭다. 빠르게 뒤를 확인하고 다시금 손과 발에 힘을 주었다.

'여기서 잡힐 순 없어!'

곽남휘를 다시 본 건 도성을 나오고 숲길로 접어들어서였다. 헤아릴 수 없이 많은 말발굽소리가 들린다 싶어 뒤를 돌아보았는데, 그들은 다름 아닌 곽남휘와 수백의 황제군이었다.

너무 만만히 보았던가.

곽남휘의 회복력과 추진력은 예상을 웃돌았다. 갈수록 거리는 좁혀지고 있었다. 체력적인 한계가 발목을 잡기 시작했다. 초조함이 몰려왔다.

"아현! 멈춰라!"

애원하는 곽남휘의 음성이 들릴 때마다 한계치까지 힘을 끌어올렸다. 숨이 턱 끝까지 걸리고 폐가 압박당한다. 억울하고 분했다. 동시에 황태자가 그리웠다. 곧 만날 수 있으리라 여겼는데 현실은 언제 꺼질지 모를 바람 앞의 등불이었다.

곽남휘의 숨결이 전해져올 정도로 거리가 가까워졌다. 그것을 느끼자 오싹함이 전신을 타고 돌았다.

"아현! 멈춰!"

대답하지 않았다. 아니, 하기 싫었다.

"멈추지 않으면 억지로 세우게 하겠다!"

그래도 대답하지 않았다. 말에서 굴러 떨어지는 한이 있더라도 절대 멈추지 않을 작정이었다.

아현의 말을 멈추게 할 요량으로 곽남휘가 위험한 동작을 막 선보이려던 때였다.

슈우웅! 슈우웅!

정확히 미간을 향해 날아오는 표창에 대경실색한 곽남휘는 목을 기묘하게 꺾어 죽음을 간신히 모면했다.

말의 속도를 줄여나갔다. 줄일 수밖에 없는 상황이었다.

정면에는 곽남휘가 이끄는 군사와 비슷한 수의 황태자군이 길목을 막고 서 있었다. 그 중심에는 이태기가 있었다.

'이태기 대장……'

곽남휘 얼굴에 패색이 짙어졌다. 방금 그의 목숨을 위협했던 표창의 명수는 이태기가 분명했다. 가장 절망스러운 것은 아현의 신병이 저들에게 넘어갔다는 점이다.

새장을 열고 자유로이 날아가는 새를 보듯, 곽남휘 눈에는 아쉬움이 넘쳐흘렀다.

한편으론 이런 결과를 예상하였으면서 끝까지 고집을 부린 스스로를 질책하는 마음도 더러 있었다.

"아현 님, 고생 많으셨습니다. 무탈한 모습을 뵈니 참으로 마음이 놓입니다."

"대장님, 왜 말을 높이시는지……."

"이제 시대가 바뀔 테니까요."

아현은 더 묻지 않았다. 물을 만한 여건이 아니었다. 한가하게 문답을 나눌 환경이 아니라는 것을 알았다.

"여긴 저희들에게 맡기시고, 아현 님은 어서 이 길을 쭉 따라가십시오. 이 각 정도 더 달리면 주둔지가 보일 것입니다. 이 뒤로는 위험이 없으니 염려 놓으십시오."

"하지만……."

아현의 말을 급히 자르며 이태기가 단호하게 주장했다.

"여기서 지체하시면 아니 됩니다. 아현 님이 해야 할 일은 당장 주둔지로 가서서 전하의 걱정을 덜어드리는 일이옵니다."

"괜찮……겠습니까?"

단정한 얼굴이 씨익 웃으며 자신만만하게 답했다.

"설마 사신위 대장인 제 실력을 믿지 못하는 것입니까?"

"아닙니다."

"아니시라면 걱정은 붙들어 매십시오. 다른 추격자들이 있을

지 모르니 어서 자리를 피하시는 게 좋을 것 같습니다."

아현은 고개를 끄덕였다. 아주 잠깐 곽남휘를 보다 미련 없이 등을 돌렸다. 서둘러 목적지를 향해 말을 몰았다.

아현이 가는 것을 확인한 이태기는 따뜻한 표정을 빠르게 지우고 곽남휘를 마주보았다.

잠시 침묵이 이어졌다.

"오랜만이구나."

"예……. 대장님."

처음이었다. 늘 온화한 모습을 보여주던 이태기였는데, 그가 이런 눈빛을 보내다니. 자신을 적으로만 대하는 이태기의 태도에 가슴이 아파왔다.

곽남휘, 참으로 어리석구나. 각오한 일이 아니더냐. 이렇게 될 줄 알지 않았더냐.

"너와 검을 맞대는 일이 생기리라곤 상상하지 못하였다."

"……."

이태기의 쓰디쓰고 메마른 웃음에 곽남휘의 눈빛이 더없이 어두워졌다.

"항복하라."

"……그러지 않겠습니다."

"아직도 아현 님을 포기하지 않았느냐?"

존경하는 인물과 검을 맞대야 하는 괴로움이 자신의 선택에 대한 벌이라면 달게 받겠다는 뜻이었으나, 곽남휘는 그걸 굳이 설명하지는 않았다.

"봐주지 않을 것이다."

"그것이야말로 바라지 않습니다."

하압!

우와아아아!

훗날 비공식문서에만 기록되는 소규모 전투가 주둔지와 얼마 떨어지지 않은 산자락에서 벌어졌다.

초반 빠듯하던 전세는 이태기가 곽남휘를 이기는 시점부터 승패가 판가름 났다. 황제군은 순순히 무기를 버리고 투항하였고, 사망자는 없었다. 이는 유례를 찾을 수 없는 이상적인 전투로 기록되었다.

피가 턱을 타고 목을 지나 옷깃을 적셔 검붉게 물들어갔다.

곽남휘는 떠지지 않는 왼쪽 눈을 감고 고통을 받아들였다.

'역시 대단한 검법. 내가 존경하는 분. 늘 따르고 싶었던 대장.'

눈썹 위부터 볼에 이르기까지 검흔劍痕이 사선으로 이어졌다. 영원히 지워지지 않을 배신의 낙인이었다.

"어디라도 좋으니 떠나라."

처음으로 이태기의 얼굴이 안타까움으로 변했다.

"한때 동료였던 정이 있어 목숨을 살려주는 거지 두 번이란 없다. 다신……, 나타나지 마라."

아현은 주둔지를 향해 말을 달리다 이 길이 상당히 익숙하다는 것을 깨달았다. 예전 미복잠행 당시 추격자를 떨쳐내고 하룻밤 노숙을 위해 찾아들어간 산자락이 분명했다.

히이잉.

말이 고개를 흔들며 투레질을 하였다. 간혹 한두 번이면 그러려니 하지만 이 길로 접어들면서부터 그 횟수가 잦아졌다.

히이이잉.

고삐를 당기지도 않았는데 말이 스스로 속도를 점차 줄이고 있었다. 가만히 보니 안장 오른쪽 균형이 맞지 않았다. 앞다리에 이상이 있음이 틀림없다.

"워워."

안장에서 내려 말 주위를 천천히 돌면서 세세히 살폈다.

"이런."

오른쪽 앞다리 무릎 쪽이 통통 부어 있었다. 추격을 피하느라 너무 과도하게 달렸던 탓인가. 골절은 아니었으면 좋겠는데. 부어오른 상처 크기로 보아 낙관할 수만은 없었다.

"어쩐다."

치료할 약도 없지만 여기서 마냥 넋 놓고 있을 수도 없다. 그렇다고 부상 입은 말을 다시 탈 만큼 뻔뻔하지도 못하다.

'조금만, 조금만 더 가면 전하를 뵐 수 있는데.'

그런 조급함이 그녀를 안달하게 만들었다. 갑갑함에 가슴을 탕탕 두드리다 '이러면 아니 되지.' 하면서 냉정을 잃지 않으려 크게 숨도 쉬어보았다.

"가만, 그러고 보니 여기 어디쯤에 계곡이 있지 않았던가?"

미복잠행 때의 기억을 더듬으며 계곡으로 가는 길을 떠올리려 애썼다. 어차피 이렇게 된 일, 목적지에 도착하지 못할 바에 지친 육체에 휴식을 주고 생각을 정리하는 것이 더 나은 방법일지도 몰랐다. 바쁠수록 돌아가라지 않던가.

"조금만 더 가자. 그럼 쉬게 해줄게."

칭동 두 번째 이야기

말의 갈기를 쓰다듬으며 한숨 섞인 어조로 다독였다.

아현이 고삐를 부드럽게 잡아당기자 말이 다리를 절룩이며 따른다.

"여기, 어디쯤일 텐데."

그녀의 혼잣말을 증명하듯 밤기운을 가르는 시원한 물줄기소리가 조금씩 들려왔다. 저도 모르게 발걸음이 빨라졌다.

소리가 점차 커지고 청명한 물 내음이 진해진다 싶을 때 계곡이 제 모습을 드러냈다.

쏴아아아.

고삐를 스르륵 놓아주자 말이 본능적으로 계곡가로 움직였다. 말은 당장 필요한 건 상처를 치료하는 것보다 한 모금의 물이라고, 이까짓 다리 상처쯤은 목마름에 비할 바 아니라는 듯, 허겁지겁 계곡물을 마셔댔다.

그 모습을 보고서야 아현 자신도 입안이 바짝 말랐음을 인지한다. 긴장이 약간 풀렸을 뿐인데, 오는 동안 쌓였던 피로가 한꺼번에 몰려왔다.

뭉친 근육이라든가, 흠뻑 젖었던 땀이 찬바람에 말라 찝찝함을 더해줬다는 그런 것들.

목적지를 앞에 두고 오도 가도 못하는 신세가 된 게 좀 어처구니가 없지만 이렇게 지친 몸으로 걸어서 가기엔 오늘 하루 혹사당한 몸이 버텨줄지 모르겠다.

"여독을 좀 푸는 게 낫겠지."

조금이라도 쉬면 피로가 다소 회복될 것이고 그러면 말을 타지 않고도 주둔지까지 무사히 갈 수 있으리라.

등에 멘 천보자기를 풀어놓고 계곡물이 떨어지는 큰 웅덩이로 조금씩 발을 내딛었다. 물높이가 허리춤까지 왔을 때 손과 얼굴을 씻고 물을 원 없이 마셨다. 진짜 살 것 같았다. 생각 같아선 젖은 의복을 탈의하고 온몸을 구석구석 깨끗이 씻고 싶지만 그럴 여건은 아닌지라 대충 머리만 감는 걸로 대신했다.

'역시 가을이라 물이 차구나.'

찬바람이 한 차례 웅덩이를 훑고 지나갔다.

몸이 으슬으슬 떨려오는 것을 느끼며 물에서 천천히 걸어 나왔다. 윤기 흐르는 긴 머리채가 물 먹은 의복에 찰싹 붙었다. 물기를 흡수한 머리카락이 제법 무거웠다. 머리카락 끝에서 시작한 물줄기가 전신을 타고 주르르 흘러내렸다. 이대로 두다간 딱 감모 들기 십상이라 옷깃을 비틀어 짰다.

마지막으로 머리카락 물기도 제거하기 위해 한 움큼 손에 쥘 때였다.

'뭐지?'

온몸을 찌르는 노골적인 시선에 아현의 몸이 순간 긴장했다. 시선이 느껴지는 방향으로 몸을 돌린 그녀는 상대를 즉시 확인하고 숨을 멈췄다. 놀라움에 손끝 하나 움직이지 못했다.

가까스로 벌린 입에서 애틋한 음성이 끊어질 듯 말 듯 흘러나왔다.

"전……하……."

18
해후

황태자가 맞았다. 꿈이 아니었다. 주둔지에 있어야 할 황태자가 왜 이곳에 있는 걸까, 라는 이성적인 판단은 그를 확인한 순간부터 휠휠 날아간 상태였다. 보고 싶었고, 만나고 싶었고, 느끼고 싶었다.

이 주 남짓한 시간이 십 년과도 같아 매일매일이 애달픈 나날들이었다.

잠이 들어야 할 취침시간에는 적지에 홀로 남았다는 적막감이 온몸을 압박하듯 덮쳐눌렀었다. 깊은 잠을 잘 수 없었다. 눈을 감으면 황태자의 '마지막 명'이 불쑥 찾아왔고 의심 없이 곽남휘를 믿어버린 어리석은 자신의 모습도 떠올랐다.

어쩌다 잠이 든다 싶으면 깜깜한 어둠 속에서 맨발로 뛰어다니다 끝끝내 황태자를 찾지 못하고 울음을 터뜨리는 악몽을 꾸었다. 적에게는 오직 의연하게 보여야 했기에 결코 내색할 수 없는 괴로움이었다.

그렇게 애타던 정인을 드디어 만난 것이다. 꿈에서만 그리던 임을 드디어 보게 된 것이다.

아아, 시야가 흐릿하다.

그것이 눈물 때문이라는 것을 깨닫고 손등으로 얼른 털어냈다. 다시 만나게 되면 환한 웃음을 보여주고 싶었는데 지금 표정이 웃는 얼굴일지 우는 얼굴일지 감이 잡히지 않았다. 그저 가슴이 벅찰 뿐이었다.

"전하……."

아직도 그가 앞에 있다는 사실이 믿을 수 없어 다시 불렀다. 그제야 황태자도 흠칫 작은 움직임을 보였다.

가늘게 좁힌 눈을 서서히 풀며 그 나름의 놀라움을 표출했다.

그도 그럴 것이, 유성은 자신이 실체 없는 아현을 보고 있다고 생각했다. 오매불망 그리워하던 임이라 스스로가 만들어낸 망상이라고만 여겼다. 추억이 깃든 이 장소에서 애타는 마음이 사무치다 못해 이제 허상을 만드는 단계까지 가버렸다고 자신의 약함을 비웃었다.

그런데 그 허상이 말을 걸었다. 이제는 환청까지 들리다니, 피가 바짝 마를 것 같았다.

"전……하……. 전하……."

또다시 들리는 고문 같은 달콤한 음성.

유성은 귀를 활짝 열었다. 청각이 잘못된 게 아니라면 분명 아현의 목소리가 맞다. 가슴을 촉촉하게 적셔주는, 늘 두근거리게 하던 고운 소리. 철부지 소년처럼 투기심이 끓어오르게도 하고, 순식간에 심장을 뜨겁게 만들기도 하는, 오직 그녀만이 낼 수 있는 천상의 미음美音.

아현의 아름답고 큰 눈이 흔들리는 눈물을 머금었다. 무게를 이기지 못한 한 방울이 또로록 소리가 날 것처럼 볼을 가로질렀다.

지끈.

심장이 쥐어짜이는 아픔에 유성은 날카로운 신음을 삼켜야
했다.

만약 이 모든 것이 환상이라면 정녕 미치고 말리라. 때를 기다
리지 못하고 아현에게 한달음에 달려가고 말리라.

"아현……이냐……?"

"예……. 맞사옵니다……."

아현이 그를 향해 가늘게 떨리는 곱고 흰 손을 내밀었다.

유성은 그 손을 잡으려 성급히 뻗으려던 자신의 손을 죽을힘
을 다해 억제했다. 정말 만질 수 있을까. 만질 수 있는 게 맞을까.
이토록 망설여지다니. 우유부단이라곤 찾아볼 수 없는 자신이
맞나 싶었다.

"꿈이……; 아닌 것이냐?"

"절대 꿈이 아니옵니다."

아현은 북받쳐오르는 울음을 참기 힘들었다. 그녀가 그리워한
만큼 황태자도 다르지 않다 생각하자 고스란히 느껴지는 고통
에 심장이 찢어지는 듯했다. 얼마나 그녀를 상상하였으면 보고
도 꿈이냐고 하겠는가. 그녀의 몸에 쉬이 손대지 못하는 그의 안
타까움이 전해져왔다. 꿈일까 무서워 손을 뻗지 못하는 그가 이
해되었다.

기쁨과 반가움, 그리움, 환희, 안도 모든 감정이 뒤범벅되었다.

아현은 그 끓어오르는 격정을 이기지 못하고 냉큼 황태자의
품에 뛰어들었다. 다시는 떨어지지 않을 것처럼 너른 가슴을 힘

껏 안았다.

명주 천 아래로 느껴지는 포근한 기운과 세차게 고동치는 심장박동이 이것이 현실임을 일깨웠다. 감동이 샘물이 되어 온몸을 순환했다.

"으흑……."

유성은 믿을 수 없는 기분이었다. 생생한 촉감, 이 향기, 이 부드러움, 이 두근거림. 날아든 새를 감싸듯 손을 조심스레 올려 어깨를 안았다. 아직도 믿기지 않아 몇 번이고 확인하듯 육체를 어루만졌다.

"내 아현이……, 맞느냐?"

끄덕끄덕.

대답할 수 있는 상태가 아니라 아현은 얼굴을 그의 가슴에 묻고 열심히 고개를 끄덕였다.

"어찌……. 어찌……."

황태자는 끝끝내 말을 잇지 못했다. 대신 아현의 존재를 확신하며 있는 힘껏 마주 안았다. 공기조차 통과하지 못하게, 다신 뺏기지 않겠다는 다짐처럼, 팔에 들어간 힘은 좀처럼 풀리지 않았다.

"전하……?"

황태자로부터 잔떨림이 전해져왔다. 그러한 떨림은 불규칙적으로 이어졌고 좀체 꺼지지 않았다.

목덜미 쪽에 느껴지는 따뜻한 액체. 눈물과는 절대 거리가 멀다던 그가 결국 귀한 옥루를 흘리고 말았다.

아현은 다시금 가슴이 미어졌다. 그녀를 붙들고 있는 손이 어미를 놓지 않으려는 아이의 절박함과도 닮아서 더 가슴이 시렸다.

황태자의 얼굴이 보고 싶어 고개를 들려는데, 그가 작은 움직임도 참을 수 없다는 듯 더 세차게 안아왔다.

"전하, 얼굴을 보여주시어요."

"아니 된다."

"예?"

너무 대찬 거절에 순간 할 말을 잃은 아현은 퍼뜩 정신을 차려 반문했다.

"왜 그러시옵니까?"

대답을 회피하던 황태자는 아현이 끈질기게 같은 물음을 되풀이하자 포기의 한숨과 함께 작게 웅얼거렸다.

전혀 유성답지 않은 모습이었다.

"사내 체면이라는 게 있지. 이런 볼썽사나운 꼴……, 어찌 너에게 보이느냐?"

아현은 아랫입술을 꾹 깨물며 새어나올 것 같은 웃음을 가까스로 참았다. 이런 말을 직접적으로 한다면 불호령이 떨어질 테지만, 솔직한 마음으로 황태자가 너무 귀여웠다. 그의 이런 모습이 처음이라 더욱 그랬다. 놀리고 싶은 맘이 조금 없잖아 있었으나 지금까지 늘 그랬듯 아현은 몸을 내맡기며 그의 뜻을 따랐다.

"괜찮아지시면 전하의 얼굴……, 꼭 보여주셔야 합니다."

"그래……."

"사랑하옵니다."

"무엄하다."

달짝지근한 분위기에 어울리지 않게 황태자의 옥음이 제법 근엄했다.

어리둥절한 아현이 그를 보려 움직이려 하자 넓은 손바닥이 뒷머리를 지그시 눌렀다.

"내가 먼저 해야 할 말을 가로채다니, 상당히 무엄해."

긴장한 근육이 풀렸고 곧 행복한 웃음이 뒤따랐다.

유성은 곱디고운 청량한 웃음소리를 들으며 입술을 아현의 귀에 바짝 다가가 속삭였다.

"내 목숨보다 너를 더 귀히 여길 만큼……, 은애하고 있다."

두 사람은 그 자세 그대로 부둥켜안고서 떨어져 있어야 했던 시간들을 말로써 공유하였다.

인질이 된 아현이 경험한 갑갑한 황궁생활과 하루에 열두 번도 더 숨통이 조여들었던 유성의 주둔지생활.

황궁을 탈출하고 아슬아슬한 순간에 이태기의 도움으로 이 계곡까지 올 수 있었다는 아현의 고백에서 유성은 그저 묵묵히 안은 팔에 힘을 줄뿐이었다.

정작 필요할 때 그 자리에 없어서 미안하다는 듯, 구출하러 가지 못해서 면목이 없다는 듯, 끊임없이 얼굴을 맞대어 비비고 젖은 몸뚱이를 쓸어댔다.

아현의 얼굴 여기저기에 입을 맞추다 번뜩 유성의 눈동자에 검은 기운이 점점이 모여들었다.

"나도 어쩔 수 없는 사내로군."

유성의 혼잣말과 같은 토로에 아현이 의아한 빛을 던졌다.

"네가 무사하다는 것만도 감사해야 하는데, 단 며칠이라도 두 사람이 함께 있었다는 사실이……."

아현이 두 눈을 크게 뜨고 유성의 말을 막았다.

"혹, 불미스러운 일이 있었느냐는 물음이시라면 걱정 마시옵소서. 절대, 그런 일은 있지 않았습니다."

"안다. 알아. 그건 네 눈빛만 보아도 알 수 있느니라."

"그럼 왜 그러십니까?"

"네가 다른 사내와 한 공간에 잠시 머물렀다는 것 자체가 마음에 들지 않아."

"정말, 못 말리겠습니다."

배꽃 같은 웃음으로 고개를 가로젓는 그녀의 빛나는 낯을 유성이 말없이 내려다보다 명백한 의도를 담은 손길로 아현의 젖은 옷을 하나씩 풀어헤쳤다.

"전하……. 춥사옵니다."

가을밤의 차가운 공기 탓인지 연인의 대한 갈망의 떨림인지, 솔직히 구분이 가지 않았다.

"추우니 벗어야지. 이런 젖은 옷을 계속 입고 있다간 바로 감모가 들 것이다."

"하오나."

"쉿. 지금도 네가 실체인지 아닌지 긴가민가해. 그러니 확인해야겠다. 아니, 사실은 그저 네 품이 그리웠는지도……."

두 사람은 금세 나신이 되었다. 유성의 외투가 바닥에 깔리고 그가 그 위에 아현을 눕혔다. 그녀가 추위에 한 차례 몸을 떨자 유성이 따뜻한 기를 주입해주었다.

입술이 만나고 몸이 접촉한다.

진짜 꿈이 아닌지 확인하는 절차로서, 시작은 조심스러웠다.

뜨거운 입술에 반응하고 그보다 더 뜨거운 손길에 호응하는 그녀를 느꼈을 때야 유성은 비로소 현실임을 깨달았다.

유성의 머리가 점점 아래로 내려가며 젖은 그림들을 그려나갔다. 쇄골에 보드라운 붓질을 하고 가슴골에 잠시 머물러 숨을 조절한다. 곧 뽀얀 가슴을 한 입 베어 물고 진한 먹을 찍는다.

"하아……."

"으음."

좀체 내려가지 않는 입술이 몰캉한 가슴을 희롱하며 노닐었다. 젖꼭지가 빳빳하게 서서 짓물러질 때까지 집요한 혀 놀림이었다.

끙끙거리는 아현의 반응에 그제야 다른 곳을 탐험한다.

혀에 찰싹 붙는 아랫배를 괴롭히다 허벅다리를 들어 가장 연한 안쪽 살을 이로 약하게 물다 빨기를 반복한다.

유성의 머리를 잡은 아현의 손에 일순 힘이 주어졌다.

"으훗!"

정염에 타오르는 입술이 기어이 수풀을 헤쳐 들어왔다. 여인의 가장 비밀스러운 곳, 생명이 탄생하는 곳, 그 누구도 함부로 드나들 수 없는 촉촉한 대지에 그의 숨결이 안착하여 제 욕심껏 부드러움을 섭취했다.

점점 강해지는 아현의 손아귀.

흥분에 녹아든 몸이 부르르 떨리고 고개가 한 차례 뒤로 꺾어졌다.

"제발……."

큭큭큭.

질 나쁜 웃음소리.

머리를 든 유성의 눈이 배부른 포식자처럼 형형한 빛으로 물들었다. 꿀을 탐하듯 입술 주위를 맛보는 그의 모습은 더없이 관능적이었다.

"으윽……!"

안으로 밀고 들어오는 거대한 부피감에 아현와 호흡이 흐트러졌다.

질퍽질퍽, 애욕을 불사르는 거친 체음體音이 졸졸 흐르는 계곡물 소리와 화합해 음률을 이어갔다.

한발 물러서는 후퇴와, 강하게 파고드는 전진 속에서 아현은 정신을 잃어갔다. 하루 동안 겪었던 긴장감을 까맣게 잊은 듯 유성의 뜨거움에 속절없이 녹아들었다.

"전하……. 전하……!"

"아현!"

차돌 같은 단단함이 깊숙이 들어와 용암의 횃홧함으로 화한다. 맞물린 육체의 열기 속에 열락의 아지랑이가 피어났다.

유성은 상대의 숨이 턱턱 막히게 밀어붙이다 말고 배려 차원에서 잠시 은근한 움직임으로 부드럽게 드나들다 아현의 호흡이 안정적으로 돌아오자 다시금 속도를 올렸다. 다리가 어깨에 걸쳐지고 압박은 더욱 거세어졌다.

타오르는 교성, 헐떡이는 신음, 노골적인 육체적 마찰.

언제까지고 이어질 것 같은 질주가 아현을 쾌락의 소용돌이로 몰아갔다.

마지막 끝점을 향해가는 유성의 몸짓에 정수리 백회혈에까지 쾌감이 올라왔다. 척추가 휘어지고 백색의 시야가 숨을 앗아간다.

누가 먼저 터뜨렸을지 모를 만족스러운 흥분이 두 사람의 입에서 동시에 터져 나왔다.

몸속 곳곳에 퍼지는 따끈한 기운.

하아, 하아, 하아.

쾌락의 여운에 땀으로 흠뻑 젖은 서로의 몸을 정성껏 보듬는다. 호흡이 정상적으로 돌아와도 유성의 두 팔과 다리는 여전히 아현을 가둔 채였다.

"아현."

"예, 전하."

곱게 대답하는 그녀가 예뻐 죽겠는지 그 입에 짧고도 진한 입맞춤을 한다.

"내가 사랑하는 여인은 오직 너뿐이다."

"저 또한 그렇사옵니다."

"내 옆에 너 말고 다른 이를 상상해 본 적, 한 번도 없느니라."

유성의 육체에 반쯤 걸친 아현의 나신이 기쁨을 나타내듯 안으로 파고들었다.

"난 황제가 될 것이다."

"아옵니다."

"그러니, 당연한 수순으로 넌 황후가 되어야 한다."

아현의 몸이 움찔, 작은 경련을 보이며 굳어졌다.

"너에게 선택사항은 없다. 내가 결정한 바니, 넌 그냥 따라오너

청동 두 번째 이야기

라."

"솔직히……. 자신은 없습니다."

그녀는 유성의 뜻이 기쁘면서도 마냥 기뻐할 수 없는 이율배
반적인 감정이 들었다.

과연, 자신이 황후가 될 자질이 있는 것인가.

"내 옆에 머무르기만 하여도 넌 네 소임을 다한 것이니, 걱정은
접거라."

"황후가 무능력하다 말들이 많아지면 어찌하옵니까?"

"네가 무능력하다면 어느 누가 능력이 있단 말이더냐? 내 보기
엔 능력이 차고 넘쳐흐르다 못해 나를 능가할 것 같은데?"

"농이 과하십니다."

"이 나를 봐서라도 약한 소리는 말아라."

아현이 민망하다는 듯 얼굴을 그의 가슴에 비비며 웅얼거렸
다.

"예……. 부족하지만 잘 부탁드리옵니다."

흔히 볼 수 없는 아현의 애교스런 행동에 유성의 가슴이 흐물
흐물 녹았다.

어쩜 이리 어여쁠 수 있을까. 불끈, 하체에 힘이 몰렸다.

몸을 반쯤 일으켜 요상한 분위기로 전환시키는 유성의 행동
에 아현이 볼을 붉히며 목을 마주 끌어안았다.

곽남휘 무리와의 전투를 완벽한 승리로 이끈 이태기는 수하에
게 뒷정리를 맡기고 먼저 주둔지에 도착했다. 당연히 아현이 있
을 것으로 생각하고 찾았으나 아무도 오지 않았다는 부하들의

증언으로 이태기는 눈앞이 까매지는 듯했다.

전투지역과 주둔지 사이의 거리가 얼마 되지 않았기에 너무 안일하게 생각했던 걸까. 그녀를 혼자 보내는 게 아니었다며 자책했다.

"수색대를 더 보내야 하지 않겠습니까?"

조급함이 묻어나는 이태기의 음성에 염홍은 지그시 눈을 감고서 골똘히 생각에 잠겼다. 수 초간 침묵을 유지하더니 이내 눈을 뜨고 이태기를 돌아봤다.

"이 가까운 거리를 아현 님이 찾지 못했다는 건 말이 안 된다네."

"제 말이 그 말입니다."

"한데, 전하께서도 소식이 없으시지."

"그러고 보니……. 설마?"

행선지를 밝히지 않고 자리를 비우는 황태자지만 그가 돌아올 때까지 머리털 빠지게 걱정하는 부하들을 알기에 홀연히 나간 만큼 금세 돌아오곤 하였다. 그런 황태자가 별도의 연락 없이 감감무소식이라는 건 무슨 문제가 생겼거나 아니면…….

"아현 님을 만나신 건?"

"그럴 가능성을 배제할 순 없지."

"그렇다면 다행입니다만 그게 아니라면 진짜 큰일입니다. 야도 수장님이 직접 찾아오셔서 아현 님 행방을 물으시는데 정말 입이 열 개라도 할 말이 없었습니다."

야도의 수장이면서 아현의 조부인 김태문은 아현이 잡혔다는 소식을 전해듣자마자 오직 손녀 걱정에 쉬지 않고 달려 주둔지에 도착하였다. 근본적으로는 황태자를 믿고 있지만, 적지에 손녀가 홀로 있다는 사실은 아무리 담대한 그라도 평정심을 유지하기 힘든 일인 듯했다.

"염 우호군 대감마마! 이태기 대장님!"

월훈무사 하나가 무슨 큰일이라도 난 것마냥 호들갑스럽게 두 사람을 불러댔다.

이태기의 가슴이 철렁 내려앉았다. 혹시 나쁜 소식일까 싶어 식은땀마저 송골송골 솟아올랐다.

"무슨 일이냐? 왜 그러느냐?"

월훈무사가 숨이 찬지 헉헉거리며 큰 소리로 밝혔다.

"전하께서 아현 님을 데리고 오셨습니다!"

"뭐?"

"지금 막 도착하셨습니다! 밖에 계십니다!"

염홍과 이태기의 눈에 기쁨과 놀람이 섞였다. 얼떨떨함에 멈칫한 것도 잠시, 이태기가 재빠른 몸놀림으로 후다닥 밖으로 나가자 염홍도 이에 뒤질세라 체통도 잊고 뜀박질을 하였다.

"황태자전하 만세! 아현 님 만세!"

"황태자전하 만만세! 아현 님 만만세!"

밖은 그야말로 축제 분위기였다. 황태자가 그동안 아현이 그의 반려라 공공연하게 밝혀온 터라 그녀의 무사귀환이 얼마나 큰 의미인지 군사들도 알았던 것이다.

아현을 안은 상태로 말을 몰고 온 황태자는 고삐를 마부에게 넘기고 조심스럽게 말에서 내렸다. 아현의 옷차림은 이태기와 만났을 때하고 사뭇 달랐는데, 검은 무복이 아닌 화려하기 짝이 없는 양모 외투로 꽁꽁 싸맨 모습이었다.

아직 덜 마른 머리카락과 행복을 머금은 분홍빛 뺨, 힘이 쭉 빠진 신체하며 나른한 미소까지.

이태기는 괜스레 민망해져 볼을 긁적였다.

'역시⋯⋯. 그거겠지. 하긴 떨어진 시간을 생각하면 못 참을 만도 하지.'

주위에 사람이 있건 없건 아현을 품는 데 주저하지 않던 황태자의 성정을 생각해보건대 이것은 지극히 당연하다고 봐야 옳았다.

"아현 님, 무탈한 모습을 뵈오니 감개무량합니다."

염홍이 먼저 다가가 인사를 하자 아현은 안절부절, 가만있지 못하고 황태자에게 내려달라 사정하였다.

"싫은데?"

"전하!"

"힘들어서 서 있지도 못하면서."

"아, 아니옵니다. 설 수 있습니다."

닭살이 올라올 만큼 낯간지러운 두 사람의 줄다리기에 염홍이 흠흠 헛기침을 하였다.

그제야 수백, 수천 개의 눈들이 자신들을 향한 것을 인지한 아현은 급기야 버둥거렸고, 그녀의 고집스러움을 잘 알고 있는 유성은 염홍을 살짝 노려보며 아쉽다는 듯 내려주었다.

"우호군 대감마마, 심려를 끼쳐드렸습니다."

"말씀을 낮추시옵소서. 아현 님은 곧 황후가 되실 몸이십니다."

어느 정도 예상하고 있었고, 황태자의 언질도 있었으나, 기본적인 언행을 대번에 바꾸기란 결코 쉽지 않은 일이었다.

"아직은 아니니 봐주십시오. 차차 바꾸어가도록 하겠습니다."

염홍 뒤를 이어 이태기와 오랫동안 음지에서 활동해온 각 단체 수장들이 차례로 인사를 해왔다.

인사가 거의 끝나갈 때쯤 어디선가 대성통곡하는 소리가 들려왔다. 소리가 너무도 우렁차 돌아보지 않고는 배길 수 없었는데, 주인공은 다름 아닌 풍한도였다. 그는 바닥에 넙죽 엎드린 채 너른 어깨를 덜덜 떨고만 있었다.

"풍한도! 어느 안전이라고 방정맞게 우는 것이냐? 당장 그치지 못할까!"

이태기가 엄하게 호통을 쳤으나 울음소리만 조금 줄어들었을 뿐, 큰 변화는 없었다. 그간 알게 모르게 고생해온 풍한도의 마음이야 십분 이해가 가지만서도 과한 것은 안 하느니만 못하다고 적당히 울 것이지, 초상집도 아닌데 꼭 이래야 하는가 말이다.

슬슬 황태자가 언짢은 기색을 내비치려 하자 이태기가 서둘러 다시 경고를 보냈다.

"풍한도! 울음을……!"

강한 의지를 담은 아현의 부드러운 손이 이태기의 팔을 살짝 잡으며 막았다. 풍한도에게로 한 발 한 발 내딛는 아현의 움직임에 모두의 시선이 따라갔다. 풍한도 머리맡에 선 아현이 서서히 몸을 내려 한쪽 무릎을 꿇고 앉았다.

"고개를 드십시오."

바로 근처에서 들려온 목소리에 풍한도의 어깨가 움찔 떨렸다.

늘 긍정적이며 호방한 웃음이 매력적이던 풍한도였다. 그런 그가 한을 토해내듯 울고 있었다. 보지 않았다면 믿지 않을 장면이었다. 그녀가 잡혀 있을 동안 얼마나 모진 멸시가 있었으면 이러할까. 짠한 마음에 속이 편치 않았다.

"울지 마십시오. 풍 사님 혼자만의 잘못이 아닙니다. 제 실수도 있었습니다. 그러니 너무 자책하지 마십시오."

바위 같은 몸이 쭈뼛거리면서 머리를 들어 아현을 올려다봤다.

눈물콧물 범벅이 된 엉망진창인 풍한도의 얼굴을 직접적으로 목도한 아현은 터질 것 같은 웃음을 힘겹게 참아야 했다.

"정말……입니까?"

"예, 운이 없었을 뿐입니다."

"정말 용서해주시는 겁니까?"

"용서라니 당치도 않습니다."

어떤 것이라도 포용할 듯 무한한 자애가 가득한 미소가 아현의 얼굴에 잔잔하게 그려졌다. 그 따사로움에 동화된 풍한도가 다시 한 번 더 감동받은 것은 말할 것도 없음이라.

"감사합니다! 감사합니다! 아현 님! 아현마마 아니, 황후마마!"

풍한도가 별안간 아현에게 달려들었다. 피한다고 피했는데 풍한도가 원체 빨라 다리 한쪽을 내주고 말았다.

감사하는 마음과 기쁨을 주체할 수 없었던 풍한도는 경악하는 주위의 반응을 알아차리지 못할 만큼 혼자만의 세계에 빠져 있었다.

"아현 님은 역시 비단결 같은 마음을 가졌습니다! 선녀보다 더

선녀 같으신 분이십니다! 암, 그렇고말고요!"

추레하기 짝이 없는 풍한도의 행동에 이태기가 이를 갈았다.

"미친놈."

전하께서 나서시기 전에 내가 먼저 저놈을 떼어내야지. 못 산다, 못 살아.

하지만 이태기의 생각은 행동으로 옮겨지지 않았다. 아니, 옮길 수가 없었다. 이태기가 막 발을 떼려던 그때 황태자가 바람 같은 속도로 이동해 거머리처럼 붙어 있는 풍한도를 뻥 하고 차버렸기 때문이다.

황태자 발에 맞고 코피를 터뜨리며 뒤로 넘어가는 풍한도를 보며 이태기는 이마를 짚었다.

'한도도 모자라 전하까지. 이 무슨 촌극도 아니고. 아이고, 머리야.'

"허허허허."

옆에서 염홍이 너털웃음을 지었다. 그것을 시작으로 모두가 참았던 웃음을 터뜨렸다. 때 아닌 웃음바다가 주둔지를 중심으로 출렁출렁 넘실댔다. 그 와중에도 풍한도는 피가 나오는 코를 막으며 "아이고, 아이고, 내 코야." 하며 바닥을 우스꽝스럽게 굴러다녔다.

"아현."

뒤에서 감싸 안듯 아현의 허리에 팔을 두른 황태자가 그녀의 이름을 나지막이 불렀다. 아현이 습관적으로 대답하면서 외로 올려다보자 황태자가 뒤를 가리켰다. 무슨 일이지, 하며 뒤를 도는데 한 노인의 얼굴이 눈에 박혀 들어왔다.

"아……."

김태문, 그녀의 조부였다. 곧 만날 수 있으리란 기대는 늘 가지고 있었으나 막상 이렇게 조우하니 머릿속이 백짓장이 되어버린 듯 일순 아무 생각도 나지 않았다.

보고 싶었다는 인사가 먼저일지, 안부가 먼저일지, 어떤 식으로 반응해야 할지, 온통 뒤죽박죽이었다.

와자지껄 떠들던 소리는 어느 순간 가라앉아 사라지고 없었다.

걸음마를 처음 배운 아기마냥 김태문이 떠듬떠듬 한 발짝씩 움직였다. 야도를 호령하던 패기는 눈 씻고 보아도 찾기 힘들었다. 손이 닿을 거리에서 발을 멈춘 노인은 그저 아현을 바라보기만 했다. 머리카락 한 올이라도 새기려는 듯 머리끝에서 발끝까지 세세히 눈에 담았다. 다시 시선을 올린 노인의 눈은 이미 촉촉이 젖어 있었다. 얼핏 고통이 보였지만 그 위로 감격과 기쁨이 막을 형성하였다.

"이름이 아현……이라고?"

'아아, 인자한 이 목소리. 이 음성이었다.'

가슴 한곳을 콕콕 쑤시던, 가끔 떠올릴 때면 코끝을 찡하게 만들던 푸근한 음성.

'예, 제가 아현입니다. 할아버지.'

이렇게 대답하고 싶었다. 실제로 입을 움직이기도 했다. 한데 소리가 아니 나왔다. 다시 입을 벙긋벙긋 해보았다. 목구멍에 찰흙을 막아놓은 듯 폐에 심한 압력이 느껴졌다.

'왜 이러지. 왜 말을 못 할까. 하고 싶은 말이 얼마나 많았는데.

바보같이 왜⋯⋯.'

"아가, 울지 마라."

아현은 조부의 말을 듣고서야 자신이 울고 있다는 것을 알게 되었다. 주름지고 갈라진 손마디가 그녀의 손을 잡아왔다. 투박하고 거친 느낌이었지만 따스함만큼은 누구에게도 뒤지지 않았다.

끝내 아현의 고개가 숙여졌다. 고운 눈물이 비처럼 쏟아졌다. 아현이 쓰러지지 않게 황태자가 뒤를 지탱하였고 그 앞은 노인이 그녀의 어깨를 토닥이며 뜨거운 눈물을 흘리었다.

조부와의 짧은 해후를 끝낸 아현은 황태자가 머무는 임시처소에서 편안한 복장으로 갈아입고 양모 외투를 유성에게 전했다.

"황후가 내게 이걸 전하라 하였다고?"

"예, 분명 그러셨사옵니다. 귓속말로, 아주 작은 소리로 말씀하셨습니다."

"황후의 상태는 어떻더냐?"

"조금⋯⋯, 종잡을 수 없었지만, 귓속말을 하였을 땐 정상으로 보였습니다."

"음⋯⋯."

양모 외투를 두루 살피던 황태자가 대뜸 손을 멈칫거렸다. 눈을 날카롭게 빛내며 바깥을 향해 염홍과 이태기를 불러오라는 명을 한다.

"찾으셨습니까, 전하."

"이것을 보라."

아현이 양모 외투를 가져온 이유를 설명한 뒤 두툼한 외투를 탁자 위에 펼쳐 보였다.

"화려하다뿐이지 딱히 특별한 것은 없어 보입니다."

"이 사, 단검을 내게 건네라."

"아, 예."

이태기가 단검을 황태자에게 올렸다. 유성은 단검의 날카로운 날을 손끝으로 살짝 눌러보고는 깔끔한 동작으로 양모 외투의 아랫단을 자르기 시작했다. 양모의 흰털이 보였다.

유성은 거기에 그치지 않고 옆과 어깨, 모든 솔기 부분을 단검으로 갈라 해체했다. 안감을 완전히 분리한 뒤 그 속에 있는 양모도 제거했다.

"아니! 이건!"

염홍이 놀람의 탄성을 터뜨렸다. 겨울 외투답게 양모와 더불어 여러 천을 겹쳐 만든 이 옷은 가장 가운데 있는 천이 드러남으로써 그 비밀이 밝혀졌다.

"이건 북궁 지도가 아닙니까? 일일이 직접 그린 것 같습니다."

북궁이란 황제의 사적공간을 통틀어 일컫는 말로 위천궁, 황후전, 세강궁이 모두 여기에 속했다.

"지도도 그냥 지도가 아니군요. 이건 모두 지하에 만들어진 비밀통로들입니다."

유성은 작게 끄덕이며 염홍의 말을 긍정했다. 유성 그도 몇 개의 비밀통로는 알지만 황제의 거처까지 알기란 무리가 있었다. 그도 그럴 게 인덕제가 살아생전 북궁 비밀통로 지도를 분실하는 바람에 오늘날까지 이어지지 못했던 것이다.

"오래 전에 이미 잃어버린 것으로 아는데 황후가 어찌······."

"유백, 그자가 가지고 있었겠지. 황후는 그것을 보고 그린 것이고."

"유백이 가지고 있었다면······."

"그래, 전대 황제, 황후를 암살하는 데 사용하였겠지. 그 많은 호위들의 눈을 가리고 어떻게 암살하였나 했더니······. 이로써 밝혀지는군."

염홍은 두 눈을 감고 침통한 마음을 억눌렀다.

잠시간 침묵이 흘렀다.

아현은 팔을 움직여 황태자의 손을 잡았다. 나름의 위로였다. 슬퍼도, 괴로워도, 온전히 내색할 수 없는 그의 위치를 알기에 마음이 쓰라렸다.

따뜻한 온기를 느낀 황태자가 걱정을 가득 담은 그녀의 눈을 보며 입술 끝을 짧게 움직인다.

아무렇지 않다, 괜찮다는 의도였겠지만 그마저도 아현에게는 슬픔의 또 다른 표현 같아 심장이 찌릿했다.

무거운 분위기를 상쇄시키듯 황태자가 평소와 같게 말했다.

"황후의 정확한 의도는 모르겠으나 어쨌건 우리를 돕고자 하는 건 명확해 보인다. 여기를 보아라."

유성이 지도의 한 부분을 손으로 짚었다.

"우리가 도성을 함락하고 황궁을 압박하면 유백은 분명 비밀 통로를 통해 도주할 것이다. 도주로는 여기. 이 지점이다."

"한마디로 황제의 숨통을 쥐어달란 거 아닙니까? 한데 이상합니다. 황후 입장에선 황제가 잘못되면 본인에게도 좋지 않을 텐데 왜 해가 될 일을 하는 걸까요?"

이태기의 의문에 유성은 아주 찰나적으로 아현을 보았다가 시선을 다시 지도에 두고 대답했다.

"만나게 되면 알게 되겠지."

조용히 침묵한 채 잠자코 지도만 살피던 염홍은 가장자리 한 지점에서 시선을 우뚝 멈췄다.

"전하! 이것을 보시지요!"

염홍이 가리킨 곳에는 사람 손바닥이 작게 그려져 있었다. 방향을 보자면 오른손이었다. 조금 특이한 것은 네 번째 손가락 무명지가 중지보다 길다는 점이었다.

"전하! 닮았습니다!"

"무엇이 닮았다는 것이냐?"

"인덕제께옵서도 오른손이 이러하셨습니다!"

유백이 전대 황제를 암살했다는 증거, 어쩌면 찾을 수 있을지도 모른다는 기대감에 유성과 염홍의 눈은 어느 때보다 반짝거렸다.

날이 밝으면 총공격을 할 것이니 모든 준비를 마치라는 명을 받은 염홍과 이태기는 부리나케 처소를 나갔다. 제대로 잠도 못 잘 것이 분명했다.

"전하, 숙면을 취하신 게 언제이옵니까?"

"왜 그러느냐?"

아현은 피곤이 묻어나는 황태자의 눈가를 살짝 만져댔다.

"잠을……, 못 주무셨던 것이옵니까?"

"네가 내 옆에 없거늘 내가 잘 잤으리라고 보느냐?"

말투는 냉랭한 타박이면서 아현의 손을 잡고 입술로 가져가는 동작은 포근하기 그지없었다.

"조금이라도 눈을 붙이시어요."

말이 나온 김에 아현은 이부자리를 정리하고 황태자의 손을 잡고 이끌었다.

"이젠 제법 유혹할 줄도 아는구나."

"그만 놀리시고 어서 누우십시오. 휴식을 취하셔야 하옵니다."

"정인이 이리 딱딱해서야."

곱게 잘 눕는다 했더니 머리가 베개에 닿기 무섭게 아현의 팔을 잡고 품으로 이끌었다.

"전하!"

"너를 안는 것이 내겐 휴식이다."

몸을 뒤집어 아현을 아래로 가둔 유성은 예의 자신만만한 표정을 유지하며 서슴없이 손을 움직여나갔다. 매듭을 풀고 옷깃을 벌려 살결을 음미한다.

"전하, 자꾸 이러시면……."

"쉿."

밖으로 새어나갈세라 숨죽인 신음이 간헐적으로 터졌다 사라졌다 더욱 은밀한 분위기를 자아내었다.

유성의 단단함이 그녀의 몸에 가득 들어찼을 땐 아현은 저도 모르게 날카로운 숨을 들이켰다.

큭큭, 그의 만족스러운 웃음소리가 들렸다. 마치 어디까지 참을 수 있겠느냐는 도발 같았다.

허리 짓은 새벽녘까지 멈춤 없이 지속되었다.

황후전 삼 층. 황후의 침전 중 가장 화려함을 자랑하는 이곳에서 황제는 복잡한 사안들을 잠시 접어두었다.

휴식이 필요했다. 그에게 휴식이란 황후를 보고 느끼는 것이다. 아랫것들을 물리고 난 뒤라 체면 차릴 것 없이 황후의 허리에 얼굴을 묻었다.

피곤하고 힘들다. 하루에 열두 번도 더 오르는 혈압이 감당이 안 되었다. 솔직히 지금도 열불이 터졌다.

"폐하, 왜 그러시옵니까?"

그저 한숨으로 대답을 대신했다.

"무슨 일이 있으셨사옵니까? 신첩에게 말해보시어요."

"기마부대가 탈영하였소이다."

그 사실을 알자마자 눈앞이 아찔해지는 듯하였다. 단지 소문을 잠재우고 흐트러진 기강을 바로잡고자 했을 뿐인데, 무엇이 잘못된 걸까. 너무 심했었나. 하지만 당연한 처사였다. 황제를 능멸하는 자에겐 죽음만이 존재한다. 마음 같아선 기마부대 전체를 깡그리 도륙하고 싶었다. 내전만 아니었다면 그리하였을지도 모른다. 다시는 그런 소문에 흔들리지 않게 뿌리째 뽑았으리라.

한편으로는 이런 생각도 들었다. 권력과 무력을 앞세워 발 디딜 곳 없이 과하게 밀어붙인 건 아닐까 하고. 궁지에 몰리면 무슨 짓을 할지 모르는 게 사람이 아니던가. 최근을 되돌아보면 실패의 책임을 오직 피로써 물었다. 주안문 광장 임시처형장은 피가 마를 날이 없었다. 일반백성들이건 군사들이건 하루하루가 두려움의 연속이었을 터였다.

"기마부대라면 입에 담을 수조차 없는 무시무시한 소문을 퍼뜨린 자들이 아니옵니까?"

"그렇다오. 그들에 대한 처사가 심했던 게 아닐까 싶소."

"폐하, 무슨 그런 약한 말씀이십니까? 차라리 잘되었사옵니다. 있어도 별 도움 되지 않았을 것이옵니다. 말을 잃은 기마부대라니. 기마부대란 칭호가 아깝습니다."

"정말 그리 생각하시오?"

"당연하옵지요."

"대신들은 내가 무슨 말을 할 때마다 통촉하여달라 난리라오. 전투를 치르면 번번이 지고 들어오고, 적이 성벽을 타도 알아차리는 데 늦고, 군수품은 바닥나고, 대체 어디까지 참아야 한단 말이오? 전쟁이 동네싸움도 아니고. 본보기는 당연히 필요했소."

유백은 한 가지 간과한 것이 있었다. 그러한 결과를 초래한 원인은 아군과 적군의 실력차에 있거늘 오직 군대의 물러진 기강 탓으로만 돌리고 있었으니 제법 머리를 굴릴 줄 아는 대신들 입장에선 복장 터지는 일이 아닐 수 없었다.

"항상 폐하가 옳으시어요."

"진정 과인이 틀리지 않았소?"

"혜안을 가지신 폐하시옵니다. 흔들리지 마시어요."

"아아, 역시 황후요. 찝찝한 마음이 가시었소. 이렇게 마음을 편하게 해주니 이래서 황후를 귀히 여기오. 내겐 황후뿐이오. 황후가 없다면 난 살지 못할 것이오."

"신첩도 그러하옵니다. 폐하."

황후의 손이 유백의 머리카락을 부드럽게 쓰다듬었다. 나른하고 기분 좋은 느낌에 그녀의 허리를 더 강하게 껴안는다.

황후가 나직하게 웃었다.

"황후, 너무 편안하고 좋소. 이대로 자고 싶구려."

"좀 쉬시어요. 나중에 깨워드리겠사옵니다."

황후의 입술은 자애롭게 부드러운 곡선을 그리고 있었으나 그녀의 눈에서는 웃음기라곤 전혀 찾아볼 수 없었다.

"큰일 났습니다!"

황룡대 오부장이 헐레벌떡 뛰어오며 황룡대 대장에게 보고했다.

"큰일 났다니?"

"성벽 밖을 보십시오! 황태자가 엄청난 대군을 이끌고 도성으로 진격하고 있습니다!"

"뭐라고? 그 수가 어느 정도냐?"

"팔만 아니, 십만도 넘어 보였습니다!"

"뭣이?"

말이 안 되는 보고였다.

황태자의 기존 군사 수는 만 몇 천 남짓. 탈영한 기마부대와 병합했다손 쳐도 삼만이 겨우 넘을 뿐, 팔만은커녕 사만에도 미치지 못할 터였다.

심신이 피로한 오부장이 헛것을 본 게 틀림없다 치부하면서도 왠지 모를 불안함이 꺼림칙한 뒤끝을 남겼다. 고민할 것도 없이 도성 안에 마련된 처소에서 나와 성벽 위로 올라갔다.

황룡대 대장은 눈앞에 펼쳐진 광경에 입을 다물 수 없었다.

"이럴 수가……."

거짓보고가 아니었다. 광활한 평야에 수평선처럼 넓게 퍼져 있는 촘촘한 작은 점들은 황태자군이었다.

저 많은 수의 군사들이 어디 숨어 있다가 이제야 나타난단 말인가. 꿈이었으면 싶었다. 믿고 싶지 않았다. 하지만 눈앞의 현실을 지울 수 없었다. 어떤 지시든 내려야 하는데 기세와 규모에 압도당한 나머지 순간 입이 떨어지지 않았다.

거리상으로 보면 반 시진도 안 되어 성문 앞에 다다를 것 같았다. 큰일이었다.

"향 좌호군 대감을 뵙고 와야겠다. 오부장 그대에게 내 권한을 일임할 테니 최대한 시간을 끌고 도성을 지켜라. 성이 함락되면 모든 것이 끝장이다! 명심하라!"

"예! 알겠습니다!"

황룡대 대장은 곧장 황궁으로 달렸다.

담정전에는 여러 대신들만 있었고 황제는 보이지 않았다. 황룡대 대장은 탁상공론만 일삼는 무리들을 경멸이 가득 찬 눈으로 쳐다보다, 이럴 때가 아니라며 향도식을 서둘러 찾았다. 용상과 가장 가까운 자리에 앉아 있는 향도식을 발견하고 직접 다가가 귀엣말로 속삭였다.

"좌호군 대감, 큰일 났습니다."

"무슨 일인가?"

"자리가 좀⋯⋯."

다른 대신들에게 양해를 구한 향도식은 담정전 밖 한산한 곳으로 황룡대 대장을 데려갔다.

"무슨 일인데 그러나?"

황룡대 대장은 방금 전까지 눈으로 확인한 사항을 세세하게 보고했다.

"아무리 성벽이 방어의 큰 축을 담당하고 있다고는 하나 그것도 한때입니다. 성벽수비대에게 꼭 필요한 화살도 바닥을 치기 시작했습니다. 무기 수가 부족하여 군사들 개개인에게 다 돌아가지 못하고 있는 실정입니다. 그들을 제재할 수단이 없습니다."

어느 때고 교활한 머리를 굴리던 향도식에게조차 황룡대 대장의 보고는 충격적이었다.

"폐하를 뵈어야겠어. 자네도 같이 가세."

마부를 부를 시간도 부족하였다. 향도식은 황룡대 대장이 타고 온 말에 함께 올라타 황후전으로 향하였다. 하지만 그들은 황제를 알현할 수 없었다.

"어허! 비키지 못할까!"

"아니 됩니다."

황후의 호위들이 압박하며 막아섰다. 급해 죽겠는데 향도식은 그야말로 미칠 지경이었다.

"나라에 큰 변고가 생겼다! 이를 폐하께 전해야 한단 말이다!"

그제야 호위들도 사태의 심각성을 알았는지 망설이는 태도를 보였다.

　"무슨 일이냐."

　이놈들의 목을 베어서라도 들어가고 말리라는 의지를 불사르던 향도식은 갑자기 들려온 목소리에 고개를 홱 들었다. 황후였다.

　"나라에 큰일이 있사와, 이를 알리고자 결례를 무릅쓰고 찾아왔사옵니다."

　"폐하께옵선 심신이 많이 지치시어 지금 안정을 취하고 계시느니라. 나중에 다시 오너라."

　'이런 멍청한 여인네를 봤나! 나라가 위험하다는데 그깟 휴식이 중요해? 이런 앞뒤 분간도 못 하는 여인을 황후랍시고 앉혀놓았으니!'

　"적의 대군이 코앞까지 쳐들어왔사옵니다. 아군의 생명이 걸린 일이옵니다. 부디 폐하를 알현케 해주시옵소서."

　"그렇게 다급한 일인가?"

　남은 급해 죽겠는데 황후는 시종일관 느릿한 어조로 복장을 긁어대기만 했다. 황후고 자시고간에 단칼에 베어버릴까 싶다가도 한 줌 남은 이성이 그의 충동을 붙잡았다.

　"그렇다면 내가 직접 폐하께 말씀을 올리겠다. 이만 가보아라."

　"하오나!"

　향도식이 급하든 말든 황후는 미련 없이 들어가 버렸다. 허탈함도 잠시, 황후가 직접 말한다 하였으니 소식을 전해들을 황제를 기다리며 초조함을 달랬다.

일 분 일 초가 아까운 이때 아무리 기다려도 황제는 나타나지 않았다. 일 각이 넘어가고 있었다. 함께 자리를 지키던 황룡대 대장은 결심을 다진 눈으로 향도식을 돌아봤다.

"좌호군 대감. 이럴 시간이 없습니다."

"그건 나도 안다네."

"지금이라도 움직여야 합니다."

향도식의 눈에 이채가 서렸다.

"그 말은 설마?"

살 길을 도모하자는 것이냐. 라는 말을 끝까지 하지 않았으나 황룡대 대장은 뜻을 이해하는 듯하였다.

"예, 지금으로선 해결방법이 없습니다. 이미 늦었습니다."

권력도 좋고 돈도 좋지만 그것도 살아 있어야 누릴 수 있는 것들이었다. 생명만큼 중한 게 없다. 우선 살고 봐야 한다.

향도식은 눈빛으로 상대방에게 동의를 표했고 둘은 이내 황후전을 재빨리 빠져나갔다.

"이렇게 많은 군사들은 다 어디서 온 건가요?"

어젯밤 얼핏 본 주둔지의 규모를 생각하면 나올 수 없는 군사 수였다. 하루아침에 땅에서 솟아나올 수도 없거늘 어떤 수를 썼기에 몇 배나 불어난 걸까. 이러한 아현의 의문은 이태기가 속 시원히 해결해주었다.

"우리 측 병력은 사실 본주둔지 말고도 그 후방에 더 있사옵니다. 군사 수는 대략 이만가량이며 지방군을 포섭하고 전투참여를 원하는 인근 백성들의 유입으로 덩치가 커지게 된 것입니다."

"그럼, 실력은 기대할 수 없겠군요."

"지금 상황에서 실력의 좋고 나쁨은 중요치 않습니다. 수로써 황제군을 압도할 수만 있다면 그들은 제 몫을 다한 것이지요. 현재 황제군은 심신이 위기에 몰린 상태라 어마어마한 대군을 목전에 두고 아마 똥줄을 태우고 있을 것입니다."

일리 있다며 아현이 고개를 끄덕였다.

"아현."

황태자의 부름에 대답하면서 말머리를 그에게로 돌렸다.

"모든 전투가 종결되기 전까지 긴장을 풀지 말고 항시 내 옆에 붙어 있어라."

"걱정 마시옵소서. 명심하고 있사옵니다."

전투참가를 승낙하는 대신 황태자가 내걸었던 요구조건이 이것이었다.

절대 떨어지지 말 것. 손 뻗을 거리에 있을 것. 위험한 행동은 삼갈 것. 몸을 혹사시키지 말 것.

화살이 뻗지 못할 성벽과 가장 가까운 거리만큼 대군을 이동시켰다. 침착하려 애쓰는 모습이었으나 성벽 위를 수호하는 여러 군사들의 낯빛은 이미 패색이 짙었다. 간간히 황룡대 정복이 보이는 걸 보아 그들이 진두지휘하고 있음이라.

"저들의 군수품은 이미 바닥을 치고 있을 터. 화살을 완전히 동나게 만들고 성문을 열어야 한다."

"유인이 필요할 것으로 보입니다. 소신이 그 역할을 하겠사옵니다. 성벽 코밑까지 말을 몰아 저들이 활을 최대한 많이 사용하도록 도발하겠습니다."

대군을 거느리고 고작 한 명만 움직인다면 그 모습이 가히 좋지 않겠으나 아군의 피해를 줄이기 위해선 더한 것도 마다하지 않을 이태기였다. 그것은 유성도 다르지 않았다.

"한 명으로는 부족하다."

"그럼, 풍 사도 보내주십시오."

"너희들만 보내지 않는다."

"허면……"

"나도 미끼 역할을 해볼까 한다."

무슨 말도 안 되는 소릴 하시는가! 그러다 큰일이라도 나면 어쩌시려고!

"그건 절대 아니 됩니다!"

"이 사, 설마 이 몸이 고작 화살에 무너질 것 같으냐?"

자신감이 있는 것을 넘어 거만하기까지 한 황태자의 태도가 약간 얄밉기도 하였으나 반박할 수 없는 물음이었다.

"그건 아니지만……"

"긴말할 것 없다. 이 몸만큼 적당한 미끼가 어디 있겠는가?"

"그럼, 저와 풍 사도 움직이게 해주십시오. 절대 전하 혼자 몸으로는 보내드릴 수 없습니다."

황태자가 허락하자 그제야 적잖이 마음을 놓는 이태기였다.

그런데 옆에서 조용히 관망하던 아현이 다음과 같은 말로 유성의 무표정을 일그러지게 했다.

"전하, 저도 가겠사옵니다."

"아현은 대기하라."

"전하, 한 입으로 두 말을 하시옵니까?"

"뭐?"

어이없어하는 기색이 역력한 황태자가 한쪽 눈썹을 삐죽 올렸다.

"분명 저에게 명하시기를, 전하 옆을 떠나지 말라 하셨사옵니다. 손닿을 거리에 있으라고요. 한데 왜 저를 두고 가시려 하십니까?"

"예외라는 건 어디서나 존재한다."

의외의 단호함에 아현은 설득방법을 바꾸었다. 이래서 여인은 여우라 하였던가.

"전하와 해후한 지도 얼마 되지 않았사옵니다. 그 옆을 떠나고 싶지 않은 마음을 정녕 왜 모르시옵니까?"

말하고도 민망하였다. 그래도 어쩔 수 없다. 이런 방법이 아니라면 절대 설득할 수 없는 사람이 황태자라는 인물이다.

"흠흠흠."

이태기가 면구스러워 헛기침을 했다. 주위의 다른 사람들도 다르지 않았다. 등을 돌려 멋쩍은 얼굴을 감추었다.

그중 황태자의 반응이 가장 흥미로웠는데 여기가 어디라는 것을 잠시 잊고서 얼을 빼놓았다.

"전하?"

아현의 부름에 현실로 돌아온 유성은 불쾌감을 표출하며 인상을 확 그었다.

"……좋다."

허락은 하되, 탐탁지 않은 표정은 그대로였다.

[조금이라도 상처를 입을 시엔 일주일간 침전 밖에 못나갈 줄 알아

라.]

모골이 송연한 전음에 아현은 몸을 부르르 떨었다. 그녀는 스스로에게 다짐했다. 작은 타박상도 입지 않겠다고.

황태자와 사신위 셋은 성벽 아래를 여봐란 듯 움직였다.

공격하는 것도 아니고 단지 도발하려는 의도를 알았음에도 황룡대 오부장은 공격명령을 내렸다. 운이 좋으면 황태자든 사신위든 해를 입힐 수 있지 않을까 싶어서였다. 하지만 그런 기대감은 그를 비웃듯 철저하게 깨져버렸다. 활을 아무리 쏘아대도 적에게 맞기는커녕 근처에도 못 미치고 땅에 떨어졌다. 사정거리에 들어오기도 전에 검기를 사용하여 힘을 잃게 만들었다. 바닥으로 힘없이 낙하하는 화살이 많아질수록 황태자군의 사기는 올라갔고 반대로 황제군은 절망 속으로 곤두박질쳤다.

"오부장님! 화살이 떨어졌습니다! 어찌해야 할까요?"

그 말이 떨어지기 무섭게 황태자의 명을 받은 대군이 거리를 더 좁히며 진격했다. 두려움이 온몸을 옥죄었다. 차라리 악몽이면 싶었다.

이대로는 안 된다. 무슨 수를 써야 한다. 저들의 발을 조금이라도 묶어둬야 한다.

"황태자전하! 저기를 보십시오!"

호승심이 달아올라 빠르게 진격하던 그들에게 이태기의 외침은 대군의 발을 주춤하게 한 제동이었다. 모두의 시선이 이태기 손가락 끝을 따라갔다.

"아니! 저런!"

황룡대 오부장이 일반백성을 인질로 삼고 목줄기에 칼을 들이

대고 있었다.

"멈춰라! 가까이 올 때마다 백성들을 차례대로 던질 것이다!"

염홍이 저도 모르게 혀를 쯧쯧 찼다. 순순히 항복하면 될 것을, 나서서 극으로 치닫는구나 하였다.

황태자에게 황룡대 오부장을 어찌하면 좋을지 의향을 물으려던 차였다.

피잉!

컥!

화살 하나가 빠른 속도로 날아가 황룡대 오부장의 심장을 꿰뚫었다. 그야말로 눈 깜짝할 사이에 벌어진 일이었다.

모두가 숨죽인 가운데 오부장의 신형이 서서히 기울어졌고 성벽 아래로 낙하하였다.

퍽!

지면과 부딪히는 적나라한 소리에 약조라도 한 듯 황태자의 군사들이 우렁찬 함성을 질러댔다. 사기가 하늘을 찔렀다.

염홍은 볼 수 있었다. 활을 쥔 손이 천천히 팔을 내리는 것을. 그 주인공은 다름 아닌 아현이었다. 활을 기막히게 다룬다는 소문은 익히 들었으나 직접 목격한 것은 오늘이 처음이었다.

빠르고, 정확하고, 대담하고, 깔끔했다. 정말 소름끼치는 솜씨였다.

"잘하였다."

칭찬이 인색한 황태자가 드문 미소와 함께 아현의 솜씨를 치하하였다.

"전하, 성문을 부술 거대한 나무를 준비해두었습니다."

"그런 수고는 필요 없다."

"그럼 성문은 어찌합니까?"

"내가 직접 하지."

이태기가 또 다른 질문을 하기 전에 신형을 솟구쳐 성문 정면에 내려섰다. 신법이 워낙에 귀신같아 일반군사들 눈에는 순간이동을 한 것처럼 보였다.

"백기를 들고 성문을 열어라."

유성의 말이 멀리까지 울렸다.

군사들이 우왕좌왕 어찌할 바 모른다. 지휘관의 부재로 성벽 위는 그야말로 혼돈이었다.

'기다릴 시간이 없다.'

더 지체했다간 황제를 놓칠 것 같았다. 성문을 부수는 게 가장 빠른 방법이다.

"성문 근처에 있는 자들은 모두 물러나라!"

내공을 운용해 검에 의식을 집중했다. 파괴력을 지닌 검법요결과 오의를 떠올리며 검의 궤적을 그렸다. 처음은 천천히, 뒤로는 빠르게. 번진 먹물처럼 신형과 검이 한데 뒤섞였다. 흙먼지가 갈수록 부피를 더해갔다.

일격필살!

퍼엉!

귀를 찢는 파괴음이 천지를 울렸다. 땅이 흔들리는 듯한 착각. 거대한 흙먼지가 성벽 끝까지 올라갔다가 다시금 내려왔다. 입자가 가라앉으며 뿌옇던 시야가 걷히었다.

산산조각 난 성문을 통해 도성 안이 훤히 보였다.

날듯이 말을 탄 유성이 검을 높이 쳐들었다.

"전진!"

와아아아아아!

유성, 사신위, 염홍, 각 단장들, 군사들 순서로 성문을 통과했다. 이미 첫 대면부터 수적 열세에 전의를 상실한 황제군은 이를 망연자실하게 지켜만 볼 뿐 막으려는 사람은 몇 없었다. 상관을 죽인 적에게 어떻게 해서든 복수를 하려는 황룡대 군사 몇몇만이 가소롭게도 무기를 휘둘렀다.

"막는 자는 죽을 것이고 순응하는 자는 살 것이다!"

호기로운 이태기의 경고가 도성 안 곳곳으로 파고들었다.

"무기를 버리고 항복하라! 새로운 주군께 예를 갖추어라!"

파괴된 중앙성문을 비롯해 모든 성문이 개방되었다. 둑이 터진 것처럼 군사들이 끊임없이 들어왔다. 엄청난 수에 보는 사람들이 질린 얼굴을 한다.

이다음부터는 일사천리였다.

무기를 버린 황제군은 양옆으로 모두 엎드려 유성에게 경외를 표시했다. 악의를 가진 얼굴은 보이지 않았다. 한낱 군사일 뿐이지만 그들도 엄연한 무인. 포구에서, 그리고 여기서, 사람 같지 않은 무위를 선보였던 황태자는 그들이 보기엔 신이나 다름없었다.

발 빠르게 소식을 전해들은 도성에 거주하는 백성들이 거리로 쏟아져 나왔다.

유성 폐하 만만세 라며 그가 황태자가 아닌 황제임을 기정사실화한다. 온 거리가 그들을 칭송하는 소리로 들끓었다.

"이 사."

"예, 전하."

"풍 사와 본주둔지 군사들을 이끌고 황궁 정면부터 처리해나가라."

"허면 전하께옵선?"

"난 따로 할 일이 있다."

어떤 일인지 대충 알겠어서 순순히 대답한 이태기는 곧 다른 질문을 던졌다.

"담 왕자는 어디 있는 걸까요?"

"모습이 보이지 않는 걸 보니 향도식을 찾고 있겠지."

"아아……."

공감하듯 고개를 끄덕였다.

"황궁을 수복하면 곳곳에 군사를 배치하고 이 사는 주안문 광장에서 나를 기다리고 있어라."

"알겠사옵니다."

대부분의 군사들이 이태기를 뒤따랐다. 남은 사람으로는 황태자와 아현, 염홍, 김태문, 월훈무사, 새로이 명 받은 호위 천여 명의 군사들이었다.

"가자."

남은 사람들이 긴 줄을 이루며 황태자를 쫓았다.

유백은 어느 순간 두 눈을 번쩍 떴다. 머릿속이 멍했다. 실내장식을 확인하고서야 여기가 황후전이고 잠이 들었었다는 것을 깨달았다.

시간이 얼마나 흐른 걸까. 이렇게 여유 부릴 때가 아닌데. 황후와 있다 보면 어쩔 수 없이 긴장이 풀어지게 된다. 그건 그렇고, 황후는 어디 있지?

생각하기 무섭게 사락사락 옷자락 소리가 들렸다.

황후가 침전 안으로 들어왔다. 잠이 깬 황제를 본 황후가 찰나로 움찔하였으나 곧 아무렇지 않게 황제를 불렀다.

"폐하······."

"황후, 어디에 갔었던 거요?"

"밖이 소란스러워 나갔다 오는 길이옵니다."

또 좋지 않은 소식인가. 누웠던 황제의 몸이 서서히 세워졌다. 황후의 입을 바라보는 그의 눈은 긴장으로 물들었다.

"저 그게······."

황후가 입술을 달싹이는 그때 우당탕탕 소리와 함께 침전 문이 벌컥 열렸다. 황룡대 오부장, 십부장을 뺀 나머지 부장들과 황후의 호위무사, 황제의 비밀무사들이었다.

"폐하! 큰일 났사옵니다!"

"황후마마! 여길 나가야 하옵니다!"

낭패가 깃든 황후의 눈이 빠르게 감춰졌다.

아닌 밤중에 홍두깨도 아니고 갑작스럽게 들이닥친 그들로 인해 황제는 뭔지 모르겠지만 심각한 무언가가 있다는 것을 알았다.

"무슨 일이냐?"

"유성 군대가 도성을 함락했습니다! 십만 대군이라 하옵니다! 황궁의 군사들로는 막을 수 없는 규모입니다! 여긴 위험하옵니다! 그들이 언제 들이닥칠지 모르니 어서 피하셔야 하옵니다!"

너무나 큰 충격에 유백은 호흡곤란을 느끼며 심장을 움켜쥐었다. 그가 쓰러지려 하자 수하들이 앞다투어 부축하고 나선다.

가까스로 마음을 다스린 유백이 거칠한 목소리로 그들에게 물었다.

"좌호군은? 황룡대 대장은 어디 있는 것이냐?"

"황송하오나 찾아도 보이지 않았습니다."

"뭣이?"

"폐하, 이러고 있을 때가 아닙니다!"

작금의 상황을 상기시키는 황룡대 육부장 말에 유백의 멍한 정신이 화들짝 깼다.

"너희들은 저기 있는 금품을 죄다 챙기고 짐을 따르라. 황후는 내 손을 절대 놓지 마시구려."

한 나라의 황제라고는 할 수 없게 참으로 조촐하고도 비참한 잠행이었다.

대충 짐을 꾸린 그들은 황제를 따라 위천궁으로 달렸다.

유백은 한 손에 책자를 쥔 채 지하로 내려가 오래도록 잠겨 있었던 비밀문을 해제시켰다. 육중한 문이 열리자마자 바삐 안으로 들어가 횃불을 켰다. 마지막 사람이 문을 닫고 나서야 그들은 굴 끝을 향해 한없이 긴 길을 걸어 나갔다.

유백은 극도로 예민해진 신경을 다스리며 황후의 손을 꼭 쥐었다. 얼굴이고 손바닥이고 간에 식은땀이 줄줄 흘렀다. 멀쩡한 다리조차도 걷고 있는 게 맞는지 감각이 없었다.

'절대적으로 살아야 한다. 잡혀서는 아니 된다.'

청동 두 번째 이야기

손으로 전해지는 황후의 온기를 느끼며 생에 대한 불안을 억지로 눌렀다. 유백은 머릿속으로 도주로를 그리고 그리고 또 그렸다.

굴을 벗어나면 인적이 드문 거친 땅이 나올 것이고 그 주위에는 작은 규모의 비밀선착장이 있을 것이다. 배를 타기만 하면 위험은 다소 사라지리라. 무사히 배를 타는 것이 현재 그의 목적이었다.

얼마를 걸었을까. 시간의 흐름은 전혀 알 수 없었다.

호흡이 가빠져올 때쯤이 되자 조금 떨어진 거리에서 출구를 발견할 수 있었다. 기쁨의 신음을 토한 그들은 더 빠르게 발을 놀렸다.

문 앞으로 다가간 유백이 책자를 보면서 잠금을 풀었다.

뒤에 있던 수하들은 힘을 합쳐 두꺼운 문을 밀었다.

삐걱.

문이 조금씩 열렸고 그 틈을 통해 밝은 빛이 어둠을 덧칠해 들어왔다. 더 세게 밀자 출구가 활짝 열렸다. 갑자기 환해진 시야가 적응이 안 되어 그들 모두는 팔로 눈을 가렸다.

수 초가 지나고 이제 괜찮겠거니 팔을 내린 그들은 눈앞에 보이는 어떤 인물로 인해 동작을 멈춰야 했다.

상대의 존재를 확인했을 때는 경악과 망연자실함이 찾아왔고 유백의 눈에는 절망이 들어찼다.

"무기를 버려라. 너희들은 포위됐다."

황태자를 위시한 그의 수하들이 출구 밖에서 기다리고 있었던 것이다.

"어……. 어떻게……."

유백의 사고는 완전히 멈추고 말았다. 오직 자신만이 알고 있는 이 통로는 최후의 보루이자 생명의 물줄기와도 같았다. 한데 어찌 유성이 알고 있단 말인가! 미로처럼 얼기설기 뒤섞여 있어 지도를 직접 보지 않고는 찾을 수 없는 장소인 것을! 그런데 어찌하여…….

"저것들을 잡고 오라로 묶어라!"

죄인 한 사람당 유성의 군사 십여 명이 우르르 붙었다.

"짐은 월제국의 천자나라! 무엄하도다! 어딜 손대는 것이냐! 놓지 못하겠느냐!"

허튼짓하지 못하도록 아홉의 검이 위협하고 나머지 하나는 붉고 굵은 줄로 죄인을 단단하게 묶었다. 시끄러울 것을 대비해 입에 재갈도 물린다.

아무리 반항한들 포박을 풀 수 없었다. 옴짝달싹, 상체가 조금도 움직여지지 않는 것을 느끼며 유백은 그만 두 눈을 감고 말았다.

올 것이 왔다. 모든 게 끝장이다. 앞날은 이제 암흑뿐이다. 천지

개벽이 있지 않고선 구명은 바랄 수조차 없다. 오직 죽음만이 있을 뿐. 여기 있는 모두가 죽을 것이다.

'허면 황후도? 안 돼! 황후는 아니 된다!'

유백은 불안해하며 조급히 두 눈을 번쩍 뜨고 황후를 돌아봤다. 그러다 곧 이상한 것을 깨달았다.

'뭐지? 왜 황후는 묶여 있지 않은 것인가?'

심지어 황후는 유성 앞으로 다가가 고개를 숙여 예를 취하기까지 했다.

유백은 눈을 부릅떴다. 경악스러웠다. 이게 어떻게 된 일인가! 왜 황후가 유성에게? 놀라는 사람들은 유백 쪽뿐이었고 약간의 소란스러움만 제외한다면 유성 일행은 그저 담담하였다. 단 한 사람만 빼고.

김태문은 눈을 커다랗게 뜨고 고개 숙인 황후를 내려다보았다. 믿기지 않는다는 듯 눈동자가 사정없이 흔들렸다. 닮았다. 아니 똑같았다. 농염한 성숙미가 그간의 세월을 나타냈지만 이십 년 전과 비교해볼 때 기본적인 외형은 차이가 없어 크게 못 알아볼 건 아니었다. 그래서 보자마자 알아버렸다. 그녀가, 오매불망 애타게 찾아다니던 그의 첫째 손녀임을.

'황후라니! 오랫동안 생사가 불분명한 나의 손녀가 월제국의 황후였다니! 그렇다면 원수와 한 지붕 아래에서 살았다는 말이 아닌가?'

갑작스럽게 닥친 충격으로 말문이 막혔다. 수전증처럼 손까지 떨려와 주먹을 힘들게 쥐어야 했다. 시선을 돌려 유백의 얼굴을 보았다. 그를 대면하자 아들 내외의 불탄 시체가 떠올랐고 이는 감정을 더욱 격하게 만드는 원인이 되었다.

일순 끓어오르는 투지와 증오가 맥이 풀리듯 탁 하고 사그라졌다. 원망해봤자 되돌릴 수 없는 과거. 그저 깊은 슬픔만이 그를 지배했다. 원수의 비호 아래 죽어지내야 했던 손녀의 슬픔도 덮쳐왔다.

"잠시."

황후에게 향하는 김태문의 손을 유성이 단호하게 막았다. 그는 김태문에게 우선적으로 처리해야 할 것이 있으니 조금만 참으라는 전음을 날렸고 이에 김태문이 경솔하였다 답 전음을 하였다.

유성은 주요인물과 월훈무사만 남게 하고 다른 부하들에게 죄인들을 주안문 광장으로 먼저 압송하라 일렀다. 즉시 천여 명이 먼지를 일으키며 떠났고 소란스러움이 조금 가시자 유성이 황후를 지그시 내려다봤다.

"유백이 황궁을 떠난 시점에서 황제란 칭호는 이미 박탈되었다. 하여 그대도 이제 황후가 아니니 내 하대를 언짢게 생각지 마라."

"전혀 언짢지 않습니다."

우선 황후의 정체를 밝힐 필요가 있었다.

"그대의 이름을 말하고 내게 지도를 보낸 이유를 설명하라."

'뭐? 지도를 보내? 황후가 유성과 공모하였단 말인가?'

유백이 믿을 수 없는 심정이 되어, 충격을 받은 얼굴로 황후를 뚫어지게 쳐다보았다. 어서 해명해보라고, 사실이 아니라고, 황태자가 헛소리를 하는 거라고, 제발 말해달라는 듯 눈동자가 사정없이 흔들렸다.

"제 이름은 김초란이라 하옵니다."

김태문이 숨을 날카롭게 들이켰다.

눈치가 칼 같은 유성은 그 반응만으로 자신의 예상이 맞았다는 걸 알았다.

반면 유백은 정신이 멍해져왔다. 황후가 본명을 말했다는 건 정신이 돌아왔다는 증거였다.

'그녀가 정신을 차렸다고? 기억이 돌아왔다고?'

초란의 흔들림 없는 곧은 눈을 보며 그는 하나의 사실을 직감했다. 애초에 그녀는 정신이상이 아니었을지도 모른다는 것을.

비틀.

힘을 잃은 하체가 무너졌다. 그의 세상이 끝났다. 현기증이 몰려와 눈을 감았다. 마음 같아선 귀마저 막고 싶은 심정이었다.

"오늘날 상남이라 불리는 과거 소담주라는 곳에서 나고 자랐습니다. 조부는 김 태자 문자이시고, 부친은 김 철자 식자입니다."

김철식. 김태문에게 듣기로 김철식은 아현의 아비라 하였다. 아현이 눈을 동그랗게 뜨고 초란을 보았다가 조부 김태문을 돌아봤다. 조부의 눈은 벌써 빨갛게 충혈되어 눈물을 글썽이고 있었다.

'내……, 언니란 말이야? 언니가 있었다고? 황후마마가 언니였다고?'

사람들이 웅성웅성하는 가운데 정작 혼란을 야기한 장본인은 더없이 차분하였다.

"이십 년 전에 있었던 소담주의 참상에 대해 아실 것입니다. 요새 떠돌고 있는 소담주 가歌는 분명 유성 전하께옵서 퍼뜨린 것일 터, 내용을 살펴보아 참상의 내막에 대해 이미 알고 계신 것으로 짐작되옵니다."

"심증이 있어 그리하였던 거지 확증으로 계책한 것은 아니었다."

"어찌 됐든 정확한 내용이었고, 저는 전하의 혜안에 탄복하였사옵니다."

"그럼 그것 모두가 사실이란 말이더냐?"

"그렇습니다. 제가 열일곱일 때 유백이라는 사내를 소담주 외곽에서 처음 보았습니다. 언뜻 다친 듯하여 상처를 치료해준 것이 다였으나, 하루는 지아비가 있는 제게 감언이설로 꼬드기며 함께 가자 하였습니다. 모든 것을 주겠다고 하였습니다. 당시 그가 등극한 지 얼마 안 된 황제라는 것도 몰랐습니다. 전 당연히 거절했습니다. 목숨을 버릴지언정 금수만도 못한 짓은 아니 할 것이니 갈 길 가시라 했습니다. 그 뒤로 며칠 동안은 그 사내가 보이지 않아 이제 포기했거니 마음을 놓고 있었습니다. 그런데 아니었습니다."

"군대가 쳐들어왔군."

"예. 악몽이었습니다. 많은 사람들이 죽었습니다. 제 부모도, 남편도, 심지어 고을의 어린아이들까지. 저는 재갈이 물린 상태로 붙들려 있는 통에 혀 깨물고 죽을 수도 없었습니다. 목숨을 부지한 사람은 저와 제 여동생뿐이었습니다. 여동생은……. 제가 자결할까 염려되어 인질로서 살려둔 것이었습니다. 소담주가 활활

타오르던 그날 밤. 저는 죽은 거나 다름없었습니다. 살아갈 의욕
도 그렇다고 죽을 수도 없는 빈껍데기가 되고 말았습니다. 정신
을 놓고 몇 해를 지냈습니다. 무엇이 실체이고 무엇이 허상인지
분간 못 하는 세월을 지내야 했습니다."

"정신을 차린 시기는?"

"오 년이 흐른 시점부터 사물이 점차 보이기 시작하였습니다."

"그때부터 이날을 꿈꾸었느냐?"

"그냥……. 이대로 호의호식하며 지내는 건 절대 아니라고 생
각했습니다. 지금까지도 꿈을 꿉니다. 하늘 끝까지 피어오르는
불길이 어제의 일처럼 생생합니다. 억울하게 죽은 영혼들이 아
직도 구천을 떠돌고 있습니다. 그들의 원한을 풀어주고 싶었습니
다."

"복수로군."

초란의 입매가 씁쓸하게 올라갔다.

"부인하지는 않겠습니다."

아현은 등 돌린 상태로 숨죽여 흐느끼는 조부에게 다가가 손
수건을 건네고 등을 두드려주었다. 생전 본 적 없고 자매의 존재
를 처음 알게 된 그녀 자신도 이렇게 가슴이 먹먹하거늘 조부는
오죽하랴 싶었다.

"한 가지만 더 묻지."

"성심을 다해 답하겠습니다."

유성은 품속에서 접힌 천을 꺼내고 쫙 펼친 후 어느 한 부분
이 잘 보이도록 초란 앞에 내밀었다.

"이 손바닥 모양, 그대가 그렸는가?"

"예."

"어떻게 그렸느냐? 중요한 사안이니 정확히 말하라."

"보고 그렸습니다."

"무엇을 보고 그렸느냐?"

잠시 망설이는 듯하더니 곧 체념하며 대답한다.

"유백, 그의 몸에 이 그림과 똑같은 손바닥 자국이 있습니다. 마치 불에 덴 것처럼 갈색 빛이었습니다. 모양이 하도 특이하고 괴이쩍어 지도 옆에 그려 넣었던 것인데……."

염홍과 이태기가 '뭐라고?' 하며 놀라움을 감추지 못했다. 사람 육체에 그런 모양이 생겼다는 건…….

"정확한 위치는?"

"복부 왼쪽입니다."

유성이 월훈무사에게 눈짓하자 고개를 끄덕인 부하는 유백의 옷자락을 헤쳐 복부가 보이게끔 열어젖혔다. 유백이 순간적으로 반항을 하였지만 줄이 묶일 때와 마찬가지로 한낱 힘없는 저항이었고 헛수고였다.

"저, 저, 저런!"

누런 살결 위로 확실히 대비되게 갈색 빛의 손바닥 자국이 정확히 찍혀 있었다. 유성이 지척으로 다가가 유심히 보면서 동요 없는 어조로 천천히 설명했다.

"이것은 장력에 의한 상처다. 그것도 월제국 황실의 적통에게만 전해진다는 비급 중 하나인 장법이지. 그리고 이 모양. 일반적인 둥근 형태의 타원 모양이 아니라 손바닥이 선명하게 드러났다는 것은 공격을 행한 이가 손에 모든 내공을 응집하여 집중시

컸다는 말이 된다."

"그, 그렇다면?"

유성의 그다음 말을 기다리지 못하고 염홍이 살짝 떨리는 음성으로 채근하듯 물었다.

"이것은 내 부친의 흔적이다. 혼신의 일격이 들어간 마지막 공격이며 죽어서도 범인을 밝히고자 한 부친의 의지다."

드디어 찾았다! 빼도 박도 못하게, 유백이 전대 황제를 암살하였다는 증거를 찾았다!

평소 옷시중을 시녀들에게 맡기지 않는다 하더니 이 흔적을 보이지 않기 위함이리라.

"초란, 그대를 어찌해주길 바라느냐?"

"바라는 것은 없습니다. 그저 전하의 뜻에 따를 뿐이옵니다."

"죽으라 하여도?"

김태문과 아현이 흠칫 놀라며 유성을 뚫어지게 쳐다보았다.

초란은 최악의 상황까지 고려하고 있었는지 혼란의 기색은 느껴지지 않았다.

"예, 달게 받겠습니다. 원인이 어찌 됐든 이십 년 가까이 황후 자리에 앉았던 사람도 저이고, 속내를 숨기기 위한 처사였다고는 하나 그간 악행을 저지른 것도 저입니다. 오라를 받으라 하면 받을 것이고, 목을 내놓으라면 이 또한 기꺼이 내놓겠습니다."

"그건!"

입술을 잘근잘근 깨물던 아현이 참지 못하고 나서려 했으나 유성이 팔을 들어 막았다. 그의 눈빛은 이랬다. 사적인 감정으로 대의를 그르치지 말라고.

"여기, 그대의 가족이 있다. 하고픈 말은 없느냐?"

떨리는 손이 깊은 동요를 나타냈으나 초란은 끝끝내 고개를 저었다. 가족을 보면 살고자 하는 욕심만 늘 뿐, 죗값이 확정되기 전까지 말을 섞고 싶지 않다 하였다. 냉정하기까지 한 그 말에 무너져 내린 것은 김태문이었다. 오열하는 듯한 소리가 목구멍을 통해 흘러넘쳤다.

아현은 조부의 한 서린 울음에 동화되어 심장이 찢기는 듯하였다. 능력만 된다면 막고 싶었다. 오라를 받고 유백과 함께 끌려가는 초란의 아슬아슬한 몸뚱이를 붙잡고 싶었다.

"전하……."

유성의 옷소매를 꽉 쥐었다. 이런 저런 사정 모두 벗어두고 애원하자 싶었다. 죽을 듯 슬퍼하는 조부를 위해서라면 뭔들 못 할까.

"아현."

"예, 전하."

"나를, 믿느냐?"

소용돌이가 휘몰아치는 유성의 눈동자를 보고 아현은 초란을 구명해달라는 부탁은커녕 초란의 '초'자도 입에 담지 못했다. 인간적인 고뇌와 주군으로서 역할 사이의 충돌. 그나마 다행인 건 살기는 보이지 않는다는 점이다.

그의 눈빛을 미루어 짐작하자면 나쁜 결과는 아니 나오겠지만 추국만은 피할 수 없음을 직감하였다.

"예, 믿어요."

그의 입이 웃을 듯 말 듯 벌어지다 만다.

"그거면 됐다."

그들 모두는 길을 거슬러 올라가 주안문 광장으로 갔다.

그곳에 도착하자 온 백성이 축제의 절정을 즐기는 사람처럼 길거리로 나와 노래를 부르고 춤을 추고 있었다. 백성들이 유성을 발견하였을 땐 떠나갈 듯 만세를 외쳐댔고 진정한 주군의 탄생을 축하하였다.

오늘이 유성의 모든 권리를 찾는 기념비적인 날이지만 아현은 초란의 일이 마음에 걸려 마냥 기뻐할 수가 없었다. 아현뿐만 아니라 일행 모두가 그랬다.

유성의 명대로 이태기와 풍한도는 주안문 광장에서 그들을 기다리고 있었다. 붙잡은 죄인 모두는 즉각 하옥시켰다.

유성은 너른 광장을 한 바퀴 휘둘러보았다.

유백의 솜씨인 주안문 광장 임시 공개처형장에는 아직도 핏빛이 선연하였다. 그것을 보고 잠시 눈살을 찌푸린 유성은 이태기에게 물었다.

"유소화는?"

"도주하려고 금품을 챙기고 있는 것을 바로 잡아 옥에 가두어 놨습니다."

오늘 같은 날은 속마음을 드러내고 마음껏 기뻐해도 되련만, 되레 짙은 쓸쓸함을 보이는 유성이었다.

그런 그의 태도에 걱정스러움을 담다 이제 막 생각났다는 듯 이태기가 화제를 돌렸다.

"전하, 담 왕자저하가 돌아왔습니다."

"그래? 향도식을 잡았다고 하더냐?"

"그게 저…….."

"놓쳤다더냐?"

"예에……. 그렇게 되었다고 합니다. 추적을 하였는데 귀신같이 사라졌다고. 기분이 말이 아닌지, 도착하여서는 계속 죽을상을 하고 있습니다."

"그렇군."

유성은 죄인들의 추국은 사흘 후 주안문 광장에서 공개로 진행될 것이라 공고하라 일렀다. 마무리 뒷수습은 염홍과 이태기에게 맡긴 뒤, 그는 아현과 함께 새로운 처소인 위천궁으로 발걸음 했다.

공개추국 하루 전, 위천궁의 한 공간.

아직 대관식을 치르지 않았지만 황제의 처소에 머무른 유성에 대해 이의를 제기하는 이는 한 명도 없었다. 비록 의복은 황태자를 뜻하는 자적용포이나 기존대신들은 벌써부터 그를 '폐하'라 부르며 입안의 혀처럼 굴어댔다. 무엇보다 진품 옥새를 소유한 유성이라 그들은 꿀 먹은 벙어리가 될 수밖에 없었는데, 유백의 죄상이 워낙 명명백백하여 혹시나 자신들에게까지 불똥이 튈까 싶어 말조차 꺼내지 못하고 꼬리만 살랑살랑 흔들었다.

유성과 아현은 먼 창공을 올려다보며 한가로이 차를 즐겼다.

아현의 속내는 내일 있을 추국에 온 정신이 팔려 있었다. 겉으로는 여유 있는 척, 유성이 신경 쓰지 않도록 불안함을 숨겼다.

"전하! 전하!"

그런 평화로움은 헐레벌떡 들어오는 풍한도에 의해 산산이 부서겼다.

"왜 그러느냐?"

"향도식과 황룡대 대장이 잡혀왔습니다!"

유성의 눈썹이 미묘하게 꿈틀거렸다.

"누가 잡았느냐?"

"곽 형님이 아니, 그게 아니옵고, 곽남휘가 잡아왔습니다."

순간적으로 유성과 아현이 서로를 마주보았다. 아현의 얼굴에
는 온통 놀람이 그득하였으나 유성은 얼음 속으로 침잠한 듯 남
청색의 옥안玉眼이 짙게 가라앉았다.

"셋 다 하옥시켜라."

"하오나 곽, 곽남휘는 죄인들을 잡아왔사온데……."

"그렇다고 해서 곽남휘가 아현에게 행한 일들이 없어지는 것이
냐?"

유성의 말은 아현을 지키지 못한 풍한도를 향한 질책이기도
했다.

그래서 풍한도는 반박할 수도 곽남휘를 두둔할 수도 없었다.

"그들도 내일 공개추국에 세울 예정이니 그리 알아라."

"예……."

풍한도가 어깨를 축 늘어뜨리며 물러갔다.

자세를 일으킨 유성이 난간 근처로 다가가 탁 트인 전경을 내
려다보았다. 그는 말이 없었다. 움직임도 없었다. 등을 곧게 펴고
뒷짐 진 자세 그대로 밖을 내다볼 뿐이었다.

아현은 그의 심사深思를 방해하지 않는 게 가장 큰 도움이라
는 것을 알기에 내색하지 않고 자리를 지켰다.

해가 저물고 어둠이 찾아왔다. 그럼에도 유성은 한 치의 오차 없이 똑같은 자세를 유지했다. 식사도 건너뛰었다.

염홍과 이태기, 풍한도가 차례대로 찾아와 걱정을 가득 담았다.

아현은 그들에게 유성은 시간이 필요하다고 안심시켰다. 실상은 그들보다 더한 걱정으로 온몸이 타들어가는 사람은 그녀 자신이면서.

자정이 넘고 달이 오묘한 빛을 발할 때 유성은 석상처럼 굳었던 몸을 움직였다. 그리곤 아현에게 급히 어디 다녀올 곳이 있다며 대답도 듣지 않고 십 층 난간 밖으로 몸을 던졌다.

"아!"

깜짝 놀란 아현이 급히 난간 밖을 살폈으나 그의 신형은 이미 보이지 않았다.

"대체 어디를……."

몇 시간이 흘렀다. 축시가 끝나가는데 유성은 돌아오지 않았다.

유백이 잡힌 마당에 무슨 큰일이야 있겠냐마는, 그래도 와야 할 사람이 아니 온다는 건 역시 걱정스러운 일이었다. 조금만 더 기다려보자며 어두운 실내를 왔다갔다 거닐었다.

휘이이잉.

강한 바람이 한 차례 불더니 어디선가 옷자락이 펄럭이는 소리가 들려왔다.

아현의 눈이 난간을 더듬었다.

휘릭, 검고 큰 물체가 날아 들어왔다.

"전하! 왜 이제야 오십니까? 제가 얼마나 걱정하였다고요."

유성은 가타부타 말없이 아현의 몸을 끌어안았다.

"전하 왜……!"

포악하기까지 한 성급한 입맞춤으로 아현의 말을 막고 의복을 갈기갈기 찢듯 뜯어냈다.

"대체 왜 이러시는지……"

저돌적으로 돌진하는데 막을 엄두가 나지 않았다.

그가 이러한 행동을 보이는 이유가 무엇일까. 영문을 몰랐다. 얘기해주질 않으니 알 수가 없었다.

옷 조각이 흩어졌다. 과격한 행동이지만 딱히 무섭지는 않았다. 그가 자신에게 해코지하지 않으리라는 것을 알기 때문이다.

황태자는 게걸스러울 정도로 아현을 탐하고 탐했다. 옷을 벗겨 손이든 입술이든 흰 피부를 더듬고 한껏 욕심을 채웠다. 고운 살결을 주무르고 빨고 깨물어 붉은 보랏빛 꽃을 여러 차례 피웠다.

나신이 된 아현을 번쩍 들어 다리로 허리를 감게 하고 침상으로 가 눕혔다. 그 자신의 옷도 거칠게 벗고서 건장한 체격을 내보였다.

서로의 입술이 잠시 떨어진 틈을 타 아현이 넌지시 물음을 던졌다.

"언짢은 일이 있으셨사옵니까?"

"그건, 나중에……"

아현의 한쪽 다리를 번쩍 들어 어깨에 걸치곤 이미 촉촉한 샘물을 흘리는 작은 숲으로 기둥을 단박에 진입시켰다. 동작이 거칠기 이를 데 없었다.

"허억!"

"윽!"

신음이 동시에 터졌다. 그의 분신을 뜨겁게 조여오는 미칠 것
같은 흥분에 유성은 정신을 잃을 것만 같았다. 벌건 손자국이 남
도록 그녀의 한쪽 다리를 꽉 쥐고 뿌리 끝까지 묻고 또 묻었다.

극도의 흥분감에 아현이 사경을 헤매듯 손을 휘젓자 유성이
그것을 낚아채 손등에 쪼듯이 입맞춤하면서 손바닥을 혀끝으
로 간질였다. 그럼에도 허리의 율동은 제 할 일을 묵묵히 수행
했다.

어느 순간 뜨거운 액체가 퍼졌다.

두 사람 모두 땀으로 흠뻑 젖은 서로의 몸을 부둥켜안고 가파
른 숨을 몰아쉬었다.

"난, 결코 온화한 사람이 아니다."

"갑자기 왜 그런 말씀을 하시옵니까?"

"네가 보기엔."

말을 하면서 아현의 몸을 뒤집었다.

"배신한 자를 내가 용서해줄 것 같으냐?"

질문은 지극히 정상적인데 그의 손이 말하는 바는 참으로 야
하기 짝이 없다. 아현의 배에 팔을 둘러 자세를 고정시키고 힘을
되찾은 불그스름한 기둥을 사정없이 내리꽂는다.

"흐읍!"

"내가 그렇게, 너그러운 인물로, 보이느냐?"

유성의 성격을 간략히 서술하자면, 적에게 가차 없고, 뒤끝이

청동 두 번째 이야기

아주 길며, 한번 당한 일은 절대 잊는 법 없이 몇 배로 돌려주는, 적으로 삼아선 안 되는 요주의인물이라고 할 수 있었다. 이것은 유성의 측근이라면 누구나 아는 사실이다.

"늘 너그럽다고는 할 수 없으나……. 으흑!"

더 깊이 들어오는 그의 분신 탓에 그녀는 말을 맺기가 힘이 들었다. 흔들리는 육체에 후들거리는 다리, 꺾어질 것 같은 팔이 격렬함을 더욱 조장하였다.

황태자가 일상생활보다 잠자리에서 더 본심을 드러내는 성격이라는 것을 익히 알고 있었다.

"필요할 때에는……, 너그……러울 수 있으신……, 전하십니다……."

허리를 잡지 않은 유성의 다른 한 손이 출렁이는 가슴을 거칠게 애무했다. 짐승소리를 뱉으며 땀을 쏟아냈다. 결승점을 향해 달려 나가는 몸짓이 더없이 사나웠다.

또 다시 토해지는 욕망, 짙은 파정, 꿀쩍거리는 액체.

"하아……. 하아……."

분노가 다소 가신 듯 유성은 분신을 빼지 않고 옆으로 드러누워 아현의 가슴을 넉넉하게 어루만졌다. 그 모양새는 마치 사냥감을 이리저리 가지고 노는 한 마리의 배부른 포식자 같았다.

호흡이 안정되자 유성이 느긋하게 물어왔다.

"너그러울 수 있다고?"

"예, 그렇게 생각하옵니다."

"틀렸다."

"예에?"

아현이 어리둥절한 표정으로 얼굴을 뒤로 돌리자 유성이 쪽하며 입맞춤을 해왔다.

"너 그럴 수 있는 게 아니라 그럴 수밖에 없어서 하는 것뿐이다."

"그렇다면……."

"남휘를 죽이진 않을 것이다."

아현의 표정이 서서히 환해졌다. 잠시 자신을 위험에 빠뜨렸고는 하나 곽남휘를 온전히 미워할 수 없었다. 그간의 정도 무시 못 하거니와 제 욕정을 풀기보다 마음을 얻고자 하던 그의 진심을 알았기에 더욱 그러하였다. 물론 그녀를 끝까지 놓지 못하고 도성 밖까지 쫓아온 것은 많이 불만이긴 했지만.

"좋아할 것 없다. 순전히 내 이기심의 발로니까."

"이기심이라니요?"

"곽남휘의 목숨을 취한다면 그 죽는 모습이 영원히 네 머릿속에 각인되겠지. 그놈 기일만 되면 안쓰러운 표정 지을 너를 아는데 내가 그 짓을 하겠느냐? 그 꼴을 보느니 차라리 살려주고 만다."

"풉."

정말 황태자다운 발언이었다. 어쩜 이리 제멋대로에, 바람직한 —정말 바람직하다— 이기심을 가질 수 있을까. 이런 성격마저 좋아 보이니 확실히 콩깍지가 씌였다.

"어허. 비웃었느냐?"

"아, 아니옵니다."

급히 손사래를 쳤으나 이미 그의 눈은 짓궂게 변한 뒤였다.

엎치락뒤치락, 그들의 뜨거운 밤은 그렇게 다시 시작되었다.

공개추국 당일.

수많은 인파가 주안문 광장에 몰려들었다. 남녀노소 할 것 없이 역사의 한 장을 장식하게 될 공개추국을 놓치지 않으려 기를 쓰고 들어왔다.

시간이 흐르고 미시가 되자 장엄한 북소리가 광장을 뒤덮었다. 드디어 유성이 모습을 드러냈다.

와아아아아. 우와아아.

북소리가 백성들의 환호에 파묻혔다. 황궁이 떠나갈 듯하였다. 그 뒤로 곱게 성장盛裝한 아현을 정복차림의 늠름한 이태기와 풍한도가 호위하였다.

추국이 진행될 북쪽 상단에는 두 자리가 준비되었으며 유성은 당연하다는 듯이 아현을 이끌고 계단을 밟았다. 대관식을 치르지 않아 황제임을 나타내는 통천관도 황색용포도 착용치 않았지만 바라보는 이들은 이미 그를 황제라 부르고 경외하였다.

"죄인을 모두 부르라."

월문을 통해 죄인들이 광장 안으로 발을 디뎠다. 그들 주위는 백 명의 군사가 따라붙었다. 죄인들이 지날 때마다 백성들 입에서 온갖 욕설이 난무하였다. 시끄러운 것을 떠나 살인도 불사할 것 같았다. 백성들의 원한은 생각보다 뜨겁고 거셌다. 흉흉한 기세에 주안문에 배치된 군사들이 직접 나서서 백성들을 막아냈다.

군중심리란 이래서 무섭다.

그들을 진정시키는 이태기의 목소리가 광장에 울려 퍼졌을 때야 들끓던 냄비가 차츰 가라앉았다.

죄인들이 오른쪽 가장자리를 빙 둘러 유성을 바라보는 정면을 향해 중앙으로 이동되었다. 그들은 죄의 경중에 따라 혹은 신분 순으로 자리를 배치했으며 가장 앞은 유백과 향도식이 차지하였다.

말은 공개추국이었지만 실상은 신문을 한다기보다 이미 밝혀진 죄를 확인하고 그에 따른 징벌만 남았을 뿐이다.

유성은 유백을 내려다보다 이내 향도식에게로 시선을 돌렸다. 금락국과 한 약조가 있기에 향도식을 먼저 처리함이 옳은 일이었다.

"향도식의 죄상을 읊어라."

아래에서 대기 중인 염홍이 긴 두루마리를 쫙 펼쳐 향도식의 죄상을 낱낱이 밝혔다. 향도식의 본명이 향훈이며 태어난 곳이 기선국이라는 것, 기선국에서 반역을 도모하다 실패해 후에 유백과 결탁하여 월제국의 전대 황제, 황후를 암살하는 일을 적극 도운 인물이라는 것. 높은 관직에 올라 본인의 사리사욕을 위해서 백성들의 고혈을 쥐어짰으며 부정부패에 앞장서고 이를 조장했다는 것. 이십여 년에 걸쳐 수없이 황태자를 암살하려 했던 점을 들었다.

"향도식은 죽음이 마땅한 대역죄인이나 반려의 안전을 책임져 준 금락국과 약조한 대로 죄인의 신병을 넘기도록 한다. 단, 팔하나는 남기고 가야 할 것이다."

유성이 고갯짓을 하자 군사 다섯이 향도식에게 달려들어 오랏

줄에서 팔 하나만 빼게 하고 신체를 고정시켰다.

내밀어진 팔을 망나니가 크고 긴 창을 휘둘러 서걱 잘라냈다.

향도식의 고통스러운 몸부림은 백성들의 함성 탓에 들리지 않았다. 피가 콸콸 쏟아지는 부분을 간단히 지혈시키고 금락국에 양도했다.

"저희 금락국 왕비께서 향도식의 목을 오매불망 기다리시는지라 이만 본국으로 돌아가야 할 듯합니다."

"그러하겠지. 담 왕자, 여러 가지로 고마웠네."

"약조를 흔쾌히 이행해주셔서 저야말로 감읍합니다. 대관식 날에 다시 인사 올리겠습니다."

유성과 아현에게 차례대로 인사를 한 담원표는 일행이 기다리는 곳으로 돌아가 출발을 명하였다. 월제국을 들어올 때 끌고 온 화려한 수레가 움직였고 하나둘씩 주안문을 통과해 황궁을 벗어났다.

"집중하시오!"

이태기가 도성을 떠나는 금락국 행차에 시선이 몰린 백성들의 주의를 환기시켜 추국에 집중토록 하였다.

기나긴 추국은 이제 막 시작되었을 뿐이다.

유백의 죄상을 밝히라는 명에 염홍이 길게 답하였다.

전대 황제, 황후를 암살한 극악무도한 죄, 황위에 올라 백성을 고통 받게 한 죄, 주인 있는 여인을 욕심내어 소담주의 참상을 지휘한 죄. 수없이 긴 지문을 염홍이 조목조목 읽어 내려갔다.

소담주 참상은 김초란과 김태문의 증언이 있었고, 전대 황제, 황후를 암살한 증거는 복부에 찍힌 손바닥 자국이 대신하였다.

"대역죄인 유백은 사형에 처한다. 사형 중 가장 참혹한 형벌인 사지 찢기가 합당하나 한 번의 고통을 끝으로 죽음에 이르게 하는 것은 어찌 보면 너무 편한 형벌일 수 있다. 하여 주안문 광장에 열십자 틀을 세워 말라죽을 때까지 묶어둘 생각이다. 자살을 방지코자 재갈을 물릴 것이며 백성들 누구나가 구경 가능하다. 죽고 난 뒤에는 시신의 머리, 몸, 팔, 다리를 토막 쳐 각지로 돌릴 것을 명한다."

한때는 월제국 최고의 자리에 있었던 사람이다. 그런 사람일 수록 멸시와 조롱에 의한 정신적인 고통은 이루 말할 수 없을 것이며 못 먹고 말라죽어가는 괴로움은 단 한 번도 느껴보지 못한 처절함과 비참함을 안겨줄 것이었다.

형벌이 정해진 유백은 재갈이 물린 채 뒤로 물러났다. 생의 빛이 꺼져버린 눈이 초란에게 고정되어 떨어질 줄 몰랐다. 원망과 애증이 어우러진 어두운 눈빛은 고통스럽게 일그러졌다. 그것은 한 번만이라도 좋으니 자신을 봐달라는 애원 같기도 하였다.

초란은 끝내 유백을 돌아보지 않았다.

"소담주 태생, 이름은 김초란. 소담주 참상의 진실을 알고 있는 유일한 목격자. 그 일로 부모와 지아비를 잃었고, 모진 정신적 고통을 감내해가며 이십 년 넘도록 원수와 살아야 했습니다. 오늘날까지 복수의 칼날을 갈아오다 결정적인 증거와 증언으로 큰 도움을 주었습니다."

염홍이 밝힌 내용에는 초란이 김태문의 손녀이며 아현과 자매라는 사실이 들어가지 않았다. 이는 아현이 황후에 책봉될 때를 대비해 어떤 반대도 나오지 못하게 하기 위함이었다.

"크나큰 도움을 주었다고는 하지만 황후 시절 행해온 온갖 잔인한 행동들을 모두 덮을 수는 없다. 그것은 유백을 속이기 위해서라는 대의가 있더라도 용납할 수 없는 행위다. 허나 그간의 고통을 감안한다면 마냥 죄를 묻기도 민망한 일. 해서 초란 그대에게 황궁을 벗어나 산속 절로 들어갈 것을 명하느니. 구천을 떠도는 억울한 영혼들을 위해 오 년간 천도재薦度齋를 올려 성심을 다하라. 이를 올바르게 수행한다면 오 년 후 모든 족쇄를 풀어주겠다."

초란이 감읍하다며 자세를 숙였고, 이를 지켜보는 아현과 김태문 등 유성의 측근들 얼굴에는 화색이 돌았다. 유성의 손이 슬그머니 움직여 아현의 손등을 감싸 토닥토닥한다.

[감사하옵니다.]

[내가 믿으라 하지 않았느냐?]

피로가 누적된 초란의 몸을 생각해 즉각 물러가라 일렀다. 그녀 뒤로 김태문과 야도가 호위처럼 따라붙었다.

"곽남휘는 앞으로 오라."

유성의 명에 군사 둘이 곽남휘의 양팔을 잡아 앞으로 오도록 했다. 잠시 미묘한 침묵이 흘렀다. 유성은 모든 것을 놓아버린 곽남휘의 텅 빈 한쪽짜리 눈동자를 내려다보며 미간을 살짝 찌푸렸다.

'저 상처는 이태기 솜씨로군.'

"곽남휘는 들어라. 사신위로서 주군을 잘 보필해왔으며 근면성실한 태도로 타의모범이었던 너를 내 모르지 않는다. 특히 중죄인 향도식과 황룡대 대장을 잡아온 것은 크게 칭찬받아 마땅하다. 허나 협박당한 걸 감안하더라도 군을 이탈한 죄는 아니 물을 수 없는 일. 따라서 무기한 근신에 처하고 근신기간 동안 김초란의 개인호위무사로 활동하기를 명한다."

믿기 어렵게도 유성답지 않은, 참말로 너그러운 판결이었다. 수많은 사람들 앞에서 곽남휘를 배신자라 칭하지도 않았다. 이는 다시 복직할 수 있는 기회를 준 것이기도 했다.

그 판결에 누구보다 놀란 인물은 다른 누구도 아닌 곽남휘 자신이었다.

황태자 성격의 기본바탕은 냉혹함이라 적에게 가차 없음을 짐작하고 있었던 바. 그래서 친부인 향도식을 잡은 순간부터 목숨을 포기하였다. 순전히 죗값을 치르기 위해 제 발로 찾아들어왔다. 운이 좋다면 목숨을 연명할지 모르지만 그럴 리 없다고 생각했다. 깊게 베인 눈의 상처처럼 한번 찍힌 배신의 낙인은 결코 지울 수 없고 잃어버린 신뢰는 되찾을 수 없기 때문이다.

한데 어떻게 이럴 수가! 황태자의 성정이 변하였던가?

놀라기는 유성의 측근들도 마찬가지였다. 풍한도는 본인이 혹시 잘못 들었나 싶어 귀를 후비다 안 되어 이태기를 찔러 확인까지 할 정도였다.

"전, 전하……."

곽남휘가 혼란스러운 눈을 들어 유성을 불렀다. 온화한 기운일랑 전혀 느껴지지 않는 냉엄한 눈초리가 무겁게 직시하자 곽남휘는 그만 시선을 피하고 말았다. 그리고 알았다. 이러한 선처는 황태자가 원해서도, 그가 불쌍해서도 아니라는 것을. 오직 아현의 마음을 얻고자 그리하였다는 것도.

[곽남휘.]

별안간 들려오는 전음에 곽남휘의 어깨가 잔뜩 굳어졌다.

[내 너를 용서한 것은 아니다.]

[알고……, 있습니다.]

[네게서 배어나오는 짙은 후회가 결코 거짓이 아님을……, 앞으로 살아가면서 계속 증명해나가라.]

[성은이……, 망극하옵니다.]

곽남휘가 물러가고 나서 유성의 판결은 계속되었는데. 많은 사람을 괴롭혀오고 황태자 암살미수에도 연관된 유소화에겐 유백과 똑같은 형벌이 주어졌고, 나머지 황룡대 대장과 그 아래 부장들은 참수형을 선고받았다. 그밖에 황제파에 가담한 자들은 죄의 경중에 따라 태형부터 사형까지 골고루 나뉘었다.

이날을 일컫기를 악기각惡氣却이라 하여, 월제국의 모든 악독한 기운을 몰아낸 날로 기록되었다.

공개추국이 끝난 직후에 피의 숙청이 단행되었다. 이십여 명이 참수당하고 많은 이들이 보직에서 물러났다.

피가 씻긴 자리에는 크고 높은 열십자 나무판자 두 개가 곧바로 세워졌다. 유백과 유소화 두 부녀가 꽁꽁 묶여 매달렸으며 죄인을 구경하기 위해 밤이건 낮이건 수많은 사람들이 이곳을 다녀갔다.

손가락질은 기본이요, 입에 담지 못할 욕설은 심심풀이라. 전쟁으로 가족을 잃은 유족들은 돌팔매질로 억울하고 분한 마음을 대신했다.

처음 겪어보는 폭력에 유소화는 몇 번의 기절을 경험하고 말았고, 유백 또한 돌에 잘못 맞아 입술이 찢어지고 앞니가 다 나가는 등, 정신을 잃을 지경에 다다랐다.

상황이 이러하니 하루가 채 지나지 않았는데도 두 죄인의 몰골은 죽은 시체와 흡사했다.

"초란, 그녀는 어찌하고 있느냐?"

"주안문 광장에 나가 있다 하옵니다."

"오늘도?"

"예."

묻는 유성이나 대답하는 아현이나 어두운 표정은 매한가지다.

"오늘로 사흘째인가?"

"그러하옵니다."

사형집행이 이루어지는 동안 아현과 김태문은 초란과 별도의 만남을 가졌다.

김태문은 너무 많은 눈물을 쏟아 제대로 된 대화를 하지 못했고, 아현은 자매로서 처음 대면한 어색함과 왠지 모를 먹먹함에 쉽사리 입을 열 수 없었다. 셋은 무언의 대화로 서로를 보듬었다. 상대방의 눈물을 닦아주고 어깨를 안는 등 상대방을 위로하였다.

핏줄의 만남은 그렇게 서럽고도 애잔하였다.

"아현, 너는 그녀의 행동을 어찌 생각하느냐?"

황제의 대관식과 황후책봉은 사형집행이 완전히 마무리되었을 때 거행하기로 결론지었고, 초란의 거취는 야도의 본거지가 있는 청도의 작은 절로 의견이 모아졌다. 물론 이는 김태문의 입김이 가장 크게 작용한 결과였다.

그날 초란은 처음이자 마지막으로 유성에게 한 가지 청을 해왔다.

"천자가 되실 고귀한 분이시여, 한 가지 청을 들어주소서."

"말해보라."

"유백, 그자의 죽음을 똑똑히 보고 싶사옵니다. 그전에 떠나라는 명을 부디 거두어주시옵소서."

"……좋다."

그때부터 초란은 일정시간 주안문 광장에 나가 유백을 멀거니 바라보며 매일을 보냈다. 표정은 없었고 말은 더더욱 없었다. 무슨 생각을 갖고서 그리하는지는 본인이 아니고선 짐작하기 힘든 부분이었다.

"잘……, 모르겠습니다. 이십 해 가까이 원수와 살아야 했던 아픔을 겪지 않은 저로선, 도저히……."

"심란할 것이다."

"애증……인 것이옵니까?"

"글쎄."

유성은 아현의 손을 잡고 손등 위로 입맞춤을 했다. 깊은 애정이 느껴지는 눈빛으로 그녀를 바라보다 긴 팔을 둘러 부드러운 여체를 폭삭 안는다.

너까지 심각하게 고민할 필요는 없다고 말하며.

유백은 자신이 곧 죽기 직전이라는 것을 알고 있었다.

침조차 삼켜지지 않는 바짝 마른 입안. 돌팔매질로 감각이 사라진 몸뚱이, 뭉개진 코, 짓물려 소리가 사라진 귀, 떠지지 않는 한쪽 눈. 하루가 지났는지, 이틀이 지났는지, 아님 닷새인지 시간감각도 잃어버렸다.

'소화는……, 죽은 것인가?'

처음 매달렸을 때 '읍읍' 하며 들려오던 소리가 점차 그 간격이 길어지면서 어느 순간 들려오지 않았다. 생명의 기운이 있고 없고는 옆 사람이 가장 잘 느끼는 법이다. 확실히 차가운 기운만이 맴돌고 있다.

아래에는 아직도 많은 군중이 몰려 있었다.

돌 하나가 날아와 이마를 명중시킨다. 맞아서 아픈 건지 돌이 날아왔다는 걸 알아서 아픈 건지 그것조차 불분명하다.

유백은 어떤 시선을 느끼곤 흐릿한 한쪽 눈을 먼 곳으로 옮겼다.

거기에는 초란이 있었다. 어여쁜 그 모습 그대로, 한 점 흔들림 없이, 무표정한 얼굴로 그를 보고 있었다.

'나를……, 원망하는 것이냐?'

아마도 그러하겠지. 죽이고 싶었을 테지.

이상하게 그녀에 대한 원망은 생기지 않았다. 비밀통로 출구에서 유성과 맞닥뜨렸을 때, 그리고 위치를 가르쳐준 이가 초란이라는 것을 알았을 때, 그녀의 배신보다 그녀의 기억이 돌아왔다는 사실이 더욱 충격이었다.

배신감이란 믿음이 전제되어야 하는데 애초 그녀와 자신 사이에는 믿음 자체가 없었으니 배신감도 있을 수 없는 일이다. 제정신으로 돌아왔다면 그녀의 이러한 행동은 당연한 수순이었다.

혹시 그럴까 봐 동생인 아현을 살려둔 것인데, 정신이 돌아왔다는 사실을 감쪽같이 속이고 지내왔다니, 그녀가 무섭기까지 했다. 그럼에도 초란을 사모하는 마음은 줄어들지 않았다.

손을 뻗을 수 없는 자신의 위치가 그저 애탈 뿐, 그녀를 두고 이승을 떠나야 하는 처지가 그저 슬플 뿐.

'하하하, 나란 사내…… 참 바보 같지.'

이 지경에 와서도 초란에 대한 탐욕은 전혀 줄어들지 않으니. 어떻게 생겨먹은 심장인가.

초란은 그냥 그의 죽음을 확인하고자 하는 행동일 텐데도 유백은 다른 의미를 부여하고 싶었다. 치가 떨리고 증오스러운 사내지만 마지막 가는 길을 배웅해줄 정도의 정은 있었다, 라고. 정말 몹쓸 기대감이었다.

정신이 아득해져왔다. 흐리멍덩한 반쪽 눈에라도 그녀를 더 담고 싶은데, 점점 닫히는 눈꺼풀은 이제 그만 욕심내라고 한다.

어둠이 찾아왔다. 사방이 암흑이다. 유백은 벽이 없는 어두운 공간을 가로질렀다. 미세하게 보이기 시작하는 작은 빛기둥. 젖줄을 찾은 것마냥 빛을 향해 달리고 달렸다. 빛기둥을 두 팔로 안자 시야가 백색광으로 변한다. 이내 서글픔이 찾아왔다.

"이런, 어디 다치셨어요?"

박꽃같이 새하얀, 두 눈이 멀 것 같은 아리따운 외모. 초란, 초란, 초란아. 아아…….

"어머! 이 피 좀 봐! 사람을 불러올 테니 잠시만 기다리세요!"

"괜, 괜찮소."

피 묻은 손을 겨우 들어 옷깃을 잡자 갓 소녀 태를 벗은 여인의 얼굴이 언뜻 안쓰럽게 변한다.

"전혀 괜찮아 보이지 않아요. 우선 이걸로 버티세요."

예쁘게 수놓은 천을 상처가 난 다리에 감아주고 긴 머리채를 찰랑이며 멀어진다.

그날부터 그의 심장은 한 사람에게만 움직이기 시작하였다.

"폭군 유백이 죽었다! 대악인이 죽었다!"

와아아아아아!

주안문 광장에 방치한 지 나흘째 되는 오후, 근근이 이어져온 유백의 가냘픈 호흡이 드디어 멈추었다. 유소화는 사흘도 못 가 이틀째에 숨을 거둔 뒤였다.

군사 하나가 사다리를 타고 올라가 맥박을 확인하고 죽음을 알리자 군중들은 일제히 두 손을 번쩍 들었다. 누구나 할 것 없이 통쾌한 함성을 터뜨렸다. 유성을 찬양하며 만세삼창도 외쳤다.

떠들썩한 광장 분위기와 다르게 한쪽 구석에선 호리호리한 외모의 여인이 조용히 자리를 지키며 서 있었다. 시선은 줄곧 고개가 꺾인 유백의 모습을 향한 채였다.

찬바람이 한 차례 광장을 휩쓸고 지나갔다.

흩날리는 머리카락 사이로 여인이 입술이 조금씩 움직였다.

"이걸로 끝입니다. 다시는……. 만나지 말아요. 내생에서도……. 그다음 후생에서도……."

한 줄기 눈물이 여인의 볼을 타고 천천히 흘러내렸다.

유백이 죽은 이튿날 이른 아침. 위천궁 후원에 사람들이 모였다. 유성과 아현, 그들의 측근들과 초란을 위시한 식솔들과 호위무사가 그들이었다. 비공식적인 배웅인 만큼 조촐한 수였다.

초란의 처지가 귀양과 다름없으므로 대관식 같은 축일에 참석할 수 없다는 국법에 따라 이처럼 서둘러 짐을 꾸렸다. 김태문도 함께 떠나고자 하였으나 초란이 이를 말렸다. 저 대신이라도 아현이 황후로 오르는 모습을 보고 와주십사 청하였던 것이다.

"먼저 청도로 가 있거라. 내 대관식이 끝나면 금방 뒤따라갈 것이니."

김태문이 초란의 손을 꼭 쥐며 약조한다.

"가는 동안 몸조심하고."

"예, 할아버지. 나중에 청도에서 뵈어요."

"그래, 그래."

손녀의 손을 토닥토닥 두드리고, 인자하게 웃으며 김태문이 옆으로 비켜났다. 그 자리를 아현이 채웠고 곧 그들은 아쉬운 작별인사를 나누었다. 그러나 영원한 마지막이 아니었기에 눈물 없는 행복한 헤어짐이었다.

월제국의 새로운 주인인 유성에게 마지막 인사를 마친 초란은 다시 주위 사람들을 찬찬히 훑어보았고 짧은 눈인사를 끝으로 가마에 올랐다. 주안문을 통과해 황궁을 나가면 이동하기 수월한 마차로 옮겨 탈 예정이었다.

가마 앞뒤 옆으로 수십의 호위가 대기 중이었고 행렬의 선봉에는 책임을 맡은 곽남휘가 등을 보인 채 출발명령을 기다리고 있었다.

곧 출발명령이 내려졌다.

행렬이 슬슬 움직이려던 그때, 뒤에 잠자코 서 있던 풍한도가 대뜸 곽남휘를 소리쳐 불렀다.

"곽 형님!"

곽남휘의 발이 우뚝 멈췄다.

"저는……, 당신이 밉습니다! 정말 실망했습니다! 원망도 남아 있습니다! 근데, 근데……. 온전히 미워지지가 않습니다! 그러니까 제 말은……. 아, 씨……."

찔끔 솟은 눈물을 팔뚝으로 거칠게 문지르며 눌러두었던 진심을 내보이는 풍한도.

"그냥 건강하십시오!"

곽남휘의 등이 경직되다시피 굳어졌다. 뒷모습만으로는 그의 마음 상태를 짐작키 힘들었다. 다만 잡힐 듯 말 듯 형용할 수 없는 격한 느낌만이 그의 심적 동요를 예측할 뿐이다.

퍽!

"으핫!"

아니나 다를까, 이태기의 우악스러운 주먹이 풍한도의 뒤통수를 사정없이 내려쳤다..

"전하 앞이거늘, 어디서 그리 방자하게 구는 것이냐?"

"죄, 죄, 죄송합니다."

풍한도가 꼬리 마는 강아지처럼 깽깽거린다.

찌릿 노려보던 세모꼴의 눈을 정상으로 되돌린 이태기는 전음으로 유성에게 한 가지 허락을 받아내었다. 그리고 심호흡 한 번. 결심을 굳히듯 두 주먹을 불끈 쥐며 풍한도보다 더 크게 외쳐댔다.

"곽남휘! 다음에 다시 보자!"

딱딱하게 굳었던 곽남휘의 몸이 몇 초 사이에 스르륵 풀렸고 곧 말을 몰아 행렬을 움직였다.

그의 뒤로 풍한도가 이태기를 향해 '형님도 인사하고 싶었으면서 왜 절 때렸습니까요?' 하며 놀렸고 이를 응징하듯 매타작소리도 들려왔다.

곽남휘의 눈에 촉촉한 이슬이 맺혔다. 입은 어느 때보다 환한 웃음을 머금은 채였다.

그날 밤, 보름달이 큰 기지개를 켜며 세상을 비추던 시각.

유성과 아현은 위천궁 가장 높은 지붕 위로 올라가 달의 정기를 흠뻑 마셨다. 쌀쌀한 바람을 차단하듯 유성이 아현의 등을 감싸며 손을 자연스레 앞으로 둘렀다.

"늘 달이 갖고 싶었다."

유성이 말하는 달이 월제국을 의미함을 아현은 모르지 않았다.

"달을 갖기 위해 쭉 달려왔었다. 이렇게 보름달이 뜰 때면 손을 뻗어 쥐어보는 시늉도 해보았지."

그 동작을 보여주다 스스로의 행동이 가소로운지 낮은 웃음이 작게 터진다. 전염처럼 아현도 덩달아 웃고 말았다.

"조금 커서는 다른 달도 욕심내기 시작하였다."

"다른 달이라니요?"

입술로 아현의 귓불을 지분거리다 볼로 이동해 쪽 소리가 나도록 입맞춤을 해버린다.

"아현이라는 달."

"예?"

깜짝 놀란 아현이 궁금증을 이기지 못하고 자세를 틀었다. 그를 올려다보는 눈동자가 달빛을 받아 더욱 투명하고 아름다운 색채를 뿜어냈다.

"네가 첩자라는 걸 알고부터 항상 생각하기를, 꼭 달과 닮았구나, 하였다."

"어찌 제가 달이옵니까?"

"달은 사람들이 볼 수 있는 앞면과 볼 수 없는 뒷면이 함께 공존한다. 네게도 달처럼 양면성이 있지 않았느냐?"

"아…….."

짧은 감탄사를 내뱉은 아현은 괜스레 민망해지는 기분에 입술을 작게 깨물었다. 유성의 말은 즉, 황위를 되찾고 싶은 의지만큼이나 그녀를 갖고자 하는 마음 또한 컸음을 그 나름의 방식으로 표현한 것이다.

아현은 부끄러운 기운을 몰아내며 월제국과 자신을 달에 빗대어 농을 건네었다.

"두 개의 달을 모두 가졌으니 이제 행복하시옵니까?"

피식, 유성의 눈동자가 짓궂은 빛을 띤다.

"음……. 아니."

급 실망하며 시무룩해지는 아현의 모습이 귀엽고 고와 유성은 저도 모르게 쿡쿡 웃어 버렸다. 그제야 장난을 알아챈 아현이 새치름하게 쳐다보았다.

"난 욕심 많은 사람이다. 두 개 가지곤 전혀 성에 차지 않아. 더 가지고 싶다. 아니, 더 가질 것이다."

"또 다른 달이 있사옵니까?"

아현의 귓가에 입술을 바짝 댄 유성이 은근한 어조로 속삭였다.

"아기 달."

유성은 아현이 잠시 숨을 멈춘 틈을 타 다시금 강조했다.

"아기 달을 내게 안겨다오. 널 닮은 달이라면 더욱 금상첨화겠지."

아현은 흘러넘치는 행복을 주체할 수 없어 유성의 얼굴을 양손에 잡아 입술을 가져갔다. 그녀로부터 좀체 보기 힘든 적극적인 애정공세에 유성이 살짝 놀란 반응을 보였지만, 이내 아현을 감싸 안고 그 촉촉함을 음미하였다.

오고가는 짙은 숨결이 데일 듯 뜨거웠다.

그렇게 한 덩이가 되어버린 달그림자는 오래도록 떨어지지 않고 서로를 보듬었다.

겨울 문턱의 쌀쌀한 바람을 지우듯, 환한 달빛이 비추는 아름다운 밤이었다.

뒷이야기

一.

아름다운 대관식이었다. 유성과 아현의 혼례식을 겸한 이날의
행사는 한겨울의 추운 날씨에도 불구하고 인산인해를 이루는
백성들의 환호 속에서 성대하게 치러졌다.

황제는 남중일색의 **빼어난** 귀남자요, 황후는 화용월태의 고운
미인이라. 이보다 더 완벽한 한 쌍이 어디 있을까. 눈이 부시다
못해 시릴 정도여서 두 사람의 자태는 이 세상 사람이 아닌 것만
같았다.

통천관을 쓴 유성이 월제국의 새로운 시작을 알리는 연설로
좌중을 압도하였으며, 백성들은 큰 그릇을 지닌 새 주인의 됨됨
이에 깊이 감동하였다.

대관식을 마치기 무섭게 유성은 대대적인 관직개편을 단행했
다. 사리사욕을 위해 권력을 남용하거나 혹은 그것에 빌붙어 세
력을 얻고자한 사람들은 지위고하를 막론하고 모두 파직되었다.

염홍이 긴 세월을 거쳐 작성한 여러 책자가 살생부처럼 증좌
역할을 했다. 하나라도 찔리는 구석이 있는 관료들은 염홍 보기

를 사신 보듯 했는데, 아주 오금이 저린 양 벌벌 떠는 꼴이 우습기 짝이 없다.

월제국의 재상으로 우호군직은 변동사항이 없었으며 좌호군은 평소 우직한 성품으로 묵묵히 제 할 일을 다하던 문형곤이라는 자가 임명되었다.

황제의 직속호위부대 황룡대 대장과 부대장에는 이태기와 풍한도가 각각 올랐다. 그 외의 공신들도 관직에 두루 배치시켰다. 또한 기존 감찰사를 더욱 조직화, 거대화하여 언제 느슨해질지 모르는 관료들의 마음 상태를 항시 경계토록 하였다.

두 달이란 시간이 흘러 어수선하던 분위기가 점차 자리를 잡았다. 제국이 안정기로 들어섰다고는 하나 여전히 할 일은 산적해 있었다.

가까운 예로 지금도 대전에서는 두 시진을 웃도는 기나긴 조의가 한창이었다.

"그래서, 구민관救民官이 도성 내에 만들어지는 건 아니 된다는 것이냐?"

비웃음이 가득한 유성의 냉소에 대신 하나가 땀을 뻘뻘 흘리며 답하였다.

"도성은 말 그대로 황궁이 있는 곳, 월제국의 심장입니다. 발전된 문물을 배우기 위해 매년 수십만 명에 달하는 타국인이 오고가옵고, 한 번이라도 왔던 사람들은 월제국의 고아한 아름다움에 취해 다시 오고자 하니……."

"쓸데없는 미사여구는 필요 없다. 요점만 말하라."

질질 늘어지는 말을 유성이 단칼에 자르자 말하던 대신은 당황스러운 나머지 입이 금붕어처럼 열렸다 닫혔다 하였다. 그럴수록 유성의 냉소는 더욱 짙어졌다.

"과인이 대신 말해주랴? 한마디로 구민관이 도성의 자연경관을 흐리니 건립은 아니 된다 이 말이 아니더냐?"

"맞사옵니다! 볼품없는 구민관이 도성 한복판에 턱 하니 있다고 생각해보십시오. 오고가는 타국인들이 얼마나 비웃겠사옵니까?"

천지분간도 못 하는 대신의 말에 염홍은 작게 고개를 저으며 그 대신을 안쓰럽게 바라보았다.

"홍 사성. 자네는 자국의 백성이 우선인가? 아니면 타국인이 우선인가?"

"다, 당연히 우리나라 백성이 더 우……선이옵지요."

시종일관 비릿한 웃음을 머금고 느긋하게 응대하던 유성이 상대의 결정적인 말실수에 눈을 번쩍 떠 살기를 쏟아냈다.

오돌오돌. 홍 사성이 손과 발을 부들부들 떨었다. 살아생전 칼 한 자루 쥐어본 적 없는 사람이 어디 온전히 감당할 기운이던가.

"백성이 병들어가는데 그따위 겉치레가 중요한 것이냐?"

"송, 송구하옵니다. 소신의 생각이 짧았사옵니다."

백성구제가 주목적인 구민관은 아현이 황후로 책봉되고 나서 처음으로 맡게 된 일이었다. 내전으로 인해 부모를 잃은 아이들이나 가족이 없는 노인들을 대상으로 생활터전을 제공하는 게 주요업무이며, 부족한 일손을 모집하여 삯을 주는 등, 일거리 창출이라는 이차적 목적도 포함되었다.

아현이 바라는 큰 그림은 도성뿐만 아니라 지방에도 제2, 제

3의 구민관을 만드는 것이었다. 그러기 위해선 도성의 구민관이 큰 성공을 거둬야 했고, 목 좋은 자리는 필수불가결한 요소였다. 그녀가 봐둔 자리는 현재 주인 없는 터로 향도식 본가가 있던 땅이었다.

그런데 시작부터 벽에 부딪혔다. 단합한 고위관료 몇몇이 상소를 올려 도성 내 구민관 건립을 적극적으로 반대했다. 도성에 걸맞지 않다는 밖으로 드러난 이유와는 달리, 실상은 높은 땅값을 자랑하는 터가 구민관 하나 때문에 가치가 내려갈 것을 우려하여 이 같은 행동을 벌인 것이다.

이미 염홍이 조사해온 자료를 살펴본 바, 상소를 올린 관료들의 친인척 명의로 된 땅들이 향도식 본가 주위에 포진되어 있다 하니 그 속셈이 참으로 빤하지 아니한가.

"구민관 건립 건에 대해 반대하는 이가 또 있는가?"

속이 뜨끔한 몇몇이 유성과 눈이 마주칠세라 하나같이 몸을 납죽 엎드렸다.

"구민관 건립은 통과시킨다. 우호군."

"예, 폐하."

"내일 조의 전까지 예산안을 뽑아 올리도록."

"알겠사옵니다."

"그럼, 금일 조의는 이것으로 마치겠다."

황룡대를 거느리고 도성 내 시찰을 끝낸 유성은 해가 서산에 걸렸을 때가 되어서야 말머리를 황궁으로 돌렸다. 황후전에 도착하고 황룡대를 물린 뒤, 늘 그랬듯 종종걸음으로 쫓아오는 시녀장에게 으레 같은 질문을 한다.

"황후는?"

"황후마마께옵선 곤하다 하시어 침전에서 잠시 쉬고 계시옵니다."

상대방이 눈치 채지 못할 만큼 유성의 눈이 미미하게 움찔거렸다. 근래 들어 아현이 부쩍 피로함을 느끼는 것 같았다. 각종 행사도 많았고, 잠시도 떨어지지 않으려는 유성 때문에 이리저리 끌려 다니는 건 기본, 밤에는 성에 차도록 안아버리곤 하였으니, 피로가 누적되는 건 어찌 보면 당연한 일이었다.

유성은 침전에 들어가기 전에 욕탕에 들러 시녀들을 물리고 간단히 몸을 씻었다. 씻을 땐 항상 아현이 시중을 들었으므로 그 빈자리가 크게 느껴졌다. 보고 싶고 그리웠다.

"애도 아니고."

스스로가 생각하기에도 어처구니없는지 피식 웃고서 침의를 걸쳤다. 곧장 침전과 연결된 문을 열어 정신없이 잠에 빠져 있는 아현에게로 천천히 다가갔다. 얼마나 곤히 잤으면 인기척을 내도 일어나질 않았다.

'몸에 이상이라도 있는 건가?'

덜컹.

심장이 서걱댔다. 좋지 못한 상상을 접어두고 침상에 살며시 걸터앉아 아현의 부드러운 뺨을 만져댔다. 피곤한 것치고 낯빛은 나쁘지 않았다.

"으음……."

타인의 촉감을 느낀 아현이 잠시 뒤척이더니 꿈결 같은 눈을 서서히 열었다.

"폐하…… 언제 오셨어요? 아, 내 정신 좀 봐……"

아직도 비몽사몽으로 눈을 반쯤 감은 채 횡설수설하는 아현이었다. 그런 그녀가 귀엽다는 듯 유성의 입 꼬리가 살짝 올라간다. 아현에게 속삭이는 어조가 꿀을 머금은 양 달콤하기 이를 데 없다.

"일어나지 않아도 된다. 일찍 침수 드는 것도 나쁘진 않지."

아현이 황후로 책봉된 직후 존중의 의미를 담아 기존의 명령체에서 예사높임말로 바꾸었으나 그녀의 필사적인 요청으로 둘이 있을 때만 예전의 말투를 구사하였다.

아현의 말마따나, 툭툭 내뱉는 유성의 말투가 가슴 떨리게 좋다지 않던가.

"몸이 어디 안 좋은 것이냐?"

"아니옵니다. 조금 곤할 뿐이라……"

"당장 어의를 불러야겠다."

시늉이 아니라 당장 아랫것들을 찾으려는 양 몸을 곧추세우는 유성을 아현이 급히 손을 잡아 막았다.

"그러지 마세요. 신첩의 몸은 신첩이 더 잘 아옵니다. 정말 괜찮습니다."

"쯧, 고집불통 같으니!"

팍 구겨지는 인상이 유성답지 않았다. 아현은 그 모습이 신기해 유성을 멍하니 바라보다 풋 하고 웃어버렸다. 이젠 기분 나쁨을 팍팍 표출하며 유성의 눈썹이 사정없이 꺾였다. '요것 봐라?' 이러는 얼굴이었다.

"웃는 걸 보니 말짱한 것 같군."

유성의 눈이 반짝 빛을 발하며 장난기가 돌았다. 침의를 한 번에 벗어던지고 침상 안으로 파고들었다.

"폐하!"

"쉿. 거칠게 하지 않을 테니 걱정은 마라."

날개 같은, 무게가 전혀 느껴지지 않는 투명한 천을 한 겹 한 겹 벗겨내자 고운 빛깔의 피부가 수줍게 모습을 드러냈다.

맞닿은 두 나신. 어떻게 이리 부드러울 수 있을까.

천하의 모든 부드러움이 모이고 모여 아현의 육체로 현신한 게 아닐까 싶게 피부 결이 아기의 속살처럼 보드라웠다. 감탄사가 깃든 신음이 터졌다.

유성의 정직한 욕망은 벌써 꼿꼿이 선 채 뚜렷한 자기주장을 펼쳤다.

그는 이마를 시작으로 아현의 눈가와 분홍빛 뺨에 입 맞추고 앙증맞고도 촉촉한 입술을 깊이깊이 빨아들였다. 정신이 부유되는 아득한 느낌. 혀를 휘저으면 휘저을수록 입술이든 매혹적인 혀든 모두 녹아 사라질 것 같았다.

흥분으로 물든 불그스름한 눈가, 향기로운 육체, 유성의 목을 꼬옥 끌어안는 두 손, 정직하게 반응하는 어여쁜 입술까지. 어느 것 하나 소중하지 않은 게 없었다.

"하앗!"

강력한 흡착으로 빨아들이다 오늘만큼은 부드럽게 하겠다고 한 약조를 기억해내곤 입술을 느릿하게 이동시켜갔다. 점점 아래로, 아래로. 갈증을 유발하는 샘물을 담뿍 마시며 움찔움찔 떠는 다리를 쓸어나갔다.

"폐하! 흐윽……. 그, 그만……."

자세를 바로잡고 동굴 깊숙이 자신을 묻을 땐 진정 천국에 다다르는 기분이었다. 꽃망울이 톡톡 터지듯 시야가 형형색색 찬란한 빛으로 물들었다. 입술은 젖줄을 찾듯 끊임없이 아현을 갈구하였고 자제력 잃은 손은 조형예술을 담아내듯 열정적으로 움직였다. 바깥은 추운 겨울이나 침전 안은 푹푹 찌는 여름이었다.

뜨거운 호흡에 숨이 막히고 흐르는 땀에 이성이 상실된다.

"하아……."

"훗."

마지막 고지에 올라 높은 날갯짓으로 비상하던 그들은 동시에 숨을 멈추었다. 황홀한 배출에 유성이 몸을 잘게 떨었다. 식지 않은 흥분으로 여전히 허리가 조금씩 들썩거렸다. 질척하고도 뜨거운 화음은 아현이 지쳐 나가떨어질 때까지 이어졌다.

별빛이 보석처럼 반짝이는 밤이었다.

유성은 이름 모를 산을 올랐다. 오르는 이유는 알 수 없었다. 그냥 발이 움직였을 뿐이다. 풀은 무성하였으나 나무는 없었다. 한데 이상함을 전혀 느끼지 못했다.

풀을 헤쳐가며 겨우 정상에 다다랐다.

유성은 밤하늘을 보다 말고 짧은 감탄사를 내뱉었다. 커다란 두 개의 보름달이 그림처럼 하늘에 걸려 있었다.

어느 순간 은은한 빛이 점점 강렬해진다 싶더니 세상 모든 어둠을 집어삼킬 듯 두 보름달은 강렬한 월광을 쏟아냈다. 눈이 부셨다.

달이 점점 다가왔다. 괴이쩍게도 크기는 작아지고 있었다. 원근법을 무시한 처사라며 속으로 혀를 찼다.

두 개의 달이 사정거리 안으로 들어왔을 땐 머리통 크기만큼 줄어 있었다. 양손을 뻗어 하나씩 손에 쥐었다. 피부가 닿자 손안에 든 두 개의 달에서 눈을 멀게 하는 백색 빛이 폭발하였다.

하얗게 물드는 시야.

유성은 잠에서 깨어났다.

이상한 꿈, 왠지 모르게 설레는 가슴.

유성은 곤히 자고 있는 아현에게 애정 어린 입맞춤을 퍼부었다. 그러다 어떤 가설로 인해 모든 동작이 멈추고 마는데.

'설마.'

손바닥을 부드러운 여체에 얹고 기의 흐름을 읽었다. 확실히 평소 아현이 가진 기와는 달랐다. 희미하게 전해지는 파동의 떨림. 생명의 존재를 알아달라는 듯 파드득 작게 날갯짓을 한다.

기쁨의 환희가 격하게 터져 나왔다. 유성 자신이 꾼 꿈은 필시 태몽이 분명했다.

좀 더 확실한 절차가 필요한 것을 알고 침상에서 벗어나 실내복으로 갈아입었다. 잠에 취해 있는 아현에게도 옷을 입히고 도로 요를 덮었다.

침전을 나가 아랫것들에게 어서 어의를 데려오라 명했다.

그러길 얼마 후, 어의가 당도했다는 보고에 곧장 침전 안으로 불러들였다. 낯선 타인의 존재를 느낀 아현이 마침 잠에서 깨어났다.

"폐하, 무슨 일이옵니까?"

"잠시 알아볼 게 있어 어의를 불렀소."

"예? 왜……."

"쉿."

가만히 진맥을 하던 어의가 손을 거두며 황제, 황후를 향해 깊게 절을 했다.

"감축 드리옵니다. 황후마마께옵서 아기씨를 잉태하셨나이다."

깜짝 놀란 아현이 입을 가리며 눈을 동그랗게 떴다. 그런 그녀가 예뻐 어쩔 줄 모르겠다는 듯 유성이 끌어안아버렸다.

"게다가 쌍둥이이옵니다. 정말 월제국의 크나큰 홍복이 아닐까 합니다."

놀라운 사실에 두 사람은 서로를 바라보다 동시에 웃음을 터뜨렸다.

유성은 이 사실을 만백성에 알리라 이르고 어의도 물러가게 했다.

아현에게는 새벽녘에 꾸었던 꿈 얘기를 자세히 설명해주었다.

"두 개의 달이라니. 이는 진정 태몽이 분명하옵니다."

둘은 다시 서로를 보듬어 안았고, 설레는 기쁨을 원 없이 만끽하였다.

二.

황후전의 침전 밖 복도.

풍한도는 조바심이 나 죽겠는지 앉았다 일어났다 천장도 봤다가 다리도 떨다 하며 정신 사나운 행동이란 행동은 모두 하고 있었다.

"한도! 가만히 있지 못하겠느냐?"

"저도 그러고 싶은데 발이 제 말을 아니 듣습니다요."

"아아아……. 음."

닫힌 문을 통과해 들려오는 최대한 고통을 참는 듯한 억눌린 신음소리.

비명은 아니었다. 그럼에도 풍한도는 귀신소리라도 들은 양 몸을 부르르 떨며 올라온 닭살을 슥슥 비벼댔다.

이태기와 염홍은 걱정을 가득 담아 열리지 않는 문을 바라보았다.

출산예정일보다 한 주 빨리 진통을 시작한 아현 때문에 황궁은 새벽부터 초비상사태에 돌입하였다. 의녀와 산파가 들어간 지도 두 시진이 넘어갔고 분만이 임박하였는지 고통을 억누르는 소리의 주기가 점점 짧아졌다.

"아아. 으으윽."

다른 여인들에 비하면 비교도 안 되게 점잖은 편이었지만 아파도 아프다 내색하지 않는 아현의 성격을 감안한다면 오히려 그것이 더 안쓰러웠다.

기다리는 충신들도 이러할진대 황제 마음은 오죽할까. 눈에 넣어도 아프지 않은 황후거늘, 지금 분명 속은 말이 아닐 것이다.

지엄한 법도만 아니었어도 당장 들어갔을 터인데, 그따위 법도쯤이야 뒤엎고 말 것이라는 유성을 아현이 뜯어말리지 않았다면 후대에 길이길이 남을 사건으로 기록되었을 것이다. 팔불출 황제가 황후와 잠시 떨어져 있는 것도 참지 못하고 오랜 전통을 깨뜨렸다는 민망한 역사로!

이태기는 황후에 대한 고마움을 뼈저리게 느끼며 관자놀이에 맺힌 식은땀을 스윽 닦아냈다.

해산과정은 낳는 사람이나 지켜보는 사람이나 양쪽 모두에게 인내의 고통을 안겨준다. 여인은 육체적인 고통 때문에 힘들지만 사내는 대신 아파줄 수 없는 정신적인 고통에 괴로워하기 때문이다.

특히 안사람에 대한 애정이 깊을수록 그 강도는 거셀 수밖에 없는데, 이태기 자신의 경험을 비추어보면 정말 맨정신을 유지하기 힘들었다.

'생각보다 잘 버티시는 것 같은데.'

이태기는 풍경화에 시선을 고정시킨 채 미세한 움직임도 보이지 않는 유성의 등을 물끄러미 바라보았다. 여유가 느껴지는 자세와 얼굴색 하나 변하지 않는 의연함. 확실히 유성이 난 사람은 난 사람이라며 속으로 감탄을 내뱉었다.

"이 상황에서 이성을 유지할 수 있다니, 역시 황제폐하이십니다. 안 그렇습니까?"

이태기가 염홍에게 바짝 붙어 아주 작게 소곤거렸다.

이에 염홍은 유성에게 잠시 시선을 주다가 비밀스런 미소를 짓고는 손가락으로 어느 한곳을 가리켰다. 염홍의 손가락 끝은 유성의 손을 향하고 있었다. 복도에 놓인 장식용 서랍 귀퉁이를 우악스럽게 잡고 있는, 여유와는 전혀 거리가 먼 그의 손을. 심지어 유성은 아현의 신음이 들릴 때마다 뼈마디가 하얗게 드러나도록 손에 힘을 주기까지 했다.

경과시간이 네 시진을 돌파하였을 무렵, 오매불망 기다리고 기다리던 아기울음소리를 드디어 들을 수 있었다. 몇 분 사이에 두 번째 울음소리도 들려왔다.

벌컥!

문이 활짝 열렸고 의녀 하나가 화색이 만연한 얼굴로 유성에게 넙죽 절을 했다.

"황자님과 공주님이옵니다. 폐하, 진심으로 감축 드리옵니다."

유성은 주위에서 건네는 축하인사를 듣는 둥 마는 둥하며 침전 안으로 날듯이 들어갔다. 뒤에 남은 염홍, 이태기, 풍한도는 누구 하나 할 것 없이 고개를 절레절레했다.

"폐하의 저런 모습은 아직도 적응키 힘듭니다."

"그건 나도 마찬가지라네."

"황후마마와 관련된 일이라면 정말 딴 사람이라고 해도 믿을 것입니다."

이태기, 염홍, 풍한도가 돌아가며 한마디씩 하는 중이었다.

우찌근! 퍽!

뭔가가 부서지면서 떨어지는 소리가 분위기에 찬물을 끼얹었다. 셋의 얼굴이 확 구겨지는 동시에 소리 난 곳으로 눈을 일제히 돌렸다.

청동 두 번째 이야기

"어라, 저건?"

방금 전까지 유성이 잡고 있던 탁자 모서리 부분이었다. 얼마나 힘을 주고 있었으면 단단한 원목이 금이 가다 못해 부서지기까지 한단 말인가.

"정말 폐하께서는……."

"지독한 애처가시라니까."

자포자기의 한숨과 함께 이태기와 풍한도가 쯧쯧 혀를 찼고, 염홍은 처음부터 끝까지 인자한 미소를 거두지 않았다.

쌍둥이의 이름은 유유건, 유유민으로 황자가 공주보다 일 분 빨리 세상에 나왔다. 부모의 외모를 빼다박은 두 아기는 벌써부터 이목구비가 뚜렷하여 사람들의 감탄을 자아냈다.

특히 공주인 유민은 아현의 차분한 성격까지 닮아 손이 가는 일이 많이 없었는데, 유모의 증언에 따르자면 삼십 해 가까이 여러 아기를 돌본 이력을 통틀어 유민처럼 조용하고 예쁜 아기는 처음이라 하였다.

세상사가 항상 순탄하지만은 않듯 육아문제도 그러했다. 온순한 유민에 비해 유건은 여러 가지로 주위 사람들을 힘들게 하였다.

걸핏하면 악을 쓰지 않나, 울어 젖히는 건 기본, 밤에는 잠도 안 자, 아주 사람을 피 말리는 까다로운 아기였다. 아기의 기질이 이러하니 고생은 유모보다 아현이 더 컸다. 제 어미의 기운을 어찌나 칼같이 아는지 같은 공간에 아현이 없으면 그야말로 전쟁이 일어났다. 온몸이 벌겋게 되도록 울어대 호흡곤란이 올 정도였다. 노련한 유모가 어르고 달래도 나아지는 기미는 전혀 안 보였다. 이러다 유건이 큰일 날까 싶어 어느 순간부터 아현이 모든 육아를 책임지기 시작했다.

언뜻 평화가 찾아온 듯싶었으나 완전한 평화라고는 볼 수 없었다. 한 사람의 희생으로 얻게 된 평화는 또 다른 문제를 야기했다.

아현의 결정에 가장 큰 불만을 표출한 사람은 단연 유성이었다. 어디든 늘 그녀를 대동하고 다녔던 그인지라 아현이 그 자신보다 아기를 최우선시하게 되자 제아무리 어여쁜 자식일지라도 불만이 아니 생길 수 없었던 것이다.

낮에 그녀를 못 보는 것도 심사가 꼬이거늘, 서로 애정을 주고받아야 할 밤 시간까지 침범당하니 어느 사내가 좋아할 것인가. 느는 건 한숨이요, 끓어오르는 건 울화통이라.

현재 유성의 상태는 터지기 일보직전의 화산이었다. 누가 살짝만 건드려도 뜨거운 용암이 분출할 것 같았다. 그의 아슬아슬한 상태를 감지한 대신들은 심기를 거스르지 않으려 몸을 낮추었고, 황후에 관한 말은 일절 꺼내지 아니하였다.

유건이 유민만큼 순해진다면 모를까, 딱히 해결방도도 없어 모두의 심장이 바짝바짝 타들어갔다.

유성은 방 안의 풍경을 말없이 바라보다 소리 없이 움직여 가까이 다가갔다. 요람에 반쯤 엎드린 자세로 불편한 쪽잠을 자고 있는 아현을 안쓰러운 눈길로 더듬었다. 이러하니 불평, 불만을 대놓고 말할 수 없었다. 누구보다 힘든 그녀인 걸 잘 알면서 개인적인 욕심을 마냥 내세울 수만은 없는 노릇 아니겠는가.

유성은 요람 안에서 쌔근쌔근 잘도 자고 있는 아들 유건을 원망하듯 노려보다 허탈한 듯 소리 없는 한숨을 작게 쉬었다. 요람이 흔들리지 않게 조심하면서 아현의 몸을 추슬러 안아 올렸다.

　무인이라는 자가 얼마나 피곤하였으면 흔들리는 몸의 감각도 모른 채 잠에 다 빠져들까.

　아현을 침상에 가지런히 눕힌 유성은 불편해 보이는 옷을 벗기고 턱 아래까지 요를 덮어주었다. 얼굴을 가리는 머리카락을 뒤로 넘겨주면서 부드러운 촉감을 마음껏 음미했다. 마치 그것으로 목마른 아쉬움을 겨우 달랜다는 듯. 자세를 낮춰 아현의 이마와 콧잔등에 입맞춤을 하고 마지막으로 입술을 살짝 훔쳤다.

　"아들만 챙기지 말고, 내게도 좀 신경 쓰려무나."

　아현은 어떤 미세한 소리로 인해 의식이 깨어나고 있었다. 얼마나 잔 걸까. 정직한 육체는 여전히 피곤을 호소하며 눈꺼풀조차 움직일 수 없게 하였다.

　피부를 감싸는 따뜻하고 포근한 담요.

　분명 유건을 재우느라 요람 옆 의자에 앉아 있었다. 아마 황제에 의해 옮겨진 게 틀림없으렷다. 고마움과 미안함이 동시에 들었다.

　황제가 침전에 들지도 않았는데 먼저 잠이 들다니. 아내로서도 실격이고 황후로서도 실격이다.

　녹진녹진하게 붙은 잠이 좀체 떨어지지 않았다.

　유건이 고새 깨어났는지 칭얼거리는 소리가 들려왔다.

　아현이 잠에서 깬 것도 아마 아기의 보채는 소리에 습관적으로 반응한 것일 테다.

"쉿."

근엄하지만 들릴 듯 말 듯 낮은 소리로 유성이 경고를 보냈다. 신기하게도 칭얼대는 소리가 반절은 줄었다. 설마 아기에게까지 살기를 쏘아대신 건가? 하며 아현은 불안한 의문을 품었으나 잠에서 깼다는 인기척은 내지 않았다.

유성이 어떻게 하는지 잠자코 두고 볼 생각이었다.

또 유건이 칭얼거리며 뒤척였다. 한 공간에 어미가 있다는 것을 아니까 칭얼거리는 정도로 끝났지, 그게 아니었다면 황후전은 벌써 뒤집어지고 남았다.

유성에게서 못마땅한 기운이 느껴졌다. 굳이 보지 않더라도 아현이 알 만한 감정변화였다. 과연 유성이 어찌 반응할지 자못 궁금했다.

"유건."

자신을 부르는 걸 알았는지 유건이 절묘하게 '음냐' 한다. 유성의 목소리는 지극히 낮았다.

"불효가 따로 있는 게 아니다. 부모의 심신을 지치게 한 순간부터 넌 이미 불효를 저지르고 있느니라."

아기가 알아듣지도 못할 말을 참으로 진지하게도 한다.

아현은 입안의 속살을 지그시 깨물고 잔웃음을 참아냈다.

"앞으로도 계속 이렇게 행동한다면 훗날 고생 좀 하게 될 것이니라. 자고로 사람은 뿌린 대로 거두는 법이다."

노골적인 경고였다. 지금은 너무 어려 혼낼 수가 없으니 적정연령이 되면 여러 방도로 괴롭혀주겠다는 유성 식의 협박이었다.

그러나 그리 말해봤자 아기가 무얼 알겠는가.

아현은 기가 차고 코가 막혔다.

"조금이라도 나은 기미가 보인다면 네가 커서 하게 될 지루한 수업 하나는 특별히 감해주도록 하지."

까짓 인심 쓴다는 거만한 말투가 정말 유성다웠다.

아현은 발작적으로 터질 것 같은 웃음을 가까스로 참아냈다. 어찌나 입을 악물고 참았는지 눈에 눈물까지 맺힐 정도였다.

유성 식의 잔소리와 협박은 동이 틀 때까지 이어졌고 몰래 두 부자를 지켜보는 아현의 눈빛은 오직 사랑으로 가득 찼다.

三.

염홍의 심각한 어조에 아현의 미간이 미미하게 찌푸려졌다.

"폐하께서 윤허하지 않으신다고요?"

"예, 그러하옵니다. 사정해보았으나 과거의 일로 내키지 않으신
가 보옵니다."

초란이 천도재를 올린 지 사 년을 훌쩍 넘기고 오 년을 바라보
는 어느 날이었다.

그녀의 향후 거취에 대해 말들이 오가면서 그녀의 호위를 수
행 중인 곽남휘의 거취도 함께 거론되었다. 아까운 인재를 마냥
썩히긴 아깝다며 근신을 풀어야 한다는 주장과, 아직은 시기상
조라는 회의론적인 반응이 팽팽히 맞섰다.

아현과 염홍, 이태기, 풍한도는 전자를 지지하였다. 유성이 어
느 쪽의 손을 들어주느냐에 따라 남휘의 향방이 결정되는데, 염
홍의 말대로라면 전망이 그다지 밝지가 않단다.

"당장 요직으로 앉히라는 것도 아니고 도성에 기거할 수 있게
끔, 그것만이라도 허락해주십사 하였던 것인데……."

어두워지는 염홍의 낯빛에 아현도 덩달아 기분이 가라앉았다.

"허면 이 사람에게 온 이유가 따로 있으실 테지요?"

"황후마마께옵서 힘써주시옵소서. 황제폐하의 뜻을 꺾으실 분
은 마마뿐이옵니다. 이 기회가 아니면 곽남휘는 향후 오 년은 더
산에서 나오지 못할 것이옵니다. 어디 그뿐이겠습니까? 초란님
이 천도재를 끝마치면 족쇄 역할을 해주던 개인호위도 해제가
되옵니다. 융통성 없는 그 성격에 잠적을 아니 한다 확신도 할

수 없지 않습니까?"

"폐하를, 설득하라고요?"

"예, 염치불구하고 이렇게 부탁드리옵니다."

염홍이 물러가고 아현은 고뇌에 빠졌다. 곽남휘의 일로 그녀가 나서면 역효과가 나리라는 건 안 봐도 빤한 일. 몇 년이 지났어도 그녀가 곽남휘라는 이름 석 자를 입에 담는 것조차 질색하는 황제였다. 염홍의 청을 무시할 수도 없고, 그렇다고 마냥 두고 볼 수도 없고. 아현은 당장 황제를 찾아가려다 말고 잠시 멈칫했다.

'낮 시간보다 역시 밤이 낫겠지?'

어슴푸레 어둠이 깔리기 시작했다. 하루일과를 마친 유성이 침전 안으로 들자 아현은 긴장을 숨긴 채 미소로 다가갔다.

"많이 고단하시옵니까?"

"그다지."

말투는 무뚝뚝한 데 반해 눈빛은 봄을 담은 듯 포근하였다. 유성이 의복 벗는 것을 도우며 그녀는 언제 말을 꺼낼지 끊임없이 눈치를 살폈다.

"유현은?"

"곤히 자길래 유모에게 맡겼습니다."

유현은 쌍둥이 유건, 유민의 두 살 터울의 남동생으로 이제 구 개월째 접어든 월제국의 두 번째 황자다.

유성이 욕탕으로 가다 말고 킁킁 냄새를 맡듯 아현의 목덜미로 코를 바짝 댔다.

"씻었군."

"예, 오늘은 일과가 조금 일찍 끝나서……"

욕탕으로 가는 동안 유성의 투덜거림이 이어졌다.

"구민관 일 좀 쉬엄쉬엄 하여라. 이 시간대가 아니면 얼굴 보기 힘드니 원."

"저도 그러고 싶으나 총관리를 맡을 적임자를 찾지 못하여……"

"초란이 천도재를 무사히 마치고 돌아오면 그녀에게 모든 것을 일임해."

"그리하여도 괜찮사옵니까? 분명 반대하는 이들이 있을 것입니다."

"이 몸이 그리하겠다는데 감히 누가?"

그 말을 하면서 동시에 거침없이 남은 옷을 모두 벗는다.

매끈한 나신이 드러나자 아현의 볼이 붉어졌다. 수많은 밤을 함께하였고 아이 셋을 가진 부부인데도 여전히 처음 만났을 때의 두근거림은 사라지지 않고 있었다.

"폐하의 뜻에 따르겠습니다. 노여워하지 마시어요."

오늘은 특히나 유성의 심기를 어지럽혀서는 아니 되었기에 아현의 말투, 손길, 호흡 어느 것 하나 조심스럽지 않은 게 없었다.

"향이 좋구나."

탕에 들어가 몸을 이완시킨 유성이 심신을 풀어주는 향료의 향에 부드러운 미소를 지었다.

아현의 손이 단단한 근육으로 이루어진 어깨를 익숙하게 지압하고 머리를 감겼다. 평소보다 더 정성스레 어루만지는 손길에 유성의 입은 만족스럽게 늘어졌다.

는 다리를 쓸어나갔다.

"폐하! 흐읏……. 그, 그만……."

자세를 바로잡고 동굴 깊숙이 자신을 묻을 땐 진정 천국에 다다르는 기분이었다. 꽃망울이 톡톡 터지듯 시야가 형형색색 찬란한 빛으로 물들었다. 입술은 젖줄을 찾듯 끊임없이 아현을 갈구하였고 자제력 잃은 손은 조형예술을 담아내듯 열정적으로 움직였다. 바깥은 추운 겨울이나 침전 안은 푹푹 찌는 여름이었다.

뜨거운 호흡에 숨이 막히고 흐르는 땀에 이성이 상실된다.

"하아……."

"훗."

마지막 고지에 올라 높은 날갯짓으로 비상하던 그들은 동시에 숨을 멈추었다. 황홀한 배출에 유성이 몸을 잘게 떨었다. 식지 않은 흥분으로 여전히 허리가 조금씩 들썩거렸다. 질척하고도 뜨거운 화음은 아현이 지쳐 나가떨어질 때까지 이어졌다.

별빛이 보석처럼 반짝이는 밤이었다.

유성은 이름 모를 산을 올랐다. 오르는 이유는 알 수 없었다. 그냥 발이 움직였을 뿐이다. 풀은 무성하였으나 나무는 없었다. 한데 이상함을 전혀 느끼지 못했다.

풀을 헤쳐가며 겨우 정상에 다다랐다.

유성은 밤하늘을 보다 말고 짧은 감탄사를 내뱉었다. 커다란 두 개의 보름달이 그림처럼 하늘에 걸려 있었다.

어느 순간 은은한 빛이 점점 강렬해진다 싶더니 세상 모든 어둠을 집어삼킬 듯 두 보름달은 강렬한 월광을 쏟아냈다. 눈이 부셨다.

달이 점점 다가왔다. 괴이쩍게도 크기는 작아지고 있었다. 원근법을 무시한 처사라며 속으로 혀를 찼다.

두 개의 달이 사정거리 안으로 들어왔을 땐 머리통 크기만큼 줄어 있었다. 양손을 뻗어 하나씩 손에 쥐었다. 피부가 닿자 손안에 든 두 개의 달에서 눈을 멀게 하는 백색 빛이 폭발하였다.

하얗게 물드는 시야.

유성은 잠에서 깨어났다.

이상한 꿈, 왠지 모르게 설레는 가슴.

유성은 곤히 자고 있는 아현에게 애정 어린 입맞춤을 퍼부었다. 그러다 어떤 가설로 인해 모든 동작이 멈추고 마는데.

'설마.'

손바닥을 부드러운 여체에 얹고 기의 흐름을 읽었다. 확실히 평소 아현이 가진 기와는 달랐다. 희미하게 전해지는 파동의 떨림. 생명의 존재를 알아달라는 듯 파드득 작게 날갯짓을 한다.

기쁨의 환희가 격하게 터져 나왔다. 유성 자신이 꾼 꿈은 필시 태몽이 분명했다.

좀 더 확실한 절차가 필요한 것을 알고 침상에서 벗어나 실내복으로 갈아입었다. 잠에 취해 있는 아현에게도 옷을 입히고 도로 요를 덮었다.

침전을 나가 아랫것들에게 어서 어의를 데려오라 명했다.

그러길 얼마 후, 어의가 당도했다는 보고에 곧장 침전 안으로 불러들였다. 낯선 타인의 존재를 느낀 아현이 마침 잠에서 깨어

"목욕시중, 힘들지 않느냐?"

"힘들 게 뭐가 있겠사옵니까? 신첩이 좋아서 하는 일인걸요."

목욕시중만큼은 항상 아현이 도왔다. 시녀들에게 맡길 생각은 처음부터 없었다.

다른 여인이 황제를 만진다고 상상하면 간담이 서늘해질 지경이었다. 그만큼 투기가 끓어올랐다.

세목을 마친 황제는 침상으로 그녀를 이끌고는 당연한 손길로 안아왔다. 가벼웠던 입맞춤이 시간이 지남에 따라 점점 농도가 짙어졌다. 유실을 베어 물고 손으로 희롱한다. 흐트러지는 숨결이 침전의 온도를 드높였다.

아현은 아득해지는 정신을 다잡으려 애쓰며 호흡을 조절했다. 고민을 드러내듯 도톰한 아랫입술을 살짝 깨물었다. 이내 뭔가를 결심하고는 차돌같이 단단한 유성의 상체를 은근한 손길로 감쌌다. 절로 한숨 같은 신음이 토해졌다.

"폐하……."

"음."

대답은 하되 더듬는 손은 속도를 늦추지 않았다.

"청이……, 있사옵니다."

"무슨?"

흥분이 깃든 옥음이 아래에서 들린다 싶더니 부드러운 허벅지 안쪽을 깨무는 짜릿함에 아현의 사지가 움찔 떨렸다.

"저……. 곽남휘 말이옵니다."

멈칫.

바삐 움직이던 동작들이 일시에 멈추었다. 날카로운 눈매가 설핏 가늘어졌으나 곧 아무것도 아니었다는 듯 아현의 나신을 어루만지며 모르쇠로 일관한다.

"충분히 긴 시간이었습니다. 그의 재주를 귀히 여기셨지 않사옵니까? 사장시키기엔 너무 아까운 인재이옵……. 흑!"

유성의 두텁고 긴 손가락이 예고도 없이 속을 휘저어댔다.

"듣기 싫다."

"웃흑……. 하, 하오나!"

"말할 정신이 있단 말이지?"

자세를 잡고 당장 침입하려는 그를 아현의 손이 다급하게 막았다. 미간을 한껏 찌푸린 유성의 눈에는 못마땅한 기색이 넘쳐흘렀다.

무작정 밀어붙이려다 호소력 짙은 아현의 눈과 시선이 마주쳤다. 눈썹이 절로 삐죽 올라갔다. 이윽고 유성이 작게 혀를 차며 아현의 등에 팔을 두르고 자세를 빙글 바꾸었다.

"어?"

균형을 잡느라 앉으면서 팔을 뻗었을 뿐인데 기묘한 자세가 되고 말았다. 아현의 얼굴에 설핏 난처한 빛이 스쳤다. 불안함도 조금 섞였다.

"곽남휘의 근신이 풀리길 원한단 말이지?"

아현이 얼떨떨한 표정으로 긍정하자 유성이 넓은 어깨 위로 천천히 깍지를 끼고 머리를 받쳤다. 그러면서 히죽, 얄밉게 웃는다.

"청을 들어준다면 내겐 무엇을 줄 것이냐?"

아현의 어설픈 웃음에 유성은 그냥 넘어가지 않겠다며 단단히 각오하란다. 뚜렷한 목적을 가진 손이 슬그머니 몸을 타고 올라와 젖가슴을 주물러댔다.

"이 자세로 행위를 계속한다면 생각을 달리 해보겠다."

노골적인 요구에 아현의 볼이 확 붉어졌다. 한마디로 스스로 움직여 그를 만족시키라는 말이 아니고 뭔가.

여러 체위 중 여성상위는 아현이 가장 자신없어하며 부끄러워하는 자세였다. 안 해본 건 아니나 다른 체위에 비하면 경험이 일천하였다. 무엇보다 하늘의 아들이신 황제를 깔고 앉아 요부처럼 몸을 흔들어야 한다는 당혹감은 아현의 성격상 쉬이 적응하기 힘든 부분이었다.

그녀의 난처함을 즐기는 황제지만, 아현이 진실로 거북해하거나 거부감을 내보이면 억지로 권하지 않던 황제가 아니던가. 한데 오늘만큼은 그냥 넘어갈 것 같지 않았다. 아니, 그가 바라는 대로 해주지 않는다면 협상은 결렬이라고 말하는 듯하였다.

"왜, 못 하겠느냐?"

"폐하 다른 것으로……."

"불가."

요구조건을 바꾸려는 아현의 속셈을 단박에 눈치 챈 유성이 즉답으로 거절하였다. 씨알도 안 먹히는구나. 그냥 그만둬버릴까 하다가도 세상 다 산 것 같은 염홍의 우울한 낯빛이 마침 떠올라 포기의 말을 꿀꺽 삼켜야 했다.

'후우. 한 번 한다고 죽는 것도 아닌데 뭘……'

결심을 굳힌 아현의 손이 가슴을 더듬자 시종일관 여유롭던 유성이 숨을 살짝 멈췄다. 비단결 같은 머리카락이 사르륵 아래로 쏠리며 그 뒤를 아현의 입술이 뒤따랐다. 살랑살랑 가슴을 간질이는 머리카락 감촉에 유성의 목울대가 올라갔다 내려간다.

"하신 약조, 꼭 지켜주셔야 해요."

눈을 살짝 흘기는 새초롬한 자태가 아주 그냥 사내 가슴에 불을 지피는구나.

"어서."

유성의 재촉에 아현의 손이 부드럽게 남성을 감싸 쥐었다. 벌써부터 세워진 뚜렷한 욕망은 아현의 손길에 의해 크기를 더해 갔다. 느릿하게 움직이는 그녀가 못마땅한지 유성의 미간이 사정없이 구겨졌다.

"날, 죽일 셈이냐?"

당장 붙은 불부터 끄자며 그녀의 하체를 들어 올려 입구를 맞춰 결합시켰다.

어어? 이게 아닌데, 하듯 눈을 동그랗게 뜬 아현의 표정이 귀여워 그의 입에서 피식 웃음이 새어나왔다. 아이 셋을 낳았어도 천성적인 순진함은 어쩔 수 없나 보다 생각하며 아현의 엉덩잇살로 손을 미끄러뜨렸다.

"움직임이 시원찮은데? 계속 이런 식이면 곽남휘의 근신은 물 건너가겠구나."

유성의 도발에 아현이 입을 꾹 다물고 찌릿 눈을 흘겼다. 그 모습조차도 어여뻐 그의 입 꼬리가 기분 좋게 올라갔다.

크게 심호흡 한 아현이 허리를 조심스럽게 움직였다. 그것이 또 감질 난 유성이 성급하게 하반신을 들이대며 아현의 움직임을 부추겼다.

은밀한 부위가 만나 일궈내는 질척한 소리와 신음의 조화. 나풀나풀 춤을 추는 머리카락과 흔들리는 육체.

얌전히 누워 있던 유성도 종래에는 상체를 일으켰고, 아현의 허리를 붙잡아 격렬한 율동을 이어갔다.

[아현은 모르는 이야기]

나른하다 못해 반쯤 풀어진 자세로 제좌에 기댄 유성. 그 앞에는 염홍이 단독으로 알현 중이었다.

"폐하, 기분이 좋아 보이십니다."

"기분이 좋다마다."

"간밤에 일이 있으셨사옵니까?"

"자네 덕택이지."

허허허, 염홍이 인자한 낯빛으로 너털웃음을 보였다.

"황실의 번창을 위해서라면 뭔들 못하겠습니까?"

"갑자기 자네에게 속은 황후가 안돼 보이는군."

"그렇게 하라고 시키신 폐하께서 하실 말씀은 아니라 봅니다만."

유성이 큭, 하고 웃는다.

"그건 그렇고 황후마마께서 눈치 채지 않도록 조심하셔야 할 것입니다. 소신도 뒷감당은 버겁사옵니다."

"곽남휘의 복귀가 추진되고 있다는 사실은 자네와 과인만 아는 사실이니 그 점에 대해선 걱정할 필요가 없느니라."

"예, 폐하만 믿고 있겠사옵니다. 그럼, 소신은 이만 물러가겠나이다."

염홍이 나가고 홀로 접견실에 남은 유성은 손끝으로 턱을 쓸며 중얼거렸다.

"다음엔 어떤 방법을 써먹을까……."

씨익.

四.

고급 명주옷을 입은 소년, 소녀가 사람들 눈을 피해 북궁 쪽 담을 넘었다. 들킬까 싶어 소녀의 눈이 불안하게 흔들렸다.

"오라버니, 수업을 빼먹고 담타기한 걸 어마마마께서 아시기라 도 한다면 큰 불호령이 떨어질 것입니다."

참다 참다 못해 소녀의 불안이 기어코 표출됐다.

"아바마마와 어마마마께서 모처럼 만에 대련을 하신다는데, 유민 넌 궁금하지도 않아? 정 불안하면 따라오지 마. 난 혼자라 도 연무장에 숨어들 테니."

"그, 그건……"

"고수의 대결은 흔히 볼 수 있는 게 아니라고. 솔직히 말해봐. 너도 보고 싶지?"

유건의 물음에 유민이 속눈썹을 내리깔고 잠깐 고민하더니 결 국 그렇다며 고개를 끄덕였다. 유건의 뜻에 동의했음에도 평소 조심스럽고 내성적인 유민인지라 심장이 널뛰듯 콩닥콩닥 뛰어 댔다.

"혹 스승님이 찾으러 오시기라도 하면 어쩌시려고요?"

한날한시에 태어났는데도 어쩜 이리도 성격이 다른지. 유건은 쯧쯧 혀를 차며 유민이 간과한 부분을 지적했다.

"스승님이 어디 북궁에 한 발이라도 내딛는 걸 봤어?"

"아……"

무엇 때문인지 둘의 검술스승인 곽남휘는 북궁은 물론 대신들 이 왕래하는 담정전에조차도 발걸음 하지 않기로 유명했다. 어디 그뿐인가? 필요한 물건 구입차 출궁하는 것 외에 처소 밖으로 잘 나오지도 않았다.

과거, 크나큰 잘못을 하여 근신을 명받고 그것이 풀린 지 십 년이 채 못 되었다고 하니, 항시 두문불출하는 곽남휘를 이해 못 할 건 아니었다. 그 잘못이라는 게 무엇인지 정확히 모르지만 말이다.

"여기가 북궁 연무장으로 가는 지름길이야. 어서 따라와."

작은 구멍으로 기어서 통과하는 유건을 유민이 똑같이 따라 했다. 몸을 곧추세운 유건이 옷에 묻은 흙을 탁탁 털고 유민을 향해 의기양양한 낯빛을 하려는 그때, 심장을 뚝 떨어지게 만드는 부름이 들려왔다.

"황태자전하! 공주마마!"

황룡대 부대장 풍한도였다. 제법 멀찍이 떨어진 거리에서 단숨에 그들 앞에 당도한 풍한도.

그를 본 유민의 얼굴이 새파랗게 질렸다. 유민 정도까지는 아니나 유건도 꽤 놀랐는지 표정이 한껏 굳어졌다.

"대체 여긴 어인 일이시옵니까?"

"바깥바람 좀 쐴 겸 나오다 보니……. 흠흠."

개구멍으로 나오는 걸 다 보았는데 뻔뻔스레 아닌 척하신다.

풍한도는 이 개구쟁이 황태자를 어찌할까 곰곰이 생각하다 금세 항복해버렸다. 올해로 열, 어려도 황족은 황족. 그의 재량으로 혼내는 건 어림도 없는 일이었다.

"저 구멍으로 드나들지 말아주십사 하지 않았습니까?"

"듣기야 들었지. 허나 내가 언제 그리하겠다고 하였느냐?"

언제 켕긴 적이 있었냐는 듯 태연한 자세를 고수하는 모습에 순간 유성 황제와 겹쳐 보이는 풍한도였다. 어찌 닮아도 **뻔뻔한** 구석만 쏙 빼닮았는지. 속으로 고개가 절로 저어졌다.

"계속 이용하신다면 폐하께 이르는 수밖에 없습니다."

마음만 먹었다면 벌써 막고도 남았으나 유건이 꽤나 좋아하는 통로임을 아는 아현이 수리하지 말라는 명을 내렸었다. 하지만 황족 체면에 시시때때로 개구멍을 이용하는 건 가히 좋은 모습은 아니었다. 게다가 이 시간에는 검술수업이 있는 걸로 아는데 필시 도망쳐 나온 게 분명했다.

"풍 부대장. 지금 나를 상대로 협박하는 것이냐?"

아무리 어려도 범의 새끼는 범이란 말인가. 제법 근엄한 황태자의 호통에 풍한도의 몸이 흠칫 굳는다.

"일전에 부용각에 가서 새벽까지 놀았다지?"

풍한도의 얼굴이 볼썽사납게 팍 일그러졌다. 도성 내 최고 요정집인 부용각을 어린 황태자가 어찌 안단 말인가? 풍한도가 부용각에 갔다는 건 또 어찌 알고? 기녀를 끼고 흥청망청 논 것은 아니지만 어쨌든 간 것은 사실이라, 미처 감추지 못한 당황이 얼굴에 고스란히 나타났다. 하여간 고놈의 술이 문제다.

"자네 안사람은 그 사실을 알고는 있는가?"

"저, 전하!"

이것을 한마디로 전세역전이라고들 하지? 유건의 콧대가 힘차게 올라갔다.

"자, 안내하게."

"예?"

"오늘 황제, 황후폐하 두 분께서 대련을 하신다고 들었어. 그리로 가지."

"그건 절대 아니 되옵……!"

"풍 부대장이 부용각에 있었더라고 자네 처에게 알려도 상관없나 보군."

악마다! 어린 나이에 이리 음흉스러울 수가!

"빨리 가자고."

심상찮은 분위기에 유민이 오라비를 말리고자 소맷부리를 잡았으나 자신만만하게 발을 떼는 유건을 그 누구도 말리지 못했다.

유민은 이쪽저쪽 눈치를 보면서 조용히 발을 옮겼고 풍한도는 나도 모르겠다며 자포자기 식으로 따라갔다.

"풍 부대장!"

연무장 앞에서 유건과 유민을 알아본 이태기가 인상을 팍 쓰며 풍한도를 있는 대로 째려보았다.

이에 풍한도는 흥분을 가라앉히라는 듯 두 손을 들어 워워 하고 막는 시늉을 한다. 본인도 억울하다며 불쌍하게 투덜거렸다.

[황태자전하가 협박을 하시지 뭡니까?]

[협박?]

앞뒤 툭 잘라먹고 협박이라는 풍한도의 전음에 이태기의 눈썹이 불만스럽게 꿈틀거렸다.

[아무튼 전 못 막으니 형님이 알아서 해주시구려.]

[뭣?]

풍한도가 거구치고 제법 날랜 동작으로 빙글 돌며 유건, 유민에게 고개를 숙였다.

"소신은 이만 가보겠나이다."

무슨 보법을 밟는지 멀어지는 속도가 꽤 빨랐다.

[풍 부대장! 풍한도! 한도! 야!]

전음으로 불렀는데도 돌아오는 답변은 없었다. 이태기는 이를 부드득 갈았다. 반드시 응징을 가해주마.

"이 대장, 서 있지 말고 어서 들어가지."

"전하! 아무도 들이지 말라는 황제폐하의 명이 계셨사옵니다."

"황후마마와 함께이시면 언제나 그러시잖은가? 책임은 내가 질 것이니 어서 문을 열게."

"하, 하오나."

"예전에 두 분 대련을 견학하고 싶다는 내 청을 황후마마께옵서 긍정적으로 받아들이셨네. 눈으로 보는 것도 배움이니 좋다고 흔쾌히 승낙하셨어."

"참말이십니까?"

"그럼 이 내가 허언을 하겠는가?"

"그 말씀에 책임지셔야 합니다."

"한 입으로 두 말하지 않아. 설사 황제폐하께서 노하신다 하더라도 황후마마가 계신데 뭐 어쩌겠는가?"

황후라면 자다가도 벌떡 일어나는 황제시니 그럴 만도 하다고 이태기는 속으로 긍정하였다. 그러다 아차 싶은 게, 황태자의 꾀에 너무 쉽게 넘어갔다며 자탄하고 말았다. 어린 전하가 어쩜 이리 영악하신지. 황제의 핏줄이 확실하다며 다시 한 번 뼈저리게 느끼는 이태기였다.

그에 비해 유민은 백옥과 같은 순수 그 자체라 과거 유성에게 요리조리 당하던 아현의 모습과 겹쳐졌다. 정말 씨도둑질은 못한다더니.

"따라오시지요."

　뒤에서 유민이 '정말 괜찮을까요?'라고 질문하자 유건이 '당연 괜찮고말고!' 자신 있게 대답했다. 할 말 없다는 듯 이태기의 고개가 가로저어진 건 두말할 나위 없으렷다.

　세 사람이 연무장에 들어섰을 때, 유성과 아현은 대련에 임하고 있었다. 가끔 검술로 비무를 할 때도 있지만 검술의 특성상 여차하다간 위험이 따를 수 있어 되도록 무기 없이 권으로만 수련하였다. 사실 말이 대련이지, 많은 부분에서 유성이 져주면서 임하기에 그의 역할은 거의 스승급이라고 봐야 옳았다.

　왼쪽 하단으로 뻗어오는 아현의 공격을 자연스럽게 막은 유성이 시선을 힐끔 입구 쪽으로 줬다가 돌아왔다.

"방해꾼이 왔군."

"유건이 또 고집부렸을 겁니다."

　유성의 서늘한 다리 공격을 피하면서 아현이 대답했다.

"당신이 허락했겠지?"

"그러긴 했지만 수업을 빼먹고 오라고는 하지 않았사옵니다."

"따끔하게 혼을 내야겠어."

"그러지 마시어요. 그렇잖아도 폐하를 어려워하는 아이들인데."

"하여간 너무 물러."

　아현이 배시시 웃어버리자 유성의 눈썹이 그림처럼 휘익 올라갔다. 아직도 소녀 같은 고운 자태에 사내의 정복욕이 삐죽 솟아올랐기 때문이다. 시시때때로 찾아오는 갈망의 허덕임. 처소 밖으로 발걸음 하지 말 것을, 하며 순간 후회를 해본다.

[이 대장.]

[예, 폐하.]

불시에 들려오는 유성의 전음에 이태기가 각을 잡았다.

[잠시 등을 돌려라.]

[예, 알겠습니다.]

유성의 손짓만 봐도 척 하면 척 이라 황제의 의도를 금세 파악한 이태기였다.

"황태자전하, 소인의 무례를 용서하시지요."

"응? 뭐, 뭐냐?"

한 팔로는 유건의 허리를 안고 다른 손으로는 눈을 가리며 깔끔하게 뒤돌아섰다.

"놔라! 이 손 놓지 못하겠느냐?"

당당한 외침은 이태기의 조용한 경고에 찌그러졌다.

"폐하의 명이십니다."

어명이라는데 유건이 별수 있으랴. 퉁퉁 튀어나온 입술만이 불만을 표현했다.

"공주마마께옵서도 눈을 가리시고 등을 돌리십시오."

"으, 응!"

역시 순진하고 심성 고운 공주답게 이태기가 하라는 대로 양손바닥을 올려 눈을 야무지게 가린다.

점점 빨라진 유성의 날카로운 공격을 겨우 피하느라 아현은 그들의 모습을 미처 보지 못했다.

　사납게 내지르는 권을 팔로 비틀어 막고 반동을 이용해 속도를 올렸다. 유성의 실력이 어찌나 괴물 같은지, 얄밉게도 아현의 강수를 번번이 무효화시켰다. 애초에 이길 수 없다는 걸 알고 시작한 대련이었다. 실력차가 워낙에 확실해 무인으로서의 자존심도 생겨나지 않았다.

　유성이 갑자기 씨익 웃었다. 아현이 깨달았을 땐 이미 그가 행동을 개시한 후였다. 빈틈을 발견하자마자 단번에 거리를 좁혀 공격하는 척 허초를 뿌리다 왼팔로 아현의 허리를 휘감았다.

　가슴팍에 장을 날리려는 아현의 속셈을 간파한 유성은 입 꼬리를 올리며 불순한 의도를 숨기지 않았는데. 어깨를 비틀어 장을 피하고 그녀의 허리를 더욱 가까이 끌어당겼다.

　오른손이 기묘하게 올라가 가슴 둔덕을 덥석 잡고야 만다.

　"폐하!"

　"처소로 돌아가자."

　젖가슴을 주무르며 속삭이는 관능적인 귀엣말에 아현의 몸이 일시적으로 부르르 떨렸다. 순간 아이들이 보고 있다는 생각이 미치자 있는 힘껏 유성을 밀쳐냈다.

　"너무하십니다. 이 대장과 애들이 보고 있는데 어찌……!"

　"누가 보고 있다는 것이냐?"

　뻔뻔한 그의 반문에 아현이 '예?' 하며 구경꾼 세 사람에게 고개를 돌렸다. 뒷모습만 보이는 그들을 확인한 그녀는 믿지 않게 황제를 노려보았다.

　"폐하께서 명하신 것이옵니까?"

청동　두 번째 이야기

"글쎄."

대화를 주거니 받거니 하는 동안에도 둘의 손과 발은 멈춤 없이 공격과 방어를 수행하였다.

겨우 떨어뜨렸다 싶으면 어느 순간 다가와 둔부나 가슴, 허리를 접촉한다. 기가 막힌 아현이 입술을 깨물고 화를 삭이는 걸 알면서도 짓궂은 행동은 계속되었다.

"폐, 폐하!"

이제는 아예 대놓고 노골적이다. 가랑이 사이로 들어오는 튼실한 사내의 다리 한쪽. 그것이 의미하는 바가 너무나 명백하여 아현은 그만 대경실색하고 말았다.

"이래도 돌아가지 않을 테냐?"

"정말 밉사옵니다."

끝내 공격을 멈춘 아현이 토라져서 퉁퉁거렸다. 오직 유성에게만 보여주는 감칠맛 나는 행동들, 갈수록 애교스러워지고 표정이 풍부해지는 아현이었다. 그래서 더욱 괴롭히고 싶은 것일지도.

정말 자신의 비뚤어진 애정은 어쩔 수 없다 여기며 유성은 쓰게 웃었다.

으애애애애앵.

웬 아기울음소리인가. 별안간 들려오는 소리에 연무장 내內 모두의 시선이 입구 쪽으로 향했다.

입구에는 황후전에 있어야 할 유모가 세상 떠나가라 울어 젖히는, 서열로는 네 번째이면서 제2공주인 유이를 안고서 안절부절못하고 있었다. 셋째 유현은 그런 유모의 치맛자락을 꼬물꼬물

쥐고 울 듯한 얼굴로 아현과 유성을 하염없이 쳐다보았다. 마음 같아선 당장 달려가고 싶은데 유성을 계속 힐끔거리는 게 눈치를 보고 있음이라.

그들 뒤로 황후전에 특별히 배치한 황룡대 열 명 남짓이 호위로 따라왔다.

"후우."

유성이 짧은 한숨을 내쉬었다. 사랑스럽고 예뻐하는 아이들이지만 아현과의 달콤한 한때를 방해받는 건 역시나 마땅찮다.

넷째 유이는 첫째 유건이 어렸을 때보단 덜하나 그에 버금가는 칭얼거림으로 아현을 힘들게 했다. 첫째 때의 호된 경험도 있거니와 아이 셋을 키운 게 그저 장식이 아닌 듯 아현은 도사처럼 척척 해나갔다. 그것을 보는 유성으로선 그녀가 뿌듯하기도 하고 안쓰럽기도 하고 고맙기도 하고 애틋하기도 했다.

"이제 좀 보모 손길에 익숙해졌다 싶었더니."

"그러게 말입니다."

이태기가 말하길 보통 아기들은 돌을 기점으로 낯가림을 한다는데, 어찌 된 게 그들 아기는 태어나자마자 낯을 가렸다.

"다섯째는 절대 아니 볼 것이다."

그게 잘될지는 모르겠지만.

유성과 아현이 서로 손을 잡는 것과 동시에 땅을 박차고 공중을 날듯이 달려 입구에 사뿐히 착지했다. 입구 근처에서 그들의 대련을 지켜보고 있던 이태기와 유건, 유민 쌍둥이도 아기울음 소리에 황급히 뛰어왔다.

유모가 황제의 용안을 힐끔거리다 바들바들 떠는 목소리로 황제, 황후에게 읍을 하고 용건을 꺼냈다.

"공주마마께서 도저히 울음을 아니 그치시어……."

아현이 인자한 미소를 지으며 말없이 두 팔을 내밀자 유모는 아기를 조심스레 건네며 황송해했다.

어미의 냄새를 맡았는지 유이가 작고 앙증맞은 코를 벌름거렸다. 아기를 어르는 부드러운 손길과 고운 옥음에 곧 울음이 잦아들었다.

지켜보는 이들이 맥을 놓듯 '하아' 하며 안도했다.

"황태자 어릴 때와 어쩜 이리 똑같은지."

쪼물쪼물 하품하는 유이를 못 말리겠다는 듯 아현이 웃음 짓자 거기서 왜 자신이 나오느냐며 황태자 유건이 불만을 내비쳤다.

"어마마마! 그 말씀은 정말 그만해주시옵소서. 들을 때마다 참으로 면구하옵니다."

"면구함을 아는 녀석이 아무도 들이지 말라는 내 명을 어기고 연무장에 들어온 것이냐?"

"송, 송구하옵니다."

자존심 세고 기고만장한 유건이 유일하게 대항할 수 없는 이가 황제 유성이었다. 물론 황제라는 높은 위치이니 황태자인 저가 어찌 넘볼 수 있겠느냐마는, 딱히 신분상의 위치가 아니더라도 황제 그 자체가 내뿜는 고고하고 범접할 수 없는 분위기로 말미암아 경외하는 마음이 절로 들었던 것이다.

게다가 자식들에 대한 애정을 오롯이 드러내는 황후에 비해 감정표현이 극히 미미한 황제인지라 대함에 있어 항상 주저하게 되었다. 자신을 있게 해준 부모이니 애정이 있는 건 당연하나 그 것보다 존외하는 마음이 더 앞섰다.

그런 대단한 황제를 유일하게 통제할 수 있는 이가 황후였다. 황제가 자식들이 보기에도 어찌나 황후를 보듬고 아끼고 애타하는지, 과연 저분이 칼바람을 쌩쌩 날려 대신들을 와들와들 떨게 만드는 그분이 맞을까 싶었다. 자식들에게 미소 한 자락을 보여준다 치자면 황후에게는 그 곱의 곱의 곱절로 표현하니 황후에 대한 황제의 애정이 얼마나 깊은지 알 것이다.

"폐하."

너무 엄하게 대하지 말라는 듯 아현이 옷깃을 잡으며 부르자 유성의 입술이 완만하게 풀리며 미소 짓는다.

이를 목도한 유건은 속으로 '봐봐, 폐하께서는 어마마마만 보면 헤벌쭉하신다니까.' 하며 씰룩거렸다.

[폐하, 아이들에게 너무 엄하시옵니다. 좀 다정하게 대해주시옵소서.]

불만이 섞인 아현의 전음에 유성의 눈썹이 칼같이 꺾였다.

[엄하다고?]

[예.]

[흠. 별로 모르겠는데.]

[특히 유건에게 엄하시지 않사옵니까?]

[황태자니 엄하게 할 수밖에.]

[엄해야 할 땐 엄해야 하지만 가끔은 애정도 표현해주시어요.]

[충분히 표현하고 있는데.]

유성이 떨떠름하게 답하자 말이 나온 김에 평소 가졌던 불만을 전부 쏟아낼 작정인지 아현의 잔소리는 계속 이어졌다.

황제, 황후가 말없이 서로를 바라보고 있어 이태기는 전음으로 대화하고 계시는구나, 하였지만 나머지는 말간 눈으로 두 사람의 눈치를 볼 뿐이었다.

[그 정도를 어찌 '충분히'라고 할 수 있사옵니까? 마음속으로 예뻐하면 뭣해요? 표현하지 않으시면 그 마음을 누가 알아준다고요. 지금 아이들을 보시지요. 이 어린것들이 벌써부터 폐하 눈치를 보고 있지 않사옵니까?]

유성은 미간에 주름을 만들었다. 유건부터 시작해서 유민, 유현, 유이 순으로 시선을 옮겨갔다. 눈이 마주치기 무섭게 화들짝 놀라며 고개 숙이는 아이들의 행동에 불쾌한 기분을 맛보았다.

유성은 조금 씁쓸한 웃음을 지었는데, 이는 그가 자라온 환경이 너무나 삭막하였기에 자식들에게는 어떻게 감정표현을 해야 할지 다소 어려워 그 난처함을 감춘 웃음이었다.

아현의 발언을 다시 곰곰이 되새기며 지금껏 자신의 태도를 깊이 반성하는 유성이었다. 그러다 흠칫 깨닫는 사실 하나.

자신이 이렇게도 아현에게 약할 줄이야, 말 한 마디 한 마디에 너무 끌려 다니는 거 아닌가. 물러도 가히 심하게 무르구나.

그런 스스로가 어리석다 여기면서도 썩 나쁘지 않은 이유는 역시 상대의 애정도 그에 못지않다는 걸 알기 때문이리라.

"유현."

유모의 옷자락을 생명줄처럼 꼭 쥔 유현이 유성의 다정한 부름에 눈을 천천히 끔뻑였다. 왜 불렀는지 모르겠다는 듯.

유성이 유현의 예쁜 두상을 토닥이고는 아이가 반응을 보이기도 전에 한 손으로 가볍게 안아 올렸다. 쌍둥이 유건, 유민이 아주 부럽다는 눈빛으로 유현을 향해 있자 잠시 고민하던 유성이 공주인 유민을 나머지 팔로 똑같이 안았다.

"우리 황자, 공주 이제 제법 무게가 나가는걸?"

유민, 유현 둘 다 내성적인 성격이라 좋다 나쁘다 직접적인 표현은 없었다. 두 볼이 발그레해지고 미소를 참듯 입을 오물거리는 반응들이 나름 기쁨의 표현이었다.

유민의 이란성 쌍둥이인 유건이 황태자랍시고 아래에서 의연하게 서 있었지만 눈빛은 동생들이 부러워죽겠는지 힐끔거리는 것을 멈추지 않았다.

"황태자."

"예."

"그렇게도 대련이 보고 싶었느냐? 솔직하게 말하여라."

"예……, 그러하옵니다."

"좋다. 수업을 빠짐없이 임하는 건 물론, 남다른 성취를 보인다면 대련이든 비무든 언제든지 견학을 허락하겠다."

"참말이옵니까?"

"내가 허언할 사람이더냐?"

"아닙니다! 믿사옵니다!"

유건이 생글생글 웃었다. 그런 황태자를 아현이 흐뭇하게 보다 곧 못 말리겠다는 듯 머리를 휘젓는데.

'정말 폐하는 일석이조를 너무 좋아하신다니까.'

뭐든 쉽게 터득하는 부작용 탓인지 타고난 귀재임에도 노력을 게을리하던 유건이었다. 본인이 깨달으면 모를까, 마음에 가닿지 않는 훈계는 유건에게 한낱 잔소리에 지나지 않았다.

황제의 이 같은 약조는 애정과 유건에게 관심이 있다는 것을 표현한 동시에 그가 학문과 무술에 정진하게끔 유도한 것이기도 했다.

"형님 제 말이 맞지요? 산신령님에게 소원을 빌면 이루어진다니까요."

유현이 유건을 향해 기쁜 듯 말했다.

"산신령? 소원?"

자세히 말해보라는 듯 유성이 두 단어를 강조하자 유현이 손가락을 마주잡고 비비 꼬며 어렵사리 대답했다.

"어마마마께옵서, 산신령님에게 소원을 빌면 많은 소원 중 한 가지는 이루어주신다 하셨습니다."

유성이 웃음을 감추며 아현을 돌아보았고, 시선이 마주친 그녀는 민망함에 작게 '흠흠'거렸다.

"그래서 황태자에게 그걸 말해주었고?"

"예."

유성이 피식 웃었다. 황제의 재미있다는 표정을 어리석다는 것으로 잘못 해석한 유건이 급히 변명에 나선다.

"소자 나이가 올해로 열이옵니다. 설마 하니 산신령의 존재를 믿고 빌었겠습니까? 해도 본전이고 안 해도 본전이라 그저 한번 해본 것뿐이었습니다."

유성이 이제는 대놓고 어깨를 들썩이며 '쿡쿡' 웃었다.

"왜 웃으시는지……."

"열 살인데도 산신령이 존재한다고 철석같이 믿던 어떤 아이가 생각나서 말이다."

"그 아이가 누구이옵니까?"

"글쎄, 누굴까?"

피식피식.

아현을 은근히 보며 저렇게 웃는 통에 그녀의 표정이 묘해졌다.

[폐하, 설마…….]

[음?]

[산신령할아버지라고…….]

[그게 무엇이냐?]

계속 농만 걸고 말을 자꾸 돌리는 유성이 얄미워 끝내 아현이 토라졌다.

늘 그랬듯 주위의 시선 따윈 버려둔 유성이 얼굴을 내려 아현의 입술을 훔쳤다.

[두고두고 고민해보려무나.]

[예?]

[산신령할아버지가 누군지 말이다.]

閉
달의 뒷면

　　유성은 발길을 매종산으로 향하면서 그럴듯한 변명을 스스로
에게 늘어놓았다.

　　"서책도 볼 만큼 봤고, 검술도 밤새워가며 연마하였으니, 이제
휴식을 취할 차례가 아닌가?"

　　올해 열넷의 유성은 또래보다 성장이 월등히 빨라 언뜻 청년
처럼 보였다. 깨끗한 피부와 수염자국이 없는 맨들맨들한 턱이
그나마 제 나이를 나타냈다.

　　유성이 황궁에서 사라진 것을 알면 황제가 심어둔 관비들이
위천궁으로 부리나케 달려가 고해바칠 것이 분명했다. 그래도 상
관없었다. 아니, 오히려 그래주길 바랄 정도다.

　　황제는 유성이 특출하기를 원치 않는다. 다르게 말해 유성을
무서워한다는 말이 정확했다.

　　월제국 유일의 적통황태자. 황위를 위협할 수 있는 유성 그 자
체가 황제에겐 위험요소였다. 유백의 경계심 어린 눈초리를 피하
기 위해서 유성이 취한 행동은 '적당히'라는 어정쩡함이었다.

　　뭐든지 적당히 하는 척을 보였다. 학문도 마지못해 한다는 듯
완전히 눈 밖에 나지 않는 범위 안에서 행동했고, 무공에 관한

399

것들은 철저히 실력을 숨겨왔다. 이것은 살아남기 위한 하나의 방편이며 유성이 취할 수 있는 유일한 방법이었다.

황제의 의심을 사지 않을 수만 있다면 바보 흉내도 마다하지 않을 유성이었다.

'지금쯤이면 황제 귀에 들어갔을 테지.'

서책 보는 게 싫어 농땡이를 피우는 걸로 알고 있을 터였다. 나 이답지 않은 냉소가 유성의 입술 끝에 걸렸다.

복잡한 생각을 털어내듯 유성의 발은 거침없이 움직였다.

매종산 산자락에 도착하자 가장 높은 나무줄기를 선택해 꼭 대기 끝까지 올라갔다. 시선은 손톱만큼 작게 보이는 초가를 향 한 채였다.

"나올 때가 됐는데."

유성이 찾고 있는 인물은 아현이라는 계집아이였다. 지난달 우 연히 황제를 미행하다 알게 된 단우현과 아현.

단우현의 정체는 전前 황룡대 대장으로 황제 유백에게 약점이 잡혀 마음에도 없는 수족노릇을 하고 있었고, 아현이라는 여아 는 소담주 태수였던 김태문의 손녀로 자신의 출생도 모른 채 황 제의 명에 의해 길러지고 있었다.

처음에는 그저 관망자의 입장이었다. 나서고 싶은 마음도 없 을뿐더러 나선다 하더라도 별 뾰족한 수가 없던 처지였다.

"어? 나온다."

나무통을 들고 초가를 나서는 아현을 확인한 유성은 재빠르 게 나무에서 내려와 바위와 작은 능선 사이의 좁은 틈으로 몸을 숨겼다. 황태자 신분으로 참 모양 빠지는 행동이 아닐 수 없었다.

"그냥 심심해서 이러는 거지."

누가 캐묻지도 않았건만 스스로에게 변명이라도 하듯 중얼중얼댄다. 유성은 노인과 여아의 존재에 대해 알고부터 이따금씩 그들을 보러 오곤 했다. 정확하게는 아현을.

딱히 이유란 건 없었다.

서책을 보는 중간중간, 잠이 오지 않는 밤 시간대, 수저를 뜨는 사이사이, 그런 식으로 가끔 떠오르곤 하여 자연스럽게 이리로 발길을 옮겼을 뿐이다.

한낱 계집아이를 보는 게 무어가 재미있겠냐마는 황궁에서 무료하게 시간을 보내는 것보다 훨씬 만족스럽고 유쾌하였다. 직접 나서는 것도 아니고 그냥 지켜보기만 하는데도 시간은 잘도 갔으며 헤어져야 할 때는 솔직히 아쉽기도 했다. 물론 황태자의 고고한 자존심이 있어 그 사실을 쉽게 인정하지는 않았지만.

"휴우."

계집아이의 한숨소리가 들려왔다. 발소리로 미루어볼 때 바위 중심으로 오 장丈 이내에 있음이라. 유성이 갑갑한 바위틈에 숨게 된 연유는 순전히 아현의 행동에서 비롯되었다.

어느 날, 쭉 뻗은 나무 위에 한가로이 있는데 아현이 바위 앞에서 두 손을 합장하며 뭐라 뭐라 말하는 것을 발견했다. 그것이 궁금하여 몸을 숨길 적당한 공간 —바위와 능선 사이의 흙을 파내고 입구를 풀로 덮어 위장시켰다— 을 만들기에 이르렀고, 그렇게 확인한 결과 계집아이가 볼품없는 바위를 '할아버지'라고 부르는 것을 알게 되었다.

"할아버지, 안녕하세요?"

'난 할아버지가 아니라고.'

유성은 머쓱한 기분에 속으로 투덜댔다. 이제 나무통을 들고 계곡으로 가겠지. 유성의 미간이 살짝 접히며 의문을 나타내듯 고개가 왼쪽으로 기울었다.

'왜 안 가고 서 있는 거야?'

풀 사이로 보이는 아현의 얼굴은 뭔가 고민이 있는 것처럼 보였다. 아니나 다를까.

"오늘 새로운 보법을 배웠는데요. 이렇게……, 이렇게……, 이 다음에는 항상 발이 꼬여요. 완벽하게 해서 스승님에게 보여드리고 싶은데……. 에이, 내가 지금 뭐 하고 있지?"

유성의 눈이 저도 모르게 가늘어졌다. 스스로도 자각하지 못한 웃음기였다. 아현이 자리를 뜨고 한참이 지나서야 바위 뒤편에서 나온 유성은 짐짓 심각한 표정을 짓다 이내 피식 웃으며 어깨를 으쓱했다.

"급한 것도 아니니 좀 도와줘볼까?"

발에 공력을 실어 보법을 밟아나갔다. 일각 후, 수십에 달하는 완성된 발자국을 흡족하게 바라보며 가벼운 마음으로 황궁으로 돌아갔다.

스무 날이 흘렀다. 각종행사다 뭐다 이리저리 불려가는 통에 눈코 뜰 새 없이 바쁜 나날들이었다.

이제 좀 한숨 돌릴 여유가 생겼다.

"그 녀석, 잘 지내겠지?"

입 밖으로 내뱉고 나니 무의식 속에 숨겨둔 얼굴이 '파박' 하며 덮쳐왔다. 여리게 느껴지지만 강단 있어 보이는 눈매와, 한 번쯤

눌러보고 싶은 통통하고 하얀 볼살.

유성은 자리에서 벌떡 일어나 나갈 채비를 했다. 눈에 자꾸 밟히는 아현이라는 꼬마를 애써 부인하며 그저 황궁이 답답하여 그렇다고 석언釋言을 해본다.

스무 날 만에 본 아현이라는 아이는 여전히 작았다. 단우현 말에 의하면 유성보다 네 살 적다 들었는데 어찌 이토록 작을까 싶었다. 손도 작았고, 몸도 작았고, 머리통도 작았다. 신을 벗겨보지 않았으나 분명 발도 작으리라. 오직 큰 것은 댕그랗게 큰 눈뿐이었다.

또래보다 성장이 늦된 아현과 또래의 성장을 능가하고도 남는 유성 자신. 나란히 세워놓고 보면 얼핏 아이와 어른으로 보일 법도 하였다.

"산신령할아버지!"

기습과도 같은 아현의 부름에 유성은 바위 뒤편에서 발목을 삐끗하고 말았다. 넘어진 건 아니었으나 중심축이 흔들릴 만큼 평정심에 타격을 입었다. 이 창창한 나이에 할아버지 소리도 억울해 죽겠는데 이젠 산신령이라고까지.

유성은 순간 백발에 허리까지 내려오는 흰 수염을 쓰다듬는 자신의 모습을 떠올리다 흠칫 놀라며 고개를 힘차게 저었다. 이상하게 요 꼬맹이 앞에선 과묵하고 냉정한 모습이 쉬이 사라지고 만다.

"닷새에 한 번 찬거리 챙겨오시는 아재 한 분이 있는데요. 그아재가 올라오면서 너무 더웠다고 시원한 수박이 생각난다 하셨어요. 그래서 제가 수박이 맛 좋으냐고 물었더니, 깜짝 놀라시며 수박도 못 먹어보았냐고 타박하지 뭐에요?"

도톰하고 작은 입술이 오물거리다 볼에 큰 바람을 넣는다. 휴우, 하고 볼을 홀쭉하게 만들고는 다시 말을 이었다.

"근데…… 수박, 어떤 맛일까요?"

귀엽게 갸웃거리는 고갯짓, 호기심으로 반짝거리는 눈동자가 더없이 어여뻤다. 그러나 기대감이 어린 맑은 눈동자는 금세 아쉬움으로 물들었고, 언제 그런 말을 꺼냈냐는 듯 아무렇지 않게 바위 앞을 떠났다.

"흠……."

유성은 심각하게 고민하는 척 턱을 매만졌다.

"그렇게 먹고 싶다는데."

사줘야 하는 이유를 차례대로 대기 시작했다.

"엄연히 그 꼬마도 내 백성이잖아. 베푸는 거야말로 황태자가 길러야 할 덕목 아니겠어? 게다가 난 금전도 많으니까."

유성이 사온 수박을 발견한 아현은 좋아 어쩔 줄 몰라했다. 바위를 향해 '정말 감사합니다!' 하고 부리나케 달려가는 모습에 허탈한 웃음이 나왔다. 선물을 좋아해주는 아이의 솔직함이 기쁘면서도 자신을 산신령으로 알고 있는 사실이 내심 찝찝했다.

"바보 같다고 해야 할지, 순수하다고 해야 할지."

요즘 같은 세상에 산신령의 존재를 믿는 이가 과연 누가 있을 것인가. 아현보다 어린 꼬마들도 믿지 않거늘. 산에서만 생활해서 그런가. 철이 없는 건 아니나 의외로 순진한 구석이 많은 녀석이었다.

시간은 잘도 갔다. 무더웠던 여름을 지나 선선한 가을이 왔다 싶더니 금세 찬바람이 불기 시작했다. 그사이 매종산에 발걸음 하길 서너 번. 갈 때마다 아현을 지켜보았고 곤란한 처지일 땐 손수 돕기를 주저하지 않았다. 당연히 모습을 숨긴 채였다.

이곳에 오면 항상 편안함을 느꼈다. 황궁에서의 **빡빡한 생활**과는 다르게 여유와 느긋함이 있었다. 감시자가 없으니 더없이 마음이 편했다. 아마 그래서 이곳을 찾는 것일 터다.

"산신령할아버지, 저 왔어요."

불편한 부분을 굳이 꼽자면 아마 '산신령할아버지'라는 호칭이 유일하지 않을까. 아무리 적응하려해도 저 호칭만큼은 도저히 적응이 안 된다.

"스승님이 오늘 수련의 하나라고 동물을 잡아오라 하셨어요. 근데 아무리 찾아도 없는 거예요. 그래서 멧돼지가 자주 출몰한다는 반대 능선으로 갈까 싶었는데, 스승님은 그건 꿈도 꾸지 말래요. 한 마리도 아니고 무리지어 다니는 녀석들이라 저에겐 아직 위험하다고 하셨어요. 휴우, 산신령할아버지, 해가 지기 전까지 작은 토끼라도 좋으니 한 마리라도 발견할 수 있게 빌어주세요."

아현이 꾸벅 인사를 하고 멀어지는 것을 보며 유성은 작게 투덜거렸다.

"난 산신령도 아니고 할아버지도 아니라고."

아현이 물을 다 긷기 전에 몸을 바삐 움직여 동물들을 사냥했다. 양이 많으면 들고 가기 힘에 부칠 것 같아서 네 마리만 잡고 천으로 둥둥 매었다. 평소 같으면 아현에게 줄 것을 놓아두고 바로 입궁하였을 테지만 오늘은 다른 볼일이 있었던지라 다시 바위틈으로 숨어들었다. 그리고 얼마 지나지 않아 아현이 나무통을 들고 다가왔다.

"산신령할아버지가 잡아주신 거 맞죠? 제 소원 들어주신 거죠? 정말 감사합니다. 이 은혜 잊지 않을게요!"

콜록콜록.

유성은 터진 기침을 두 손으로 겨우 막았다. 절로 욕이 나왔다. 산신령할아버지도 모자라, 은혜를 잊지 않겠다니. 낯간지러워 죽을 지경이었다.

"응? 무슨 소리지?"

의문이 담긴 아현의 혼잣말에 유성은 급히 호흡을 멈췄다.

"내가 잘못 들었나?"

아현이 떠나고 나서야 겨우 목을 가다듬을 수 있었다. 바위틈에서 나와 몸에 묻은 흙을 탈탈 털었다.

"그만 구경하고 나오지 그래?"

유성이 심드렁한 어조로 말하자 아현의 스승 단우현이 큰 나무기둥 뒤에서 모습을 드러냈다.

"기척을 완벽하게 숨겼다고 자신했는데. 전하께옵서 그간 배움이 일취월장하셨나 봅니다."

"깨달음이 있긴 하였지."

"감축 드리옵니다."

느릿하게 고개를 끄덕이는 모양새가 단우현의 축하인사를 건성으로 듣는 게 분명했다.

"그나저나 어인 일로 저를 다 부르셨습니까?"

단우현은 유성이 때때로 매종산에 찾아오는 것을 알고 있었다. 단우현이 안다는 것을 유성도 알았다. 서로가 알았음에도 내색하지는 않았다.

유성은 일일이 인사를 받아야 하는 불편함이 싫었고, 단우현 또한 그런 유성의 마음을 잘 알았기에 모른 척하고 있었다.

"음……."

쉽사리 입을 떼지 못하는 유성을 보며 단우현이 재차 물었다.

"혹, 곤란한 일이 있으시옵니까?"

"그건 아니고, 한동안 여길 못 올 것이다."

기껏해야 한두 달에 한 번 꼴로 오면서 새삼스레 말을 꺼내는 이유가 무엇일까.

"원래 자주 오지 않으셨지 않습니까?"

"시간이 꽤 걸릴 듯해."

유성 입장에서는 오면 오는 것이고 말면 마는 것이지, 그것을 굳이 밝힐 필요까진 없는 일이었다. 자신이 이들과 밀접하게 관계된 인물도 아닐뿐더러 행적을 밝힐 의무도 없었다. 그럼에도 불구하고 단우현을 불러 이러한 말을 꺼내는 이유는 순전히 아현 때문이었다.

"자네도 쭉 지켜보았을 테니 알겠지? 네 제자 녀석."

"아현이를 말씀하시는 겁니까?"

"그래. 그 녀석이 나를……, 산신령으로 알고 있다."

산신령이라는 말에서 유성의 입이 절로 비틀어졌다. 딴에는 민망함을 숨기고자 한 것이지 다른 의도는 없었다.

"산신령 따원 없다고 적당히 말을 꾸며주어."

유성의 이 한마디로, 단우현은 차가운 말투 속의 진심을 엿볼 수 있었다. 한동안 오지 못하는 유성을 아현이 무작정 기다릴까 싶어 그런 것이리라. 자주는 아니지만 한 번씩 소원을 들어주던 산신령이 몇 달에 걸쳐 반응을 보이지 않는다면 아이에겐 분명 크나큰 상실감으로 다가올 터. 아현의 기대를 무너뜨리고 싶지 않다고 있는 그대로 말하면 될 것을, 참으로 솔직하지 못한 황태자였다.

"알겠습니다, 전하."

"이만 가보겠다."

미련 없이 등 돌리는 유성을 단우현이 불러 세웠다.

"전하!"

왜 그러느냐는 듯 유성의 한쪽 눈썹이 스윽 올라간다.

"혹, 내일 시간이 있으시옵니까?"

"그건 왜 묻는 것이냐?"

"오시면 아시옵니다."

유성은 대수롭지 않게 받아넘기며 황궁으로 돌아갔다.

이튿날 오후, 하루일과를 마무리하고 황궁을 빠져나왔다. 단우현이 자신을 부른 이유가 무엇일까. 매종산을 올라가는 내내 사고는 그쪽으로 맴돌았다.

단우현과 아현이 기거하는 초가집에 다다랐다. 장을 날려 바람을 일으키자 방문이 덜컹거렸다. 이것은 유성이 왔다는 신호였다.

곧 방문이 열리고 단우현과 아현이 나타났다. 유성은 나무기둥 뒤로 숨은 후였다.

"스승님 어디 가는 거여요?"

"따라오면 아느니라."

단우현은 뒷짐 진 채 주위 풍경을 둘러보는 척하며 유성에게 따라오라는 눈짓을 보냈다. 단우현이 앞장서고 아현이 쫄래쫄래 뒤따른다. 유성은 그림자처럼 그들 뒤를 밟았다. 단우현이 도착한 곳은 아현이 산신령할아버지라고 부르는 바위 앞이었다.

유성의 눈이 살짝 좁혀지다 이내 포기하듯 작게 한숨을 쉬며 가장 가까운 나무 위로 올라가 은신했다.

"스승님, 여긴 왜……."

"아현이 네가 여기서 소원을 빌었다지?"

"어떻게……, 아셨어요?"

눈치를 보며 웅얼거리는 아현에게 단우현은 스승인 자신이 모르는 게 어디 있겠냐고 말한다.

"스승님도 산신령할아버지를 아셔요?"

단우현의 너털웃음에 식은땀이 찔끔 솟은 유성은 초조하게 입술을 깨물었다.

"알다마다."

"우와! 정말요? 진짜 산신령이세요?"

"산신령인지 아닌지 그건 아현이 네가 판단할 일이다. 산신령이라고 생각한다면 그런 것이고 아니면 아닌 게지."

단우현의 말이 아리송하였던지 아현의 고개가 좌우로 왔다 갔다 한다.

"근데 어떻게 아셔요?"

"우연히 친분을 가지게 되었지. 근데 중요한 건 그게 아니란다."

아현이 두 눈에 의문을 가득 담고 올려다보자 단우현은 짧게 미소 지으며 본론을 꺼내었다.

"이제 여길 오지 못한다고 하셨다."

"예에?"

댕그란 눈이 실망으로 물들어갔다. 위에서 지켜보는 유성에게 까지 그것이 느껴질 정도였다. 답답했다. 가슴 안에서 부는 이상한 바람이 유성을 심란하게 만들었다.

"아주 바쁘신 분이란다. 그래서 올 수 없다 하셨다."

유성이 오래도록 못 온다 하였지, 발길을 끊는다는 말을 하지 않았음에도 단우현은 단호히 말했다. 그는 아현이 누군가를 그리며 기다리는 것을 원치 않았다. 큰 굴곡과도 같은 앞으로의 인생을 맞이하려면 약한 마음 따윈 버려야 한다고 생각했다.

"그럼 산신령할아버지는 어디로 가시는 거여요?"

"글쎄다. 원래 사는 곳에 가지 않으실까?"

유성이 단우현에게 한동안 못 온다고 했던 이유는 거사를 도모하기 위한 준비로 여러 가지 해야 할 일들이 산적하였기 때문이다.

"사시는 곳이 어디일까요?"

"그건 나도 모르겠구나."

골똘히 생각하듯 앙증맞은 입이 꾹 다물어졌다. 좀 전까지 하늘이 무너질 것 같은 얼굴이더니. 언제 그랬나 싶게 야무진 표정이 제법 의젓했다.

단우현은 아현의 이러한 점을 높이 샀다. 순진한 구석은 많아도 포기해야 할 때를 알았고 떼를 쓰는 법이 없었다. 그것이 대견하면서도 가끔씩 안쓰러워지기도 하였다.

"그럼, 스승님. 마지막 인사를 하여도 될까요?"

"그러려무나."

그런 아현이 기특해서 단우현은 머리를 쓰다듬으며 인자하게 웃었다.

아현은 바위 앞으로 좀 더 다가가 섰다. 몇 초간 부동자세를 취하다 두 손을 곱게 올려 절을 한다. 나이는 어려도 자랄 때부터 몸에 밴 게 있어서인지 제법 절도가 있었다. 굽은 등을 쫙 편 아현은 다시 반절을 하고 고개를 들었다.

"산신령할아버지! 만수무강하시어요!"

주르르륵!

"응? 무슨 소리지?"

"흠흠흠! 무슨 소리라니?"

"방금 이상한 소리가 났는데······."

"잘못 들었겠지. 자, 이제 가자꾸나."

대단한 스승도 못 들었다 하니 의심 없이 믿어버리는 아현.

두 사람이 자리를 뜨자 아슬아슬하게 나무에 매달렸던 유성이 지상으로 가볍게 착지했다.

만수무강하라는 아현의 말에 하마터면 나무에서 떨어질 뻔하였다. 중심축을 잃은 몸이 주르륵 미끄러지다 천만다행으로 나뭇가지를 잽싸게 잡을 수 있었다.

그걸 못 잡았다면······. 정말 다시는 생각하고 싶지 않은 아찔한 순간이었다.

"그건 그렇고."

옷매무새를 바로 하며 입술을 퉁명스레 이죽거렸다.

"진짜 너무하는군. 고작 네 살 차이에 만수무강이라니."

유성은 바람에 몸을 맡긴 채 날랜 동작으로 산을 내려갔다.

유성이 아현 앞에 처음으로 모습을 보이는 시기는 육 년이 흐른, 단풍이 곱게 물든 가을의 어느 날이다.

그것은 현재로선 짐작할 수 없는 먼 훗날의 일······.

서로가 운명임을 인지하기까지는 그보다 더 많은 날이 흘러야 한다.

終.

작가 후기

안녕하세요, 은태경입니다.

항상 고전물을 쓰시는 작가님들을 뵈올 때면 어쩜 이리들 잘 쓰실까, 하고 늘 감탄하곤 했습니다. 배경이나 대화체, 생소한 단어들을 조합하고 이끌어가는 일련의 과정들은 제 능력을 뛰어넘는 범위라 감히 쓸 엄두도 못 냈습니다.

그러다 생각을 달리 하게 된 계기가 있었습니다.

시대물 소설을 읽으려 책을 펼치다가 **빽빽**한 글자와 수없이 등장하는 한자에 책장을 덮고 말았습니다. '이건 시간 많을 때 읽어야지.' 하면서요. 현대물이었다면 주저 없이 읽었을 텐데 말이지요.

소설 장르를 가리지 않고 모두 좋아하는 저 역시도 시대물을 대하는 자세가 이러한데, 현대물만 찾아보시는 분들은 얼마나 부담스러우실까, 라는 생각이 들었습니다. 여러 가지 이유가 있겠지만 그중 시대물, 판타지의 특성상 그 배경을 주지시켜야 하는 애로사항 때문에 멀리하시는 분들이 있다는 것을 알고 있었기 때문이었습니다.

'좀 더 쉽게 다가갈 수 있는 고전물은 없을까? 턱없이 모자란 재주지만 내가 가진 능력 안에서 노력한다면 보다 읽기 쉬운 고전물이 탄생하지 않을까?'

이렇게 '칭동'이 시작되었습니다.

목표는 하나였어요. 책장이 술술 넘어가도록 쉽게 읽히는 것. 거기에 독자님들이 '재미'까지 느낀다면 더할 나위 없겠습니다만, 그건 그저 제 바람일 뿐이지요.

연재하는 동안, 수정하는 동안에도 능력부족을 통감하며 역시 어렵구나, 느꼈습니다. 이 장르에 통달한 수많은 작가님들을 전보다 더 존경하게 되었다고나 할까요. 한 수라도 배우고 싶은 마음이 가득합니다.

연재하는 동안 가장 많이 들었던 질문은 "'칭동'이 대체 무슨 뜻인가요?"였습니다. 여기서 '칭동秤動'은 천문학에서 나오는 달의 흔들림 즉, 칭동을 뜻하는데 완전한 첩자도, 황태자 유성의 아군도 아닌, 흔들리는 아현의 심리를 칭동에 빗댄 것입니다.

Thanks to.

제목은 김혜연 작가님이 지어주셨습니다. 이 자리를 빌려 감사의 말을 전하고 싶어요.처녀작을 출간하고 슬럼프에 허우적거릴 때, 생각나는 시놉시스가 없다고 우울해하고 있을 때, 고전물이 능력 밖이라며 시도조차 하지 않으려 할 때, 그때마다 묵묵히 고민을 들어주며 괜찮다 다독여주고 힘내라 용기 북돋워줬던 혜

연 언니, 너무너무 고마워.^^

달팽이보다 더 느리신 우리 이바우(녹차) 님, 책 교환은 언제쯤 성사될 수 있을까요? 올해 안에 출간한다는 약속, 전 지켰습니다! 터보를 달고 폭풍연재하는 그날이 올 때까지 우리 파이팅해요!

제 글의 원동력인 '별이 보이는 다락방(일명 별다방)' 가족님들께도 감사의 말씀드립니다. 마마님들의 힘을 받아 항상 긍정적으로 생각하겠습니다.

친구 K. J. O. 후기에 안 남기면 서운해할까 봐 이렇게 적는다. 곧 울산 놀러갈 테니 이 언니를 기다리도록!

마지막으로 부족한 글 책으로 태어날 수 있게 도움을 주신 이승진 님과 도서출판 가하 관계자분들께도 고개 숙여 고마움을 전합니다.

쌀쌀한 날씨, 감기 조심하시고 늘 행복하세요.

바다가 보이는 남쪽에서,
은태경 올림.